浙江传媒学院省一流学科 A 类 "戏剧与影视学" 建设经费资助

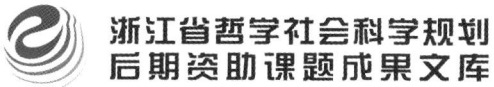
浙江省哲学社会科学规划
后期资助课题成果文库

话本小说与戏曲叙事的互动研究

吕茹 著

中国社会科学出版社

图书在版编目(CIP)数据

话本小说与戏曲叙事的互动研究 / 吕茹著. —北京：中国社会科学出版社，2021.2

(浙江省哲学社会科学规划后期资助课题成果文库)

ISBN 978-7-5203-8010-2

Ⅰ.①话… Ⅱ.①吕… Ⅲ.①话本小说—互动—古代戏曲—研究—中国 Ⅳ.①I207.41②I207.37

中国版本图书馆CIP数据核字(2021)第038211号

出 版 人	赵剑英
责任编辑	宫京蕾
责任校对	张依婧
责任印制	李寡寡
出　　版	中国社会科学出版社
社　　址	北京鼓楼西大街甲158号
邮　　编	100720
网　　址	http://www.csspw.cn
发 行 部	010-84083685
门 市 部	010-84029450
经　　销	新华书店及其他书店
印刷装订	北京君升印刷有限公司
版　　次	2021年2月第1版
印　　次	2021年2月第1次印刷
开　　本	710×1000　1/16
印　　张	17.25
插　　页	2
字　　数	291千字
定　　价	98.00元

凡购买中国社会科学出版社图书，如有质量问题请与本社营销中心联系调换

电话：010-84083683

版权所有　侵权必究

序

收到吕茹发来的博士学位论文改定稿，说是最近有条件出版了，请我写个序。我自然很高兴。读着稿件，字里行间浮现出她若干年来求学、写作，孜孜矻矻耕耘于研究里的艰辛身影。终于有一个结果了，心里不禁弥漫出温馨与欣慰交织的味道。

吕茹是2007年从河北师大考入厦门大学攻读我的博士研究生的，当时给我的感觉：这是一个天真、率性而又有些执着的女孩儿。但我人在京城，给她直接授课较少，她主要是跟从郑尚宪教授上课，而我平时则通过电子邮件指导她的学业。三年下来，我们积累起大量邮件文本。翻开这些我们之间的交流日记，吕茹问学的进步足迹历历在目。

2009年10月15日吕茹给我发邮件提问："周贻白先生《中国戏曲发展史纲要》里说，勾栏中的北宋杂剧'系以故事情节为主，而作代言体的演出，则故事之来源及其所具内容，皆当与所谓说话具有联系'，至南宋时的官本杂剧，也'逐渐地效法（北宋）民间勾栏以故事情节为主，而作代言体的演出了'。《武林旧事》二百八十本'官本杂剧段数'中的一些故事，就与现存宋人话本的某些故事重合。而您在《中国戏曲发展史》里说北宋杂剧'只能演出一段连贯的生活场面，不具备时空转换的条件，因此不能适应对一个完整故事情节的展现'。看似你们的观点有些相悖，我有些疑惑。宋杂剧偏重科白、滑稽调笑，而不是以故事情节为主吗？"

我写信回答她说："我和周贻白先生的看法并不矛盾。他说宋杂剧已经以表演情节为主，有《官本杂剧段数》为据。宋杂剧内容许多和说话有关，谭正璧先生正因为此才勾稽了许多线索出来。我并不否认宋杂剧的故事性和代言性，我的说法只是针对更加成熟的南戏能够从头到尾表现一个完整故事而言。与南戏相较，宋杂剧的故事就只是短小而不完整的了，所以说只是'一段'场面，另外它还不具备南戏运用演唱和身段表演来引渡时间和空间转换的办法，因此现在看到的宋杂剧演出内容都是固定时空的一个场面而已。"我那时还不知道她的直接目的，以为她只是一般性地问学。

直到我又收到她另一封邮件，才明白她在考虑博士学位论文的写作了，试图从叙事学角度探讨戏曲与白话短篇小说的关系："我现在关注白话短篇小说与戏曲在叙事艺术上的同异，其中涉及了一些叙事学方面的理论。翻看了兹维坦·托多罗夫《叙事作为话语》、热拉尔·热奈特《叙述研究》等西方叙述学论文及专著，以及一些中国小说、戏曲的叙事学研究著述，比如杨义《中国叙事学》、陈平原《中国小说叙事模式的转变》、王平《中国古代小说叙事研究》等，还有一些这方面的论文，很有收获。兹维坦·托多罗夫认为：'叙事的时间是一种线性时间，而故事发生的时间则是立体的。在故事中，几个事件可以同时发生，但是话语则必须把他们一件一件地叙述出来；一个复杂的形象就被投射到一条直线上。'白话短篇小说的叙事时间即是以故事的顺叙为主，其间采用插叙、预叙、追叙等，而戏曲叙事时间亦是以时间的顺叙性为纲。就我目前读过的戏曲作品而言，尽管故事的时间跨度很大，但是很少有追忆过去的情节。比如元杂剧《赵氏孤儿》、《汗衫记》时间跨度近二十年，但是也没有采取追叙、插叙等叙述方式。也就是说，白话短篇小说与戏曲的叙事时间其实是一致的。我想问：古代白话短篇小说与戏曲在叙事时间上都是近乎直线式的一致吗？它们有不同吗？"

我读了信很高兴，知道她在一天天进步和深入进去。我回答道："对于叙事学我缺乏研究，但这是一个很值得开挖的角度。你的问题我倒是有些体会，即中国古代戏曲和小说都是线性结构的，中国传统审美习惯追求故事的完整性，讲述一个故事必须有头有尾，甚至最后还要有大团圆的结局。20世纪前期西方话剧传入，不受中国普通百姓欢迎，一个很重要的原因是'看不懂'，因为它不是从头到尾讲故事，而是从中间甚至后部截断，戏开演时，已经进入到主要的矛盾冲突了，而来龙去脉则通过人物对话再陆续找回来，所以它追求'潜台词'效果，即让你从字里行间去猜，去猜前面发生了什么，去判断人物关系。

"中国传统戏曲由于它舞台表现的时空自由性，也由于它的演出时间不受限制（甚至连演几天），呈现为开放式结构，即一个故事可以完全展开来演，所有的情节都可以从正面交代出来，而不需要过后追叙。我们今天读明清传奇剧本有时会感到絮繁，刚交代完一个线索的开头，又来了另一个线索的开头，这两个线索这时彼此还没有关系，它们之间的联系要到后面才能看出来，这就会让今天的人感到烦。但古代百姓却是习惯了这种表现方式的。例子很多，例如南戏定例'头出生''二出旦'的结构就造成花开二枝、话分两头。最早的例子可见《张协状元》。张协先登场，讲了一通自己的动机、目的和要做什么事，然后是小姐出场讲自己的事，他们两人的故事之间此时并没有任何联系。如果要出现第三个情节线，戏曲的做法仍然是再开一条线，例如《张协状元》里后来又添了宰相之女王胜花的线，这是因为后面她家要招赘张协。《西游记》的神猴出世、江流儿故事、秦王游地府故事都是同样的例子。在这方面，说话和戏曲倒是一致的。说话的对象也是小民，要让他们听懂，也需要和看戏一样，从头到尾娓娓道来。

"当然，戏曲和说话也都有话分两头的情形，把同时发生的事分作前后叙述，但每一件事的叙述方式仍然是从头到尾。如果说有些什么不同的话，大约戏曲的重复比较多，总是利用台词和唱词来反复交代前面已经发生过了的事，这和戏曲观赏环境较乱、观众可能到场有前后希望了解前面的剧情有关。

"所以，戏曲与说话的叙事方式应该是基本审美习惯一致基础上的不同，你要了解和区分的只是这种不同。有条件的话，当然也可以和西方作些对比，以晕染出论题的不同背景，突出个色。"

后来她告诉我说，"想从三个角度来探究中国古代白话短篇小说与戏曲叙事艺术的变异问题：叙事时间、叙事视角、叙事结构。这三个角度是参照杨义、陈平原、王平等人对小说叙事学研究的方法，结合白话短篇小说与戏曲在叙事艺术上转换的实际拟出来的"。她已经蒐集了许多材料，开始进行归纳提炼。

到 2010 年 2 月 3 日她给我发邮件说："自从一月前将论文初稿写完后，就开始尝试将各章节黏合，并按照学校对于论文的格式规定着手修改与整理，今天终于初创成形，算是对去年学习一个小小的总结。虽然按照您的批评与要求，我尽量对文章的观点进行了提炼和集中，并且注意了行文的规范，但其中一定仍然存在不少问题。可我还是想马上将论文发给您看，其中有两个原因：一、对于叙事学的研究方法，我是摸着石头过河，那么多国内外的叙事学研究著作我并没有看完，可能在分析的过程中会存在概念界定不清晰、分析不到位的现象。如果有硬伤，请老师及时指出；二、对于我而言，语言优美且不论，仅行文规范就需要一个漫长的磨炼过程。比如说一个月前写的文章，我现在能看出问题来，可是当时就看不出。因此，我虽然尽量使行文谨严精炼，一定会有自己意识不到的问题存在，需要老师进一步指点。"

我翻阅了论文，感到把目前的几章目录连起来，还看不出整体性，因此回函说："很高兴你能较快拿出这么多文字来，我会慢慢看。你对于论文的整体框架有一个构思吗？例如，这一选题一共能够写出多少章节来，各自是什么？不是问你能完成多少作为博士论文，而是问你这一研究的设计框架是什么，也包括论文答辩后还能够丰富的部分。如果你有设想，请把全部构想章节发给我，我好了解你的全貌。"

吕茹回信说："说实话当初选择这一题目也是误打误撞，翻看《中国曲学大辞典》《古本戏曲剧目提要》，发现有很多戏曲取材于'三言''二拍'，就想着要解释这一现象，于是就成了现在的博士论文。目前的论文虽涉及宋元及清代的白话短篇小说，但主要是以'三言''二拍'为中心进行考察，阐释从白话短篇小说至戏曲的改编状况，而对于白话短篇小说影响明清小说、戏曲影响白话短篇小说的情况很少涉及。

"大家都知道小说与戏曲的关系密切，但是目前学界研究得并不充分，多为泛泛而谈，多数都没深入进去。我就想自己下个笨功夫，立足于考索资料，选取白话短篇小说这一角度切入，探索一下它与戏曲的血缘关系——看起来这并不是容易讨好的事情。其实，在小说的所有种类中，唯独话本小说也即白话短篇小说与戏曲的关系最为密切。我曾想过将这个论题继续做下去，做成一个中国古代白话短篇小说与戏曲的关系史。但我不会将现在的博士论文填充进去，而是遵循史的线索，去勾描宋元、明、清白话短篇小说与戏曲的关系，特别是宋元和清这两个时段将是我关注的重点。

"首先我将深入接触大量的资料，考索白话短篇小说的来源，以及后来白话短篇小说与戏曲之间的嬗变关系——这将是我研究的基础，也是一个难点。我会先将今存从宋至清的白话短篇小说做一个戏曲叙录。现在的学者中许多人轻视老一辈专家如谭正璧、庄一拂等人所做的资料蒐集工作，可是他们所用的资料还是人家留下的宝贵遗产。在资料梳理之后，前三章分别探讨宋元、明、清三个时期的白话短篇小说与戏曲的关系，后三章选取三个时期的典型个案，如《清平山堂话本》、冯梦龙'三言'、李渔《无声戏》及《十二楼》等，具体分析他们的改编实践。等到知识积累到一定程度，或许可以做一部古代小说与戏曲之间的改编史。"

我回信说："你的想法很好，一定要坚持做下去并完成它！也不一定要在博士论文后另起炉灶，当然可以把博士论文内容加入进去，实在加入不进去，可以把博士论文作为另章或附录都行。但眼下的博士论文还是要有它自己的整体面貌和有机结构。我把你发来的几章目录连起来，还看不出整体性，希望你能进一步连缀完善，先做出一个章节目录来发给我。"

吕茹回信说："我一直凭着自己的感觉做，开始就没有一个整体的构思，这是我的缺陷。目前论文共有两个部分：总论与个案。探讨两个问题：一、从白话短篇小说至戏曲的改编过程中，二者因文体的制约需要产生一些特殊性转换，包括叙事艺术、叙事内容。二、同一故事有不同的文本，以一个故事为中心的戏曲、白话短篇小说，甚至包括文言小说等文本，其叙事有着共通性。我关注在改编过程中世代传承的情况、不同文本之间的差异，包括主题、人物或情节的变化，探究这一故事内含着什么样的叙述心态，与古代社会的集体心理有什么联系。可能我的思路比较乱，或者我还没说清楚。我想我需要在绪论后加一点研究说明，在三个个案前也各加一个前言，这样或许相对连贯些。"

我回函说："正因为你缺乏一个整体构思，所以读者只好摸着石头过河了。整体构思是一定要有的，当然可能会不断修改，但自己心里要有一个基本的框架，这样写起来才能先立论、再展开，读者才知道你要告诉我们什么，跟着你走。就好比画树根，先是主根，然后分岔，再分岔，这样就做到了纲举目张。如果先画一条细根，返上去到了粗根，又遇到细根，转来转去还没转到主根，别人就云里雾里了。现在你心里的大概框架还是有的，只是没有告诉读者。所以，在开头要告诉读者整体情形，我是怎么设计的，然后在每一部分前面再加以说明，我这一部分的任务是什么，那样就清楚了。"

3月16日收到吕茹来函："开学以来，一直没有向您汇报我的学习状况，今天做个小小的学习总结。上附论文是我最新的修改稿，相较于上学期完成的论文草稿，在这将近二十天的时间里我主要对之做了以下的加工：一、绪论的写作。其中研究现状主要是对之前发给您的草稿进行了完善与修改。二、第一章的调整。首先将原第一章第二节"白话短篇小说取得的巨大成就"更名为"白话短篇小说与戏曲同生共长的文化环境",通过进一步思考,我觉得原来的想法不符合第一章的整体思路,故在原来基础上重新写过。其次将原来第二节的顺序调整至第一节。三、对于全文语词毛病的修改。通过通读全文,发现很多错误,做了多处修改。四、为加强全文的系统性,对文章标题及内容都做了改动。五、对全文写作的体例、脚注、参考文献进行调整与修改。

"我虽对论文做了不少的修改,仍觉得存在不少问题。如'白罗衫'故事个案研究一章,我感觉写得很乱,在思路、体例上与其他两个个案不一致。跟别人相比,我发现我写论文的过程要承担更多的痛苦与煎熬,总是反复地写写改改、修修剪剪,有时候一上午绞尽脑汁写了四五百字,之后又删掉——感觉自己像一个又慢又笨的蜗牛。"

看得出来,她很努力但是也有不少迷惘,我回函鼓励说:"你能在较短的时间里,写出二十几万字的文稿,说明你还是很有潜力的,也是用功的,值得祝贺!当然需要反复修改,特别新手更是这样。大体翻阅了你的论文,思路也还清晰,逻辑关系亦顺畅,可以见出你废寝忘食的写作状态。如果与你去年的作业相比,论述水平已经有了很大提高,文字亦通顺多了。当然,语言烦琐重复、词不达意、表意不清的地方还是有,仍需下功夫提炼删汰。一要用最准确的语汇表达出清晰的思想,二要避免前后论述中的文字重复(一些相同的意思可以变换方式讲出来)。你自己慢慢琢磨吧。第一章第二节的题目调整得好,靠向主题了,原来单讲小说离题远了,而且扯出另外的空间必须填补。你现在大概的框架有了,分类研究也进行了,但在上下卷前面还应该有对各自功用、视角、要完成的任务和它在著述中的位置等方面的交代,也就是说,对该部分的总结。这需要提炼。现在你只在开头有一个简短的交代,这不够,要为读者着想。还需要把章节目录提出来,放在前面,这样才好读。另外就是文字表述,一定要通顺,这是基本功,一定要过关。其他待我慢慢看了再说。"

2010年5月5日收到吕茹来信:"论文我这两天又看了看,越看越觉得没什么价值,心里非常虚。前段时间我对论文补充调整,不再以'三言''二拍'为中心,而直接定名为《中国古代白话短篇小说与戏曲之关系研究》。第一章,关于中国古代白话短篇小说与戏曲之关系概述。其中包括三节:从宋元早期白话短篇小说至宋元戏文、杂剧,宋元戏曲至明清白话短篇小说，明清白话短篇小说至杂剧、传奇。第二章，白话短篇小说与戏曲叙事技巧的影响。主要包括白话短篇小说对戏曲的影响与戏曲对白话短篇小说的反作用。白话短篇小说从说唱文学演变而来，对戏曲的影响主要集中在故事题材、曲辞来源等方面；戏曲对白话短篇小说的影响主要集中在娱乐效果、诗情的表达方式、人物塑造等方面。第三章，个案研究。尽量选取从宋元戏文、杂剧至明清白话短篇小说，再从明清白话短篇小说至戏曲的循环改编过程的个案进行考察。以这样的标准，我现在论文中的'点秋香'故事要删去，其他两个保留。开始时我有考虑采用'合同文字'代替，这个故事《清平山堂话本》收录，元杂剧中有演述，凌濛初《二刻拍案惊奇》中也有加工。后来我又想想，底层民众生活的题材已经有了'白罗衫'故事个案，应该再找一个爱情题材的，现在具体还没考虑好。上述三点，是我考虑对论文进行补充加工的地方，可能比较草率，请老师批评。最近我又观察到明代传奇文与戏曲也有一定的联系，但是属于文言小说与戏曲的关系，留待以后关注。"

我回信安慰她说："论文用不着心虚，还是有它的价值的。自己有时会忽然觉得做了半天一点意思也没有，我过去也有这样的时候。没关系，过一阵就好了。关于论文的修改，眼下临近答辩恐不宜大动，你如果有把握就改，否则就留待以后，总之不要影响其现在已经基本具备了的完整性。信里有些语言不太规范，例如：'开始时我有考虑采用"合同文字"代替。''我有……'是台湾句法，不要学，还是按照规范普通话来处理。"

2010年5月20日，我按照厦门大学要求，为吕茹博士学位论文写出介绍和评价文字，以便提交给论文答辩委员会。内容如下："吕茹选取戏曲与白话小说之关系为博士论文，有一定眼光和价值。我由于身在北京，无法随时和她交流沟通，只能通过电子邮件了解掌握一些她的想法，赖有郑尚宪教授平日里给她以大量帮助。我们也曾对她的论文选题提出过一些参考性建议，但最终选定这个题目，是她自己在学习和阅读实践中逐步摸索、发现价值点、深入进去、确定范围、做出最终成品的结果。在较短时间内，她写出了20万字左右的文字，思路清晰，逻辑顺畅，可以见出潜息敛气、废寝忘食的研究和写作状态，值得赞赏。

"论题的选定，是吕茹在学习戏曲史的过程中，发现许多戏曲题材都取材于'三言''二拍'，想要解释这一现象，于是就深入考索进去，阐释从白话短篇小说至戏曲的改编过程中的变异状况,最终成了现在的博士论文。其中主要对白话短篇小说与戏曲在叙事形态方面的异同进行了比较,运用了一些叙事学方面的理论,在此基础上,吕茹结合自己掌握的古代白话短篇小说与戏曲之间叙事形态的转换实际,归纳出两者叙事模式的三种变异呈现:叙事时间、叙事视角和叙事结构,从而支撑起论文框架。

"论文写作过程中,吕茹收集、梳理和认真甄别了大量有关资料,深入考索了古代白话短篇小说与戏曲之间的联姻、转型和嬗变关系,形成了论文的上下篇主体:上篇探讨宋元、明、清三个时期的白话短篇小说与戏曲之关系,研究从白话短篇小说到戏曲的改编过程中,因文体制约而产生的特殊转换,包括叙事方式、叙事内容的嬗变,从而探讨二者的共通性及转换时所产生的差异性。下篇选取三个典型案例来具体分析改编实践,探讨以故事题材为中心的白话短篇小说和戏曲在改编过程中的传承情况、文本差异、主题衍伸、情节变化、叙述心态,等等。上下篇共同结构成一个主题论述,从而完成戏曲小说影响研究的任务。应该说,论文的功能已经得到了较好实现。卷末附录的《"三言""二拍"戏曲叙录》,也是她学习老一辈专家如谭正璧、庄一拂等人的严谨态度,自己做出来的,在文献研究和整理方面下了点死功夫。

"当然,现在交付作为博士学位论文的部分,只是吕茹整体计划的一个雏形,她的最终设想是将该选题做成一部中国古代白话短篇小说与戏曲的关系史,仍然需要补充和完善许多方面。我们对此寄予期待。"

2010年5月26日吕茹发来她为论文答辩准备的陈述词,请我看看还有什么不足或缺漏:"一、论题选定。我在学习戏曲史的过程中,发现明末清初时期有许多戏曲题材都取材于'三言''二拍'中的作品,比如清初的苏州作家群成员大都对'三言''二拍'进行过改编,较为有名的如《十五贯》《占花魁》《人兽关》《快活三》《太平钱》传奇等。这个现象引发了我的兴趣,深入考索进去,发现不仅明末清初的白话短篇小说与戏曲在故事题材上有着密切的联系,甚至在戏曲尚未成熟的两宋时期,二者的联系也非常紧密。于是在征得廖老师及郑老师的同意后,我就试探着去解释这一现象,最终成了现在的博士论文。目前的论文虽涉及宋元及明清时期的白话短篇小说,但主要是以'三言''二拍'为中心进行考察,阐释从白话短篇小说至戏曲的改编过程中所发生的变异状况。"

"二、研究思路。中国古代小说与戏曲的血缘关系,我想在座的老师与同学们都有一个清晰或模糊的印象。这样两种叙事性的文艺形式，在文化品质上具有内在的同一性，不仅古人经常将它们等同视之，直至近代，一些人仍对小说、戏曲甚至于弹词统称为小说。古代的小说与戏曲存在诸多共通之处，其最大的共性就在于它们的叙事性。尽管从艺术特征上看，小说以语言文字叙述故事，是叙述体；戏曲是演员通过舞台表演故事，是代言体，但是二者在故事题材、结构体制、审美内涵、叙述方式等方面却相互影响、彼此渗透。"

"在古代小说与戏曲的关系框架中，可以细分为两种类型：文言小说与戏曲的关系，如'聊斋戏'等；白话小说与戏曲的关系，其中包括以'三言''二拍'为代表的白话短篇小说与戏曲的关系，也有白话长篇小说与戏曲的关系，如'水浒戏''三国戏'等。我们先来考察一下文言小说、白话小说与戏曲的关系。自诞生之初，古代小说与戏曲就一直保持着密切的关系。从发生学的角度看，二者都与远古时代的社会生活与宗教活动有一定关联。古代小说秉承史传的创作传统，以纪实为主，经过魏晋志怪、志人小说，至唐传奇兴起，逐渐摒弃了实录的创作原则，进入真正意义上的小说创作。与此同时，戏曲的发展则从远古时代的祭神乐舞，经过秦汉六朝的'百戏'形态，至唐代发展成为以科白滑稽为主的参军戏与以歌舞为主的歌舞戏，这些早期戏剧缺乏叙事性内容而处于质朴粗陋的状态。唐传奇只是上层文人的游戏之笔，其传播的深广度受到限制，其对于戏曲的影响是间接、复杂的。"

"实际上，古代小说与戏曲的关系，至宋代勾栏瓦舍中'说话'伎艺兴盛才开始密切。'说话'伎艺经过秦汉'俳优侏儒'的说话艺术与唐代的'变文''俗讲'等说唱文学的发展，至宋代达到繁盛，而白话小说就是在'说话'伎艺基础上演变而成。据《东京梦华录》记载，在北宋京都汴梁的市民娱乐场所——勾栏瓦肆中，杂剧、傀儡戏、诸宫调、小说、影戏等各种伎艺都在作场。这些伎艺均以说唱和表演故事为主，观者众多。但此时的戏曲并未臻于成熟，表演故事仍然有门槛要跨越。而'说话'伎艺已经积累起丰富的经验和故事题材。当这两种伎艺在勾栏瓦舍中彼此渗透、相互融合时，戏曲对'说话'伎艺显示出更多的依赖性。当然，戏曲正式形成之后，也对在'说话'伎艺基础上形成的白话小说产生了巨大影响。二者互为促进、相辅相成，因而艺术表现上存在着诸多的共同之处。"

"宋元以后，白话小说与文言小说各成系统，而又相互影响、交叉发展，与戏曲则保持着密切的关系。文言小说从民间说唱文学中汲取营养，许多作品在故事题材上与白话小说类同，而白话小说经过文人的润饰与加工，在闾里坊巷间也广泛流播。在这种以书面形式流传的白话小说基础上，就形成了文人小说家的独立作品，演变为近代意义上的小说。而在古代戏曲的创作中，文人戏曲家一方面大量整理改编民间说唱文学作品，另一方面也经常进行独立写作。因而，中国古代文言小说、白话小说与戏曲的关系较为繁复，在不同的历史时期呈现出不同的状态，基本表现为彼此借鉴、互相交融的态势。"

"总体来说，唐传奇等文言小说产生较早，对之后形成的白话小说与戏曲都有一定的影响。相较之下，文言小说与戏曲的关系较为间接、复杂，不如白话小说与戏曲的关系那么直接、密切。这是因为相较于文言小说，白话小说的篇幅体制相对庞大，场景描写也较为细腻丰富，语言表达更为流畅明晰，所以更容易改编为戏曲。"

"其次探究一下白话短篇小说与戏曲的关系。宋金时期，'说话'伎艺相当发达，讲究敷演技巧，一些故事广泛流传于市井村社之间，为广大民众所熟知。宋杂剧、金院本、诸宫调便吸收了'说话'讲述故事的方式以及故事题材，增强了自身的叙事性和表现力。尤其是'说话'伎艺之一的'小说'人善讲一朝一代故事，能于顷刻间提破与捏合，故事性极强，留下众多的白话短篇小说，从根本上滋养了戏曲的成长。反之，由于这一时期戏曲尚处于始发状态，白话短篇小说据之改编的状况较为少见。"

"元代以降，白话短篇小说与戏曲保持着并驾齐驱势头，在故事题材、叙事技巧上相互借鉴，一起推动了叙事艺术的发展与完善。其中元杂剧大量借鉴宋元白话短篇小说的故事题材，而且还吸收了白话短篇小说的叙事方法与形式体制。但是，它对元代白话短篇小说的影响仍然很微弱，也未能吸引对方来改编自己的作品。"

"明清时期，白话短篇小说与戏曲比肩发展，均迎来了各自创作的高峰期，于是出现了白话短篇小说与戏曲双向改编的状况。明清白话短篇小说从宋金元明清戏曲作品里广泛汲取营养，戏曲的主题内涵、人物形象、情节结构都对明清白话短篇小说产生影响。"

"三、主要内容。探讨以'三言''二拍'为中心的白话短篇小说与戏曲的关系，有两个基本思路：二者相互渗透的共通性研究，因文体制约而产生的影响差异性研究。我按照这两个思路探讨古代白话短篇小说与戏曲之间的嬗变关系，从而形成了论文的主体：上篇探讨宋元、明、清三个时期白话短篇小说与戏曲之关系，研究从白话短篇小说到戏曲的改编过程中，因文体制约而产生的特殊转换，包括叙事模式、叙事内容的嬗变，从而探讨二者的共通性及转换时所产生的差异性。下篇选取三个典型案例来具体分析改编实践，探讨以故事题材为中心的白话短篇小说和戏曲在改编过程中的传承情况、文本差异，主题衍伸、情节变化、叙述心态，等等。上下篇共同结构成一个主题论述，从而完成戏曲小说影响研究的任务。"

吕茹通过博士学位论文答辩之后，就到浙江传媒学院工作去了，一晃已经若干年。这期间她教学、育子，又曾遭病魔侵凌，工作、生活、治疗占去了主要的时间。但我一直悬想着她论文的修改与出版。终于，它来了。眼下摆在我面前的文稿，虽依稀还透露出当年博士学位论文的眼角眉梢，却已经过重大改动，基本突破了最初的框架设想，从叙事模式、叙事主题、叙事人物、叙事情节四个角度对话本小说与戏曲的互动进行了观照，更加紧扣了叙事学主体，结构趋于严谨和缜密，论述增添了思辨色彩，而远离了最初史的构想。

以上拉拉杂杂地披露了这么多我们师生间的交流，特别是吕茹博士学位论文从构思到孕育成形的过程，是想给后来者提供一个切近问学途径的个案，因为它透露了从毛坯到成品的信息，或许有着某种启示。在我，当然更多留下的是师生交往的亲切回忆，此时此刻，也更加感念郑尚宪兄对吕茹无私的倾情培养。至于著作本身，则请读者自己来做价值判断吧。

廖 奔

2017年1月11日于北京紫竹公寓

目 录

绪论 …………………………………………………………（1）
  一　研究缘起与论述角度 ……………………………（1）
  二　文献综述与研究现状 ……………………………（11）
  三　概念界定与研究思路 ……………………………（18）

第一章　话本小说与戏曲叙事互动的可通性 …………（23）
  第一节　叙事源流的渗透互通 ………………………（23）
  第二节　文化语境的同生共长 ………………………（32）
  第三节　结构体制的沿袭共通 ………………………（46）
  第四节　审美趣味的趋同一致 ………………………（57）

第二章　话本小说与戏曲叙事模式的互动 ……………（65）
  第一节　叙事时间的一致与转化 ……………………（65）
  第二节　叙事角度的类同与转换 ……………………（79）
  第三节　叙事结构的渗透与转变 ……………………（94）

第三章　话本小说与戏曲叙事主题的互动 ……………（106）
  第一节　叙事主题的影响与变更 ……………………（107）
  第二节　主题虚拟的叙事建构 ………………………（116）
  第三节　主题重释的叙事演绎 ………………………（127）

第四章　话本小说与戏曲叙事人物的互动 ……………（138）
  第一节　叙事人物的互动与演变 ……………………（140）
  第二节　人物整合的叙事沿袭 ………………………（149）
  第三节　人物塑造的叙事演变 ………………………（158）

第五章　话本小说与戏曲叙事情节的互动 ……………（173）
  第一节　叙事情节的依托与变异 ……………………（174）

第二节　情节追加的叙事整合 …………………………（183）
　　第三节　情节演变的叙事变异 …………………………（194）
结语 ……………………………………………………………（202）
附录　"三言""二拍"戏曲叙录 ……………………………（207）
参考文献 ………………………………………………………（250）
后记 ……………………………………………………………（261）

绪　　论

一　研究缘起与论述角度

作为叙事性的文艺形式，古代小说与戏曲的文化品质具有内在的同一性，以至于古人常将二者等同视之，如清人俞佩兰在《女狱花序》所言："中国旧时之小说，有章回体，有传奇体，有弹词体，有志传体，朋兴焱起，云蔚霞蒸，可谓盛矣。"① 这种将传奇、弹词与小说视为一类的观点，普遍存在于古人的笔记杂录中。直至近代，蒋瑞藻编著《小说考证》时，"对小说、戏曲未予明确区分，统称小说，体例不免混杂"②。作为一部带有资料性质的工具书，特别指出："戏剧与小说，异流同源，殊途同归者也。"③ 对于戏曲作品的考证甚至远远多于小说。钱静方也有一部研究小说、戏曲的资料集，名《小说丛考》，"内容却除考证小说外，兼及戏剧、传奇、弹词，正和蒋瑞藻的《小说考证》同样芜杂，所以不同的，蒋著只是网罗旧闻，此书则对每一著作都拿来和正史、野史、私家笔记相比勘，以考证它的来源是否有据"④。

蒋瑞藻、钱静方等前辈学者将戏曲、小说、弹词等混为一谈的做法，虽不科学，但亦有其道理。中国古代的小说、戏曲、史传文学、叙事诗等作品属于不同的文艺种类，按其内在的艺术特性，一般分为抒情性、叙事性、戏剧性。话本小说的本质属性为叙事性，戏曲的本质属性为戏剧性，二者在彼

---

① 丁锡根：《中国历代小说序跋集》，人民文学出版社1996年版，第1751页。
② 蒋瑞藻：《小说考证》，上海古籍出版社1984年版，第1页。
③ 蒋瑞藻：《小说考证》，上海古籍出版社1984年版，第337页。
④ 钱静方：《小说丛考》，古典文学出版社1957年版，第1页。

此的交流与碰撞中，基本呈现你中有我、我中有你的融会状态，各自包容了对方的本质属性，并具有共同内在的艺术特性——叙事性。

话本小说以语言文字叙述故事，属于叙述体；而戏曲艺术通过演员在舞台上表演故事，属于代言体。然而二者在故事题材、结构体制、审美内涵、叙述方式等方面相互影响、彼此渗透，以至于有人宣称："一部小说史就是一部活的戏曲史；而一部戏曲史又是一部活的小说史。"①

（一）文言小说、白话小说与戏曲叙事的互动

与诗歌、散文相比，中国古代的小说、戏曲虽发轫较早，但却晚出。从发生学的角度，小说的渊源可上溯至上古的神话传说，而戏曲的渊源也可追溯至上古的祭祀仪式歌舞。从起源发生来说，二者都与远古时代的社会生活与祭祀活动有一定的关联，本根相连，神魂相系。古代小说从"粗陈梗概"的魏晋志怪、志人小说至"始有意为小说"的唐传奇②，小说家才逐渐摒弃"实录"和"信史"的历史性叙事模式，驰骋想象、凭虚构象，进行真正意义上的小说创作，从而宣告了文言小说的成熟。戏曲艺术发源于远古时代的祭神乐舞，经过秦汉六朝的"百戏"形态（包括优戏和歌舞戏），至唐代发展成为以科白滑稽为主的参军戏与以歌舞为主的歌舞戏，这些表演伎艺都为戏曲艺术的正式形成奠定了基础。自诞生之初，古代的小说与戏曲就一直保持着密切的关系，正如清代刘师培《论文杂记》所言：

> 盖传奇小说之体，既兴于中唐，而中唐以还，由诗生词，由词生曲，而曲剧之体兴。故传奇小说者，曲剧之近源也；叙事乐府者，曲剧之远源也。③

刘师培从文学史及叙事的角度指出了戏曲与小说的血缘，有一定的说服力。金、元曲剧之所以滥觞，其近源在于唐传奇小说，而远源在于诗三

---

① 此种观点由宁宗一在《戏曲与小说的血缘关系杂谈（二则）》一文中提出，且多次被国内其他学者接纳与引用。宁宗一：《戏曲与小说的血缘关系杂谈（二则）》，《戏曲艺术》1996年第4期。
② 鲁迅：《中国小说史略》，《鲁迅全集》，人民文学出版社2005年版，第73页。
③ 刘师培：《论文杂记》，《刘师培经典文存》，上海大学出版社2004年版，第273页。

百篇、《孔雀东南飞》之类的叙事诗。

有宋一代,经由秦汉"俳优侏儒"的说话艺术与唐代的"变文""俗讲""说话"等说唱文学的发展,以广大市民阶层为对象的通俗文艺逐渐兴起,在"说话"艺人底本基础上演变而成的话本小说繁盛一时。小说家对小说的创造性开始关注,"从以基于历史真实事件的历史写作转向了集中于描写现实人情和真实的美学"①。与此同时,各种时兴的表演伎艺在北宋京都汴梁(今河南开封)的市民娱乐场所——勾栏瓦舍中登场,有小曲、杂剧、傀儡、诸宫调、讲史、小说、影戏、说三分、说五代史等。这些伎艺以说唱故事与杂剧表演为主,观者踊跃如潮,"不以风雨寒暑,诸棚看人,日日如是"②。靖康之变后,宋室南渡,南移至临安(今浙江杭州),瓦舍随之重建,杂剧和"小说"等伎艺演出再度繁盛,成为最受欢迎的表演项目。③然而,南宋杂剧最终未发展到成熟戏曲的程度,除社会环境及自身体制等因素外,其中表演内容一直保持北宋时期调笑滑稽的风格,不能状摹完整的人生情境。

南宋吴自牧《梦粱录》中记述南宋杂剧的风格为:"大抵全以故事,务在滑稽唱念,应对通遍。此本是鉴戒,又隐于谏诤,故从便跣露,谓之'无过虫'耳。若欲驾前承应,亦无责罚,一时取圣颜笑。凡有谏诤,或谏官陈事,上不从,则此辈妆做故事,隐其情而谏之,于上颜亦无怒也。"④据吴自牧描述,南宋杂剧继承了北宋杂剧纯粹的喜剧特色以及政治性的社会功能,并未展现完整的人生内容。然而,南宋杂剧受到宋代蓬勃兴盛的小说、讲史、傀儡等伎艺的影响,尤其是呈现成熟状态的"说话"艺术的渗透。从二者的发展进程来看,"说话"伎艺成熟兴盛在前,而宋杂剧的故事性仍不强,因此宋杂剧对"说话"伎艺显示出更多的依赖性。尤其是"说话"伎艺之一"小说"与杂剧在篇幅结构、表演体制等方面相类,且善讲一朝一代故事,能于顷刻间提破与捏合,因此从根本上滋养了南宋杂剧的成长,才使宋杂剧能敷演连贯完整的故事情节,摆脱

---

① [美]鲁晓鹏:《从史实性到虚构性:中国叙事诗学》,北京大学出版社2012年版,第11页。

② (宋)孟元老:《东京梦华录笺注》,伊永文笺注,中华书局2006年版,第462页。

③ 南宋《都城纪胜》载:"散乐传学教坊十三部,唯以杂剧为正色。"可见杂剧在散乐中的重要地位。《〈都城纪胜〉(外八种)》,上海古籍出版社1993年版,第7—9页。

④ 《梦粱录》,《〈都城纪胜〉(外八种)》,上海古籍出版社1993年版,第167页。

粗陈梗概、全无细节的状态。据考证，受"说话"艺术的影响，南宋杂剧在内容上已朝传奇故事的表演方向发展，出现《柳毅大圣乐》《崔智韬艾虎儿》《李勉负心》《王魁三乡题》《郑生遇龙女薄媚》一类神话志怪故事、世俗故事以及一些文人仕女类爱情传奇，即以崔护、王子高、莺莺、裴少俊等著名人物传奇故事为题材的杂剧等。①

中国戏曲史上成熟的戏曲样式——南戏在南宋的出现，即是在两宋杂剧的表演体系以及宋代说话艺术、说唱表演伎艺繁荣的基础上发展而来。当时的"说话"艺术已非常繁盛，按照内容可分为烟粉、灵怪、铁骑、公案、朴刀杆棒、讲史、说经、说参请等诸多门类，留下大量话本、词话、诗话的作品。这种通俗叙事文学的成熟，才使中国戏剧实现从初级形态向成熟形态的蜕变。同时，戏曲艺术正式形成后，也对话本小说的故事题材及艺术体制造成了一定的影响，二者互相渗透、彼此依托。

宋元以降，在"说话"之"讲史""小说"等伎艺底本上形成的话本小说、历史演义小说或章回小说（统称为白话小说）与文言小说各成系统，又相互影响、交叉发展，与戏曲保持着密切的关系。文言小说从民间说唱文学中汲取营养，许多作品的故事题材与白话小说类同，而在"小说"艺人底本基础上演变而成的话本小说，经过文人的润饰与加工，在坊间也广泛流播。这类以书面形式流传的话本小说，后经文人小说家的独立创作与编撰，逐渐演变为近代意义上的小说。而戏曲的创作中，文人戏曲家不仅经常改编与整理民间说唱文学作品，还进行独立创作。从这个角度上说，中国古代的文言小说、白话小说与戏曲的关系较为繁复，在不同的历史时期呈现不同的状态，基本表现为彼此借鉴、互相交融的趋势。

一般认为，唐传奇等文言小说产生较早，对之后形成的白话小说与戏曲都有一定的影响。相对而言，文言小说与戏曲的关系较为间接、复杂，不如白话小说与戏曲的关系那么直接、密切。通常情况下，戏曲向文言小说取材有两种状况。

一是，剧作家直接取材于文言小说。据邵曾祺考证，元杂剧采用唐人

---

① 谭正璧：《话本与古剧》，上海古籍出版社1985年版，第171—190页。

小说约有二十种，其中唐传奇约有十五种。①

二是，将文言小说转化为白话小说，再将白话小说改编为戏曲，这种状况比较普遍。以唐传奇为例，由于它取得了巨大的文学成就，在数量上洋洋大观，结构体制与"说话"伎艺中颇受青睐的"小说"较为接近，于是"小说"艺人对其进行了大量的改编。这种改编最初仅以口头方式进行，底本大多佚失，据元末明初罗烨《醉翁谈录》、明代晁瑮《宝文堂书目》等著录的说话故事名目以及现存宋元话本名目，"小说"话本多据唐传奇改编。另据胡士莹《话本小说概论》考证，在现存的宋代话本中，多篇作品的本事出自文言小说。②

随着通俗叙事文学在宋元两代的传播，至明清时期，话本小说的编撰者继承了宋元话本据事敷演的创作传统，多以文言小说为依据。一般来说，文言小说的题材在被白话小说采用后，以白话小说为中介，与戏曲发生间接的联系。这是因为相较于文言小说，白话小说的篇幅体制庞大，场景描写细腻丰富，语言表达流畅明晰，所以白话小说比较容易改编为戏曲。从这个意义上说，唐传奇等文言小说与戏曲的关系较为间接而复杂，而在"说话"艺人底本基础上形成的白话小说与戏曲的关系则更为直接密切。至明清时期，白话小说与戏曲虽然发展到了各自的鼎盛期，但是在故事题材、艺术表现等方面仍然相互渗透、彼此影响。

（二）话本小说与戏曲叙事的互动

话本源于"说话"伎艺，从口头文学过渡到书面文学，其中"小说"一类"仿以为书，虽已非口谈，而犹存曩体"③，不仅保存"说话"的结构体制，而且沿袭"说话"的叙事方式。有宋一代，"小说"与"杂剧"在勾栏瓦舍中同生共长，彼此的地位在瓦舍众伎中十分重要，较受市民大众所欢迎。从现存话本小说、杂剧、院本、戏文的名目看，宋元话本与戏曲的关系相当密切，彼此袭用题材者较多。据胡士莹考证，宋代话本与官本杂剧、金院本、宋元南戏等彼此袭用的题材可考者有三十多种。④

---

① 邵曾祺：《元明北杂剧总目考略》，中州古籍出版社1985年版。
② 胡士莹：《话本小说概论》，中华书局1980年版，第206—234页。
③ 鲁迅：《中国小说史略》，《鲁迅全集》，人民文学出版社2005年版，第122页。
④ 胡士莹：《话本小说概论》，中华书局1980年版，第91页。

明清时期，话本小说的创作与收集进入了一个全盛时期，出现两部代表话本小说最高成就的小说集——"三言""二拍"。它们在"小说"艺人底本的基础上发展演变而来，保持着讲说故事的特点，内容新奇、情节曲折，自其诞生后便成为戏曲和曲艺舞台的宠儿，以至于20世纪原书湮没无闻的状况下，因大量衍生戏曲作品的存在，其中的故事仍然广为流传。时至今日，戏曲舞台上仍搬演话本小说中一个个熟悉的故事。以"三言"为例，有杜十娘、白蛇传、玉堂春、金玉奴、唐伯虎、李白等，不仅在宋元时期存在同一题材的戏曲作品，而且明清时期话本小说流行之后又被戏曲家多次重释。正如郑振铎在李玉《眉山秀》跋中所言："明清之际，传奇作家每喜取材于'话本'，此（《眉山秀》传奇）亦其一种。"① 据谭正璧对"三言""二拍"戏曲剧目的初步统计，"三言"故事被改编为40余部传奇，仅《醒世恒言》就有21篇拟话本小说作品被改编为传奇，"二拍"78篇作品中有20余篇被改编为传奇。此外，"三言""二拍"也有多篇被改编为杂剧，据谭正璧统计，"三言"有36篇作品被改编为杂剧，"二拍"作品中也有20余篇被改编为杂剧。②

中国古代社会中，小说与戏曲一直被主流文化视之为毒蛇猛兽，禁毁或禁演的政策，造成话本小说与戏曲资料的大量佚失，加上后人在考证过程中不可避免的缺漏，因此关于戏曲剧目的统计并不能代表改编的实际数量。大致而论，就文言小说、白话长篇小说（源于"说话"伎艺"讲史"一家的历史演义小说或章回小说）、白话短篇小说（源于"说话"伎艺"小说"一家的话本小说）三种小说文体来说，据话本小说直接改编的戏曲作品数量远远超过前两种。话本小说之所以受到戏曲家频频青睐与关注，有其先天的改编优势。

首先，从语言表达上看，话本小说语言简单流畅、委婉生动、表达明晰，与戏曲的对白、说白有相似之处。而文言小说的对白、说白尽管也简练明晰，但是不如白话小说描人状物细致生动。如果戏曲家将文言小说改编为戏曲，要对文言小说实行化隐奥为浅显、化文雅为通俗的文字处理工作。戏曲家在重释白话小说的故事时，能顺利实现转换的工作，将白话小说中细致丰富的对白、说白、细节描写直接取用，或再进行适当的加工与

---

① 古本戏曲丛刊编委会：《古本戏曲丛刊》（三集），文学古籍刊行社1957年版。
② 谭正璧：《话本与古剧》，上海古籍出版社1985年版，第117—154页。

润色即可。因此从重释的技术处理来说，白话小说作品更容易被戏曲家采用。

其次，从篇幅体制上来看，"小说"在"说话"伎艺中体制短小，一次或几次就能说完，作为加工润色过的"小说"底本——话本小说的篇幅也是短篇的体制，一般只有三五千字或六七千字，较长者如《卖油郎独占花魁》等作品也只接近中篇，极少达万字。历史演义小说或章回小说的篇幅过于冗长，如《三国演义》《水浒传》《红楼梦》成书后，戏曲家据此改编为系列的"三国戏""水浒戏""红楼戏"的剧目。对白话长篇小说实际操刀进行改编时，戏曲家只可能截取其中一段情节或围绕一个人物为中心讲述故事，通常还受到小说整体逻辑性的限制与局囿，不能自由灵活发挥与想象，因此此类小说的改编集中于一些影响深远的名著。相对而言，话本小说的体裁轻巧灵活，故事情节恰好构成一个独立完整的故事，叙事委婉曲折，描摹人情物态生动周详，便于戏曲家参照与发挥。正如胡适所言，短篇小说"用最经济的文字手段，描写事实中最精彩的片段，而能使人充分满意"①。文言小说的篇幅尽管也较为短小精悍，但情节描写大多粗略简单，不及白话小说的叙述委曲详赡，因此戏曲家一般选择话本小说进行改编。

再次，话本小说与戏曲具有共通的表演体制。尽管明末清初的拟话本小说不能像宋元时期"说话"伎艺一样可以说唱表演，但在结构体制上保留了宋元时期"说话"艺术的风貌，如开篇主要人物自报家门、经历等套路，文末的结场诗，说白中间用"正是"云云结束一个脚色的道白，以骈俪语描写景色、人物，以局外人口吻宣告结局等，与戏曲的表演体制接近。而文言小说只能向戏曲提供基本的素材，或是通过文字转化后的白话小说，与戏曲产生一定的联系。元明清时期，大量文化素质较高的文人开始参与戏曲创作，也使许多戏曲作品的本事直接来源于文言小说。总体而言，话本小说与戏曲在表演体制上的相类，使戏曲家在重释故事时更易于操作。比起直接取材自文言小说，戏曲家可以将精力放在人物塑造、主题拓展等问题上，从而弥补前人叙事的疏漏，使改编的成功率大大提高。

---

① 胡适：《胡适古典文学研究论集》，上海古籍出版社1988年版，第680页。

(三) 理论框架及论述角度

叙述理论，或者说广义的叙事学，是西方研究界近几十年取得突破与进展的一个领域，颇受瞩目。华莱士·马丁《当代叙事学·导论》中言道："在过去十五年间，叙事理论已经取代小说理论成为文学研究主要关心的论题。"① 叙事作品无处不在、变化无穷。罗兰·巴特在《叙事作品结构分析导论》中认为："叙事遍布于神话、传说、寓言、民间故事、小说、史诗、历史、悲剧、正剧、喜剧、哑剧、绘画、彩绘玻璃窗（请想一想卡帕齐奥的《圣欲絮尔》那幅画）、电影、连环画、社会杂闻、会话。而且，以这些几乎无限的形式出现的叙事遍存于一切时代、一切地方、一切社会。"② 对于这样一个广泛的概念，学界将叙事作品界定为"对于一个时间序列中的真实或虚构的事件或状态的讲述"③。

中国的古代小说、戏曲作品，一直被视为小道末技、异端邪说，不仅难与诗文之类正统文学的文化地位相提并论，还被正统文人所不齿，官方意识形态甚至认定它们具有潜在的颠覆性。在这种情况下，小说、戏曲仅以"野史""稗史""补史"的面貌存在，因此中国的叙事理论批评家大多关注小说、戏曲等叙事作品中的历史性或史实性问题。随着通俗叙事文学作品（尤其是话本小说、戏曲等）在宋元时期的传播，人们开始意识到话本小说、戏曲是生动逼真的文学创造，而非写实主义的历史写作。至此以后，"中国的叙事诗学已经从以'事'为中心转为以'理'、'情'为中心，即"从以基于历史真实事件的历史写作转向了集中于描写现实人情和真实的美学"④。

同样，作为通俗叙事文艺的话本小说、戏曲的研究也需追求及构成符合二者的故事本体和行为主体的叙事理论及其研究框架。20世纪，小说和戏曲两种文体被纳入"叙事文学"这一广泛的文类概念之中，研究者对小说、戏曲"叙事性"的研究脱离了史学的阐释传统，迈向诗学的叙

---

① ［美］华莱士·马丁：《当代叙事学》，伍晓明译，北京大学出版社2005年版，第1页。
② 张寅德：《叙述学研究》，中国社会科学出版社1989年版，第2页。
③ ［美］杰拉德·普林斯：《叙事学：叙事的形式与功能》，徐强译，中国人民大学出版社2013年版，第2页。
④ ［美］鲁晓鹏：《从史实性到虚构性：中国叙事诗学》，王玮译，北京大学出版社2012年版，第11页。

事研究。① 国内小说、戏曲研究者接受了来自西方的文学观念及其理论方法的研究，可是中西方对于叙述的不同理解，以及中国人对小说、戏曲等叙事作品的阅读与阐释有着自己的叙事传统以及独特的叙事话语特点，使西方的文学观念及其理论方法并不能完全适应中国话本小说、戏曲的叙事研究。

再则，西方叙事学的研究有各种各样的理论框架，20世纪至今，随着时代的变迁与地理位置的转移，各家阐释研究具有不同的侧重点，主要分为三大阵营：一是以什克洛夫斯基与普洛普为代表的俄国形式主义，他们关注事件的功能、结构规律、发展逻辑等；二是以茨维坦·托多罗夫和热拉尔·热奈特为代表的法国结构主义叙事学，他们认为叙事作品以口头或书面的语言表达为本，叙述者的作用至关重要，关注的是叙述者的话语手段，如倒叙或预叙、视角的运用等；三是以普林斯和查特曼等人为代表，认为事件的结构和叙述话语均很重要，兼顾了前两种的研究，被称为"总体的""融合的"叙述学。②

由于西方叙事学理论的抽象性与完整性，本书参考以上三大学派的综合研究成果，以大量的个案研究为基础，结合话本小说、戏曲发展的实际进程，探讨话本小说与戏曲叙事模式与叙事内容的互动。其中叙事模式包括叙事时间、叙事结构、叙事角度三个层次，"叙事时间"参考俄国形式主义关于"故事"与"情节"的划分，"叙事角度"与法国结构主义叙事

---

① 对于叙事文学作品中"诗学"的阐释，美国学者鲁晓鹏认为，中国叙事话语具有史学的叙事功能，随着俗语文学在宋元两代的广泛传播，中国叙事话语已从史实性向虚构性进行转变与演进。中国学者徐岱《小说叙事学》中指出小说创作理论中有"主史派"与"主诗派"之分，"主诗派"叙事作品讲究主观感受的真挚表达，注意作品的内在意境和叙述情调。中国古代诗歌有"言志抒情"的传统，同样也为小说、戏曲所注重。这种叙事思想与"纪事征实"的历史叙事思想一样，属于中国古代叙事思想的组成部分。[美]鲁晓鹏：《从史实性到虚构性：中国叙事诗学》，北京大学出版社2012年版；徐岱：《小说叙事学》，商务印书馆2010年版，第28—33页。

② 申丹：《叙述学与小说文体学研究》，北京大学出版社2004年版，第4—5页。

学关于"叙事语式""焦点调节"的阐述类同①,"叙事结构"主要针对话本小说与戏曲的发展实际,着眼于作者创作时的结构形态意识,在情节、背景、人物三要素中选择以情节为结构中心的思路。

关于叙事的内容要素,在不同的框架中有不同的划分标准,切入点仍然是主题、人物与情节(狭义的故事)的三分法。② 这个三分法尽管有些陈旧,但是不能一味唯新是从,只有从这个角度入手探讨话本小说与戏曲叙事内容的互动,才符合话本小说、戏曲这两个叙事文体发展的实际。

在话本小说与戏曲的互动中,话本小说为戏曲提供了丰富的题材,在结构体制、叙述方式等方面对戏曲也有一定的影响。反之,戏曲对话本小说的渗透也不能低估,特别是元杂剧的兴盛对话本小说产生了强烈的反作用,如"三言""二拍"等明清时期的多篇话本小说都与元杂剧的叙事有一定的共通性,且这些话本小说也受到元杂剧的影响,进而使话本小说的叙事技巧更加成熟完善。然而,二者之间的关系非常复杂,我们常常可以看到,一个故事的流传,从宋元话本至戏曲,又从戏曲至明清拟话本小说,再从明清拟话本小说至戏曲这样循环往复的过程。因此,如果要研究话本小说与戏曲叙事的互动,必须包括两个方面,即话本对戏曲的影响以及戏曲对拟话本小说的反作用。

在中国文学史上,由小说改编为戏曲者多,由戏曲改编为小说者少。这不仅由于包括话本小说在内的叙事文学作品自戏曲萌芽、诞生起就对其叙事进行充实与滋养,而且也因话本小说有较为充实周详的情节供戏曲家进行选择与参考。反之,戏曲较难改编为话本小说,这是由于它作为一门

---

① 兹维坦·托多罗夫《叙事作为话语》一文把叙事问题分为三个部分:"表达故事时间和话语时间之间关系的叙事时间,叙事体态或叙述者观察故事的方式,以及叙事语式,它取决于叙述者为使我们了解故事所运用的话语类型。"也即三个范畴:时间范畴,表现故事时间和话语时间的关系;语体范畴,或叙述者感知故事的方式;语式范畴,即叙述者使用的话语类型;之后的法国热拉尔·热奈特以兹维坦·托多罗夫提出的划分为出发点,在《叙事话语》中列出五种叙述分析的重要门类:顺序、时距、频率、语式、语态。[法]兹维坦·托多罗夫:《叙事作为话语》,张寅德《叙述学研究》,中国社会科学出版社1989年版,第294页;[法]热拉尔·热奈特:《叙事话语·新叙事话语》,王文融译,中国社会科学出版社1990年版。

② 高尔基认为文学的概念如果限于"叙述体文学"——戏剧、长篇小说、中篇小说和短篇小说,它的内容就几乎全部包括在这三个要素之中,即语言、主题、情节。这种分法随着时代的发展有些过时,且近代文学创作也逐渐颠覆了以往的传统观念,因此我们不予采用。[苏联]高尔基:《论文学》,孟昌等译,人民文学出版社1978年版,第335页。

舞台艺术在有限的时间进行演出，不可能详尽铺陈其事，缺乏大量的细节，因此不能为小说创作提供足够的情节。实际上，这种状况也适用于话本小说与戏曲叙事的互动关系，话本小说对戏曲的渗透占据主要地位，而戏曲对话本小说的影响却微乎其微。

如前所述，宋元时期，正是包括话本小说在内的叙事文学的成熟，为真正意义上戏曲的诞生提供了最重要的故事性因素；明清时期，话本小说与戏曲尽管都发展到了各自的鼎盛期，但是话本小说对戏曲的叙事仍有极大的影响。关于二者之间叙事的趋同，我们也可以从目前收集到的数据中一见分晓。① 因此，从话本小说至戏曲的改编状况较为普遍，从戏曲至话本小说的重释则较为少见。鉴于此，我们虽着重揭示话本小说与戏曲叙事中互相影响、彼此借鉴的互动，但在具体论述以及个案分析时会侧重于探讨戏曲对话本小说的接受与重释，同时对于戏曲对话本小说的影响研究也会涉及。

二　文献综述与研究现状

戏曲与小说最大的共性在于它们的叙事性，即一个流传的故事，既有小说文本，又有戏曲文本。宋元时期，早期话本在故事性极强的"说话"伎艺之一"小说"的基础上演变而成，从根本上滋养了戏曲的成长，促使宋杂剧的故事性日以增强，加速了戏曲艺术的正式形成。明清时期，以"三言""二拍"为代表的拟话本小说与戏曲的故事题材也多有相同者（不包括之前已成剧作）。对戏曲而言，故事是联系它与话本小说的母体之间的脐带，因此对二者的研究向来是以故事为中心，在两种文体之间探讨故事的渊源与流变。

清代，人们已开始关注话本小说与戏曲故事题材的延续性，出现了以《传奇汇考》及《乐府考略》为代表的具有故事检索性质的目录学著作，其中有不少关于话本小说与戏曲故事渊源的分析。同时期的黄文旸奉旨修改古今词曲，得阅古今杂剧传奇，将古今作者各撮其关目大概，成《曲海》20卷。这本带有故事检索性质的目录学著作，以戏曲内容提要为主，

---

① 详见附录。因资料有限，戏曲作品在流传过程中也不断佚失，因此所辑"三言""二拍"为影响杂剧、传奇的数量并不代表改编的实际数量。

后又经董康校订,将《乐府考略》与《传奇汇考》合并整理,成《曲海总目提要》一书,以戏曲情节分析为主,考辨故事来源。①

清朝统治者实行了严酷的思想统治,话本小说代表作——"三言""二拍"被当作"小说淫词"列为禁书,遭到全毁或抽毁的命运,在清末曾经失传。20世纪20年代,伴随着明刊本《喻世明言》等话本小说集在日本的发现,学界对话本小说的研究工作才正式展开。学术研究一直独尊原创精神,因此学者对话本小说的故事出处表现出极大的热情,主要以"三言""二拍"等话本小说影响的剧目梳理为主进行研究。

1912年,王国维在《宋元戏曲史》中正式提出话本小说与戏曲的渊源关系:

> 宋之滑稽戏,虽托故事以讽时事,然不以表演为主,而以所含之意义为主。至其变为演事实之戏剧,则当时之小说,实有力焉。
>
> 此种说话,以叙事为主,与滑稽剧之但托故事者迥异。其发达之迹,虽略与戏曲平行;而后世戏剧之题目,多取诸此,其结构亦多依仿为之,所以资戏剧之发达者,实不少也。②

其中的"小说"是"不以著述为事,而以讲演为事"的"宋之小说",即早期的话本。王国维指出,早期的话本不仅为戏曲提供了丰富的题材,而且在结构体制、叙述方式等方面对戏曲也造成了一定的影响,使戏曲摆脱了诙谐、针砭的表演形式,逐渐敷演有情节之故事,促成戏曲艺术的真正形成。

随着19世纪末20世纪初白话文运动的兴起,古代小说与戏曲的研究也逐渐成为一门显学,陈平原对此描述道:

> 当本世纪初的中国学者开始把小说研究作为学术课题时,很自然以乾嘉学者之诂经注诗的方法来治小说,关注的重点是作者生平及作品的版本源流。索隐溯源和版本考辨,乃中国学者的拿手好戏,而

---

① 董康:《曲海总目提要》,天津古籍书店1992年版。
② 王国维:《宋元戏曲史疏证》,马美信疏证,复旦大学出版社2004年版,第42页。

"历史演变法"的理论命题,使大批学者"英雄有用武之地"。①

这种以追溯本事源流为中心、具有目录学性质的小说研究范式,同样适应于话本小说与戏曲关系的研究状况。在这一学术风气的影响下,郑振铎、孙楷第、赵景深、谭正璧等先生不遗余力地对话本小说开始了考源察流的研究工作。郑振铎《明、清二代的平话集》一文不仅证明《古今小说》即"三言"之一的《喻世明言》,解开了《古今小说》与"三言"的名称之谜,而且还考证了"三言""二拍"故事的来源,郑氏将版本研究与追溯故事来源的研究范式对后来学者的研究影响很大。②孙楷第也先后撰写了《重印〈今古奇观〉序》《"三言"、"二拍"源流考》等长篇论文,写作思路与郑振铎颇为相近,也是以话本小说的故事考源为主。③他还编著了具有目录学性质的两部著作,《戏曲小说书目解题》与《小说旁证》。尤其是《小说考证》"征其故实,考其原委,以见文章变化损益之所在"④,对宋、元、明、清时期163种话本小说进行考证求源的研究,其中对话本小说影响的剧目亦有提及。

蒋瑞藻、钱静方等研治小说史的著作也值得我们关注,这些著作多从史论的角度出发,运用目录学的方法追溯戏曲、小说故事源流、分析评价,其中有不少篇目涉及话本小说与戏曲故事的源流考辨。⑤随后的赵景深,也倾尽心血考察同一题材在话本小说、戏曲中的演变,先后撰写了《〈喻世明言〉的来源和影响》《〈警世通言〉的来源和影响》《〈醒世恒言〉的来源和影响》《〈拍案惊奇〉的来源和影响》《〈二刻拍案惊奇〉的来源和影响》等一系列关于话本小说故事来源与影响的研究论文。⑥

---

① 陈平原:《小说史:理论和实践》,北京大学出版社1993年版,第108页。
② 郑振铎:《郑振铎文集》,人民文学出版社1988年版,第330—431页。
③ 孙楷第:《沧州后集》,中华书局2009年版,第26—45页;孙楷第:《沧州集》,中华书局2009年版,第106—137页。
④ 孙楷第:《戏曲小说书目解题》,人民文学出版社1990年版;孙楷第:《小说旁证》,人民文学出版社2000年版。
⑤ 相关著作还有张静庐《中国小说史大纲》(1920)、庐隐《中国小说史略》(1923)、范烟桥《中国小说史》(1927)、胡怀琛《中国小说研究》(1929)、刘永济《小说概论讲义》(1930)、蒋伯潜与蒋祖怡父子《小说与戏剧》(1942)、蒋祖怡《小说纂要》(1948)。蒋瑞藻:《小说考证》,上海古籍出版社1984年版;钱静方:《小说丛考》,古典文学出版社1957年版。
⑥ 参见赵景深《中国小说丛考》,齐鲁书社1980年版。

孙楷第等学者以乾嘉学派校勘经史的治学方法对话本小说与戏曲故事的考源察流取得了开创性成果，然而他们的关注点在于一篇话本小说从肇始到成熟的过程，忽略了同一题材在话本小说与戏曲之间的演变。直至20世纪50年代，以谭正璧为代表的学者才开始全面考证话本小说与戏曲的故事源流。谭氏《话本与古剧》上卷《话本之部》广征博采，弥补了赵景深等前辈学者的考证疏漏，将话本小说的来源与流变结合起来考证，并对话本小说影响的戏曲剧目做了全面的盘查，对梳理话本小说及其影响的戏曲剧目做出巨大的贡献。① 另外，吴晓铃撰写《〈古今小说〉各篇的来源和影响》一文，虽然仅关注《古今小说》一部作品集，但是对于各篇作品来源与影响的研究独树一帜，并首次提出《金瓶梅词话》对话本小说故事的承袭。②

中华人民共和国成立后，话本小说与戏曲故事源流的考证工作继续深入，学界开始重视整理话本小说影响的戏曲剧目。首先，久未面世的话本小说集陆续出版③，由文化部文物管理局等编辑的《古本戏曲丛刊》等戏曲作品集也相继刊行④。另外，由傅惜华编著的"中国古典戏曲曲目总集"系列，《元代杂剧全目》《明代杂剧全目》《明代传奇全目》《清代杂剧全目》陆续出版。⑤ 这些话本小说集、戏曲作品集与戏曲曲目集的出

---

① 《话本与古剧》上卷《话本之部》全部完成于1949年以前。谭正璧：《话本与古剧》，上海古籍出版社1985年版，第1—170页。

② 吴晓铃《〈古今小说〉各篇的来源和影响》一文于1949年发表在法国巴黎大学北京汉学研究中心的《汉学》第二卷第四期，后经翻译发表在《河北师院学报》1991年第1期。

③ （明）冯梦龙：《古今小说》，人民文学出版社1958年版；（明）冯梦龙：《警世通言》，人民文学出版社1956年版；（明）冯梦龙：《醒世恒言》，人民文学出版社1956年版；（明）凌濛初：《初刻拍案惊奇》，古典文学出版社1957年版；（明）凌濛初：《二刻拍案惊奇》，古典文学出版社1957年版；（明）洪楩：《清平山堂话本》，古典文学出版社1957年版；（明）熊龙峰：《熊龙峰四种小说》，古典文学出版社1958年版；《京本通俗小说》，古典文学出版社1954年版。

④ 古本戏曲丛刊编委会：《古本戏曲丛刊》（初集），商务印书馆1954年版；古本戏曲丛刊编委会：《古本戏曲丛刊》（二集），商务印书馆1955年版；古本戏曲丛刊编委会：《古本戏曲丛刊》（三集），文学古籍刊行社1957年版；古本戏曲丛刊编委会：《古本戏曲丛刊》（四集），商务印书馆1958年版；古本戏曲丛刊编委会：《古本戏曲丛刊》（五集），上海古籍出版社1986年版；中国社会科学院文学研究所：《古本戏曲丛刊》（七集），国家图书馆出版社2018年版；古本戏曲丛刊编委会：《古本戏曲丛刊》（九集），中华书局1964年版。

⑤ 傅惜华：《元代杂剧全目》，作家出版社1957年版；傅惜华：《明代杂剧全目》，作家出版社1958年版；傅惜华：《明代传奇全目》，人民文学出版社1959年版；傅惜华：《清代杂剧全目》，人民文学出版社1981年版。

版，有利于学界进一步做沿流溯源的文献梳理工作，为探讨话本与戏曲叙事的互动研究打下了坚实的基础。

其中以谭正璧先生的研究成果最为丰厚，他集数十年之功，查阅数百种参考书，于1961年完成《三言两拍资料》，征引详赡、内容丰富，将"三言""二拍"的故事资料做了细致的排比，对话本小说与戏曲本事之间的源流关系见解独到，基本梳理了"三言""二拍"影响的戏曲剧目，足以代表20世纪话本小说与戏曲叙事互动方面的文献研究与整理的成果。① 胡士莹先生对话本小说的源流研究也用力甚勤，其著作《话本小说概论》对现存宋、元、明、清时期的话本小说与戏曲故事渊源与嬗变的关系也做了全面考辨。② 此外，他还撰写了单篇论文《白蛇故事的发展——从话本〈白娘子永镇雷峰塔〉谈起》《杜十娘故事的演变》，论述白蛇故事和杜十娘故事的演变发展，揭示话本小说与戏曲叙事的互动过程。③ 另外，叶德钧《古今小说探原三则》《三言二拍来源考小补》两篇论文也对"三言""二拍"部分话本的来源有所补充。④

20世纪80年代至今，学界对话本小说与戏曲叙事的互动研究逐渐脱离文献学的范畴，研究范围更为深广，研究方法亦逐步更新，主要表现在以下几个方面。

第一，对话本小说与戏曲本事的文献梳理与考证工作继续深入，主要集中于一些单篇流传故事在话本小说与戏曲之间的互动与演变，如吕兆康《白蛇传和戏曲》、段美华《白娘子嬗变的历史价值》、丰家骅《杜十娘故事的来源和衍化》、谭正璧《玉堂春故事的演变》、阿英《玉堂春故事的演变》、袁卓《〈十五贯〉与〈错斩崔宁〉》等论文，从同一题材的角度

---

① 谭正璧：《三言两拍资料》，上海古籍出版社1980年版。
② 胡士莹：《话本小说概论》，中华书局1980年版，第538—593页。
③ 分别载《浙江日报》1956年12月16日与1957年2月22日，后收入胡士莹《宛春杂著》，人民文学出版社1981年版。
④ 参见叶德钧《戏曲小说丛考》，中华书局1979年版，第561—576页。

将话本小说与戏曲进行比较研究，揭示同一故事题材在不同历史时期的变化。① 资料汇编整理方面的集大成者有段启明编《中国古代小说戏曲述评辑略》，著作对各个历史时期的小说与戏曲文献资料进行整理，并加以简要的梳理和论析。② 此外，一批引人注目的戏曲工具书也值得关注，如庄一拂《古典戏曲存目汇考》、邵曾祺《元明北杂剧总目考略》、郭英德《明清传奇综录》、王森然《中国剧目辞典》、李修生《古本戏曲剧目提要》等，这些工具书对于话本小说与戏曲叙事的互动与演变也多有揭示。③

第二，话本小说与戏曲关系的宏观研究。进入21世纪以来，学界对小说、戏曲血缘关系的研究不断升温，出现如许并生《中国小说戏曲关系论》、李玉莲《中国古代白话小说戏曲关系论》、黄大宏《唐代小说重写研究》、涂秀虹《元明小说戏曲关系论》、徐大军《元杂剧与小说关系研究》与沈新林《同源而异派——中国古代小说戏曲比较研究》等系列著作、论文，这些研究成果对小说与戏曲的互动关系进行综合性的宏观研究，对话本小说与戏曲之间的叙事问题也多有揭示。④ 2004年，徐大军又一力作《话本与戏曲关系研究》探讨话本与戏曲的关系形态及其二者发展进程中的意义，其中也大量涉及话本小说与戏曲叙事的互动分析。⑤

第三，从叙事学的角度探讨话本小说与戏曲之间的互动与演变，主要

---

① 吕兆康：《白蛇传和戏曲》，《文汇报》1979年2月18日；段美华：《白娘子嬗变的历史价值》，《海南大学学报》1992年第1期；丰家骅：《杜十娘故事的来源和衍化》，《宁波大学学报》1990年第1期；谭正璧：《玉堂春故事的演变》，《话本与古剧》，上海古籍出版社1985年版；阿英：《玉堂春故事的演变》，阿英《阿英说小说》，上海古籍出版社2000年版，第34—60页；袁卓：《〈十五贯〉与〈错斩崔宁〉》，《艺术百家》2006年第4期。

② 段启明：《中国古代小说戏曲述评辑略》，华文出版社2002年版。

③ 庄一拂：《古典戏曲存目汇考》，上海古籍出版社1982年版；邵曾祺：《元明北杂剧总目考略》，中州古籍出版社1985年版；郭英德：《明清传奇综录》，河北教育出版社1997年版；王森然：《中国剧目辞典》，河北教育出版社1997年版；李修生：《古本戏曲剧目提要》，文化艺术出版社1997年版。

④ 许并生：《中国小说戏曲关系论》，文化艺术出版社2002年版；李玉莲：《中国古代白话小说戏曲关系》，山西教育出版社2005年版；黄大宏：《唐代小说重写研究》，重庆出版社2004年版；董上德：《古代戏曲小说叙事研究》，广东高等教育出版社2007年版；徐大军：《元杂剧与小说关系研究》，河南人民出版社2006年版。

⑤ 徐大军：《话本与戏曲关系研究》，新文丰出版公司2004年版。

涉及二者之间艺术特征、创作手法等，如郭英德《叙事性：古代戏曲与小说的双向渗透》一文在肯定戏曲和小说文体差异的前提下，从叙事时间、叙事视角、叙事话语三个方面探讨古代戏曲与小说所共有的叙事性特质，并分析了这些特质的审美内涵。① 董上德的著作《古代戏曲小说叙事研究》也从小说与戏曲共通的叙事层面入手，不仅对戏曲、小说叙事若干主要的共通性作出理论表述，且通过叙事现象揭示了故事世代流传的心理因素，探讨故事流传与人们之间的关系。② 此外，郭英德《稗官为传奇蓝本——论李渔小说戏曲的叙事技巧》、沈新林《同花而异果——中国古代小说、戏曲创作手法比较》、邹越和陈东有《论中国古典戏曲艺术对古典小说的渗透与影响》、皋于厚《古代小说、戏曲的相互渗透及小说戏剧化手法的演进》、谭帆《稗戏相异论——古典小说戏曲"叙事性"与"通俗性"辨析》等论文，也从不同角度揭示了戏曲与话本小说在叙事艺术技巧方面的互动。③ 徐振贵所著《中国古代戏剧统论》第十章"论中国古代戏剧艺术的影响"，论述了中国古代戏剧对小说的渗透，对戏剧描写在小说中的作用、戏剧对小说写作艺术和小说发展演变的影响作了比较透彻的阐述。④ 徐振贵之女徐文凯的《有韵说部无声戏：清代戏曲小说相互改编研究》立足于文献整理，对清代戏曲小说改编状况做了全面的考索。⑤

尽管话本小说与戏曲的叙事研究成果卓著，但是这一领域的研究还存在很多不足。文献资料的收集整理零散且不成系统，不能全面反映二者关系的总体面貌；受文体及研究专题限制，无法对话本小说与戏曲叙事的互动关系进行全面阐发和深入揭示。因此，利用西方叙事学的理论，结合话本小说与戏曲发展的实际，在系统整理发掘话本小说与戏曲关系史料的基

---

① 郭英德：《叙事性：古代戏曲与小说的双向渗透》，《文学遗产》1995 年第 4 期。
② 董上德：《古代戏曲小说叙事研究》，广东高等教育出版社 2007 年版。
③ 郭英德：《稗官为传奇蓝本——论李渔小说戏曲的叙事技巧》，《文学遗产》1996 年第 5 期；沈新林：《同花而异果——中国古代小说、戏曲创作手法比较》，《艺术百家》2001 年第 2 期；邹越、陈东有：《论中国古典戏曲艺术对古典小说的渗透与影响》，《南昌大学学报》（社会科学版）2005 年第 1 期；皋于厚：《古代小说、戏曲的相互渗透及小说戏剧化手法的演进》，《艺术百家》1999 年第 4 期；谭帆：《稗戏相异论——古典小说戏曲"叙事性"与"通俗性"辨析》，《文学遗产》2006 年第 4 期。
④ 徐振贵：《中国古代戏剧统论》，山东教育出版社 1997 年版。
⑤ 徐文凯：《有韵说部无声戏：清代戏曲小说相互改编研究》，中国传媒大学出版社 2010 年版。

础上，充分借鉴前人的研究成果，从而全面、深入反映话本小说与戏曲的叙事研究，其意义不言而喻。

三 概念界定与研究思路

(一) 概念界定

鲁迅认为话本是说话人凭依的底本，"说话之事，虽在说话人各运匠心，随时生发，而仍有底本以作凭依，是为'话本'"①。这个定义虽被多数学者质疑②，但还是被文学史、小说史及其相关著作普遍采用，如"话本小说"已作为一个文学术语被广泛运用，目前国内以"话本小说"命名的著作有多种，如胡士莹《话本小说概论》（1980）、张兵《话本小说史话》（1992）、欧阳代发《话本小说史》（1994）、石麟《话本小说通论》（1998）、萧欣桥与刘福元合著《话本小说史》（2003）、王庆华《话本小说文体研究》（2006）等；相对而言，部分国外学者则运用"白话小说""叙事文学"这一范畴，如美国韩南《中国白话小说史》（1989），日本小野四平《中国近代白话短篇小说研究》（1997），德国莫宜佳《中国中短篇叙事文学史——从古代到近代》（2008）等，孙楷第也有论文集《论中国短篇白话小说》（1953）。通过这些著作，不难发现外学界对于"话本""话本小说""拟话本小说""白话短篇小说"等概念并未达成一定的共识，在使用过程中出现混乱与复杂的现象。

1. "话本小说"

众所周知，话本从"说话"艺人的底本演变而来，现今已成为一种小说文体的文类概念。据记载，"说话"乃隋唐以来所使用的习语，并不始于宋，它是以故事敷演说唱，与后来的"说书"类似。唐时盛行的是

---

① 鲁迅：《中国小说史略》，《鲁迅全集》，人民文学出版社2005年版，第117页。
② 叶德钧、增田涉等先生提出了一些异议，叶德钧引《刘生觅莲记》之文认为，明人所谓"话本"兼指传奇体；增田涉对"话本"的定义做了更进一步地探索，指出"话本"只是一个可以包含传奇体、调戏等概念的抽象语。除增田涉的观点外，"话本"都与供人阅读的故事本子有关。"话本"虽然不如鲁迅所言是"说话人凭依的底本"，但是它确实与"说话"伎艺紧密有关。叶德钧：《读明代传奇文七种》，《戏曲小说丛考》，中华书局1979年版；增田涉：《论"话本"一词的定义》，王秋桂：《中国文学论著译丛》，台湾学生书局1985年版。

"转变","转变"歌咏奇事的本子称为"变文"。变文可分为两种：演说佛经故事的"讲经"与世间尘俗故事的"俗讲"。其中"俗讲"是佛教与民间说唱文学结合的产物，对宋代"说话"四家数之一"说经"产生了深刻的影响。从广义上说，唐时的"转变"与宋时的"说话"类似，只是名称的问题。正如孙楷第所言："唐朝转变风气盛，故以说话附属于转变，凡是讲故事不背经文的本子，一律称为变文。宋朝说话风气盛，故以转变附属于说话，凡伎艺讲故事的，一律称之为说话。"①有宋一代，"说话"伎艺空前繁盛，据《都城纪胜》《梦粱录》等南宋时期的笔记记载，南宋"说话"分为四家数，如"小说""讲史书""说经""说参请"，其中最受欢迎的是"小说"，故事精彩短小，能以一朝一代故事顷刻间捏合；"讲史"也有极大的影响，由于篇幅的原因，后来称为历史演义小说或章回小说。因此，"话本"用来指称由"说话"伎艺衍生出的所有作品，不仅包括《清平山堂话本》《京本通俗小说》等"小说"类话本，也包括如《列国演义》《隋唐演义》之类的"讲史"类话本，还包括少数"说经"类话本作品，同时还有元明时期盛行的《全相平话五种》《大唐秦王词话》等"词话""平话"类话本②。我们的研究对象"话本小说"既包括宋元时期"小说"类艺人的底本，后经书会才人加工润饰而出版流行的短篇小说类话本，还包括明清时期由冯梦龙、凌濛初模拟"说话"情境而创作整理的拟话本小说。

2."拟话本小说"

"话本"与"拟话本小说"相对应，话本包括"小说"类、"讲史"类等话本作品。顾名思义，拟话本小说的内涵理应囊括这些类别的话本小说，可是"拟话本"在运用的过程中产生了内涵萎缩的状况。最初，"拟话本"这一概念由鲁迅《中国小说史略》第十三篇"宋元之拟话本"提及："说话既盛行，则当时若干著作，自亦蒙话本之影响。"鲁迅并未对这个概念做出详细的解释，仅指出"拟话本"是受话本影响之作，并以《青琐高议》《青琐摭遗》《大唐三藏取经记》《大宋宣和遗事》为例进行

---

① 孙楷第：《沧州集》，中华书局2009年版，第53页。
② 元代的"词话"相对于宋代的"说话"，"讲史"在元代被称作"平话"。明代延续元代对于"词话""平话"（又为评话），同时又有"说书"的称谓。

说明①。在第二十一篇"明之拟宋市人小说及后来选本"中,鲁迅正式提出"明之拟宋市人小说"的概念:

> 宋人说话之影响于后来者,最大莫如讲史,著作迭出,如第十四十五篇所言。明之说话人亦大率以讲史事得名,间亦说经诨经,而讲小说者殊希有。惟至明末,则宋市人小说之流复起,或存旧文,或出新制,顿又广行世间,但旧名湮昧,不复称市人小说也。②

他还一并列举了"三言""二拍"《西湖二集》等"小说"类作品集。其中"宋市人小说"指宋人"说话"伎艺之一"小说"类话本作品,"三言""二拍"是"明之拟宋市人小说"的典范之作。如今,学界普遍认为的拟话本小说,即鲁迅指出的宋人"说话"伎艺之一"小说"类话本作品,而将"讲史"类等其他话本作品排除在外,如胡士莹在20世纪70年代定稿的《话本小说概论》中就明确言道:"拟话本则是文人摹拟话本形式的书面文学,实际上就是白话短篇小说。"③ 与此同时,学界对于话本的研究也过于偏重"说话"四家之一的"小说"类,将"讲史"类作品通常视为章回小说或历史演义小说,或干脆忽略,导致了话本小说的概念在运用中也专指包括"小说"类的话本作品及拟话本作品。鉴于话本与拟话本小说难以区分,有些学者甚至还提出取消拟话本的称谓④。对此,我们不予强行区分,而是将宋元"说话"艺术的短篇"小说"类话本及明清拟话本小说统称为话本小说。

3. "白话短篇小说"

就"说话"伎艺而言,"小说""讲史""说经"等伎艺的底本都称为"话本"。可是学界约定俗成的偏重于"说话"四家之一的"小说类",久而久之,人们便将"话本小说"等同于"小说"类话本。白话短篇小说源于"说话"伎艺"小说"一家,从口头文学逐渐过渡到书面文学,

---

① 《青琐高议》《青琐摭遗》,后人大多视为文言小说;《大唐三藏取经记》《大宋宣和遗事》,后人多认为它们是话本。

② 鲁迅:《中国小说史略》,《鲁迅全集》,人民文学出版社2005年版,第204页。

③ 胡士莹:《话本小说概论》,中华书局1980年版,第399页。

④ 吴小如:《谈谈话本小说的几个问题》,《北京日报》,1993年12月29日;周兆新:《"话本"释义》,袁行霈主编《国学研究》第二卷,北京大学出版社1994年版。

"仿以为书,虽已非口谈,而犹存曩体"①,不仅保存了"说话"的结构体制,而且也沿袭了"说话"的叙述方式。尽管由"讲史类"话本演变而来的白话长篇小说也从"说话"演变而成,保持着"说话"的叙述方式,保留了"看官听说"、"且听下回分解"等"说话"伎艺特有的叙述语词标识,但是在结构体制上已形成独特的章回体特征,被冠名为章回小说或历史演义小说。

(二) 研究对象及思路

"说话"艺术之"讲史""小说""谈经"等伎艺的底本,统称"话本"。宋元时期,"话本之属于讲史者是长的,属于小说者是短的。到了后来,因作者之才思横溢,讲奇闻杂事而篇幅直同于讲史,便有如讲史之小说长篇,如《金瓶梅》、《西游记》。亦有讲求体例,拟宋人而不失旧规,便有保存原来形式之小说短文,如冯梦龙、凌濛初、李笠翁等自作的单篇小说。"②孙楷第所言的"小说"类短篇话本约定俗成地被称为话本小说,即宋元时期"说话"伎艺之一"小说"艺人讲说、传授的依凭,后经书会才人加工而出版流播,是与"说话"伎艺之一"讲史之小说长篇"话本不同的短篇小说类话本。本书的研究对象"话本小说",不仅包括宋元时期"小说"类短篇话本,还包括明清时期冯梦龙、凌濛初等文人整理加工或创作而成、模仿宋人"说话"情境而展开以白话叙述为主的短篇小说。

书中涉及的"戏曲"作品,是以学界公认的《京本通俗小说》《熊龙峰刊行小说四种》《清平山堂话本》为代表的宋元话本,或以"三言""二拍"《西湖二集》《石点头》《醉醒石》《无声戏》为代表的明清拟话本小说为依据,涉及的宋元话本、明清拟话本小说的故事与以杂剧、传奇为代表的戏曲作品有着直接或间接的关系。考察话本小说与戏曲叙事的互动,以话本小说的正话与戏曲作品(包括杂剧、传奇作品)中人物、情节、结构的相同或类似为中心,入话影响的戏曲作品不予涉及。

以"三言""二拍"为代表的话本小说与以《三国演义》《水浒传》等为代表的历史演义小说、章回小说一样风靡于世,受到戏曲家的颇多青

---

① 鲁迅:《中国小说史略》,《鲁迅全集》,人民文学出版社2005年版,第122页。
② 胡士莹:《沧州后集》,中华书局2009年版,第26页。

睐与关注。从目前的研究状况来看，话本小说与戏曲叙事的互动研究与"三国戏""水浒戏"等蔚为大观的研究成果，无论在深度还是广度上，前者都无法与后者相提并论。一般来说，如果要探讨话本小说与戏曲叙事的互动，有两个基本的研究思路：一是对二者相互渗透的共通性研究，二是对二者互相影响时各自因文体制约而产生的差异性研究。这两个研究思路进行的前提就是话本小说与戏曲具有相同的故事，即二者共同内在的艺术特性——叙事性。

　　本书主要利用西方叙事学的理论框架，从戏曲与话本小说共通的叙事性入手，结合大量个案分析，围绕这两个研究思路进行研究：第一章分析话本小说与戏曲叙事互动的可通性，主要集中于叙事源流、文化语境、结构体制、审美趣味等方面的考察；第二章从话本小说与戏曲叙事模式的互动入手，不仅分析话本小说与戏曲在叙事时间、叙事角度、叙事结构的借鉴与渗透，还从话本小说与戏曲彼此渗透时因文体制约而产生的差异性入手，揭示二者互动过程中叙事模式的转换与变异；第三章结合个案分析，分析话本小说与戏曲叙事主题的互动，从叙事主题的影响与变更、主题虚拟的叙事建构、主题重释的叙事演绎方面展开论述；第四章结合个案分析，探讨话本小说与戏曲叙事人物的互动，从叙事人物的互动与演变、人物整合的叙事沿袭、人物塑造的叙事演变进行分析；第五章结合个案分析，考察话本小说与戏曲叙事情节的互动，从叙事情节的依托与变异、情节追加的叙事整合、情节演变的叙事变异进行探究。

　　在后三章个案的选择标准上，以一篇话本小说为中心进行考察，即此篇话本小说不仅在该故事的所有文本中有一个较为完美的总结，概括原始材料的主要内容，而且奠定了故事的基本框架，对后世的叙事文学作品有着深远的影响。同时，此篇话本小说还有大量衍生的戏曲作品。以此为出发点，重点选取至今活跃在大众记忆中的"点秋香""白罗衫""李白"的故事，从这三个故事衍生的作品出发，对话本小说与戏曲叙事的主题、人物、情节的互动进行研究。

第一章

话本小说与戏曲叙事互动的可通性

针对戏曲向小说频频取材的文化现象，有学者剖析其根源是：其一，唐代以来"说话"产生的巨大吸引力；其二，宋代以来文人逐渐参与戏剧制作；其三，勾栏瓦舍中戏曲观众对戏曲剧目充实内容的要求日益增长。[①] 实际上，话本小说与戏曲诞生之初，在勾栏瓦舍中同生共长，不可避免地在叙事模式、叙事内容、叙事技巧、叙事风格等方面互相渗透、彼此影响。从发展的进程来看，宋元"小说"伎艺成熟兴盛在前，戏曲则起步较晚，因此戏曲对话本显示出更多的依赖性。也可以说，正是包括话本在内的叙事文学的成熟，戏曲方能敷演一个完整的人生故事，摆脱古剧粗陈梗概、全无细节的状态。本章旨在分析话本小说与戏曲之间叙事互动的可通性，即话本小说与戏曲在叙事源流、文化语境、结构体制、审美趣味方面的共通性。

第一节 叙事源流的渗透互通

有人曾言，历史除了人名都是假的，小说除了人名都是真的。[②] 这句话的观点虽有失偏颇，但对于真实与虚构的创作观念在历史和小说中的辩证关系有着清醒的认知。小说的创作者不可能脱离时代而创作，即使是虚构的叙事文学作品也反映了当时的社会面貌，因此小说与历史作品一样都讲究真实的创作观。中国古代小说自古就有记实的传统，"虽稗野之语，多有裨于正史"[③]，其羽翼正史的观点几成共识，如晋代葛洪《西京杂记

[①] 许并生：《中国古代小说戏曲关系论》，文化艺术出版社2002年版，第241页。

[②] 此句为萧伯纳的名言，见于王日根《明清小说中的社会史》，中国财政经济出版社2000年版，第5页。

[③] （清）刘廷玑：《在园杂志》，中华书局2005年版，第1页。

跋》云：

> 班固之作，殆是全取刘（歆）书，有小异同耳。并固所不取，不过二万许言，今抄出为二卷，名曰《西京杂记》，以裨《汉书》之阙尔。①

葛洪以小说补史之阙的创作目的十分鲜明，这种类似的言论在古代小说的序跋中俯拾皆是。唐人李肇甚至直接以《唐国史补》来命名琐闻逸事小说，并在自序中言其创作目的"虑史氏或缺则补之意"②。这种现象不仅发生在文言小说的创作中，在白话小说领域亦是如此，如林瀚在《隋唐志传通俗演义序》中云："以是编为正史之补，勿第以稗官野乘目之，是盖予之至愿也夫。"③ 实际上，小说作为"补史"的观点不仅存在于历史小说的创作领域，也常出现在其他题材的小说创作中，一直至明清时期仍非常流行。古代小说家如此推崇真实可靠、补正史之阙的创作理念，显然对于小说的创作与批评十分不利，使人们无法意识到小说的性质与特征，如晋代干宝《搜神记序》中言："虽先考于载籍，收遗逸于当时，盖非一耳一目之所亲闻睹也，又安敢谓无失实者哉？……今之所集，设有承于前载者，则非余之罪也。"④ 干宝对于小说取材具有历史可证性的苛刻态度，虽取于前代载籍，但"非一耳一目之所亲闻睹"，也算失实，更何况干宝对其所集"有承于前载者"而抱愧于心，表现了当时的人们反对小说记事重复的观点。

由于唐前小说遵循历史真实的创作理念，要求记事准确、真实、可靠，反对任何的虚幻杜撰，因此唐前小说均以捍卫真实为要，如唐传奇的作者在结尾处总是点明其叙述之事乃有据可循：

---

① 葛洪：《西京杂记跋》，见丁锡根《中国历代小说序跋集》，人民文学出版社1996年版，第249页。

② 李肇：《唐国史补自序》，见丁锡根《中国历代小说序跋集》，人民文学出版社1996年版，第283页。

③ 林瀚：《隋唐志传通俗演义序》，见黄霖、韩同文《中国历代小说论著选》，江西人民出版社1990年版，第109页。

④ 干宝：《搜神记自序》，见丁锡根《中国历代小说序跋集》，人民文学出版社1996年版，第49—50页。

白行简《李娃传》篇末：予伯祖尝牧晋州，转户部，为水陆运使，三任皆与生为代，故谙详其事。

陈玄祐《离魂记》篇末：大历末，遇莱芜县令张仲规，因备述其本末，镒则仲规堂叔祖，而说极备悉，故记之。①

小说家极力让读者以为创作者遵循历史可信的创作观，尽管故事并非真实的历史事件，但是文中否认作品的虚构性，坚持这些故事均以真人演绎故事，着重强调故事的历史性与客观性。从另一方面来说，唐传奇以广采奇闻逸事而踵事增华的做法又为宋人所接受，可谓"酌奇而不失其真，玩华而不坠其实"②。

宋代，白话小说的出现、繁荣推动了中国的叙事传统进入非历史化的创作模式，使话本小说与戏曲叙事的渗透与共通成为可能，并日益发展成为一种主要的创作及批评方式，如宋末元初人罗烨的《醉翁谈录》之《舌耕叙引》就曾多处涉及叙事源流的理念，此文开篇有《小说引子》，不仅涉及话本小说，而且注明"演史讲经并可通用"③，正文言道：

> 静坐闲窗对短檠，曾将往事广搜寻。也题流水高山句，也赋阳春白雪吟。世上是非难入耳，人间名利不关心。编成风月三千卷，散与知音论古今。

罗烨认为小说家广采往事旧闻，以编成古今之事"风月三千卷"，并非虚论缪言。同时，他还指出：

> 小说者流，出于机戒之官，遂分百官记录之司。由是有说者纵横四海，驰骋百家。以上古隐奥之文章，为今日分明之议论。或名演史，或谓合生，或称舌耕，或作挑闪，皆有依据，不敢缪言。言其上世之贤者可为师，排其近世之愚者可为戒。言非无根，听之有益。

---

① 张友鹤：《唐宋传奇选》，人民文学出版社 2007 年版。
② 周振甫：《文心雕龙选译》，中华书局 1980 年版，第 48 页。
③ （宋）罗烨：《醉翁谈录》，古典文学出版社 1957 年版，第 1—5 页。

他认为九流之中，小说居于末流。小说家纵横四海，驰骋百家，所说之事应皆有依据，并指出改编方式应是化隐奥文章为分明议论，其目的也是为了劝惩世人、导顽化愚。篇末还云：

> 所业历历可书，其事班班可纪。乃见典坟道蕴，经籍旨深。试将便眼之流传，略为从头而敷演。得其兴废，谨按史书；夸此功名，总依故事。如有小说者，但随意据事演说云云。

罗烨此言超越了传统道德社会认可的范畴，触及了"小说"创作的本质，道出了"小说"据事演说的价值与意义，从此小说家不必再关注小说中的历史性或史实性问题，可以典蕴胸藏、茹古涵今，化隐奥为浅俗，将朝代更迭、人世兴衰融入在一篇故事中进行演绎。小说家也不必再拘泥于历史写作的真实与可信而郑重其事地打出事有所据的标签，以弥补史书缺失、羽翼正史的面貌处于尴尬的地位，并以自信的姿态鼎足于诸子百家，对抗主流文化称为小道末技的指点。罗烨还指出话本小说应"得其兴废，谨按史书；夸此功名，总依故事"。尽管他对历史可证性的史学叙事传统念念不忘，但是大多数小说叙事已向非历史化的创作过渡，从事虚构生动的创造性写作活动。

文中篇末还云："言无讹舛，遣高士善口赞扬；事有源流，使才人怡神嗟讶。"意指小说中的故事并不一定完全虚构，也可随意据事敷演，但敷演故事需有源流依据，不能虚妄讹舛，如此才能博得高士与才子的肯定与赞扬。篇末诗道：

> 小说纷纷皆有之，须凭实学是根基。开天辟地通经史，博古明今历传奇。藏蕴满怀风与月，吐谈万卷曲和诗。辨论妖怪精灵话，分别神仙达士机。涉案枪刀并铁骑，闺情云雨共偷期。世间多少无穷事，历历从头说细微。

小说如何能做到既有源流依据，又避免虚妄之作，只要能传达积极的社会功能即可。为此，小说家本人必须有通经达史的文学素养，学习并运用各种题材的故事也就成为小说家最重要的基本功，如《小说开辟》篇首言道：

> 夫小说者，虽为末学，尤务多闻。非庸常浅识之流，有博览该通之理。幼习《太平广记》，长攻历代史书。烟粉传奇，素蕴胸次之间；风月须知，只在唇吻之上。《夷坚志》无有不览，《琇莹集》所载皆通。动哨、中哨，莫非东山笑林；引倬、底倬，须还《绿窗新话》。

由此可见，小说艺人多"非庸常浅识之流，有博览该通之理"，而编撰宋元话本之类的书会才人，其成员"大部分是科举失意但有一定才学和社会知识的文士，也有一部分是低级官吏、医生、术士、商人，以及较有才学和演唱经验的艺人"①。大批文人在科举失意之后沦落至市井社会，通过胸次之间积累的奇闻逸事加以敷演创作，用以换取生活所资。正是这些文人及一些有文化素养的艺人的涉及，早期话本方化粗略为精粹、化深奥为浅俗，使粗糙的说话底本演变为可供阅读欣赏的话本小说，从隐奥之文章至分明之议论顺利转换，实现导顽化愚、劝诫世人的功能。从这个意义上说，罗烨的《醉翁谈录·舌耕叙引》不仅涉及话本小说叙事理论的文献，还是关于古代小说叙事理论的重要著作，它基本颠覆了小说羽翼正史的文化环境，对古代白话小说的创作与批评有着极其重要的影响。

中国戏曲的成熟远远晚于小说，宋代白话小说的"虚构性"叙事模式，对于戏曲非历史性虚构的叙事模式有一定的影响，如南宋吴自牧的《梦粱录》卷二十"影戏"条中言道："其话本与讲史书者颇同，大抵真假相半。"② 其中虽称影戏话本，但也肯定当时"小说"类话本已是虚实参半的叙事方式。南宋耐得翁的《都城纪胜》也谓讲史书艺人"最畏小说人，盖小说者能以一朝一代故事，顷刻间提破"③。这些记述说明话本、杂剧、影戏、傀儡等叙事文学作品的本质已是逼真虚构的文学创造。因此，两宋杂剧与"说话"伎艺在叙事源流上有一定的渗透与互通，如南宋入元周密的《武林旧事》卷一收录了南宋的"官本杂剧段数"，列举了280种剧目，有些缀以曲名的名目的剧目与唐传奇有关，亦与一些"说话"篇目有着叙事上的互通，如《崔护》《莺莺》《柳毅》《王子高》《相

---

① 胡士莹：《话本小说概论》，中华书局1980年版，第65页。
② 《〈东京梦华录〉（外八种）》，古典文学出版社1956年版，第311页。
③ 《〈东京梦华录〉（外八种）》，古典文学出版社1956年版，第98页。

如文君》《裴航》等戏曲作品,足见宋杂剧作家向说话人演说的故事中频频取材的现象。

两宋杂剧虽具备成熟戏剧的诸多基本要素,但是追求滑稽调笑的喜剧性效果,不能演绎完整的人生故事,最终也没有发展至成熟戏曲的程度。事实上,受话本的影响,南宋杂剧已经接受了非历史性虚构的叙事模式,朝传奇故事的表演方向发展。对此,王国维的《宋元戏曲史》言道:"宋之滑稽戏,虽托故事以讽时事,然不以演事实为主,而以所含之意义为主。至其变为演事实之戏剧,则当时之小说,实有力焉。"① 宋杂剧从务为滑稽向演述完整故事的变化,主要依赖的是宋人话本。有宋一代,"说话"伎艺的发展相当成熟,一些故事广泛传播于市井村社之间,宋杂剧便借鉴了当时较为流行的通俗叙事文学作品的故事框架,不仅有源流依据,还可通过再创作进行重新解读与阐释。另外,"这些说话人说故事,当时的民间已普遍流传,在广大的群众中已具有不同程度的知闻,一旦登场扮演,自比凭空结撰较为省事"②。一旦戏曲家采用凭空结撰、虚构捏造的阐释方式,不仅要落入虚妄讹舛的叙事模式,而且无形中也会增加生产的成本。对此,近人吴梅曾详细分析道:

> 传奇家门,副末开场,必云演那朝故事,那本传奇。明人院本,无不如是也。其云故事,必系取古人事实而谱之,非凭空结撰可知矣。顾文人好奇,多喜作狡狯伎俩,于是有臆造一事,怪幻百出,以恣肆其文字者……是以词家所谱事实,宜合于情理之中,最妙以前人说部中可感可泣、有关风化之事,揆情度理,而饰之文藻,则感人动心,改易社会,其功可券也。且以愚意论之,用故事较臆造为易,何也?故事已有古人成作在前,其篇幅结构,不必自我用心,但就原文编次,自无前后不接、头脚不称之病。至若自造一事,必须先将事实布置妥帖,其有挂漏之处,尤宜随时补凑,以较用故事编次者,其劳逸为何如?事半功倍,文人亦何乐而不为哉!余观名人说部中,尽有

---

① 王国维:《宋元戏曲史疏证》,马美信疏证,复旦大学出版社2004年版,第42页。
② 周贻白:《中国戏曲发展史纲要》,上海古籍出版社1979年版,第94页。

慷慨激昂，为前此词家所未及者，世之锦绣才子，何不起而为之？①

其实，关于戏曲取材是否有所依据的问题，明人王骥德早有分析：

> 古戏不论事实，亦不论理之有无可否，于古人事多损益缘饰为之，然尚存梗概。后稍就实，多本古史传杂说略施丹垩，不欲脱空杜撰。迄始有捏造无影之事以欺妇人、小儿者，然类皆优人及里巷小人所为，大雅之士亦不屑也。②

王骥德反对脱空杜撰及捏造无影之事，指出戏曲创作应本于古人古事，依据某种事件的梗概加以敷演，即"多本古史传杂说略施丹垩"，"于古人事多损益缘饰为之"。具体来说，古人、古事的梗概可以作为历史的依据，而剧中的唱白、行为甚至精神境界可以"略施丹垩""损益缘饰"，戏曲家可做主观的创造性发挥，将之重新演绎为崭新的叙事文学作品。

明清时期，关于小说、戏曲虚构性的叙事模式已被广泛接受，如明人他指出真实与虚构事件混合的必要性，"凡为小说及杂剧戏文，须是虚实相半，方为游戏三昧之笔。亦要情景造极而止，不必问其有无也。"他还举例说明小说、杂剧、戏文作品不必遵循历史可证性的创作原则，只要写得具有真实感，能够宣讲社会、人生之义理即可。尽管如此，当时有许多批评家仍固守着历史真实性来规范小说、杂剧等文体，对此他评议道："近来作小说，稍涉怪诞，人便笑其不经，而新出杂剧，若《浣纱》、《青衫》、《义乳》、《孤儿》等作，必事事考之正史，年月不合，姓字不同，不敢作也。如此，则看史传足矣，何名为戏？"③ 这些言论为戏曲与话本小说叙事源流上的渗透与互通进一步提供了理论基础。

明清时期，戏曲与话本叙事互通的实践领域中，首推通俗文学大家冯梦龙。在《警世通言》序言中，他对历史的可证性与小说戏曲的虚构性

---

① 吴梅：《顾曲麈谈》，见《中国戏曲概论》，冯统一点校，中国人民大学出版社2004年版，第58—61页。

② （明）王骥德：《曲律》，见中国戏曲研究院编《中国古典戏曲论著集成》，中国戏剧出版社1959年版，第147页。

③ （明）谢肇淛：《五杂俎》，中华书局1959年版，第447页。

也提出了自己的看法，认为故事无须依据真实事件，只要传达能够教化世人的"理"即可，"事真而理不赝，即事赝而理亦真，不害于风化，不谬于圣贤，不戾于诗书经史"。同时，他在《〈双雄记〉叙》中还提出了据事敷演的标准：

  余发愤此道良久，思有以正时尚之讹，因搜戏曲中情节可观而不甚奸律者，稍为窜正。年来积数十种，将次第行之，以授知音，他不及格者悉罢去，庶南词其有幸乎！①

冯梦龙秉着振兴南词的宗旨，指出戏曲叙事必须遵循"情节可观"和"不甚奸律"的原则，使之流行于场上，达到教化世人的目的。他一生改编的戏曲剧本有数十种之多，至今还有14种流传，被定名为《墨憨斋定本传奇》。

清代，戏曲家李渔对话本小说与戏曲叙事源流的互通进行了理论总结与实践探索，他将自己的拟话本小说合集题名为《无声戏》，并在另一本拟话本小说集《十二楼》之"拂云楼"第四回结尾写道："此番相见，定有好戏做出来，……各洗尊眸，看演这出'无声戏'。"②李渔认为话本小说就是无声的戏曲，具有一定的戏剧性，可为传奇蓝本。素轩在李渔《合锦回文传》小说第二卷后评道："稗官为传奇蓝本。传奇，有生、旦，不能无净、丑。"③戏曲也具有叙事性，可为话本小说的蓝本。目前所知，李渔将自己所作的四部话本小说改编为传奇④，据前人剧作改编的戏曲亦有6部⑤，而这些改编后的戏曲作品基本都遵循了原有作品的情节线索。针对改编的方式及目的，他详细指出：

---

① 蔡毅：《中国古典戏曲序跋汇编》，齐鲁书社1989年版，第1343页。
② （清）李渔：《十二楼》，上海古籍出版社1992年版，第107页。
③ （清）李渔：《合锦回文传》，见《李渔全集》，浙江古籍出版社1992年版，第326页。
④ 李渔曾将自己的四部话本小说改编为传奇，分别为《无声戏》第一回《丑郎君怕娇偏得艳》改编为《奈何天》，《连城璧》第一回《谭楚玉戏里传情刘藐姑曲终死节》改编为《比目鱼》，《连城璧》第九回《寡妇设计赘新郎众美齐心夺才子》改编为《凰求凤》，《十二楼》之《生我楼》改编为《巧团圆》，这四部传奇的创作时间都晚于话本小说。
⑤ 分别改编自明代高明的南戏《琵琶记》（局部）、陆采《明珠记》传奇、李日华《南西厢记》传奇、高濂《玉簪记》传奇、施惠《幽闺记》传奇、朱素臣《秦月楼》传奇。

予于自撰新词之外，复取当时旧曲，化陈为新，俾场上规模，瞿然一变。初改之时，微授以意，不数言而辄了。朝脱稿，暮登场，其舞态歌容，能使当日神情活现，氍毹之上。如《明珠·煎茶》、《琵琶·剪发》诸剧，人皆谓旷代奇观。①

李渔认为前人创作的戏曲并非尽善尽美，如李日华《南西厢记》传奇缺点是"词曲情文不浃"②，高明的南戏名著《琵琶记》也是前后照应不周，结构线索不密，其中"子中状元三载，而家人不知；身赘相府，享尽荣华，不能自遣一仆，而附家报于路人；赵五娘千里寻夫，只身无伴，未审果能全节与否，其谁证之？"又如"五娘之剪发，乃作者自为之，当日必无其事。"③ 种种情节逻辑上的纰漏，通过他化陈为新的改编，使场上规模瞿然一变，剧中之场景活现于氍毹之上。

话本小说与戏曲叙事源流的渗透互通，使一个个流传的故事被两种文体反复改编，如家喻户晓的"白蛇"故事，经历了宋话本《清平山堂话本·西湖三塔记》、元代郏经《西湖三塔记》杂剧、明代拟话本小说《警世通言·白娘子永镇雷峰塔》、明代陈六龙《雷峰记》传奇，清代有黄图珌本、陈嘉言本、方成培本的《雷峰塔》传奇等一系列的改编过程。时至今日，仍有秦腔、京剧等多个剧种进行搬演。较为有名的还有"十五贯"故事，宋代话本《错斩崔宁》，明末冯梦龙稍加修改定名为《十五贯戏言成巧祸》。据冯氏之作，清代剧作家朱素臣将之改编为传奇《十五贯》（又名《双熊梦》）。因其结构精巧，1956年浙江省国风苏剧团（今浙江昆剧团）将传奇《十五贯》改编上演，借由此剧，昆曲艺术再次得到重生。

总之，宋代白话小说非历史性虚构的写作形式，对同一时期的瓦舍众伎都产生了影响，甚至对中国叙事模式由历史性至虚构性的转变起到了至关重要的作用。在此基础上，可认为话本小说与戏曲叙事源流的渗透至宋代已经渐趋成形，尤其是罗烨的叙事理念与宋人在话本、杂剧领域的实践方式为后人所承袭与完善。尚且稚嫩的两宋杂剧吸收了"说话"的故事

---

① （清）虫天子：《香艳丛书》，人民文学出版社1992年影印版。
② （清）李渔：《闲情偶寄》，张明芳校注，山西古籍出版社2007年版，第26页。
③ （清）李渔：《闲情偶寄》，张明芳校注，山西古籍出版社2007年版，第11—12页。

题材与演述故事的方式,逐渐走向成熟与兴盛。至此,后代戏曲家在创作时,也秉持前人的叙事创作理念,极少有戏曲家从现实生活的素材中提炼情节,故事多有据可依,来源于史传杂说、文人笔记、前代小说以及民间传说故事等。

第二节 文化语境的同生共长

话本小说、戏曲在传统文化语境中的同生共长,客观上导致了二者叙事模式的趋同性,使话本小说、戏曲在叙事效果上也具有一定的共通性。下面从话本小说与戏曲文化环境、文化功能的趋同性探讨话本小说与戏曲叙事互动的可通性。

一 相同的文化环境

宋元时期[①],中国古代小说出现了新的飞跃,分为文言、白话两大支流,其中白话小说的发展更为引人注目,正如鲁迅所言:

> 至于创作一方面,则宋之士大夫实在并没有什么贡献。但其时社会上却另有一种平民底小说,代之而兴了。这类作品,不但体裁不同,文章上也起了改革,用的是白话,所以实在是小说史上的一大变迁。[②]

由"说话"伎艺演变发展而来的长、短篇白话小说可分为"小说"类、"平话"类、"说经"类等。"说话"艺人所用的底本或提纲本身比较粗略,难以作为文学读物刊印,通常需要书会才人的加工润色才可供阅读。因此由"小说"艺人的底本加工而成、篇幅短小可供阅读的白话短篇小说称为话本小说。

[①] 文中所称"宋时的话本",其中"宋时"主要指南宋。据谭正璧考证,"说话"虽盛行于北宋仁宗时,然据现存各话本的内容与文字来论断,除了《梁公九谏》(是否为话本,尚待考定)外,并没有一本能断定是出自北宋。《醉翁谈录》所著的时代不可考,据书中所叙故事,最晚在南宋理宗时期,书中所列一百余种小说,当盛行于宋末元初。谭正璧:《话本与古剧》,上海古籍出版社1985年版,第1—12页。

[②] 鲁迅:《中国小说史略》,《鲁迅全集》,人民文学出版社2005年版,第329页。

第一章　话本小说与戏曲叙事互动的可通性

话本小说虽正式产生于宋代，却与唐代民间广泛流传的"说话"艺术有密切的关系。所谓"说话"，孙楷第认为"故事之腾于口说者，谓之话"，"取此流传故事敷衍说唱之"，即为"说话"。① 通俗说来就是讲故事。与此同时，戏曲也在北宋后期形成由杂剧艺人表演的"杂剧"。当时的"杂剧"与"说话"伎艺之一"小说"一样，都是勾栏瓦舍中较受大众欢迎的表演伎艺。据孟元老《东京梦华录》"京瓦伎艺"条记载，北宋都城开封勾栏瓦舍中擅长"小说""杂剧"等各种表演伎艺的艺人皆有记载：

> 教坊减罢并温习。张翠盖、张成、弟子薛子大、薛子小、俏枝儿、杨总惜、周寿奴、称心等。般杂剧，枝头傀儡任小三，每日五更头回小杂剧，差晚看不及矣。……孙宽、孙十五、曾无党、高恕、李孝祥，讲史。李慥、杨中立、张十一、徐明、赵世亨、贾九，小说。……不以风雨寒暑，诸棚看人，日日如是。②

从列举的各种表演伎艺的人数来看，以"杂剧""讲史""小说"艺人的数量较多，可见"杂剧""小说"都是勾栏瓦舍中较为盛行的伎艺。宋代以前，这些表演伎艺多出现在一些祭祀活动或节日庆典中，表演场所集中于宫廷、寺院等场所。两宋时期，随着城市工商业的兴盛以及市民阶层的发展壮大，各种伎艺的表演场所逐渐转移至固定的娱乐场所——勾栏瓦舍。京都开封与杭城出现了多处勾栏瓦舍，据吴自牧《梦粱录》所载：

> 瓦舍者，谓其"来时瓦合，出时瓦解"之义，易聚易散也。不知起于何时。顷者京师甚为士庶放荡不羁之所，亦为子弟流连破坏之门。杭城绍兴间驻跸于此，殿岩杨和王因军士多西北人，是以城内外创立瓦舍，招集妓乐，以为军卒暇日娱戏之地。今贵家子弟郎君，因此荡游，破坏尤甚于汴都也。其杭之瓦舍，城内外合计十七处。③

---

① 孙楷第：《论中国短篇白话小说》，棠棣出版社1953年版，第40页。
② （宋）孟元老：《东京梦华录笺注》，伊永文笺注，中华书局2006年版，第461—462页。
③ 吴自牧：《梦粱录》，见《〈都城纪胜〉（外八种）》，上海古籍出版社1993年版，第7—9页。

瓦舍为军卒、贵家子弟暇日娱乐之地,亦是伶工歌妓卖艺之所,而勾栏则是瓦舍中演出场所,据孟元老《东京梦华录》所载:

> 街南桑家瓦子,近北则中瓦,次里瓦。其中大小勾栏五十余座。内中瓦子莲花棚、牡丹棚、里瓦子、夜叉棚,象棚最大,可容数千人。自丁先现、王团子、张七圣辈,后来可有人于此作场。瓦中多有货药、卖卦、喝故衣、探搏、饮食、剃剪、纸画、令曲之类。终日居此,不觉抵暮。①

各种表演伎艺在勾栏瓦舍中进行商业性质的演出,为吸引观众展开竞技,从而促进了各种伎艺的交流与提高。"小说"与"杂剧"在勾栏瓦舍中的伎艺中逐渐脱颖而出,成为其中的佼佼者。两种伎艺之间的交流与碰撞不仅使表演艺术有所精进与成熟,而且亦使多种伎艺之间得以互补与充实,在伎艺水平上都得到极大的丰富与提高。灌圃耐得翁的《都城纪胜》分别对"杂剧"与"小说"伎艺曾有详细的介绍:

> 散乐传学教坊十三部,唯以杂剧为正色。旧教坊有筚篥部、大鼓部、杖鼓部、拍板色、笛色、琵琶色、筝色、方响色、笙色、舞旋色、歌板色、杂剧色、参军色、色有色长、部有部头。……杂剧中末泥为长,每四人或五人为一场,先做寻常熟事一段,名曰艳段;次做正杂剧,通名为两段。末泥色主张,引戏色分付,副净色发乔,副末色打诨,又或添一人装孤,其吹曲破断送者,谓之把色。
>
> 说话有四家:一者小说,谓之银字儿,如烟粉、灵怪、传奇;说公案,皆是搏刀赶棒及发迹变泰之事;说铁骑儿,谓士马金鼓之事;说经,谓演说佛书;说参请,谓宾主参禅悟道等事;讲史书,讲说前代书史文传与兴废争战之事,最畏小说人,盖小说者能以一朝一代故事,顷刻间提破。②

据《都城纪胜》记载,在教坊十三部之中,唯以杂剧为正色,足见

---

① (宋)孟元老:《东京梦华录笺注》,伊永文笺注,中华书局2006年版,第144—145页。
② 《〈都城纪胜〉(外八种)》,上海古籍出版社1993年版,第7—9页。

第一章　话本小说与戏曲叙事互动的可通性

"杂剧"在勾栏瓦舍地位举足轻重。宋金时期,"杂剧"成为戏曲最主要的形式,周密《武林旧事》"官本杂剧段数"条载,南宋"官本杂剧"名目就有278种①,元代陶宗仪《南村辍耕录》卷二十五"院本名目"记载以金代为主的南宋、金、元院本名目也有713种②。南宋时期,杂剧与南方乐曲结合产生了中国戏曲史上第一种成熟的戏曲形态——南戏,今存名目有二百余种,这二百余种南戏剧目以元代作品为主,也包括一部分宋代作品,目前所见宋元戏文的传本仅有17种。③ 至于元杂剧,由于一部分作品为元末明初人所作,很难断定具体的创作年代,也有许多佚名的剧目无法辨清是元代还是明代的作品,因此其总数难以统计。根据现存资料的不完全统计,有记载可查的杂剧剧本737种④,而元杂剧的传本,加上残曲

---

①　王国维《宋元戏曲史》认为《武林旧事》"官本杂剧段数"多至280种,后人多沿袭这一说法,事实上《武林旧事》载南宋宫廷杂剧名目有278种。关于"官本",尚无固定的说法,多数人以为是供宫廷、官府演出用的剧本,如廖奔、刘彦君二位先生在《中国戏曲发展史》中认为"官本"应是南宋宫廷剧目的演出本,是保留剧目,不包括民间剧目;然而,周贻白在《中国戏曲发展史纲要》中认为:"官本杂剧这一称谓,若从字面上看,似为官方所设教坊中表演的杂剧,实则'官本'二字,应为通行之本的意思。……(《武林旧事》所载)这二百八十本'官本杂剧段数',当非专属官方教坊所用因而称之为'官本',而是当时民间勾栏的通行本,至少也是教坊与民间皆能通用之本。"《〈都城纪胜〉(外八种)》,上海古籍出版社1993年版,第281—285页;廖奔、刘彦君:《中国戏曲发展史》,山西教育出版社2003年版,第248页;周贻白:《中国戏曲发展史纲要》,上海古籍出版社1979年版,第112页。

②　据陶宗仪《南村辍耕录》:"金有院本、杂剧、诸宫调;院本、杂剧,其实一也。国朝院本、杂剧始厘而二之。"金院本其实也为金杂剧,与宋杂剧的表演形式相类。金元年间,北曲杂剧兴起,与原有的宋杂剧的表演形式有所不同,于是唱北曲套数的杂剧专指元杂剧,而沿袭宋金杂剧表演形式的杂剧称为院本。据王国维考证,陶宗仪《南村辍耕录》中所列"院本名目",690种皆为金人所作,殆无可疑者也。后人普遍接受这一说法。廖奔、刘彦君二位先生在《中国戏曲发展史》中提出异议,认为元代院本从金杂剧与南宋杂剧中继承,其中会有大量的宋、金杂剧作品,并进一步推论《南村辍耕录》"院本名目"包含南宋、金、元三代的作品,而以金代为主。(元)陶宗仪:《南村辍耕录》,中华书局1959年版;廖奔、刘彦君:《中国戏曲发展史》,山西教育出版社2003年版,第284—287页。

③　廖奔、刘彦君:《中国戏曲发展史》,山西教育出版社2003年版,第358页。

④　据傅惜华《元代杂剧全目》统计,元代杂剧剧目737种,其中包括元人杂剧作品550种,元明之际无名氏的杂剧作品187种。傅惜华:《元代杂剧全目》,作家出版社1957年版。

29 种，也不过 237 种①。至明代，杂剧与传奇都进入了创作的黄金时期，作家、作品不计其数。据统计，明杂剧有 523 种，明传奇有 950 种②，今存明传奇剧本有 234 种，明杂剧剧本有 78 种（明人朱有燉之后，《脉望馆钞校本古今杂剧》除外）。③ 清代戏曲越加繁盛，据统计，清杂剧约有 1300 种④，传奇剧目的数字还有待考定，目前所见清代传奇的传本有 229 种，杂剧的传本也有 186 种。⑤

此外，《都城纪胜》对"说话"四家数也进行详细的记载与分类，目前学界确定的仅有三家：小说、说经、讲史，另外一家至今不能确定⑥。四家数之中，以"小说"与"讲史"影响最大，二者之中又以"小说"最受欢迎。据《梦粱录》记载，讲史书者"最畏小说人，盖小说者能讲一朝一代故事，顷刻间捏合。"⑦"小说"篇幅不长，能在较短的时间内讲完一个完整的小故事，还可以联系当时的社会现实据事敷演，因此较其他几家更受欢迎。"小说"伎艺的艺人所用的底本，即早期的话本。早期话

---

① 据统计，元代姓名可考的杂剧作家的作品有 100 种，辑逸曲 29 种；元代无名氏的杂剧作品，共 31 种；元明之际无名氏的杂剧作品，共 77 种。三种合计有 237 种。顾学颉：《现存元明杂剧剧目》，见《元明杂剧》，上海古籍出版社 1979 年版，第 158—169 页。

② 傅惜华：《明代杂剧全目》，作家出版社 1958 年版；傅惜华：《明代传奇全目》，人民文学出版社 1959 年版。

③ 据统计，明人有姓名可考的杂剧作家的作品，共 131 种；明代无名氏的杂剧作品，共 48 种，二种合计 179 种。顾学颉：《现存元明杂剧剧目》，见《元明杂剧》，上海古籍出版社 1979 年版，第 158—169 页；上海图书馆：《中国丛书综录》"总目·类编·集类·戏曲"，中华书局 1959—1962 年版。

④ 傅惜华：《清代杂剧全目》，人民文学出版社 1981 年版。

⑤ 上海图书馆：《中国丛书综录》"总目·类编·集类·戏曲"，中华书局 1959—1962 年版。

⑥ 关于"说话"第四家有诸多观点，目前学界主要集中于以下三种观点：以鲁迅、孙楷第为代表，孙楷第对鲁迅所分四科纲目有所补充；王古鲁《南宋说话人四家的分法》一文谓"说铁骑儿"是南宋说话四家数之一种，胡士莹《话本小说概论》之《说话人的家数》基本赞同王古鲁的意见，王古鲁、胡士莹的观点被赵景深、程千帆、吴新雷等人肯定与认同；陈汝衡《说书小史》一书认为"说公案""说铁骑儿"是南宋说话四家数之一种，李啸仓《宋元伎杂考》、青木正儿《中国文学概论》对此持肯定的观点。详见胡士莹《话本小说概论》，中华书局 1980 年版，第 102—108 页。由于资料的缺乏，学术界也并无定论，且文中讨论限在"小说"目，故对上述分法不予详论。

⑦ 《〈都城纪胜〉（外八种）》，上海古籍出版社 1993 年版，第 171 页。

本的数量很多，据《醉翁谈录》卷首《舌耕叙引》所录宋人话本，仅"小说"一家有108种之多，分为灵怪、烟粉、传奇、公案、朴刀、杆棒、妖术、神仙八类，是中国最早的话本小说的分类。据考证，这些"小说"类话本尚存的还有18种，内容可考的约有24种，在疑似之间的约有28种，大多散见于明人汇辑的《京本通俗小说》①、《清平山堂话本》、冯梦龙"三言"、《熊龙峰四种小说》等话本小说集。②

宋元早期话本蓬勃发展之后，随着广大市民的阅读需求与印刷业的发达，明代中后期诞生了一种新型的"小说"类话本小说——拟话本小说，它虽在形式体制上模拟仿效宋元早期的话本，但已从勾栏瓦舍的表演伎艺过渡为案头文学，从口头的说唱伎艺演变为可供阅读欣赏的书面读物。这种文人模拟"小说"类话本形式的书面文学才是真正意义上的小说。它的诞生，使话本小说的创作进入了一个全盛的时期。众所周知，能够代表明代拟话本小说最高成就的即为冯梦龙"三言"，它的成功编撰不仅带动了明末清初拟话本小说的创作与收集的热潮，而且本身也作为一种规范性文体成为其他文人创作的参照对象。一时作者纷起，小说集也相继出版，如"二拍"《连城璧》《十二楼》《豆棚闲话》等，直至清中叶才渐成衰势。此后虽也有《雨花台》《跻春台》等小说集的出现，但连篇累牍的道德说教已经使创作完全僵化，内容也逐渐流于呆板。据胡士莹统计，现存明人编撰的拟话本小说的总集、专集、选集共24种，清人编刊的拟话本小说的总集、专集、选集共47种。③其中以冯梦龙"三言"、凌濛初"二拍"的成就最为突出。

与宋元早期的话本相比，以冯梦龙、凌濛初为代表的小说家在模拟"小说"伎艺表演体制的同时，不但拓宽了宋元话本故事题材的范围，还涉及当时社会生活的方方面面，如"三言""二拍"中不仅保存了宋、元、明三代流传的单篇拟话本小说，而且也开辟了许多时事性的篇目，即面对现实、走向社会、贴近生活的作品。正如李泽厚所言：

---

① 《京本通俗小说》为1915年缪荃孙发现后刊印，收宋元人话本九篇。虽然对这本书的真伪，历来都有争议，但可以肯定其中的作品确为宋人的作品。可能在流传的过程中，经过了后人的修改与加工。

② 谭正璧：《话本与古剧》，上海古籍出版社1985年版，第13—42页。

③ 胡士莹：《话本小说概论》，中华书局1980年版，第491—514、633—663页。

这些作品确乎是"极摹人情之歧，备写悲欢离合之致"，对当时由商业繁荣所带给封建秩序的侵蚀中的社会，作了多方面的广泛描绘。多种多样的人物、故事、情节都被揭示展览出来，尽管它们像汉代浮雕似的那样薄而浅，然而它所呈现给人们，却已不是粗线条勾勒的神人同一、叫人膜拜的古典世界，而是有现实人情味的世俗日常生活了。对人情世俗的津津玩味，对荣华富贵的钦羡渴望，对性的解放的企望欲求，对"公案"、神怪的广泛兴趣，……尽管这里充满了小市民种种庸俗、低级，浅薄无聊，尽管这远不及上层文人士大夫艺术趣味那么高级、纯粹和优雅，但它们倒是有生命力的新生意识，是对长期封建王国和儒学正统的侵袭破坏。①

以"三言""二拍"为代表的拟话本小说不仅在题材上包罗万象，而且在叙事风格上也丰富多彩。它们从"说话"伎艺之一"小说"类话本的基础上发展演变而来，保持着讲说故事的特点，情节曲折、内容新奇，其中有不少故事被及时搬上戏曲舞台。从现存话本小说与戏曲的作品来看，同题材者很多（不包括话本小说之前已成剧作者），我们可从"三言""二拍"的改编状况可窥见一斑。② 实际上，自宋元时期，话本就有不少篇目被改编，据考证，宋人"说话"类话本与官本杂剧、金院本、宋元南戏等彼此袭用的故事题材可考者有三十多种。③ 其中《醉翁谈录》卷首《舌耕叙引》所录至今尚存的 18 种宋元"小说"类话本作品，如《红蜘蛛》《燕子楼》《钱塘佳梦》《爱爱词》《太平钱》《鸳鸯灯》《王魁负心》《牡丹记》《章台柳》《卓文君》《种叟神记》《李亚仙》《竹叶舟》等，皆被戏曲家作为题材所采用。④

---

① 李泽厚：《美的历程》，天津社会科学院出版社 2006 年版，第 310 页。
② 可参看谭正璧《三言两拍本事源流述考》一文，胡士莹《话本小说概论》第十四章"明代拟话本故事的来源和影响"、赵景深关于"三言""两拍"的来源和影响的系列论文以及篇末附录。谭正璧：《话本与古剧》，上海古籍出版社 1985 年版，第 117—154 页；胡士莹：《话本小说概论》，中华书局 1980 年版，第 538—610 页；赵景深：《中国小说丛考》，齐鲁书社 1980 年版，第 323—387 页。
③ 胡士莹：《话本小说概论》，中华书局 1980 年版，第 91 页。
④ 谭正璧：《话本与古剧》，《宋人小说话本名目内容考》，上海古籍出版社 1985 年版，第 13—42 页。

综上所言,"说话"伎艺之一的"小说"与"杂剧"是瓦舍众伎中两个重要的艺术门类,它们在勾栏瓦舍中同生共长,相互影响、彼此借鉴,分别取得了巨大的成就。早期话本不仅为戏曲提供了丰富的故事题材,还在结构体制、叙述方式等方面对戏曲艺术造成一定的影响,加速了戏曲艺术的真正成熟。戏曲艺术在成熟后,也给话本小说不小的影响,尤其是元杂剧的兴盛对其产生了强烈的反作用,如"三言""二拍"中的多篇作品都与元杂剧的故事相对应,正因于此,"三言""二拍"等话本小说的故事才更加成熟而细致。明清时期,拟话本小说与戏曲尽管各自都进入了云蒸霞蔚的繁荣时期,但是双方仍有交集,彼此在故事题材、艺术表现上有所借鉴。正是由于话本小说与戏曲在传统文化环境中的同生共长,才直接促进二者在叙事模式的互动与渗透。

二 一致的文化功能

中国古代社会中,小说与戏曲一直被视为小道末技、异端邪宗,直至近代才被普遍认为是真正的文学。王利器《元明清三代禁毁小说史料》一书就记述了诸多中央及地方政府的法令条文,甚至于达官显宦之家训、乡约,坚实证明了话本小说、戏曲甚为堪怜的文化地位。然而,在古代异常贫乏的社会文化生活中,小说、戏曲虽一直被官方及一些酸儒腐士视如洪水猛兽,但世俗大众却对这类娱乐活动难以割舍。各届中央政府尽管都实施过禁毁的政策,但是小说、戏曲的创作却屡禁不止,反而越加繁荣。无论是底层民众,还是达官显贵,抑或是不可一世的君王,都对之表现了广泛的兴趣,《〈古今小说〉序》就记述道:

> 仁寿清暇,喜阅话本,命内珰日进一帙,当意,则以金钱厚酬。于是内珰辈广求先代奇迹及闾里新闻,倩人敷演进御,以怡天颜。①

从古代文化生活的实际看,古代小说、戏曲是全社会文化娱乐活动的主要内容,从上至下形成了一个非常庞大的接受群体。由此可见,话本小说、戏曲之所以得到全社会的认可与接受,与二者所具备的文化功能——娱乐性紧密相关。从周初瞽矇的"唱诗"至秦汉时期俳优侏儒的"说

---

① 丁锡根:《中国历代小说序跋集》,人民文学出版社1996年版,第773页。

话",小说娱乐性的目的愈见明晰：

> 《淮南子·缪称篇》云：侏儒瞽师，人之困慰者也，人主以备乐。①
> 《史记·滑稽列传》载"淳于髡"：长不满七尺。滑稽多辩，数使诸侯，未尝屈辱。②
> 《史记·滑稽列传》载"优孟"：长八尺。多辩，常以谈笑讽谏。③
> 《隋书》载"侯白"：好学有捷才，性滑稽，尤辩俊。④

这类滑稽人物主要以戏谑供人取乐。汉魏六朝时期，"俳优小说"纳入百戏的范围，其时"说话"的取材业已广泛，不仅局限于滑稽戏谑的题材，还"说人间细事"，以及一些"寓言"故事等。⑤"说话"艺人深受观众的喜爱，"人多爱狎之，所在之处，观者如市"⑥。唐代，政治稳定清明，经济发展迅速，逐渐形成身份庞杂的市民阶层。随着市民娱乐需求的增加，"说话"艺术逐步走出宫廷贵胄之室，以广大市民为听众，风靡于民间、宫廷、寺院等场所。由于唐时的市民群体仍未发展壮大，"说话"的场所一般集中在寺院，并未在闾里巷间真正广泛流传。两宋时期，城市工商业的继续兴盛以及市民阶层的进一步扩容，为"说话"艺术的繁荣奠定了客观基础。此时的"说话"不仅继续流行于宫廷、私人府第、寺院之间，还兴盛于勾栏瓦舍、茶肆酒楼、露天空地、街道以及乡村。有宋一代，"说话"艺术仍秉持其娱乐性的初衷，其中的"小说"伎艺"自然使席上风生，不枉教坐间星拱"⑦，以娱人为本，其服务对象上至帝王贵胄，下达市民大众。明清时期，拟话本小说不仅在形式上模拟"说话"伎艺之一的"小说"，而且在内容上、艺术风格上也亦步亦趋。明人言

---

① 何宁：《淮南子集释》，中华书局1998年版，第711—712页。
② 《史记选》，人民文学出版社1957年版，第502页。
③ 《史记选》，人民文学出版社1957年版，第503页。
④ （唐）魏徵：《隋书》，中华书局1973年版，第1420页。
⑤ 胡士莹：《话本小说概论》，中华书局1980年版，第13页。
⑥ （唐）魏徵：《隋书》，中华书局1973年版，第1420页。
⑦ （宋）罗烨：《醉翁谈录》，古典文学出版社1957年版，第3页。

"其有一人一事可资谈笑者"①,可见拟话本小说以一人、一事的短小体制供人谈笑消遣。凌濛初在谈及《二刻拍案惊奇》创作目的时也曾指出:

> 偶戏取古今所闻一二奇局可纪者,演而成说,聊舒胸中磊块。非曰行之可远,姑以游戏为快意耳。②

作者以游戏之笔来聊舒胸中磊块,而市民大众通过阅读话本小说来排遣生活的苦闷与单调。同时,底层百姓也通过这些反映日常起居之事的拟话本小说,获得生活的义理,不过娱乐仍是他们阅读时最基本的心理诉求。

与话本小说相类,戏曲自起源始就与游戏、娱乐相互关联,"游戏的本质是参与,而参与游戏的目的是娱乐,因而游戏和娱乐是紧密地联系在一起的"③。周代蜡祭即"一国之人皆若狂"④,足见这是一种既娱神又娱人的集体性活动。随着原始部落至集中王权的转型,巫觋逐渐下降为俳优,"从古代的娱乐天地、鬼神、祖宗、转而娱乐'人'"⑤。王国维《宋元戏曲史》亦言道:"巫以乐神,优以乐人;巫以歌舞为主,而优以调谑为主。……后世戏剧,当自巫、优二者出;而此二者,固未可以后世戏剧视之也。"⑥ 无论娱神还是娱人,巫、优的祭祀与表演都是一种具有娱乐性质的活动,对后世戏剧的娱乐功能产生深远的影响。两宋时期,杂剧仍以娱乐大众为主。据《梦粱录》卷二十"妓乐"条记载:

> 且谓杂剧中末泥为长,每一场四人或五人,先做寻常熟事一段,名曰"艳段",次做正杂剧,通名两段。末泥色主张,引戏色分付,副净色发乔,副末色打诨,或添一人名曰"装孤",先吹曲破断送,谓之"把色",大抵全以故事,务在滑稽唱念,应对通遍。此本是鉴

---

① 丁锡根:《中国历代小说序跋集》,人民文学出版社1996年版,第774页。
② 丁锡根:《中国历代小说序跋集》,人民文学出版社1996年版,第789页。
③ 陈建森:《戏曲与娱乐》,上海人民出版社2003年版,第6页。
④ (汉)郑玄注,(唐)孔颖达正义:《礼记正义》,上海古籍出版社2008年版,第1675页。
⑤ 唐文标:《中国古代戏剧史》,中国戏剧出版社1985年版,第39页。
⑥ 王国维:《宋元戏曲史疏证》,马美信疏证,复旦大学出版社2004年版,第2页。

戒，又隐于谏诤，故从便跌露，谓之无过虫耳。若欲驾前承应，亦无责罚，一时取圣颜笑。凡有谏诤，或谏官陈事，上不从，则此辈妆做故事，隐其情而谏之，于上颜亦无怒也。又有杂扮，或曰"杂班"，又名"经元子"，又谓之"拔和"，即杂剧之后散段也。顷在汴京时，村落野夫，罕得入城，遂撰此端，多是借装为山东、河北村叟，以资笑端。①

吴自牧详细记录了宋杂剧的演出状况，描述了宋杂剧"务在滑稽"、以娱乐大众为主的风格。之后的金杂剧承袭了"偏重科白、滑稽成分较浓"的宋杂剧形式。② 大体说来，宋、金杂剧都是对唐代参军戏插科打诨、滑稽调笑的艺术风格的继承，不仅长于讽刺批判，且对时政、生活多有表现。至元代，朝廷一度废除科举考试，一部分士人混迹于勾栏瓦舍，以编撰杂剧为稻粱谋，失去了读书人治国平天下的光明前途，与倡优歌妓为伍，从事着滑稽调笑的职业，因此元杂剧虽仍以娱乐为主要目的，但却不是轻松与愉悦的消遣，而是全社会下层知识分子深藏痛苦与抑郁的集体狂欢，如元人胡祗遹《赠宋氏序》言：

> 百物之中，莫灵莫贵于人，然莫愁苦于人。……于斯时也，不有解尘网、消世虑、熙熙暭暭，畅然怡然，少导欢适者一去其苦，则亦难乎其为人矣！此圣人所以作乐以宣其抑郁，乐工、伶人之亦可爱也。③

对于苦中作乐的元人而言，乐工伶人更是承担着宣其抑郁、导其痛苦的重任。明清时期，戏曲艺术仍担负着上至宫廷显贵、下至妇孺童叟的娱人功能，如李渔《闲情偶寄》所言：

> 文字之最豪宕，最风雅，作之最健人脾胃者，莫过填词一种。若

---

① 《〈都城纪胜〉（外八种）》，上海古籍出版社1993年版，第167页。
② 景李虎认为"北宋与金的戏剧是完全一体的，金代的戏剧无论在内容上、形式上、艺术风格上都完全承袭了北宋的戏剧传统，是北宋戏剧的继续发展"。景李虎：《宋金杂剧概论》，广东高等教育出版社1996年版，第23、173页。
③ （元）胡祗遹：《胡祗遹集》，吉林文史出版社2008年版，第246页。

无此种,几于闷杀才人,困死豪杰。予生忧患之中,处落魄之境,自幼至长,自长至老,总无一刻舒眉,惟于制曲填词之顷,非但郁藉以舒,愠为之解,且尝僭作两间最乐之人,觉富贵荣华,其受用不过如此,未有真境之为所欲为,能出幻境纵横之上者。①

李渔沿袭了元人胡祇遹的观点,认为戏曲能够舒缓郁藉、解除愠恚,娱乐世人。总体而言,话本小说与戏曲的创作以娱乐为旨归,因此二者往往推崇喜庆的团圆结尾。对此,王国维亦言道:

吾国人之精神,世间的也,乐天的也。故代表其精神之戏曲、小说,无往而不着此乐天之色彩,始于悲者终于欢,始于离者终于合,始于困者终于亨;非是而欲餍阅者之心,难矣。若《牡丹亭》之返魂,《长生殿》之重圆,其最著之一例也。②

王国维等人从中国人的性格角度来分析小说、戏曲的喜好团圆之因固然精辟,但是亦应看到小说、戏曲自发轫之初就与娱乐活动紧密相关,只是娱神还是娱人的本质问题。应该说明的是,对于话本小说、戏曲而言,明清时期才普遍采用大团圆结局,而宋元时期话本与戏曲却没有统一为喜剧的结局模式,如宋代话本《错斩崔宁》《闹樊楼多情周胜仙》戏文《赵贞女蔡二郎》杂剧《冤报冤赵氏孤儿》等。由此可见,话本小说与戏曲在结局的处理上也具有共通性,都经历了从不团圆至团圆的发展过程,侧面反映了话本小说与戏曲的叙事模式存在着渗透与互动。

在社会文化功能上,话本小说与戏曲不仅具有同一的娱乐效果,而且还具有一致的教化功能。司马迁《史记·滑稽列传》指出古优"谈言微

---

① (清)李渔:《闲情偶寄》,山西古籍出版社2007年版,第44页。
② 鲁迅中对中国人喜好团圆的结尾也进行过深刻分析:"中国人底心理,是很喜欢团圆的,所以必至于如此,大概人生现实底缺陷,中国人也很知道,但不愿意说出来;因为一说出来,就要发生'怎样补救这缺点'的问题,或者免不了要烦闷,要改良,事情就麻烦了。而中国人不大喜欢麻烦和烦闷,现在倘在小说里叙了人生底缺陷,便要使读者着看不快。所以凡是历史上不团圆的,在小说里往往给他团圆;没有报应的,给他报应,互相騙騙。"王国维、蔡元培:《红楼梦评论·石头记索隐》,上海古籍出版社2011年版,第10页;鲁迅:《中国小说史略》,《鲁迅全集》,人民文学出版社2005年版,第326页。

中，亦可以解纷"，优孟、优旃之类的俳优瞽师专以戏谑"谈笑讽谏"，从而达到寓教于乐的目的。著名的"优孟衣冠"故事，讲述楚乐人优孟扮演故相孙叔敖，利用谈笑讽谏，将孙叔敖之子贫困状况达于楚王。足见这种讽谏是寓谏于乐，要使楚王得到愉悦，才能达到讽谏的效果。宫廷俳优通过戏言而箴讽时事，即"善为笑言，然合于大道"①。其实谈笑讽谏是"戏剧正传统"与"中国戏剧的特质"，后世"参军戏、滑稽戏，直接承继了这种传统"②。至宋杂剧，"大抵全以故事，务在滑稽唱念，应对通遍。此本是鉴戒，又隐于谏诤，故从便跣露，谓之无过虫耳。若欲驾前承应，亦无责罚，一时取圣颜笑。凡有谏诤，或谏官陈事，上不从，则此辈妆做故事，隐其情而谏之，于上颜亦无怒也"③。可见宋杂剧亦是以滑稽戏谑、讽刺谏诤为主要目的，不仅上达于君王，而且下通于百姓。

元人对戏曲的社会文化功能也有清醒的认知，如高明《琵琶记》第一出表达的观点，曾多次被学者加以援引：

【水调歌头】秋灯明翠幕，夜案览芸编。今来古往，其间故事几多般。少甚佳人才子，也有神仙幽怪，琐碎不堪观。正是：不关风化体，纵好也徒然。论传奇，乐人易，动人难。知音君子，这般另做眼儿看。休论插科打诨，也不寻宫数调，只看子孝共妻贤。骅骝方独步，万马敢争先？④

高明认为戏曲的首要任务是娱乐大众，这是比较容易实现的目标。可是一个故事要打动人心，潜移默化地实施"子孝共妻贤"的儒家教化传统，却是难以企及的目标。因此，他倡导戏曲首先要"乐人"，然而重中之重的社会功能却是有关"风化"，使戏曲成为教化世人的艺术工具。对此，吴梅在《顾曲麈谈》也表达了同样的观点：

是以词家所谱事实，宜合于情理之中，最妙以前人说部中可感可

---

① 《史记选》，人民文学出版社1957年版，第505页。
② 唐文标：《中国古代戏剧史》，中国戏剧出版社1985年版，第43页。
③ 《梦粱录》，《〈都城纪胜〉（外八种）》，上海古籍出版社1993年版，第167页。
④ 王季思：《全元戏曲》（第十卷），人民文学出版社1999年版，第133页。

泣、有关风化之事，揆情度理，而饰之以文藻，则感动人心，改易社会，其功可券也。①

对于话本小说而言，宋元早期就已借表述日常生活中奇人、奇事之机，极力改易社会风化、教诲世人。为此小说家涵古茹今，潜心坟典，通过上古隐奥之文章，导顽化愚，"言其上世之贤者可为师，排其近世之愚者可为戒。言非无根，听之有益"②。明清时期，拟话本小说仍以移风易俗、劝善惩恶为主，正如凌濛初所言："宋、元时有小说家一种，多采闾巷新事为宫闱承应谈资，语多俚近，意存劝讽。虽非博雅之派，要亦小道可观。"③ 此言虽将宋元话本小说视为小道末技，但却肯定了劝诫讽谏的社会文化功能。冯梦龙《古今小说序》亦有表达：

> 试令说话人当场描写，可喜可愕，可悲可涕，可歌可舞。再欲捉刀，再欲下拜，再欲决脰，再欲捐金。怯者勇，淫者贞，薄者敦，顽钝者汗下。虽日诵《孝经》、《论语》，其感人未必如是之捷且深也。④

清人笠斋主人谈及冯梦龙"三言"时言道："备拟人情世态，悲欢离合，穷工极变。不惟见闻者相与惊愕，且使善知劝，而不善亦知惩，油油然共成风化之美。"⑤ 凌濛初在谈及"二拍"的创作时，亦言："其间说鬼说梦，亦真亦诞，然意存劝戒，不为风雅罪人，后先一指也。"⑥ 稍后的笑花主人在《今古奇观》序言也曾明确表示："闻者或悲或叹，或喜或愕。其善者知劝，而不善者亦有所惭恶悚惕，以共成风化之美。"⑦ 话本小说与戏曲由非儒家、非正统的文人及卑微的艺人所创造，尽管被挤到社会边缘，最后落得焚毁的命运，但是其中蕴含的义理却比《论语》《孝经》更能感动人心。

---

① 吴梅：《中国戏曲概论》，中国人民大学出版社2004年版，第60页。
② （宋）罗烨：《醉翁谈录》，古典文学出版社1957年版，第2页。
③ 丁锡根：《中国历代小说序跋集》，人民文学出版社1996年版，第785页。
④ 丁锡根：《中国历代小说序跋集》，人民文学出版社1996年版，第774页。
⑤ 丁锡根：《中国历代小说序跋集》，人民文学出版社1996年版，第782页。
⑥ 丁锡根：《中国历代小说序跋集》，人民文学出版社1996年版，第789页。
⑦ 丁锡根：《中国历代小说序跋集》，人民文学出版社1996年版，第793页。

话本小说、戏曲在传统文化语境中同生共长，促进了二者叙事模式的趋同性，进而推动中国叙事传统由历史可证性向虚构性创造的演进。当这种叙事模式逐渐被社会认可接受后，正统意识形态代表的史学叙事模式又通过国家机器压制、禁止、否认、焚毁等手段控制非儒家、非正统的文人及底层艺人代表的小说、戏曲叙事模式，最终导致官方代表的意识形态取代了话本小说、戏曲的叙事话语，使两种文体逐渐失去活力，脱离寓教于乐的社会功能。话本小说的结局如鲁迅所言："宋市人小说虽亦间参训喻，然主意则在述市井间事，用以娱心；及明人拟作末流，乃诰诫连篇，喧而夺主，且多艳称荣遇，回护士人，故形式仅存而精神与宋迥异矣。"① 戏曲也因过度宣扬封建道德教化，陷入僵化的地步，正如徐复祚所描述："《龙泉记》、《伍伦全备》，纯是措大书袋子语，陈腐臭烂，令人呕秽，一蟹不如一蟹矣。"② 这些戏曲作品类似封建伦理大全式的教科书，当然无法博得大众的认可与喜好。

第三节　结构体制的沿袭共通

　　据段成式《酉阳杂俎》、周密《武林旧事》等载，唐宋时期的"说话"伎艺与戏剧皆被纳入百戏之内，作为"说话"伎艺之一的"小说"与"般杂剧"分别是宋代瓦舍众伎之一。尽管"小说"伎艺后由口头文学逐渐过渡至可供阅读的话本小说，"仿以为书，虽已非口谈，而犹存曩体"③，仍保存了"小说"的结构体制与叙述方式。事实上，无论口头的"小说"伎艺，还是作为书面文学的话本小说，对于戏曲的叙事模式、结构体制都有一定的滋养，王国维就曾指出：

　　　　此种说话，以叙事为主，与滑稽剧之但托故事者迥异。其发达之迹，虽略与戏曲平行；而后世戏剧之题目，多取诸此，其结构亦多依仿为之，所以资戏剧之发达者，实不少也。④

---

① 鲁迅：《中国小说史略》，《鲁迅全集》，人民文学出版社2005年版，第209页。
② 中国戏曲研究院：《中国古典戏曲论著集成》，中国戏剧出版社1959年版，第236页。
③ 鲁迅：《中国小说史略》，《鲁迅全集》，人民文学出版社2005年版，第122页。
④ 王国维：《宋元戏曲史疏证》，马美信疏证，复旦大学出版社2004年版，第42页。

第一章　话本小说与戏曲叙事互动的可通性

宋代"说话"与戏曲同生共长的关系，使双方不仅在叙事模式、叙事功能表现一定的趋同性，而且亦表现在戏曲对于话本小说叙事技巧的模仿与借鉴。从叙述主体的角度而言，宋元话本和戏曲脚本的编撰者都出自一种书会行业组织。胡士莹曾指出：

> 从南宋至元代，说话和戏剧等伎艺相当发达，因此，当时就有专门替说话人、戏剧演员编写话本和脚本的文人，这些文人有自己的行业组织——书会。①

书会成员的身份相当复杂，大部分为仕途失意的文人及底层艺人，其他也有低级官吏、医生、术士、商人等，如宋代戏文《张协状元》开场道：

> 但咱们，虽宦裔，总皆通。②

首题九山书会编撰，书会成员是宦裔，即良家子弟，不仅编撰剧本，又是业余演员，如贾仲明在为书会成员李时中等人补写的挽词亦道：

> 元贞书会李时中、马致远、花李郎、红字公、四高贤合捻《黄粱梦》。东篱翁头折冤，第二折商调相从，第三折大石调，第四折是正宫，都一般愁雾悲风。③

据《录鬼簿》所载，李时中为中书省掾，除工部主事；马致远为江浙行省务官；花李郎、红字公为教坊子弟，他们均是书会成员。书会中这些从事编撰话本与戏曲脚本的底层的文人或艺人，一般称为书会先生，有时亦称才人，如《清平山堂话本》中《剪帖和尚》篇末云：

---

① 胡士莹：《话本小说概论》，中华书局1980年版，第65页。
② 钱南扬先生指出："张协状元是戏文初期的作品，其时职业演员尚在萌芽状态，业余演员占主要地位，而书会与剧团是统一的。"钱南扬：《永乐大典戏文三种校注》，中华书局1979年版，第5页。
③ （元）钟嗣成、贾仲明：《录鬼簿新校注》，文学古籍刊行社1957年版，第75页。

当日推出这和尚来，一个书会先生看见，就法场上做了一只曲儿，唤做《南乡子》。①

戏文《宦门弟子错立身》题古杭才人新编。②

甚杂剧请恩官望着心爱的选。……俺路歧每怎敢自专，这的是才人书会划新编。③（元杂剧《蓝采和》第一折［油葫芦］）

俺今日且说一个俊俏后生，只因游玩西湖，遇着两个妇人，直惹得几处州城，闹动了花街柳巷，有分教才人把笔，编成一个风流话本。④（《警世通言》第二十八卷《白娘子永镇雷峰塔》）

《录鬼簿》中，不仅提到"才人"，亦提及"名公"，卷上云："前辈已死名公才人，有所编传奇行于世者。"卷下云："方今已亡名公才人，余相知者，为之作传，以凌波曲吊之。"⑤"才人"与"名公"并列称之，实是相对而言。"名公"常指高才博识的中下层官吏，才人则是门第卑微接近市民阶层的文人。由此可见，不仅有底层文人为生活所资编撰话本与剧本，还有李时中、马致远等高才重名的官吏闲适时以编撰话本与戏曲脚本来寄兴娱乐。

由于书会才人涉及社会各个层面，编撰的范围较为宽广开阔，宋代戏文《张协状元》篇首言道：

弹丝品竹，那堪咏月与嘲风。若会插科使砌，何吝搽灰抹土，歌笑满堂中。……《状元张叶传》，前回曾演，汝辈搬成。这番书会，要夺魁名。

言语之间不仅连番夸耀书会编撰剧本的高明，而且不忘称赞演员演技

---

① （明）洪楩：《清平山堂话本》，上海古籍出版社1992年版，第11页。
② 钱南扬：《永乐大典戏文三种校注》，中华书局2009年版，第219页。
③ 王季思：《汉钟离度脱蓝采和》杂剧（七卷），《全元戏曲》，人民文学出版社1999年版，第118页。
④ （明）冯梦龙：《警世通言》，中华书局2009年版，第276页。
⑤ 见于曹楝亭刊本卷下首题，而天一阁藏明蓝格抄本卷下首题："方今才人相知者。为之作传。以凌波仙曲吊之。"两个刊本略有不同。（元）钟嗣成、贾仲明：《录鬼簿新校注》，文学古籍刊行社1957年版，第101页。

的高超,剧中第二出亦云:

> 烛影摇红,最宜浮浪多忔戏。精奇古怪事堪观,编撰于中美。真个梨园院体,论诙谐除师怎比?九山书会,近目翻腾,别是风味。一个若抹土搽灰,趋跄出没人皆喜。况兼满座尽明公,曾见从来底。此段新奇差异,更词源移宫换羽。大家雅静,人眼难瞒,与我分个令利。①

足见九山书会实兼编戏与演戏为一体。此外,书会才人还编撰宋元戏文、元杂剧、唱本、话本、猜谜等多种文学性较强的伎艺,据贾仲明《录鬼簿》与周密《齐东野语》所载:

> 观其前代故元夷门高士丑斋继先钟君所编录鬼簿。载其前辈玉京书会、燕赵才人,四方名公士夫。编撰当代时行传奇、乐章、隐语。比词源诸公卿大夫士。②
>
> 古之所谓廋词,即今之野语,而俗所谓谜。……若今书会所谓谜者,尤无谓也。③

编撰话本和剧本,乃书会首要任务。一般编写话本与戏曲剧本的书会才人"非庸常浅识之流,有博览该通之理",熟谙各种史传杂说、野史稗闻,通常研读《太平广记》《夷坚志》《琇莹集》《东山笑林》《绿窗新话》之类著作,不仅有着丰富的历史社会知识与文学素养,且对市民社会流行的通俗文艺也了如指掌。作为话本小说与戏曲共同的叙述主体,书会才人在话本、戏曲的编撰中,从主观角度导致话本小说、戏曲叙事模式的互通性。下面拟从二者的结构体制上具体说明。

一 题目

关于话本小说的题目,根据正话的故事来确定,是故事内容的主要标

---

① 钱南扬:《永乐大典戏文三种校注》,中华书局 2009 年版,第 13 页。
② (元)钟嗣成、贾仲明:《录鬼簿新校注》,文学古籍刊行社 1957 年版,第 6 页。
③ (宋)周密:《齐东野语》,中华书局 1983 年版,第 378—380 页。

记。据《醉翁谈录·小说开辟》所列，以人名、诨名、物名、地名等为题目较为简短明了，其中卷二甲集就有"卓文君""李亚仙""十条龙""青面兽""桃叶渡"等题目。说话人在说唱时，为了招徕听众，一般会将故事情节浓缩在七八字的题目中，如同书癸集卷一《乐昌公主破镜重圆》《李亚仙不负郑元和》，辛集卷二《王魁负心桂英死报》等。就题目而言，宋时已逐渐从短名向长名演化，如北宋刘斧杂辑古今稗说为《青琐高议》及《青琐摭遗》，各篇文题之下，已有七字句作为副标题，全仿宋代话本，如《流红记》附《红叶题诗娶韩氏》、《越娘》附《梦托杨舜俞改葬》等。① 明清时期，冯梦龙编撰"三言"，以加工整理宋、元、明时期的话本小说为主，题目仍以七言或八言标目为主，前后两篇形成对偶的句子，这种命题的方式显然受到当时流行的章回小说的影响。凌濛初的"二拍"基本属于个人独创，也仿效当时流行的长篇章回小说命题的方式，并明确指出：

> 每回有题，旧小说造句皆妙。……近来必欲取两回之不伴者，比而偶之，遂不免窜削旧题，亦是点金成铁。今每回用二句自相对偶，仿《水浒》、《西湖》旧例。②

话本小说的题目至宋代起由短变长，再至凌濛初"二拍"一变为双句对偶题目，与文人的参与有密切的关系。凌濛初还进一步指出了话本小说的命题方式对元杂剧的影响：

> 每回有题，旧小说造句皆妙。故元人即以之为剧。今《太和正音谱》所载剧名，半犹小说句也。③

---

① 赵景深《青琐高议的重要》一文中认为此书上题是传奇体，下题是章回体，约是从传奇体至章回体的桥梁；鲁迅《中国小说史略》认为各篇系以七言的做法，"皆一题一解，其类元人剧本结尾之题目正名，因疑汴京说话标题，体裁或亦如是，习俗浸润，乃及文章"。赵景深：《中国小说丛考》，齐鲁书社1980年版，第93页；鲁迅：《鲁迅全集》，人民文学出版社2005年版，第125页。

② （明）凌濛初：《拍案惊奇》，人民文学出版社1991年版，第2页。

③ （明）凌濛初：《拍案惊奇》，人民文学出版社1991年版，第2页。

话本小说题目由短变长的演变也影响了戏剧题目的转变。在目前可以确定的五种宋代南戏剧本中,题目分别为《赵贞女蔡二郎》《王魁》《王焕》《乐昌分镜》《张协状元》①,皆为简短的题目。另据谭正璧《宋杂剧金院本与元明杂剧》所载,金院本也大多以三字为题,如《范蠡》《调双渐》《蝴蝶梦》《孟姜女》等,而元时同题材的杂剧分别题名为《灭吴王范蠡归湖》《苏小卿诗酒丽春园》《包侍制三勘蝴蝶梦》《孟姜女千里送寒衣》等。② 由此可见,戏剧题目至元代基本完成了从短名至长名的演变。究其原因,与元代文人失路后的集体下移而被迫染指于杂剧有关,体现了文人追求规范化、典雅化的审美品位。话本小说与戏曲的创作者身份由宋元时期的非正统文人及底层艺人已经向正统文人转化,叙事题目也经历由简至繁的变化。

二 篇首

关于篇首,话本小说常以一首诗或词,或一诗一词开头。诗词内容或自撰,或引用古人作品,一般用来点明主题,概括全篇大意,或烘托意境、抒发感叹等,如《柳耆卿诗酒玩江楼记》的篇首有借柳永之名而作的《题美人诗》:

> 谁家弱女胜姮娥,行速香阶体态多;两朵桃花焙晓日,一双星眼转秋波;钗从鬓畔飞金凤,柳傍眉间锁翠蛾。万种风流观不尽,马行十步九蹉跎。③

《剪帖和尚》的篇首为一首《鹧鸪天》词:

> 白苎千袍入嫩凉。春蚕食叶响长廊。禹门已准桃花浪,月殿先收桂子香。鹏北海,凤朝阳,又携书剑路茫茫。明年此日青云去,却笑人间举子忙。④

---

① 廖奔、刘彦君:《中国戏曲发展史》第一卷,山西教育出版社2003年版,第336页。
② 谭正璧:《话本与古剧》,上海古籍出版社1985年版,第263—270页。
③ (明)洪楩:《清平山堂话本》,上海古籍出版社1992年版,第1页。
④ (明)洪楩:《清平山堂话本》,上海古籍出版社1992年版,第4页。

这种以诗词为主的篇首在说话人表演时，称为"开科""开呵"，为"宋元时伎艺人在演唱前向观众的致语"①。明人徐渭在《南词叙录》"开场"条云：

> 宋人凡勾栏未出，一老者先出，夸说大意，以求赏，谓之"开呵"。今戏文首一出，谓之"开场"，亦遗意也。②

正如徐渭所言，在戏曲中同样也有类似的"开科"或"开呵"，如李开先在《园林午梦》院本中作"开和"，用四句诗："轮转心常不动，争长竞短何用？拨开尘世闲愁，试听园林午梦"③。戏曲开场时也多有开科，如元刊本《尉迟恭三夺槊》杂剧第一折有"匹先扮建成、元吉上，开"④。开科不仅出现于戏曲开场，而且每折上场时也有开科，如元刊本《散家财天赐老生儿》杂剧楔子"正末引一行上，坐定开"；第一折："（正末上开）欢来不似今朝，喜后那如今日。"第三折："（张郎、引璋上，云了）（外祭了，忘了水瓶科）（正末引卜儿上，开）俺两口儿到坟头也"⑤。戏曲作品中，类似的例子不胜枚举。与话本小说一样，戏曲开科也多用诗词、韵语或说白介绍剧情发生的背景，这种形式体制显然是受早期话本的影响所致。

三 入话

"入话"最初见于《清平山堂话本》，然在今存的 29 篇话本小说中，入话部分却有缺漏。⑥ 入话和正话通常有着紧密的联系，入话一般在篇首的诗或词后，加以解释，然后引入正话。入话内容有的与正话主题相吻

---

① 齐森华、陈多、叶长海：《中国曲学大辞典》，浙江教育出版社 1997 年版，第 51 页。
② 中国戏曲研究院：《中国古典戏曲论著集成》，中国戏剧出版社 1959 年版，第 246 页。
③ （明）李开先：《李开先全集》，文化艺术出版社 2004 年版，第 1146 页。
④ 宁希元：《元刊杂剧三十种新校》，兰州大学出版社 1988 年版，第 163 页。
⑤ 宁希元：《元刊杂剧三十种新校》，兰州大学出版社 1988 年版，第 146、150 页。
⑥ 胡士莹先生指出："大概编集者（或刊印者）主观上认为入话只适合'说话伎艺'表现方式而不太适合阅读，或者认为繁冗累赘，为节省工料起见，只在篇首标'入话'二字，把入话原文，都刊落了，这是极其可惜的。"胡士莹：《话本小说概论》，中华书局 1980 年版，第 138 页。

合，也有相反，其作用均为点明本事，用于肃静、启发和聚集听众。话本小说都有入话，清代话本小说集《西湖二集》中的入话甚至高达三至四个。

戏曲作品中虽无入话，但在开科之后，也有解释作用的过渡性话语，亦有稳定已有观众、招徕与聚集新观众的作用，如明成化本《刘知远白兔记》第一出"扮末上开云"，念完一首诗及几首曲子后，又有首七言诗："惜竹不雕当路笋，爱松不斩横横枝。不是英雄不赠剑，不是才人不赋诗。"接着出现了一段过渡性的文字：

> 今日庆家子弟，搬演一部传奇。不插科、不打诨，不谓之传奇。倘或中间字迹差讹，马音等字，香谈别字，其腔列调中，间有同名同字，万望众位、做一床锦被遮盖。天色非早，而即晚了也。不须多道撒说，借问后行子弟，戏文搬下不曾？（内白）搬下多时了。（末云）既然搬下，搬的是那本传奇？何家故事？（内云）搬的是李三娘麻地捧印，刘智远衣锦还乡白兔记。（末云）好本传奇！这本传奇亏了谁？亏了永嘉书会才人，在此灯窗之下，磨得墨浓，蘸得笔饱，编成此一本上等孝义故事，果为是千度看来千度好，一番搬演一番新。不须得多道撒说，我将正传家门念过一遍，便见戏文大义。……①

这段解释性的文字与篇首的诗词有一定的关系，或涉议论，或叙述故事背景引入正文，详细记录演出的实况，与"说话"伎艺中开场的说唱极为相近。其中末扮人物有着双重的身份，不仅是作为第一人称的角色人物身份，还兼有第三人称的叙述者身份。此段文字还模拟了说书场中的说话人与听众的对话场景，用"内白""内云"等形式模拟观众与剧作家的对话，用来延宕时间，肃静、启发已有观众，同时招徕新观众。

四 正话

正话即故事的正文，是话本小说的主体部分，分为散文和韵文。散文用来叙述故事，在展开的情节中塑造人物；韵文包括诗、词、骈文、偶句等，用来念诵或演唱，品评人物、相貌、服饰等细节，或描写一个重要的

---

① 王季思：《全元戏曲》（第九卷），人民文学出版社1999年版，第437—438页。

场景，用以调节气氛，增加艺术的感染力。北宋时期，"小说"伎艺沿袭唐五代讲唱文学韵散结合的形式，正文中"有说有唱，有银字笙、银字觱篥伴奏"，后来随着"小说"伎艺的成熟，在形式上渐渐"脱离诗歌，以散文讲诵为主"①，如宋元早期话本集《京本通俗小说》《清平山堂话本》的作品大都以散文为主，韵文为辅。

关于正话，开始时一般先简要介绍主要人物的姓名、籍贯、经历及家庭状况，如《西山一窟鬼》正话篇首云："却说绍兴十年间，有个秀才是福州威武军人，姓吴名洪。"② 正话还可以分回，有时在故事发展的关捩处停止，或用诗，或用"且看下回分解"收场，与章回小说的分回方法相似。

与话本小说的叙述方式一致，戏曲的表演不仅不受时地的限制，而且多随时间的顺序展开情节，按照剧情的推演分为若干个场次。这种叙述方式也与章回小说分回一致，皆因它们同在传统文化的语境中成长，导致了叙事体制的趋同性。戏曲开场时，人物上台往往先作自我介绍，如《窦娥冤》蔡婆婆上场云：

> （卜儿蔡婆上，诗云）花有重开日，人无再少年。不须长富贵，安乐是神仙。老身蔡婆婆是也，楚州人氏。嫡亲三口儿家属。不幸夫主亡逝已过。止有一个孩儿，年长八岁。俺娘儿两个过其日月。家中颇有些钱财。③

蔡婆婆介绍了姓氏里居、家庭状况、经济背景，与话本小说中的人物介绍相似。对此，周贻白曾有精辟的分析：

> 当说话人演述故事时，对于一个人物的介绍，大抵绘其形貌，述其服饰，刻划其性格，模仿其声口，这对于杂剧中人物的扮演，多少准备了一些条件。④

---

① 胡士莹：《古代白话短篇小说选》，中国青年出版社1962年版，第9页。
② 《京本通俗小说》，上海古籍出版社1988年版，第30页。
③ 王季思：《全元戏曲》（第一卷），人民文学出版社1990年版，第182页。
④ 周贻白：《中国戏曲发展史纲要》，上海古籍出版社1979年版，第94页。

第一章　话本小说与戏曲叙事互动的可通性

此外，戏曲正文中的曲辞也与话本小说一般分为散文与韵文两部分。然而，戏曲作品中占据主体部分的不是散文，而是作为唱词的韵文，其中的宾白与话本小说中的散文相近，有独白、对白，其内容或韵或散。

五　篇尾

话本小说的篇尾往往游离于故事情节之外，具有相对的独立性。通常小说结尾由说话人（或作者）出场，往往用诗词韵语（或说白评论加上诗词）作结，总结全篇主旨，或对听众加以劝诫，或对故事进行评论等，如《志诚张主管》的篇尾即为评论加上诗词作结：

> 只因小夫人生前甚有张胜的心，死后犹然相从。亏杀张胜立心至诚，到底不曾有染，所以不受其祸，超然无累，如今财色迷人者纷纷皆是，如张胜者，万中无一，有诗赞云：谁不贪财不爱淫？始终难染正人心。少年得似张主管，鬼祸人非两不侵。①

此篇话本小说的结尾前有说话人（或作者）的主观评论，后有四句七言诗作结。元杂剧中，其结尾一般也用四句或两句诗来概括全剧主旨，点明剧本名称，如郑德辉《倩女离魂》杂剧结尾：

> （夫人云）天下有如此异事。今日是吉日良辰，与你两口儿成其亲事，小姐就受五花官诰，做了夫人县君也。一面杀羊造酒，做个大大庆喜的筵席。
> 题目　凤阙诏催征举子　阳关曲惨送行人
> 正名　调素琴王生写恨　迷青琐倩女离魂②

作者借夫人之言以总结全剧内容，并以一首七言诗概括中心内容，点明剧本名称，前一句为题目，后一句为正名，也即剧名。

此外，话本小说在情节告一段落、叙述对象发生变化时，常用诗句作结，如《清平山堂话本》之《陈巡检梅岭失妻记》中多次以诗句作结：

---

① 《京本通俗小说》，上海古籍出版社1988年版，第53页。
② 王季思：《全元戏曲》（第四卷），人民文学出版社1999年版，第602页。

如春自思："我今情愿挑水。争奈本欲投岩洞中而死，倘有再见丈夫之日！"不免含泪而挑水。正是：宁可洞中挑水苦，不作贪淫下贱人。世路山河险，石门烟雾深。年年上高处，未肯不伤心。……

只说陈辛去寻妻，未知寻得见寻不见。正是：风定始知蝉在树，灯残方见月临窗。夫妻会合是前缘，堪恨妖魔逆上天。悲欢离合千般苦，烈女真心万古传。……①

在戏曲作品中，每一出结束而人物下场时往往也有四句或两句诗，如高明《琵琶记》第四出演蔡公逼儿子去应试，结尾下场诗云：

（外白）孩儿，急办行装赴试闱。（生）父亲严命怎生违？（合）一举首登龙虎榜，十年身到凤皇池。

在第五出中，演蔡伯喈欲赴试离家，与家人告别，中间有韵文总结道：

（生白）此行勉强赴春闱，（外、净、末、旦）专望你明年衣锦归。（合）世上万般哀苦事，无过死别共生离。

第六出演牛太师训女，结尾亦有下场诗云：

（外白）妇人不可出闺门，（贴白）多谢家尊教育恩。（合）休道成人不自在，须知自在不成人。②

类似的下场诗或韵文在戏曲作品中非常普遍，与话本小说以诗词韵语作结进行评论的叙述方式接近。

综上所述，话本小说、戏曲在共同的文化语境中成长，导致二者叙事技巧的沿袭共通。由于文体的不同，二者的结构体制亦有诸多不同，如"头回"就是话本小说独有的体制特征，它是一段小故事，比较简略，可

---

① （明）洪楩：《清平山堂话本》，上海古籍出版社1992年版，第68—75页。
② 王季思：《全元戏曲》（第十卷），人民文学出版社1999年版，第147、150、155页。

以扩充发展为一段正话,与戏曲也有叙事的互动,如《警世通言·金明池吴清逢爱爱》入话叙崔护觅水事,《绿窗新话》卷上有《崔护觅水逢女子》,而宋官本杂剧《崔护六幺》、《崔护逍遥乐》,诸宫调《崔护谒浆》(见《西厢记诸宫调》引),元代白朴与尚仲贤的《十六曲崔护谒浆》杂剧、佚名《崔护觅水》戏文(《宦门子弟错立身》引),明代孟称舜《桃花人面》杂剧、金怀玉《桃花记》传奇、杨之炯《玉杵记》传奇、佚名《题门记》与《登楼记》传奇,清代舒位《人面桃花》杂剧、曹锡黼《桃花吟》杂剧等,皆敷演完整的故事。

第四节　审美趣味的趋同一致

猎奇是人类的本性,如今的社会厌弃因循守旧、故步自封,各行业都在不断追求创新,每个人皆欲特立独行来展现自己的个性。同样,作为反映人类思想情感与观念的文艺作品,追"奇"求"异"的审美取向更为明显,如李渔所言:

> "人惟求旧,物惟求新。"新也者,天下事物之美称也。而文章一道,较之他物,尤加倍焉。竟竟乎陈言务去,求新之谓也。至填词一道,较之诗赋古文,又加倍焉。①

刘勰《文心雕龙》在《史传第十六》中也指出:"俗皆爱奇,莫顾实理。"② 史传尽管秉承历史可证性的创作原则:"其文直,其事核,不虚美,不隐恶,故谓之实录。"③ 但是史传也难免"传闻而欲伟其事,录远而欲详其迹"④,有追"奇"求"异"之嫌。秉持虚构性创作原则的作家,创作话本小说与戏曲时,为凸显二者的文体本质与特征,对传"奇"的审美需求更加迫切。这种审美趣味在具体故事情节的推演过程中,一般通过误会、巧合的利用与安排,使故事、人物、遇合等具有浓重的传奇

---

① (清)李渔:《闲情偶寄》,山西古籍出版社2007年版,第10页。
② 刘勰:《文心雕龙注释》,人民文学出版社1981年版,第171页。
③ 班固《汉书》"司马迁传"中引刘向、杨雄之言。(汉)班固:《汉书》,《司马迁传》第三十二,(唐)颜师古注,中华书局1962年版。
④ 刘勰:《文心雕龙注释》,人民文学出版社1981年版,第171页。

色彩。

将中国古代小说的发展历程做一个简短的巡礼，不难发现古代小说追"奇"求"异"的精神实质与创作思路。承传远古神话、传说及秦汉史传文学发展而来的魏晋志人、志怪小说，其宗旨在于语其世事特异者，其目的是"张皇鬼神，称道灵异"，"特多鬼神志怪之书"①，志人小说也集中描写名人逸士的奇言异行。对于唐传奇而言，更加着重描写奇人、奇事、奇遇，如胡应麟所言：

凡变异之谈，盛于六朝，然多是传录舛讹，未必尽设幻语。至唐人乃作意好奇，假小说以寄笔端。②

胡应麟认为唐人作意好奇为小说，指明唐传奇讲究故事新奇、曲折的特点。宋代"说话"艺术兴起，"至有宋孝皇以天下养太上，命侍从访民间奇事，日进一回，谓之'说话人'"③。皇帝对民间奇事的爱好与提倡，市民阶层对奇异之事的接受需求，使宋元话本将"开天辟地通经史，博古明今历传奇"作为创作宗旨④，且故事题材多采用市井之事，其间多奇闻逸事，或杂以虚诞怪妄之说，情节多奇异、曲折，由此确立了非历史化虚构性的叙事模式，对中国小说、戏曲的叙事模式都有深刻的影响。

明末清初，拟话本小说一度兴盛繁荣，以冯梦龙、凌濛初为代表的小说家们逐渐把目光集中于市井之事，真实反映民众的现实生活与思想情感，迎合市民阶层的审美趣味。这种对于故事题材世俗化的追求，在一定意义上并不是追"奇"求"异"心理的弱化，而是着重于追求生活的义理。正如明代笑花主人讲述"三言"的叙事效果一样："钦异拔新，洞心駴目，而曲终奏雅，归于厚俗。"⑤明人即空观主人在《拍案惊奇自序》篇首亦言道：

语有之："少所见，多所怪。"今之人但知耳目之外牛鬼蛇神之为

---

① 鲁迅：《中国小说史略》，《鲁迅全集》，人民文学出版社 2005 年版，第 45 页。
② （明）胡应麟：《少室山房笔丛》，上海书店出版社 2009 年版，第 371 页。
③ 丁锡根：《中国历代小说序跋集》，人民文学出版社 1996 年版，第 792 页。
④ （宋）罗烨：《醉翁谈录》，古典文学出版社 1957 年版，第 5 页。
⑤ 丁锡根：《中国历代小说序跋集》，人民文学出版社 1996 年版，第 793 页。

奇，而不知耳目之内日用起居，其为谲诡幻怪，非可以常理测者固多也。昔华人至异域，异域咤以牛粪金。随诘华之异者，则曰："有虫蠕蠕，而吐为彩缯锦绮，衣被天下。"彼舌挢而不信，乃华人未之或奇也。则所谓必向耳目之外索谲诡幻怪以为奇，赘矣。①

随着市民阶层的兴起和发展，谲诡幻怪之奇至明代中晚期，已经不足以引起创作者与读者的兴趣，人们逐渐将兴趣从耳目之外的牛鬼蛇神之奇转移到耳目之内的日用起居，因此《拍案惊奇》"事类多近人情日用，不甚及鬼怪虚诞"②。实际上，这种人情日用之事并未消减小说家追"奇"求"异"的创作旨趣，即"可新听睹，佐诙谐者"③，人们对它的认识渐渐从嗜好谲诡幻怪之奇倾向于表达人情物理之事。至《二刻拍案惊奇》创作，人们对日常起居的好奇已经演变为对世态人情的有意显扬，如凌濛初在序言中道：

> 今小说之行世者，无虑百种，然而失真之病，起于好奇。知奇之为奇，而不知无奇之所以为奇。舍目前可纪之事，而驰骛于不论不议之乡，如画家之不图犬马而图鬼魅者，曰："吾以骇听而止耳。"④

明人笑花主人《今古奇观序》也表达了平常中见真奇的观点：

> 夫蜃楼海市，焰山火井，观非不奇。然非耳目经见之事，未免为疑冰之虫。故夫天下之真奇，在未有不出于庸常者也。……则夫动人以至奇者，乃训人以至常者也。吾安知闾阎之务不通于廊庙，稗秕之语不符于正史？若作吞刀吐火、冬雷夏冰例观，是引人云雾，全无是处。⑤

自宋元话本始，民间艺人就拓展奇异题材的内容，频频关注世态人

---

① 丁锡根：《中国历代小说序跋集》，人民文学出版社1996年版，第785页。
② （明）凌濛初：《拍案惊奇》，人民文学出版社1991年版，第2页。
③ 丁锡根：《中国历代小说序跋集》，人民文学出版社1996年版，第785页。
④ 丁锡根：《中国历代小说序跋集》，人民文学出版社1996年版，第788页。
⑤ 丁锡根：《中国历代小说序跋集》，人民文学出版社1996年版，第793页。

情,其中就有不少取材于日用起居之事,在平常生活的情理之中追"奇"求"异"。这种创作理念与审美趣味使话本小说的题材不再局囿于怪异与新奇的表层,故事性质带有一定的社会现实性,更易引起市民读者的共鸣。

与话本小说在叙事源流、叙事模式、叙事效果、叙事技巧等方面的共通性,导致了戏曲在审美趣味上也侧重于对奇事、奇人、奇遇的传"奇"追求。戏曲家创作时,必须要关注到观众的欣赏需求,相对新奇、曲折的故事更能引人入胜,博得观众的肯定与认可,满足观众追"奇"求"异"的欣赏需求。从这个意义上说,观众的审美心理在一定程度上决定了戏曲传"奇"的创作实践。对此,戏曲家多有阐述:

> 茅暎云:"第曰传奇者,事不奇幻不传,辞不奇艳不传。其间情之所在,自有而无,自无而有,不魂奇愕眙者亦不传。"①
> 孔尚任云:"传奇者,传其事之奇焉者也,事不奇则不传。《桃花扇》何奇乎?……此则事之不奇而奇,不必传而可传者也。"②
> 倪倬云:"传奇,纪异之书也,无奇不传,无传不奇。"③
> 削仙□亦云:"传奇,传奇也。不过演奇事、畅奇情。"④

由此推断,戏曲创作的审美取向也是以追"奇"求"异"为要,而戏曲如要传"奇",务必使故事新奇别致、曲折动人。对此,李渔曾在《闲情偶寄·结构第一》"脱窠臼"中系统分析道:

> 古人呼剧本为"传奇"者,因其事甚奇特,未经人见而传之,是以得名,可见非奇不传。新即奇之别名也。若此等情节业已见之剧场,则千人共见,万人共见,绝无奇矣,焉用传之?是以填词之家,务解"传奇"二字。
>
> 欲为此剧,先问古今院本中,曾有此等情节与否,如其未有,则

---

① 蔡毅:《中国古典戏曲序跋汇编》,齐鲁书社1989年版,第1224页。
② 蔡毅:《中国古典戏曲序跋汇编》,齐鲁书社1989年版,第1602页。
③ 蔡毅:《中国古典戏曲序跋汇编》,齐鲁书社1989年版,第1383页。
④ 蔡毅:《中国古典戏曲序跋汇编》,齐鲁书社1989年版,第1275页。

急急传之，否则枉费辛勤，徒作效颦之妇。……

吾谓填词之难，莫难于洗涤窠臼；而填词之陋，亦莫陋于盗袭窠臼。吾观近日之新剧，非新剧也，皆老僧碎补之衲衣，医士合成之汤药。即众剧之所有，彼割一段，此割一段，合而成之，即是一种"传奇"。但有耳所未闻之姓名，从无目不经见之事实。

语云"千金之裘，非一狐之腋"，以此赞时人新剧，可谓定评。但不知前人所作，又从何处集来？岂《西厢》以前，别有跳墙之张珙？《琵琶》以上，另有剪发之赵五娘乎？若是，则何以原本不传，而传其抄本也？窠臼不脱，难语填词，凡我同心，急宜参酌。①

李渔不仅指出戏曲创作要脱窠臼，反对同一题材的陈陈相因，而且还将自己创作的话本小说集题名为《无声戏》，认为小说与戏曲一样都要传"奇"，要具备新奇曲折的故事情节。他还指出创作时作者应戒魑魅魍魉之荒唐幻怪，而重视人情物理之奇：

王道本乎人情，凡作传奇，只当求于耳目之前，不当索诸闻见之外。无论词曲，古今文字皆然。凡说人情物理者，千古相传；凡涉荒唐怪异者，当日即朽。《五经》、《四书》、《左》、《国》、《史》、《汉》，以及唐宋诸大家，何一不说人情？何一不关物理？及今家传户颂，有怪其平易而废之者乎？《齐谐》，志怪之书也，当日仅存其名，后世未见其实。此非平易可久、怪诞不传之明验欤？

人谓家常日用之事，已被前人做尽，究微极稳，纤芥无遗，非好奇也，求为平而不可得也。予曰：不然。世间奇事无多，常事为多；物理易尽，人情难尽。有一日之君臣父子，即有一日之忠孝节义。性之所发，愈出愈奇，尽有前人未作之事，留之以待后人，后人猛发之心，较之胜于先辈者。②

李渔认为，戏曲创作传人情物理之奇，可"千古相传"，而荒唐怪异者如齐谐志怪之类"当日即朽"，或"仅存其名，后世未见其实"，虽有

---

① （清）李渔：《闲情偶寄》，山西古籍出版社2007年版，第10—11页。
② （清）李渔：《闲情偶寄》，山西古籍出版社2007年版，第14页。

些言过其实，但表达了李渔力戒荒唐怪异之奇、主张人情物理之奇的认知与思考。

话本小说与戏曲审美趣味上的趋同性，反过来对二者叙事源流的渗透与互通提供了必要的条件。对于较晚成熟的戏曲而言，由于宋元话本的作品已在闾里巷间经由勾栏瓦舍与路岐艺人传播甚广，民众对于话本小说的热情，早已达到了"不以风雨寒暑，诸棚看人，日日如是"①"满村听说蔡中郎"②的程度，而宋杂剧仍无法敷演一个完整且引人入胜的故事，因此戏曲直接取用宋元话本的故事，能间接调动广大民众的记忆，获得演出的成功。对此，周贻白也有详论：

> 此一时期（北宋）的杂剧，已经以故事情节为主，而作代言体的演出，则故事来源及其所具内容，皆当与所谓说话具有联系。因为这些说话人所说故事，当时的民间已普遍流传，在广大的群众中已具有不同程度的知闻，一旦登场扮演，自比凭空结撰较为省事。③

现存的宋代话本集《京本通俗小说》有20种作品，元杂剧与其同题材者就有7种。④对于明清之际一度兴盛的拟话本小说而言，宋元早期话本的讹误过多，情节简单且十分粗糙，文人的改编亦势在必然，或扩充故事情节，或增加时人的观点评论等，表现了宋元话本与明清拟话本小说叙事尽管具有一定程度的趋同性，但是二者的审美趣味却不尽相同。现存的宋代话本集《京本通俗小说》20种作品中，"三言""二拍"的作品与其同题材者就有13种。⑤

同样，明清时期兴起的南曲戏文沿袭唐代文言小说的名称，以"传奇"命名，亦是对这种文体传"奇"特征的认同，正如郑振铎《眉山秀跋》云：

> 以《今古奇观》之《苏小妹三难新郎》一话本为依据。明清之

---

① （宋）孟元老：《东京梦华录笺注》，中华书局2006年版，第462页。
② 朱东润：《陆游选集》，上海古籍出版社1962年版，第129页。
③ 周贻白：《中国戏曲发展史纲要》，上海古籍出版社1979年版，第94页。
④ 胡士莹：《话本小说概论》，中华书局1980年版，第200—234页。
⑤ 同上。

际，传奇作家每喜取材于"话本"，此（《眉山秀》传奇）亦其一种。惟所述情节较复杂，范围亦较广耳。①

　　传奇作家多据话本小说改编，以"三言""二拍"为例，"三言"故事被改编为 40 余部传奇②，"二拍"的 78 篇故事中也有 20 余篇被改编为传奇。由于资料的缺漏，明清拟话本小说与传奇同题材者仍有待考证。此外，杂剧取用拟话本小说者亦有不少。③

　　话本小说与戏曲的受述者皆为文化程度不高的卑微小民，在一定程度上也造成了审美趣味的共通性。一般来说，话本小说多传人情日用之奇，用以表达世俗民众的生活趣味与心理情感，颇受听众、读者的喜爱。对戏曲而言，大多数观众一般也分布在市井村社、闾里巷间，多为文化程度不高的观众，他们的欣赏需求也决定了戏曲创作趋向传人情日用之"奇"的艺术追求，正如李渔所言：

> 　　传奇不比文章，文章做与读书人看，故不怪其深；戏文做与读书人与不读书人同看，又与不读书人之妇人小儿同看，故贵浅不贵深。使文章之设，亦为与读书人、不读书人及妇人小儿同看，则古来圣贤所作之经传，亦只浅而不深，如今世之为小说矣。④

　　李渔所言"今世之小说"应该是他自己创作的《无声戏》（别名《连城璧》）及《十二楼》之类的拟话本小说，"只浅而不深"，戏曲表演给"读书人与不读书人同看，又与不读书人之妇人小儿同看"，也是"贵浅不贵深"。李渔通过自己的理论总结与创作实践，说明话本小说与传奇同样传人情日用之奇的审美趣味。

　　文化语境的同生共长、创作者的刻意追求及观众的欣赏需求等主客观因素皆决定了话本小说与戏曲追"奇"求"异"的审美趣味。晚熟的戏曲多向传人情日用之奇的宋元话本取材，其中情节曲折、内容新奇的故事

---

① 蔡毅：《中国古典戏曲序跋汇编》，齐鲁书社 1989 年版，第 1471 页。
② 谭正璧：《话本与古剧》，上海古籍出版社 1985 年版，第 116—150 页。
③ 详见附录。
④ （清）李渔：《闲情偶寄》，山西古籍出版社 2007 年版，第 23—24 页。

往往被反复改编。明清时期，随着据事敷演的虚构性叙事模式的逐步确立，以及"三言""二拍"代表的话本小说的兴盛等主客观因素的影响，亦使戏曲频频向拟话本小说中取材。

综上所述，宋元以前，中国的叙事理论家多关注作品的历史性或史实性问题，遵循实证性的创作观，否认作品的虚构性，强调故事的历史性与客观性。随着通俗叙事文学在宋元两代的传播（话本、戏文、杂剧、猜谜等文体），他们开始关注叙事作品的虚构性问题，认识到话本小说、戏曲等叙事文学作品不必基于历史事件，可以据史传杂说、文人笔记、前代小说以及民间传说故事等创造敷演，重新建立一个生动逼真的叙事话语体系。叙事源流的渗透互通，为话本小说、戏曲叙事的互动提供了重要的理论基础。话本小说、戏曲在传统文化语境中的同生共长、叙事结构技巧的沿袭共通、审美趣味的一致等主客观因素导致了二者叙事模式的趋同性，进而在叙事效果上产生共通性。

此外，话本小说与戏曲还有共同的叙述主体和受述者。宋元时期，早期话本与戏曲脚本的编撰者一般是书会才人，其成员大部分是科举失意且有一定才学的文人，还有一些经验丰富的底层艺人等。明清时期，二者的叙述主体大多数为仕途失意的底层文人，如冯梦龙、李渔等人都曾致力于话本小说与戏曲的创作编撰。另外，话本小说与戏曲的受述者也有交集，宋元时期在勾栏瓦舍中观看杂剧表演、聆听"小说"艺人说唱，以底层的市井细民为主；至明清时期，拟话本小说尽管进一步文人化、案头化，但是受述者仍以市民阶层为主。对于戏曲而言，尽管在社会的普及程度较高，其观众上通宫廷贵胄之室，下达市井村社之家，构成了一个极其庞大的接受群体，但是主要观众群仍为广大底层民众。

第二章

话本小说与戏曲叙事模式的互动

叙事源流的渗透互通、传统文化语境中的同生共长、叙事形式的沿袭共通、审美趣味的趋同一致等主客观因素导致二者叙事模式的趋同，即话本小说与戏曲在叙事时间、叙事角度、叙事结构等叙事特性方面存在互通。然而，二者毕竟分属不同的艺术门类，改编是"把一个特定的故事从一种艺术形式转换到另一种艺术形式（例如从小说到戏剧或者电影）时如何克服两种媒介本性之间的差异或矛盾"①。一旦话本小说的故事进入戏曲的文本创作与舞台表演中，或戏曲的故事进入话本小说的创作中，就要面临两种艺术形式的转换。因此，创作者重释故事时，必须解决戏曲与话本小说作为不同文艺样式所存在的特殊性与差异性，分别实现叙事时间、叙事角度、叙事结构等叙事模式的互动。

第一节 叙事时间的一致与转化

时间对人类而言是一个重要的范畴，它同时关联到物质世界和我们对世界（以及对于我们自身）的感知，且"我们的时间感知是变化的"②。文学为这些改变提供了连续不断的回应，同时也意味着时间问题成为文学文本作品中重要的部分。一个故事如果要进入话本小说与戏曲的叙事作品，其自然的时间序列必然会被创作者打乱或倒错，故事发生的时间与叙事作品的时间发生错位，获得叙事形式的美感，正如伊·鲍温所言：

---

① 陈世雄：《戏剧思维》，福建教育出版社1996年版，第120页。
② ［挪威］雅各布·卢特：《小说与电影中的叙事》，徐强译，北京大学出版社2011年版，第49页。

时间是小说的一个主要组成部分，我认为时间同故事和人物具有同等重要的价值。凡是我所能想到的真正懂得，或者本能地懂得小说技巧的作家，很少有人不对时间因素加以戏剧性地利用的。①

　　叙事时间对于创作主体来说至关重要，小说家、戏剧家往往通过对时间因素进行戏剧性利用，建立一个独特的叙事话语体系。一般认为，话本小说与戏曲文本的叙事时间由叙述者叙述出来，而戏曲舞台的叙事时间由演员所呈现，舞台上的呈现可以看作叙述的一种变体。话本小说与戏曲的文本都要涉及"故事的时间"与"叙事的时间"。对此，法国学者克里斯蒂安·麦茨明确指出：

　　叙事乃是一组具有两个时间的序列……：被讲述的事情的时间和叙事的时间（"所指"时间和"能指"时间）。这种双重性不仅使一切时间畸变成为可能，挑出叙事中的这些畸变是不足为奇的（主人公三年的生活用小说中的两句话或者电影"反复"蒙太奇的几个镜头来概括等等）；更根本的是，它要求我们确认叙事作品的功能之一是把一个时间兑现为另一种时间。②

　　"故事的时间"指话本小说或戏曲的故事中涉及的本源时间，而"叙事的时间"指故事在书面中或舞台上所呈现的时间状态。相对于中国的戏曲，西方戏剧的时间问题与之相似。法国的于贝斯菲尔德曾指出西方戏剧的时间问题：

　　戏剧文本所提出来的根本问题是在其时间中的记录问题，正如存在着两个空间一样——一个舞台外空间和一个舞台空间，两者之间还有一个符号发生逆转的中间化地带即观众地带，在"戏剧事件"中也同时存在着两个区辨的时间：演出时间（一或两个小时，在某些场

---

① [英] 伊·鲍温：《小说家的技巧》，见吕同六《20世纪世界小说理论经典》，华夏出版社1995年版，第602页。
② [法] 克里斯蒂安·麦茨：《论电影的指事作用》，转引自 [法] 热拉尔·热奈特《叙事话语·新叙事话语》，王文融译，中国社会科学出版社1990年版，第12页。

合或某些文化中更长些）和被再现的行动时间。①

他提出西方戏剧存在的时间分别为演出时间和舞台表演的行动时间，"在文本水平上是因为时间能指全是间接的和模糊的"，"在演出层次上是因为像节奏、停顿、联接这些如此重要的成分，远远比空间化成分难以把握"②。

话本小说与戏曲的时间因素较为复杂。就话本小说而言，其发轫于"说话"艺术之一的"小说"。宋元时期的话本，或为"小说"艺人讲说、传授的底本，或经过书会文人加工润色过的"小说"底本。明清时期，拟话本小说承袭宋元话本的结构体制与叙述方式，模拟书场的情境，已具备书面文学的特征。因此宋元话本存在三种时间状态：故事实际发生的时间，经"小说"艺人或书会文人戏剧性利用的叙事时间，"小说"艺人综合运用散说、念诵、歌唱等手段再现故事实际发生的时间；明清时期，拟话本小说作为案头读物仅存在两种时间状态：故事实际发生的时间，经小说家有效控制的叙事时间。尽管宋元话本可作为实际说唱内容的书面记录，但是已作为文学文本在社会上广泛流播。因此，宋元话本与明清拟话本小说都是作为书面文学而存在，时间层面主要有两种状态：故事实际发生的时间、叙事时间。

为便于讨论戏曲艺术的时间问题，并能与话本小说的时间层面相对应，大致将戏曲的时间状态分为：故事实际发生的时间；戏曲剧本的叙事时间，经戏曲家有效利用与控制，通过剧本中的曲词、念白等文字形式体现的时间状态；舞台的表演时间，演员通过四功、五法技艺的直观展示，将故事实际发生的时间再现于舞台上的演出时间。

一 直线顺叙式——话本小说与戏曲文本的叙事时间

叙事文学作品中，创作主体一般通过故事发生时间与叙事时间的错位来获得叙事形式的美感，如法国的热拉尔·热奈特就将故事时间和叙事时间的错位称为"时间倒错"，并指出二者之间的关系主要表现为"顺序"

---

① ［法］于贝斯菲尔德：《戏剧符号学》，中国戏剧出版社2004年版，第162页。
② ［法］于贝斯菲尔德：《戏剧符号学》，中国戏剧出版社2004年版，第162—163页。

"时距""频率"等几个方面①。法国的兹维坦·托多罗夫也提出了叙事中时间的表达问题,指出"故事发生的时间和叙事的时间之间存在差异",因此"有必要截断这些事件的'自然'接续,即使作者想尽量遵循这种接续。但是,作者往往不试图恢复这种'自然'的接续,因为他用歪曲时间来达到某些美学的目的"。并且将一个故事中时间的布局称为"时间的歪曲",若干个故事的叙事形式表现为"连贯、交替和插入",提出两种属于另一个视角的时间即"写作时间和阅读时间"(写作的陈述时间和阅读的感知时间)。他还指出:

> 从某种意义上说,叙事的时间是一种线性时间,而故事发生的时间则是立体的。在故事中,几个事件可以同时发生,但是话语则必须把它们一件一件地叙述出来;一个复杂的形象就被投射到一条直线上。②

中国古代小说与戏曲也普遍采用这种一维直线式的叙事方式,即以顺序作为基本的叙事手段,兼采插叙、预叙、倒叙等特殊的叙事方法,将每个故事从头至尾按自然的时序状态完整地展现。尽管创作者在话本小说与戏曲的叙事中也采用时间倒错的叙事方式,但在叙事整体的时间流向上,它们的出现并不会影响一维直线式的时间进程。

所谓"时光如流水,一去不复返""光阴似箭、日月如梭",从古至今的中国人都用这些俗语来形容时间的自然流向与不可逆转的特性,人的生老病死,甚至于天地万物的兴衰成败都按照顺向的时间序列向前演进。中国人的时间观与俄国的别尔佳耶夫、英国的罗利所提到的历史时间相吻合,时间被看作一种单向的、不可逆转的流程。③ 因此,在话本小说与戏曲的叙事时间中,创作者也基本遵循了事物起承转合、人物生老病死等自

---

① [法]热拉尔·热奈特:《叙事话语·新叙事话语》,中国社会科学出版社1990年版,第13页。

② [法]兹维坦·托多罗夫:《叙事作为话语》,见张寅德编选《叙述学研究》,中国社会科学出版社1989年版,第294页。

③ 罗利在《英国小说和三种时间》中谈及别尔佳耶夫对时间历史的三种基本类型的划分,宇宙时间、历史时间、存在时间。转引自[美]王靖宇《中国传统小说中的循环人生观及其意义》,孙乃修译,载《〈左传〉与传统小说论集》,北京大学出版社1989年版。

然的时间向度,将叙事时间按照顺向的方式向前推演。这种叙事时间的一维性可与西方古典戏剧理论的"三一律"作为主要的参照:

> 三一律规定剧本创作必须遵守时间、地点和行动的一致,即一部剧本只允许写单一的故事情节,戏剧行动必须发生在一天之内和一个地点。法国古典主义戏剧理论家布瓦洛把它解释为"要用一地、一天内完成的一个故事从开头直到末尾维持着舞台充实"。①

"三一律"对时间、地点、事件的严格限定,使故事发生的时间与演员表演的时间必须一致,戏剧家通常选择矛盾冲突尖锐化的场面开始叙述,大量使用追叙、倒叙等叙事手法,要求观众立足于现在事件的时间,频频回顾过去的事件,由此得知故事的前因后果,故其叙事时间多呈现为多维立体式的特征。

中国的话本小说与戏曲呈现为一维直线式的叙事时间序列,在叙事时空上表现出连续流动、自由转换的特征,与史传文学叙事模式的影响密不可分。古人十分推崇历史可证性的叙事模式,史学著作的叙事方式、叙事风格等成为各类叙事文体模仿的对象,小说、戏曲都被冠冕为羽翼正史的创作原则,称为"野史""稗史"。魏晋时期志怪、志人小说虽分别含有宗教或人伦鉴识的目的,但小说家都坚持实录的创作原则;唐传奇的单篇作品也多以"传"为篇名,记述传主生平事迹,大体从出生写到死亡,开篇介绍主人公姓名、籍贯、家世等,篇末还交代主人公的结局,如《霍小玉传》《李娃传》《任氏传》等较为有名的人物传记,皆按照人物的生命流程来进行叙述。然而创作者叙述故事时,却不必事无巨细地对主人公生平作纪年式的叙述,而是选取主人公生平中一件完整而精彩的故事,使整个故事有始有终。

对于话本小说而言,小说家也通常按照主人公的生命流程进行叙述,如《喻世明言》第一卷《蒋兴哥重会珍珠衫》不是以人物为中心来记述故事,却从蒋兴哥出身开始讲起:"父亲叫做蒋世泽,从小走熟广东,做客买卖。因为丧了妻房罗氏,止遗下这兴哥,年方九岁,别无男女。"接写蒋世泽带年幼的蒋兴哥去广东经商之事,后来才写蒋兴哥与王巧儿夫妇

---

① 《中国大百科全书·戏剧卷》,中国大百科全书出版社1989年版,第327页。

分合之事。小说结尾道："让平氏为正房，王氏反做偏房，两个姐妹相称。从此一夫二妇，团圆到老。"① 这篇话本小说尽管以讲述蒋兴哥夫妇的感情分合为主，但基本展现了蒋兴哥一生的轨迹，即自幼随父经商，十七岁其父病亡，成亲后经商，停妻再娶，后一夫二妇团圆到老。叙述围绕着蒋兴哥的感情轨迹顺向演进，有始有终。由此可见，在史传文学叙事时间的影响下，话本小说基本都按照主人公生老病死、否泰更替的生命流程进行叙述，尤其在一些以人物为中心的作品中更是普遍存在。

对于戏曲作品而言，无论是卷帙浩繁的传奇，还是精炼短小的杂剧，戏曲家同样重视主人公的生命流程，而且整体叙述上也以故事的顺叙为主，"不止一出接一出，一人顶一人，务使承上接下，血脉相连"②。如元刊本《李太白贬夜郎》杂剧，主要描写李白在长安的遭逢和志节。全剧虽然仅有四折，但先后描写李白醉写《和蛮书》、赋《清平调》三章之事（包含御手调羹、贵妃捧砚、力士脱靴等），还有杨贵妃与安禄山私情、贬谪夜郎、乘舟捉月而死等事。在不同的叙事时空流转中，戏曲家基本完成了对李白一生兴衰起跌、否泰交替等生命流程地叙述。③ 由此可见，古代的小说（包括话本小说）与戏曲都非常重视故事的完整性，创作者通常会在较长的时间、不同的空间中基本完成对故事主人公死生荣辱的讲述，而西方的创作者往往会选择生命中最为激烈紧张的时空场景，以加强人物性格、命运中的冲突与张力。

除史传文学叙事模式的影响外，话本小说与戏曲在文化语境、审美趣味等方面的渗透，也导致了话本小说与戏曲叙事时间的共通性。话本小说源于"说话"艺术，其文体特征基本保留了"小说"伎艺的艺术形式。"小说"伎艺的口头即时说唱性质，在故事的讲述时具有不可逆转的时间特征，因此在叙事时间的安排上必须清楚明了，说话人需直接言明故事的来龙去脉、起承转合。与时间倒错的叙事方式相比，直线式顺叙的叙事时间更能使说话人讲述故事时理顺思路，观众也能迅速理清故事的脉络与时间顺序。且"小说"伎艺多在热闹喧哗的大众娱乐场所表演，如果利用

---

① （明）冯梦龙：《喻世明言》，中华书局 2009 年版，第 1—23 页。
② （清）李渔：《闲情偶寄》，山西古籍出版社 2007 年版，第 20 页。
③ 虽然元刊本《贬夜郎》科白极简，难知其详，但是不难想见在第一折李白上场时应对其前半生事迹有大致的介绍。戏曲家如此繁简得当的安排，基本完成了对李白一生的叙述。

预叙、插叙、补叙等时间倒错的叙事技巧追求叙事形式的美感，忽视普通观众的欣赏水平和审美趣味，无疑会失去观众。实际上，在话本小说的编撰中，小说家也不排斥时间倒错的叙事方式，如果合理利用这些特殊的叙事技巧，也可以取得一定的叙事效果，读者也能根据自身的逻辑判断将其还原至故事实际发生的时间状态，不至于产生时间错乱。因此，在话本的编撰中，小说家主要以直线顺叙式来演述故事，当需要讲述另一情节线索时，总是以"不说""且说""话分两头""花开两朵，各表一枝"等叙述语词标识来实现叙事时间上的切换。

对于戏曲艺术而言，故事时间的跨度通常不受演出时间的限制，可以连演几天，甚至于演出持续数年（如连台本戏），叙事时空便表现出极大的自由性，呈现为一种开放式的结构，即一个故事可以完全展开来演，所有的故事情节也可以从正面交代，因此也就没必要采用预叙、插叙、追叙等时间倒错的叙事手段。此外，戏曲观众也与话本小说的读者一样，多为文化水平不高的市井百姓，戏曲家在讲述故事时需从头到尾按照故事发展的自然顺序娓娓道来，即直线顺叙式的叙述方式。即便是篇幅短小的元杂剧，戏曲家也要按照主人公的生命流程与事件的起承转合进行叙述。然而，戏曲叙事可以完整，却不需要事无巨细的完备。戏曲家通常会挑选主人公生命流程中较为重要的事件叙述，按照主人公的自然生命流程与事件的起承转合进行完整呈现。在整体的顺叙框架内，当需要表现同一时间不同地点、不同人物的故事场景时，往往也采用话本小说"花开两朵，各表一枝""话分两头"的叙述方式，即分头并进与叙述次序的轮流交替的叙事时空，呈现为双线的叙事结构，最早可追溯至南戏《张协状元》，而有意设计双线结构的则是高明《琵琶记》。这种先后承续、交替出现的时间序列，不仅使戏剧冲突更加激烈，人物形象的塑造上更为丰富立体，还有利于营造较好的戏剧效果。

因此，话本小说与戏曲虽然分属两种不同的文体形式，但是在叙事时间上却具有一定的互通性，即直线顺叙式的叙事时间。久而久之，观众逐渐接受并喜欢这种有头有尾的顺叙的叙事时间，以至于20世纪初西方话剧传入，中国的观众仍然秉持直线顺叙式的观赏方式，对多采用插叙、追叙、倒叙等时间倒错的话剧一时无法接受。

二 话本小说的叙事时间与戏曲舞台的表演时间的转化

由于媒介形式、观众欣赏习惯等主客观因素的不同，话本小说的叙事时间与戏曲的舞台表演时间存在着诸多差异。宋元早期的话本发轫于"说话"伎艺之一的"小说",即"小说"艺人讲说或传授的底本。早期话本虽过多地保留了说唱文学的质素,处于从口头文学向书面文学过渡的阶段,但这一时期的话本不管是作为实际说唱内容的书面记录,还是经过书会文人加工润色过的"小说"底本,都已开始在社会上广泛流播。明清时期的拟话本小说承袭了宋元话本的结构体制与叙述方式,即作为案头读物模拟书场情境,也已具备书面文学的特征。因此,宋元、明清时期的话本小说都是书面文学。

反之,戏曲作为一种艺术门类,有两种存在形式:一是作为戏曲剧本形式的存在,与话本小说一样具有案头文学的性质;二是作为舞台表演的存在,这也是戏曲最主要的艺术功能。如果我们将诉诸书面文字的话本小说的叙事时间与戏曲的舞台表演时间相比,就会发现其中存在诸多差异。

当小说家、戏曲家要解决戏曲与话本小说作为不同媒介形式而产生的差异性和矛盾性,在叙事时间上需将话本小说的叙事时间转化为戏曲的舞台表演时间,或戏曲的舞台时间转换为话本小说的叙事时间,在不同叙述主体、表达方式、展现形式等方面分别实现二者之间的转化。

(一) 叙述主体

所有的叙事作品都有一个叙述者,他是叙述行为的直接进行者,通过操作叙述话语体系最终创作叙事作品。叙述主体很难与叙述者画等号,叙述主体是现实世界,而叙述者是由叙事主体创造,属于虚构的文本世界。叙述主体与叙事文本中隐含着的作者相同,与真实作者进行区分,表现为文本创作和日常生活的存在形态。一般来说,一部作品可以由几个作者共同参与创作,可隐含的作者却只有一个,正如布斯在《小说修辞学》中言道:

> 在他(作者)写作时,他不是创造一个理想的,非个性的"一般人",而是一个"他自己"的隐含的替身,不同于我们在其他人的作品中遇到的那些隐含的作者。[①]

叙述者通常指:"一部作品中的'我',但这种'我'即使有也很少

[①] [美] W. C. 布斯:《小说修辞学》,华明等译,北京大学出版社1987年版,第80页。

等同于艺术家的隐含形象"①。而隐含作者是读者从作品中推导建构起来的作者形象,是作者在具体文本中表现出来的"第二自我"。叙述者是各种叙事谋略之一,他通过人物的语言构成文本,是叙事文本的叙述声音或讲话人,而隐含作者在叙事文本中是没有声音的。

宋元时期,话本多为书会文人或底层艺人的集体创作,其作品内容、主题内涵、结构方式等叙事话语体系经过了多数人的修改与加工,真实作者与隐含作者模糊不清。明清时期,"二拍"、《西湖二集》等文人独创性作品的出现,虽有据事敷演的痕迹,但真实作者逐渐明确。实际上,无论真实作者与隐含作者的身份是否明确,话本小说都必须遵循"小说"的结构体系与叙述特征。以说话人为叙述者,形成了话本小说独特的叙述体特征。因此,叙述主体在叙事话语中对叙事时间的利用与把握,主要是通过话本小说隐藏的说话人来控制叙事时间的时距、顺序、频率等进行议论或评价,表明自己对人物或事件的态度。②

话本小说的叙述主体在创作前,对叙事时间机制的安排先有一个大致的轮廓,然后通过利用故事时间,控制话本小说的叙事节奏。一般来说,主要有四种方法:一是省略,即故事时间无限长于叙事时间,或者说叙事时间几乎为零,叙述主体对于叙事时间完全省略;二是概述,故事的实际时间长于叙事时间,一般常用在话本小说的开头结尾,或场景之间的变换;三是场景,故事时间与叙事时间等同的状况下,表现人物之间的对话;四是停顿,故事时间小于叙事时间,如静态的描写、叙述者的议论,故事时间几乎为零,一般用于话本小说的入话、正话中描写人物景致的诗词韵文以及叙述者的议论解释之中。③ 由此可见,叙述主体一般通过故事时间的延长、压缩等控制时间的速度,以构成话本小说的节奏,正如南宋罗烨在《醉翁谈录》中描述的那样:"讲论处不滞搭,不絮烦;敷演处有

---

① [美] W. C. 布斯:《小说修辞学》,北京大学出版社1987年版,第82页。
② 关于叙述频率,热拉尔·热奈特将分为单一叙述、重复叙述和反复叙述三种类型,单一叙述是讲述一次发生过一次的事与讲述n次发生过n次的事,重复叙述是讲述n次发生过一次的事,反复叙事是讲述一次(或不如说用一次讲述)发生过几次的事。上述三种类型一般多见于长篇章回小说,故文中不再涉及。
③ 关于时距的四种表现形式,详见热拉尔·热奈特《叙事话语·新叙事话语》。王平的《中国小说叙事研究》沿袭热拉尔·热奈特的分类,并有详细论述,不再详述。

规模、有收拾；冷淡处提掇得有家数，热闹处敷演得越久长。"① 足见话本小说的叙述主体对时间节奏的控制起主导性的作用。

此外，叙述主体还通过打乱原来的故事时序实现对叙事时序的控制，采用顺叙、预叙、插叙、倒叙等特殊叙述手段相结合的方式或通过控制叙述文字的比重来掌控整体的叙事时间及叙事节奏，使叙事文本时空显现自由灵活的特征，从而实现叙述主体的叙述目的及意图。由此，话本小说的叙事时间不必受真实的生活时间的限制，叙述主体可以灵活地延伸或压缩原来的故事时间。

戏曲艺术中，作为阅读的文本形式存在时，叙述主体通常也会改变故事时间与叙事时间之间的关系，控制叙事时间的速度、干扰叙事时间的持续，在叙事时间体系上获得独特的审美意蕴。如果说戏曲剧本的叙事时间由叙述者进行叙述，而戏曲舞台表演层面的叙事时间则由演员呈现，演员在舞台上的演绎，可以视为叙述的某种变体。正如王国维所言："戏曲者，谓以歌舞演故事也。"② 戏曲艺术作为由演员表演故事的综合艺术，以演员为中心抒发情感、展现技艺、演绎故事、塑造人物，因此演员是戏曲艺术主要的叙述主体。在中国的戏曲没有成熟以前，就已有了歌舞戏、滑稽戏、百戏等艺术形式的演员。时至今日，一个剧种名气的大小，一出戏上演是否有影响，也与演员有紧密的关联。舞台表演时，演员通过唱、念、做、打、舞等表演手段的实施来展现主体的叙述功能，通过对剧中人物心理的把握，在表现人物情感的变化时，运用内外部技巧采用延长、压缩、停顿等方式来控制故事的速度与节奏。

俗语有云："有话则长，无话则短。"此言虽指叙事情节的疏密度，但亦可用来概括戏曲舞台叙事自由灵活的特征。戏曲作品经过舞台搬演后，演员在故事的演进中将故事时间用曲辞叙述、身体动作、舞美道具等方式进行重新演绎，把原来的故事重新纳入舞台表演的时间序列中，从而建构出不同于舞台表演的叙事时间体系。舞台表演时间还可以不必受真实的生活时间的限制，有着高度的表达自由，演员可以自由灵活延伸或压缩故事的时间。

---

① （宋）罗烨：《醉翁谈录》，古典文学出版社1957年版，第5页。
② 王国维：《戏曲考原》，见《王国维戏曲论文集》，中国戏剧出版社1957年版，第201页。

（二）书面文字与舞台表演

由于话本小说与戏曲分属不同的门类，前者属于文学形式，而后者属于舞台表演艺术，因此二者在叙事时间的表现形式上有所差异，读者与观众的审美习惯和欣赏心理也会有所不同。话本小说的叙事时间通过书面文字来表达，有一定的表达自由，不受故事实际时间的限制，读者阅读后可以通过故事实际时间的逻辑顺序进行判断，从而补充与体验故事发生的时间。戏曲的舞台表演时间并不是故事时间的真实再现，演员再现剧本的叙事时间，具有高度的时空自由，在舞台上通过曲辞唱念、程式化形体动作、舞美道具等方式立体式的展现剧本的叙事时间，观众可通过视觉和听觉去感知与体验表演时间的变化。

宋元话本《清平山堂话本》卷一《合同文字记》中，故事发生的时间跨度很大，前后有十数年。刘二辞别哥哥要去投奔姨夫张学究，叙事主体对叙事时间有这样几处描述："当日，刘二带了妻子，在路行了数日，已到高平县下马村，见了姨夫张学究，备说来趁熟之事。""光阴荏苒，不觉两年"，刘二夫妇先后死去。"光阴似箭，日月如梭，安住在张家村里一住十五年，孩儿长成十八岁，聪明智慧，德行方能，读书学礼。"① 刘二夫妇从老家到高平县下马村之间的时间、在张家居住的两年，及刘安住在张家村生活的十五年几乎省略，使叙事时间的速度加快，叙述文字也非常稀疏。刘安住即将回到家乡后，叙事速度变得缓慢，情节随之密集起来。直到此事完毕，又接着叙述："一月之后，收拾行装，夫妻二人拜辞两家父母，就起程直到高平县，拜谢张学究已毕，遂往陈留县赴任为官。夫妻偕老，百年而终。"叙事速度又变得非常迅速，叙述文字也愈加简略。叙述主体对故事时间的操纵与掌控，读者通过自己的生活感知与体验去弥补故事的发生时间。

在舞台表演中，演员不以单一的书面文字来表达故事的时间，如元代《包龙图智赚合同文字》杂剧，据宋话本《合同文字记》改编，第一折中刘天瑞自报家门道：

> 自家刘天瑞，自从离了哥哥嫂嫂，到这潞州高平县下马村张秉彝员外店中安下。多蒙这员外十分美意，并不曾将俺做那外人看待。争

---

① （明）洪楩：《清平山堂话本》，上海古籍出版社 1992 年版，第 20—21 页。

奈自家命薄，染了这场疾病，一卧不起。①

　　从老家到高平县下马村之间叙事时空的流转，元杂剧通过正末扮刘天瑞的宾白叙述中介绍。对于话本小说中刘天瑞夫妇在张家生活的两年时间，戏曲家重释时则将之完全省略，以集中展现戏剧性的冲突。第二折中，刘安在张家村的十五年成长历程，也通过外扮张秉彝宾白中说出："自从刘天瑞两口儿身亡之后，又早过了十五年光景，安住孩儿长成十八岁了也，人都唤做张安住，他却那里知道原不是我的孩儿。"② 通过演员的念白，直接展现剧本的叙事时间。

　　演员表演时，常将曲词演唱、宾白口述与程式化的表演动作结合起来再现叙事时间，如话本小说中，刘安住再次从高平县下马村回到家乡的时间也几近省略："却好安住于路问人，来到门首，歇下担儿。"③ 小说家通过压缩故事时间，省略叙述文字，以控制叙述的节奏。在杂剧的敷演中，戏曲家又将之转化为剧本的叙事时间：

　　（正末上，云）自家刘安住是也。远远望见家乡，惭愧，可早来到也呵。（唱）

　　【中吕·粉蝶儿】远赴皇都，急煎煎早行晚住，早难道神鬼皆无。我将饭充饥，茶解渴，纸钱来买路。历尽了那一千里程途，几曾道半霎儿停步。

　　【醉春风】俺心儿里思想杀老爷娘，则待要墓儿中埋葬俺这先父母。一会家烦恼上眉头，安住，到大来是苦、苦。我则道孤影孤身，流落在他州他县，惭愧也，不想还认了这伯娘伯父。

　　（云）我问人来，这里便是刘天祥伯父家，且放下这担儿者。④

　　戏曲家重释时，将话本小说的叙事时间稍作延长，并增加叙述文字的比重，表现刘安住的感情与心理，进而使人物形象更加丰满。演员在舞台表演时，通过两段曲词的演唱及宾白的讲述、行走的程式化动作，综合呈

---

① 王季思：《全元戏曲》（第六卷），人民文学出版社1999年版，第221页。
② 王季思：《全元戏曲》（第六卷），人民文学出版社1999年版，第225页。
③ （明）洪楩：《清平山堂话本》，上海古籍出版社1992年版，第22页。
④ 王季思：《全元戏曲》（第六卷），人民文学出版社1999年版，第229—230页。

现剧本的叙事时间。

由此,话本小说与戏曲剧本中,读者通常只能通过故事实际发生时间的利用、叙事时序的错乱以及叙述文字的疏密,体会叙述主体对叙事时间与节奏的掌控。舞台演出中,演员通过曲辞唱念及若干经过处理的程式化动作,观众就能感知或体验叙事时空发生的变化。因此话本小说与戏曲在叙事时间的表达方式上有所不同:话本小说以书面文字的形式再现,诉诸读者的视觉;戏曲艺术以演员的表演、声音或节奏等作立体式的表现,诉诸观众的视觉、听觉。

(三) 间接转述与直接再现

话本小说的叙事时间通过书面文字进行展现,乃是叙事主体对故事实际发生时间的间接式转述,将故事发生时间的讯息间接传达给读者,然后读者再通过自己的逻辑推断去感知或体验故事的发生时间,因此话本小说展现时间的形式是对故事时间的转述。与话本小说一样,戏曲剧本展现时间的形式也是对故事时间的一种间接转述:

> 戏剧文本所表示的正是一种转述时间,被演出表现为"此时此刻的移位":因此,人们在戏剧文本里所能找到的时间并不指向演出的实际时间(关于这个时间,文本说不出多少),而是指向想象的和截断的时间。只有通过演出符号的媒介再现时间,才会作为时延、作为观众的时间感觉被记下。①

如于贝斯菲尔德所言,戏曲的舞台表演时间是对故事实际发生时间直观的再现。戏曲舞台上,演员通过曲辞唱念、人物上下场、程式化形体及舞台道具动作等手段实现叙事时间的控制,将故事的发生时间直接再现给观众。因此,无论是剧中人物的唱词、道白来表述时间,还是以人物的上下场形式来表达时间,或是根据演员的程式化动作再现时间,皆表现故事发展过程的时间,是对故事时间的一种直观再现。

明代话本小说集《警世通言》第十一卷《苏知县罗衫再合》中,讲述苏云夫妇上任,途遇强盗徐能一伙。徐能因财色起意,杀苏云、抢郑氏,后郑氏逃跑,途中生下遗腹子并弃于道旁,被追赶而来的徐能拾去抚

---

① [法] 于贝斯菲尔德:《戏剧符号学》,中国戏剧出版社2004年版,第173页。

养。故事发生的时间跨度前后近二十年,叙事主体在设计叙事时间时,用遗腹子的成长来间接转述故事的时间讯息:

> 再说徐能,自抱那小孩儿回来,教姚大的老婆做了乳母,养为己子。俗语道:"只愁不养,不愁不长。"那孩子长成六岁,聪明出众,取名徐继祖,上学攻书。十三岁经书精通,游庠补廪。十五岁上登科,起身会试。①

叙事主体对故事实际发生的时间进行有效的控制,15 年前叙述这一案件的原委时,叙事速度缓慢,故事叙述详细周密;15 年后讲述案件的处理与结局时,又放慢叙事的速度,故事的叙述又变得细致周到。唯独安排 15 年这个较长的时间片段时,通过缩短故事实际发生的时间,加快叙事的速度,使故事叙述变得稀疏粗略。可以说,叙事主体通过徐继祖的成长过程间接向读者转述了故事的发生时间,读者根据叙述主体留下的时间线索以及遗腹子的成长过程,判断故事的实际时间,从而将 15 年前后的事件对时间线索进行了缝合,在叙事时间的整体上把握与认知了整个故事实际发生的时间。

明清时期无名氏据《苏知县罗衫再合》改编的《罗衫记》传奇第二十出中,戏曲家通过马胜的曲词叙述来直接向观众表达故事时间的讯息:

> 我里徐大哥十八年前,曾经摆布杀子一个苏知县,抢子苏夫人居来,逼里做亲。其夜众人请里吃酒,才转得背,落道个苏夫人绳绷,呒阿晓得落里去哉,竟逃走子。徐大居来,勿见子苏夫人耶,竟贼介踢塔之声一追,苏夫人便追勿着,到只见一个带血小厮,一抱抱得居来,取名徐继祖,养到六七岁,读起书来,聪明无比,今年十八岁哉。旧年入子个学,不道连科就中子举人,那间亦要上京会奢试。②

此段文字是马胜上场的一段念白,马胜是徐能强盗团伙中的一员,通过他的直观叙述,观众清楚故事的发生时间已经过去了 18 年。因此,较

---

① (明)冯梦龙:《警世通言》,中华书局 2009 年版,第 95 页。
② 《古本戏曲丛刊》编委会:《古本戏曲丛刊》三集,文学古籍刊行社 1957 年版。

之于话本小说中书面文字的间接转述，舞台上再现时间的形式更为直观立体。实际上，戏曲家通过唱词、宾白进行直观展现故事时间的形式，在戏曲作品中俯拾即是。此外，通过人物上下场、程式化动作直观再现故事时间的形式也常有运用，不再赘举。

总之，由于史传文学叙事模式的影响，以及话本小说与戏曲艺术在叙事源流、文化语境、审美趣味等方面的渗透，导致话本小说与戏曲叙事时间的共通。小说家、戏曲家普遍使用直线顺叙式的叙述方式，即以顺叙为主，并与预叙、插叙、倒叙、分叙等时间倒错的叙事手段实现自由转换，以获得叙事形式的美感。在话本小说与戏曲叙事的双向互动中，话本小说作品若再次被戏曲家敷演，或戏曲作品被话本小说家重释，小说家、戏曲家需克服话本小说与戏曲作为不同媒介形式的矛盾性与差异性，在叙事时间上分别通过叙述主体、媒介形式及展现方式等方面实现话本小说叙事时间与戏曲舞台表演时间的转化。

第二节　叙事角度的类同与转换

一个相同的故事常因讲故事的方式不同而改头换面，在诸多叙事控制的因素中，叙事角度有着举足轻重的作用。"小说技巧中整个错综复杂的方法问题，我认为都要受角度问题——叙述者所站位置对故事的关系问题——调节。"[①] 国内学者杨义也指出："叙事角度是一个综合的指数，一个叙事谋略的枢纽，它错综复杂地联结着谁在看，看到何人何事何物，看者和被看者的态度如何，要给读者何种'召唤视野'。"[②] 叙述者向读者叙述故事、描人状物，并对叙事作品作出情感、道德等价值判断，首先要决定以何种身份、站在何种位置、以何种方式进行叙述，即"视点决定投影方向的人物是谁和叙述者是谁"[③]。随着叙述者和故事的距离的远近，小说、戏曲的艺术结构发生变革，最终形成由全知、限知至纯客观叙事的三种结构模式。

---

① ［英］珀西·卢伯克：《小说技巧》，见方土人、罗婉华译《小说美学经典三种》，上海文艺出版社1990年版，第180页。

② 杨义：《中国叙事学》，人民出版社1997年版，第191页。

③ ［法］热拉尔·热奈特：《叙事话语·新叙事话语》，中国社会科学出版社1990年版，第126页。

半个多世纪以来，西方文艺理论界对叙事角度的问题进行了深入而详尽的探究，提出了种种新颖的观点。① 按照托多罗夫、热奈特等人的叙事理论②，结合话本小说与戏曲的具体实际，采用目前普遍流行的观点③，将叙事角度分为三种类型：其一，全知叙事。叙述者是全知全能的，他无所不知、无所不晓，掌握其他人无法获知的信息，甚至于任何人的内心隐秘。卢伯克称为"全知叙事"，托多罗夫称为"叙述者>人物"，热奈特称为"零焦点叙事"。其二，限知叙事。叙述者知道的和人物一样多，人物不知道的事，叙述者无权讲述，而只能讲述作品中人物所闻见之事。叙述者可以是一个人，也可以是几个人轮流充当。限知叙事可采用第一人称，也可采用第三人称。卢伯克称为"视点叙事"，托多罗夫称为"叙述者=人物"，热奈特称为"内焦点叙事"。其三，纯客观叙事。叙述者只描写人物的闻见之事，不作主观评价，也不分析人物心理，让自己的情感、道

---

① 关于叙事角度的分类在英美有数种，具体详见罗纲《叙事学导论》，云南人民出版社1994年版，第159—161页。

② 其关于叙事角度就有多种术语，如珀西·卢伯克称为"视角"，克利安斯·布鲁克斯和罗伯特·潘·沃伦称为"叙述焦点"，兹韦坦·托多罗夫称为"叙事体态"，热拉尔·热奈特称为"叙述语式"。

③ 陈平原《中国小说叙事模式的转变》，将叙事角度分为全知叙事、限知叙事、纯客观叙事三种类型；王平《中国古代小说叙事研究》，将叙事角度分为六种类型，分别为：中立型全知视角、第一人称叙事视角、戏剧式叙事视角、编辑型全知叙事视角、多重选择全知叙事视角、选择全知视角，并且将这些视角类型的排列顺序与中国古代小说的发展演变安排一致。实质上，二人对叙事角度的划分基本一致。王平所谓的"中立型全知视角""编辑型全知叙事视角""多重选择全知叙事视角""选择全知视角"四种全知视角，即陈平原所言"全知叙事"的几种类型；王平所谓的"第一人称叙事视角"，即陈平原所言"限知叙事"；王平所谓的"戏剧式叙事视角"即为陈平原所言的"纯客观叙事"。针对学界关于叙事角度划分的观点，赵炎秋在《叙事情境中的人称、视角、表述及三者关系》一文中提出商榷，认为这些区分实际上是人称视角等尚未完全分离时形成，视角本身不存在全知、限知、戏剧的问题，所谓全知、限知只能对叙事情境而言，只有叙事情境才有全知、限知等涉及叙述主体性的特点。赵炎秋的观点亦有其道理，叙述者与视角虽然不能等同，但是视角的主体是叙述者，视角是叙述者在叙述作品时的观察点，展示了叙述者看待世界的个性化眼光。当叙述者向读者展示客观世界的时候，不可能面面俱到，因此在叙事视角之中，渗透了叙述者的眼光与谋略。叙述者展示的叙事文本，也就是叙述者采用何种视角展示他的个性化叙述，可以将叙述者创作作品时采用何种视角进行划分，因此陈平原、王平等人将叙事角度划分为全知叙事、限知叙事、纯客观叙事三种类型的观点可以成立。赵炎秋：《叙事情境中的人称、视角、表述及三者关系》，《文学评论》2002年第6期。

德等价值取向通过叙事技巧而体现出来。卢伯克称为"戏剧式",托多罗夫称为"叙述者<人物",热奈特称为"外焦点叙事"。

一 全知叙事与限知叙事的动态结合——话本小说与戏曲的叙事角度

大量的鉴赏经验告诉我们,中国古代小说主要采用全知叙事,即叙述者是全知全能的,对人物外在的世界、人物本身、人物的内心世界都无所不知,可以毫无限制地加以叙述。古代小说的叙事角度受历史叙事模式的影响,采用全知的叙事模式,全方位地展现重大历史事件的始末缘由、朝代的兴衰更迭等。小说以补正史之阙的创作观念,使小说家坚持历史可证性的创作原则,采用全知叙事进行叙述。宋代"说话"伎艺兴盛后,小说家逐渐摆脱"羽翼正史"的地位,不必再拘泥于历史的真实可信而据事敷演,但叙事模式仍沿袭了史传文学的一些特点,如直线式顺叙的叙事时间、线性叙事结构以及历史叙事的全知叙事视角等。

古代白话小说受"说话"伎艺的影响,普遍采用全知的叙事方式。对于白话长篇小说(历史演义小说、章回小说)而言,来源于"说话"伎艺"讲史"一家,"谓讲说《通鉴》、汉唐历代书史文传与兴废争战之事"[①],因此故事篇幅较长,结构庞大、情节曲折、线索纷繁,不宜使用限知叙事。而话本小说源于"说话"伎艺"小说"一家,从口头文学过渡到书面文学,"仿以为书,虽已非口谈,而犹存曩体"[②],不但保存了"说话"的结构体制,而且也沿袭了"说话"的叙事角度,因此话本小说的正文之中经常可见"看官,你道……"的叙述语词标识,显然是模拟"说话"的叙述方式,同时提醒读者要与讲述的故事保持一定的距离。尽管这种结构体制在清初有所突破,如李渔的《无声戏》《十二楼》《连城璧》等话本小说中入话与正话充分融合、说书人套语凭空消失等,但是叙述者讲述故事时仍沿袭"说话"的叙述方式,横亘在故事与读者之间,扮演着全知全能的说话人角色。

《警世通言》卷二二《宋小官团圆破毡笠》,写宋金因害痨病,被船

[①] (宋)吴自牧:《梦粱录》,见《〈都城纪胜〉(外八种)》,上海古籍出版社1993年版,第170页。

[②] 鲁迅:《中国小说史略》,《鲁迅全集》,人民文学出版社2005年版,第170页。

户丈人设计而抛弃，走投无路之际，于荒山野岭之中被老僧搭救，病体健旺，并拾到八箱珠宝的经历：

> 且说宋金上岸打柴，行到茂林深处，树木虽多，那有气力去砍伐？只得拾些儿残柴，割些败棘，抽取枯藤，束做两大捆，却又没有气力背负得去。心生一计，再取一条枯藤，将两捆野柴穿做一捆，露出长长的藤头，用手挽之而行，如牧童牵牛之势。……宋金沿江而上，且行且看，并无踪影。看看红日西沉，情知为丈人所弃。上天无路，入地无门，不觉痛切于心，放声大哭，哭得气咽喉干，闷绝于地，半晌方苏。忽见岸上一老僧，正不知从何而来，将拄杖卓地，问道："檀越伴侣何在？此非驻足之地也！"宋金忙起身作礼，口称姓名："被丈人刘翁脱赚，如今孤苦无归，求老师父提挈，救取微命。"……
>
> 只因这一番，有分教：宋小官凶中化吉，难过福来。正是：路逢尽处还开径，水到穷时再发源。
>
> 宋金走到前山一看，并无人烟，但见枪刀戈戟，遍插林间。宋金心疑不决，放胆前去，见一所败落土地庙，庙中有大箱八只，封锁甚固，上用松茅遮盖。宋金暗想："此必大盗所藏，布置枪刀，乃惑人之计。来历虽则不明，取之无碍。"……①

宋金一个人在山上的所作所为，叙述者无所不知、无所不晓，甚至于宋金在看到八箱宝物的心理活动，叙述者都了如指掌。在宋金得到财宝前，叙述者还插入了一段关于事件发展态势的评论，可见叙述者对于作品中的人事、命运、心理拥有全知的权利与资格，他不仅可以置身故事之外，以旁观者的身份叙述宋金孤身在岛的行为，还可以在宋金发现财宝时又从其视角出发，深入故事中人物的心理过程，同时在宋金病体健旺之后，又发表了一番评论，表达对世事无常、否泰交替的认识与思考。

受历史可证性叙事模式的影响，尽管传奇小说、白话小说等小说文体沿袭了史传文学的全知叙事方式，但是在一些描写怪异题材的志怪小说与公案类小说中，也使用了限知的叙事方式。此种状况也存在于话本小说

---

① （明）冯梦龙：《警世通言》，中华书局 2009 年版，第 204—205 页。

中，如《警世通言》第十四卷《一窟鬼癞道人除怪》、第十九卷《崔衙内白鹞招妖》等篇，在故事开始时用常态代表异象，然后渐生疑窦，出乎意料地抖搂出真相，给读者造成一定的审美刺激。因此，话本小说采用全知叙事尽管具有普遍的意义，但是只能代表大多数作品整体以全知叙事为主，并不排斥使用限知的叙事方式。由于话本小说源于"说话"伎艺，而"说话"必须与说唱表演、勾栏瓦舍的其他表演伎艺争取更多的听众，因此说话人的叙事视角和他讲述人物的视角相重合，这样讲述故事才能口到、手到、眼到、神到。这种限知视角随着角色的不断变化，视角也跟随人物进行流动，从而使数个人物的限知视角集合成整体的全知视角。对此，赵毅衡也指出：

> "全知"叙述很少是真的全知，实际上，只有当叙述者讲述的是同一时刻在不同地点发生的事时，叙述才超越了任何个别人物的经验范围，是全知。不然，叙述必然是限制于某人物经验，只是叙述角度不断在移动，每次变换角度只能维持一段，有时短到只有一句。绝大部分"视角"，只是任意变动视角。①

话本小说的叙事角度是以绝对固定的叙述者声音（叙述者所用的语汇是书场说书人的语汇）与任意变动角心人物的感受经验所组成的，即全知叙事与限知叙事相结合的方式。其中角心人物是作为叙事视角"携带者"的人物，叙述中的情节由他的经验"过滤"，角心人物的视角并非稳定的视角，它由叙述者的视角与故事中某个人物的视角重叠而成，可以分为两种情况。

第一，叙述者视角和人物视角分离，以全知的方式出现，对人物事件进行评论与解释。读者的低文化水平受限，叙述者经常会对故事中出现的某个事物进行诠释，如旧时的名物、制度、习俗等；或是叙述者借故事中的某人某事大发议论以抒发自己的感慨，以及对人物的某种心态、事件发展的趋势、作品的主题等进行评论。

第二，叙述者视角与人物视角分离以后，还可与另一个人物的视角重

---

① 赵毅衡：《苦恼的叙述者——中国小说的叙述形式与中国文化》，北京十月文艺出版社1994年版，第85—86页。

叠，组成新的角色视角。叙述者从不固定让某一人物承担观察的主体，而是不断变动人物视角，形成多焦点的透视。这样尽管每一个故事片断属于限知叙事，但是叙事整体上仍然属于全知叙事。这种限知叙事其实是叙述者有意通过人物的视角进行叙事，从而牵制读者的视角，使读者有身临其境的审美效果。

话本小说的叙事角度表现为多元化特征，即若干个角色视角与叙述者视角流动的组合。宋代话本《错斩崔宁》，是一个复合视角叙述的典型个案。随着限知叙事与全知叙事的不断流动与转移，推动故事情节向前推演，叙述者先写刘官人的视角，他酒醒后，"见桌上灯未灭，小娘子不在身边。只道他还在厨下收拾家火，便唤二姐讨茶吃"。主要叙述刘官人的所见之事与心理活动，随即将刘官人的限知视角转换为叙述者的全知视角，"不想却有一个做不是的，日间赌输了钱，没处出豁，夜间出来掏摸些东西，却好到刘官人门首。……"然后叙述者又将全知视角转换至贼人的限知视角，"到得床前，灯火尚明。周围看时，并无一物可取。……"后依次又转移到醒后的刘官人、贼人、邻居，后来转移至小娘子与崔宁身上，并言：

> 却说那小娘子清早出了邻舍人家，挨上路去，行不上一二里，早是脚疼走不动，坐在路傍。却见一后生，头带万字头巾，身穿直缝宽衫，背上驮一个搭膊，里面却是铜钱，脚下丝鞋净袜，一直走上前来。到了小娘子面前，看了一看，虽然没有十二分颜色，却也明眉皓齿，莲脸生春，秋波送媚，好生动人。①

在叙述过程中，小娘子与崔宁分别担当了角色限知视角的不同主体，同时这两个限知视角主体聚焦的对象又是对方。对于限知叙事而言，叙述者通常只能讲述角色人物所能闻见之事物，如小娘子的感知视角为崔宁的外貌。在叙述过程中，叙述者的全知视角也参与角色人物的限知视角之中，造成了二者叙事视角的重合，于是小娘子能窥知崔宁的搭膊里都是铜钱，而崔宁的限知视角也超越了感知范围进入了心理层面。随着两个人物

---

① 何满子、李时人：《中国古代短篇小说杰作评注》，安徽文艺出版社1988年版，第62—64页。

限知视角的转移与流动，叙述者顺利完成了从局部的限知叙事至全局的全知叙事的合成。《错斩崔宁》作为宋元早期话本，其中保留了不少说话人的口吻，因此叙事视角转换分明，带有强烈的跳跃感，后被冯梦龙收入《醒世恒言》中，题名《十五贯戏言成巧祸》，在叙事技巧上并无太大改动，仅在名称与涉及朝代上有所更改。①

话本小说作为书面语言，源于"说话"伎艺，其文本之中总有一个或隐或显、全知全能的叙述者，时而与角色人物视角分离，进行干预叙述，插入一段对于人事的解释、评论等；时而与角色人物的视角重叠，使读者仿佛身临其境、感同身受，与书中人物共享喜怒哀乐，从而形成独特的审美效果。戏曲属于舞台表演艺术，其本质在于表演，一般通过演员的唱、念、做、打、舞等曲词叙述及形体表演的方式叙述故事，因此其叙述者是演员本身。对戏曲书面形式的文本而言，其文本的叙事话语是戏曲作品中的人物，于是叙述者只能化身为人物出现在戏曲作品中。由此可见，无论戏曲作为文本阅读还是舞台表演，全知全能的叙述者并没参与其中，注定戏曲叙事只能是一种限知叙事。

在戏曲叙事中，尽管只能表现剧中人物的视觉、听觉及其心理的活动，全知全能的叙述者没有横亘其中进行叙述干预，但是在戏曲文本与舞台表演中，角色人物的限知叙事并未完全贯彻实施，叙述者经常采取隐而不退的叙事谋略，自由灵活地实现从限知至全知的转换，主要有以下三种情况。

第一，叙述者与角色人物的视角真正统一。叙述者假借剧中人物进行代言，于是在戏曲文本与舞台表演中经常可见人物出场时有大段插曲式的自我表白。以元杂剧为例，《救风尘》第一折赵盼儿对妓女婚姻的思考，《鲁斋郎》第一折张珪对恶吏的揭露，《窦娥冤》第三折窦娥对统治者的控诉与批判等。这种插曲式的表白在戏曲作品中不可胜数，尽管多数也符合人物自身的经历与感受，但是更多倾注了戏曲家对故事的思考与共鸣，如关汉卿杂剧《望江亭》如此开场：

（旦儿扮白姑姑上，云）贫道乃白姑姑是也。从幼年间便舍俗出家，在这清安观里做着个住持。此处有一女人，乃是谭记儿，生的模

---

① （明）冯梦龙：《醒世恒言》，中华书局2009年版，第481—491页。

样过人。不幸夫主亡逝已过,他在家中守寡,无男无女,逐朝每日到俺这观里来与贫姑攀话。贫姑有一个侄儿,是白士中。数年不见,音信皆无,也不知他得官也未?使我心中好生记念。今日无事,且闭上这门者。①

人物上场自报家门,自陈故事背景,明显不是人物说话的自然口吻,其实她在代替潜藏在作品中的叙述者来交代故事的来龙去脉以及人物之间的关系,因此她的叙事视角并不是单一的角色人物的限知视角,而是角色人物与叙述者的复合视角。

第二,叙述者与反派人物的视角貌合神离。戏曲开场并不是都代表着角色人物与叙述者的叙事视角的重叠,也有一些人物的开场,其外观的叙事视角虽出自人物层面,但实质上来自叙述者层面,如马致远《汉宫秋》杂剧第一折毛延寿上场:

(毛延寿上,诗云)大块黄金任意抟,血海王条全不怕。生前只要有钱财,死后那管人唾骂。某毛延寿,领着大汉皇帝圣旨,遍行天下,刷选室女,已选够九十九名。各家尽肯馈送,所得金银却也不少。昨日来到成都秭归县,选得一人,乃是王长者之女,名唤王嫱,字昭君。生得光彩射人,十分艳丽,真乃天下绝色。争奈他本是庄农人家,无大钱财。我问他要百两黄金,选为第一。他一则说家道贫穷,二则倚着他容貌出众,全然不肯。我本待退了他。(做忖科,云)不要倒好了他。眉头一纵,计上心来。只把美人图点上些破绽,到京师必定发入冷宫,教他受苦一世。正是:恨小非君子,无毒不丈夫。②

此段上场白虽出自毛延寿之口,但却渗透了叙述者的评论与判断,使剧中的反派角色坦白地对自己进行调侃与嘲弄,获得了强烈的喜剧效果。这种自我调侃似的手段在戏曲作品中比比皆是,叙述者一方面借角色人物来陈述故事背景,另一方面借剧中反派人物之口进行评述与讽刺,二者的

---

① 王季思:《全元戏曲》(第一卷),人民文学出版社1990年版,第131页。
② 王季思:《全元戏曲》(第二卷),人民文学出版社1990年版,第109页。

叙事视角表面上重叠，实际上是貌合神离的。

第三，戏曲舞台表演中，戏曲家假借旁观者的眼光叙述或描绘他人的行动、外貌、神态甚至心情等，实际上此时的旁观者即是叙述者的化身，如元杂剧《隔江斗智》第二折中，叙述者从孙夫人的视角描述了将士的精神状态：

【普天乐】我则见玳筵前摆列着英雄辈，一个个精神抖擞，一个个礼度委蛇。那军师有冠世才，堪可称龙德。觑他这道貌非常仙家气，稳称了星履霞衣。待道他是齐管仲多习些战策，待道他是周吕望大减些年纪，待道他是汉张良还广有神机。……

【十二月】看了他形容动履，端的是虎将神威。想我那甘宁凌统，比将来似鼠如狸。可知道刘玄德重兴汉室，却原来有这班儿文武扶持。……

【尧民歌】呀，我见他曲躬躬双手捧金杯，喜孜孜一团儿和气霭庭闱，不由我不立钦钦奉命谨依随，拼的个醉醺醺满饮不辞推。①

孙夫人以旁观者的身份进行叙述，唱词虽然不可避免地带上人物本身的经历与感受，但实质上这个旁观者孙夫人即是叙述者，二者的叙事视角是重叠的，如唱词中有"则见""觑他""看了他""我见他"等之类的叙述语词标识，与话本小说中叙述者运用"只听""只见"等之类的说书人套语是一致的。

总之，在戏曲叙事中，叙述者全知的叙事视角也参与叙述，或与角色人物真正统一，或与反派人物貌合神离，从而交代故事的来龙去脉，评论人事的是非曲直，或假借旁观者的叙事视角来描绘人物的外貌、动作、神态、心情等。实际上，在戏曲作品中，叙述者化身为人物，表面上虽与人物相统一，但其叙事视角已不是人物的限知叙事，而是叙述者与人物的复合视角。

二 话本小说与戏曲叙事角度的转换

话本小说中，尽管叙述者与人物的叙事视角重叠，采用限知叙事方式

---

① 王季思：《全元戏曲》（第六卷），人民文学出版社1999年版，第455—456页。

实现全知叙事与限知叙事的流动与转换，但是整体的叙事角度仍以全知叙事为主。戏曲作品中，叙述者虽也经常采取隐而不退的叙事谋略，假借剧中的人物进行代言，但总体上采用限知叙事的角度。因此，话本小说与戏曲都采用纯客观的叙事方式进行叙述，即全知叙事与限知叙事动态结合的方式，然而这种叙事角度在话本小说中与戏曲舞台上的具体表现形态却是不同的。

话本小说受"说话"伎艺的影响，其中总有一个或隐或显、置身故事之外的叙述者，采取第三人称全知视角进行叙述，叙述者讲述故事时可以进行叙述干预，随时中断情节站出来直接诠释或议论，属于叙事体。而戏曲属于舞台表演艺术，其中没有一个全知全能的叙述者，通常采取第一人称限知叙角进行叙述，即叙述者本身参与故事叙述，通过角色人物"我"来叙述自身经历的事件及事件进程中自身的认知过程，属于代言体。在话本小说与戏曲的叙事角度中，尽管叙述者也经常采用全知叙事与限知叙事动态结合的方式，但是艺术特质的不同，造成了二者叙述技巧的差异。因此，戏曲家重释故事时，针对不同的叙述技巧，必须实现叙事视角、叙事人称、叙事话语的转换。

（一）全知视角与限知视角

在话本小说中，创作者对作品中人事的心理与命运往往拥有全知的权利和资格，以便于从全知的角度来把握故事的来龙去脉。同样，戏曲家对作品中的人与事也是成竹在胸，故事的情节、结构预先设计安排，可是在戏曲文本与舞台表演中，只能靠角色人物、演员本身来演绎故事，因此整体上也属于限知叙事。舞台表演每次的呈现都是一种现在进行时的叙事时空，剧中角色人物、演员与观众一样都是未知的。正是由于这种对未来的不可预知，使戏曲观众有身临其境之感，和场上人物共享喜怒哀乐。下面以《醒世恒言》第三卷《卖油郎独占花魁》为例进行说明：

> 秦重看美娘时，面对里床，睡得正熟，把锦被压于身下。秦重想酒醉之人，必然怕冷，又不敢惊醒他。忽见栏杆上又放着一床大红丝的锦被，轻轻的取下，盖在美娘身上，把银灯挑得亮亮的，取了这壶热茶，脱鞋上床，捱在美娘身边，左手抱着茶壶在怀，右手搭在美娘身上，眼也不敢闭一闭。正是：
>
> 未曾握雨携云，也算偎香倚玉。

第二章　话本小说与戏曲叙事模式的互动

却说美娘睡到半夜，醒将转来，自觉酒力不胜，胸中似有满溢之状。……秦重脱下道袍，将吐下一袖的腌臜，重重裹着，放于床侧，依然上床，拥抱如初。①

秦重在妓院中服侍美娘一夜的叙述中，叙述者无所不知、无所不晓。对于作品中人物的所作、所为、所见、所闻、所感，叙述者都拥有全知的权利和资格，他不仅可以置身故事之外以旁观者的身份叙述秦重、美娘夜里的所作所为，又可以深入故事中人物的心理。虽然表面上采取了角色人物的限知叙事方式，实质上却是叙述者的全知视角与角色人物的限知视角的动态组合，总体上以全知视角为主。

后李玉将此篇话本小说演绎为《占花魁》传奇，在第二十出《种缘》中也对此段场景进行了敷演与发挥：

[生]你看他这等睡熟了。酒醉的人一定怕冷，不免再将些衣服盖暖了他。[盖被介]且把这壶热茶暖好了，恐他醒来要饮。[暖茶介]我且坐在此处，不要去惊动他。[坐旦脚后介]

【园林好】[生]听枝上鸟啼惨切，觑檐畔燕雏宁贴。怎做得偷香玉窃。人自迩会空赊，云影障月偏遮。

[旦翻身介。生]好了，他已醒了。[旦]醉杀我也![作欲吐状介，生抚旦背介，生将衣袖盛介，仍将衣袖抹旦口介，旦睡介，生脱衣放床下介。旦作醉语介]茶来吃！[生]有暖茶在此。[送茶与旦吃介，旦复睡介。生]呀！又睡去了。

【桃红菊】他那里醉中天神飞梦越，我这里好似镜中花难亲怎舍。捱尽了永迢迢长夜、捱尽了永迢迢长夜，[内作鸡鸣介]恰又早晓鸡声唱叠。②

同样是描述闺房之中秦重服侍美娘之事，李玉传奇自始至终采取限知的叙事方式。叙述者与秦重的感知重合，通过秦重一系列的行为，如盖被、暖茶、拭吐、送茶，观众可以直观看到秦重对美娘的怜香惜玉与款款深情。李玉改编时还删去了叙述者关于人事的评论，使叙事视角以角色人

---

① （明）冯梦龙:《醒世恒言》，中华书局2009年版，第36页。
② （清）李玉:《李玉戏曲集》，上海古籍出版社2004年版，第267—268页。

物秦重的限知视角为主,并没有话本小说中叙述者的贸然闯入与横加干预。

杨义认为:"限知视角所表达的是一种感觉世界的方式,由全知到限知,意味着人们感知世界时能够把表象和实质相分离。"① 因此,相对于全知视角,限知视角对审美感知世界更加深邃、丰富。明清之际的白话小说在某些故事片段中采用限知叙事,一定程度上受到了戏曲限知叙事的影响。

(二) 第一人称与第三人称

话本小说中,叙述者一般采取第三人称进行叙述,如同故事的局外人、旁观者,不在故事中充当任何一个角色人物,只是客观讲述故事的来龙去脉与发展演变,通过一些场面、人物、心理等描写来展现叙述者的艺术技巧,并将自己的人生观、世界观等价值观念渗透至各种隐喻象征之中,让读者自己去做出判断。第一人称叙述一般运用于文言小说或戏曲中,叙述者本人参与故事情节,甚至是故事的主角,叙述人物的亲身经历之事或对事件的认知过程。

如《卖油郎独占花魁》中对于莘瑶琴的介绍:

> 自小生得清秀,更且资性聪明。七岁上送在村学中读书,日诵千言。十岁时,便能吟诗作赋,曾有一绝,为人传诵。诗云:朱帘寂寂下金钩,香鸭沉沉冷画楼。移枕怕惊鸳并宿,挑灯偏惜蕊双头。到十二岁,琴棋书画,无所不通。若题起女工一事,飞针走线,出人意表。此乃天生伶俐,非教习之所能也。……②

叙述者如同局外人、旁观者一样对莘瑶琴的家庭背景、成长经历、外貌资质等进行了描述。戏曲舞台表演中,叙述者不能作为局外人来介绍自然环境、人物心理、事态发展等。为弥补舞台演出的不足,叙述者通常采用第三人称来介绍剧情和人物,如戏曲开场时由末扮的人物来介绍剧情梗概,而他仍是故事中的角色人物。一般来说,叙述者会从戏曲的文本与舞台中退出,采取隐而不退的叙述策略,将叙述的话语权交由不同的角色来

---

① 杨义:《中国叙事学》,人民出版社1997年版,第213页。
② (明) 冯梦龙:《醒世恒言》,中华书局2009年版,第21页。

表达，正如高尔基《论剧本》所言：

> 剧本（悲剧和喜剧）是最难运用的一种文学形式，其所以难，是因为剧本要求每个剧中人物用自己的语言和行动来表现自己的特征，而不用作者的提示。
>
> 剧本不容许作者如此随便地干涉，在剧本里，他不能对观众提示什么。剧中人物之被创造出来，仅仅是依靠他们的台词，即纯粹的话语，而不是叙述的语言。①

后李玉将《卖油郎独占花魁》改编为《占花魁》传奇，同样是对莘瑶琴的家庭、身世、外貌的描述，在传奇第二出《惊变》中变成了人物简短精练的自报家门：

> ［旦］奴家莘氏，小字瑶琴。年甫冲龄，行无雁序，［掩泪介］父亲官拜郎署，不意与萱堂相继云亡，止有叔父职居内班，弱息茕茕，相依为命。南都石黛，分翠羽之双蛾；北地燕脂，写芙蓉之两颊。雕龙绣虎，雅好涉猎诗书；引凤回鸾，夙慕商量丝竹。花梢笑语，寻常不肯窥园；苔印鞋痕，踪迹唯知守户。②

李玉对莘瑶琴的身世虽进行略微的修改，但对话本小说的故事并未做较大的改动。戏曲舞台上，由于不允许有戏曲演员以外的人参与其中，叙述者已没有了全知叙事的话语权，角色人物上场时必须首先自报家门，以免观众不知所云，影响对故事整体的认知与理解。

一般来说，第三人称视角属于全知叙事的范畴，第一人称视角也是限知叙事的一个非常重要的侧面。受到文体特征的制约，戏曲作品中一般广泛运用第一人称视角，给观众带来身临其境的审美效果。话本小说受到戏曲限知叙事的影响，叙述者的限知视角意识也渐趋觉醒，并在创作中也有所运用与加强。

---

① ［苏联］高尔基：《论文学》，人民文学出版社1978年版，第57—58页。
② （清）李玉：《李玉戏曲集》，上海古籍出版社2004年版，第208页。

(三) 叙事体与代言体①

从叙事话语的角度而论，话本小说是叙述者讲述故事，一般以叙事体为主，是叙述者的话语；戏曲的艺术特征则是扮演人物、表演故事，通常以代言体的方式表演，是戏曲人物或演员的话语。实际上，话本小说与戏曲的界限并不是泾渭分明的，在具体的叙事话语中，戏曲大量采用叙事体，如戏曲中的自报家门、上场诗、独白、旁白等具有叙事的性质，甚至某些曲文唱词具有叙事的性质；而代言体也成为话本小说家经常采用的表现方式，如对人物的心理描写等都具有强烈的戏剧性效果。一般情况下，叙事体和代言体对于二者而言又具有普遍的意义，如话本小说《沈小霞相会出师表》中对沈小霞之父的介绍：

> 那人姓沈名炼，别号青霞，浙江绍兴人氏。其人有文经武纬之才，济世安民之志。从幼慕诸葛孔明之为人，孔明文集上有《前出师表》、《后出师表》，沈炼平日爱诵之，手自抄录数百遍，室中到处粘壁。每逢酒后，便高声背诵，念到"鞠躬尽瘁，死而后已"，往往长叹数声，大哭而罢。以此为常，人都叫他是狂生。嘉靖戊戌中了进士，除授知县之职。他共做了三处知县，那三处？溧阳、茌平、清丰。这三任官做得好，真个是：吏肃惟遵法、官清不爱钱。豪强皆敛手，百姓尽安眠。因他生性伉直，不肯阿奉上官，左迁锦衣卫经历。……②

---

① 黄竹三从近年的宗教祭祀戏曲演出中，发现了一些表演属于从叙述体向代言体的过渡形态，其特点是"说唱仍为叙述体，但所说的内容即人物动作已由其他演员用形体动作来表现，二者有所联系，但未完全结合，一旦说唱者退出表演，其他演员进一步用语言动作来完善其说唱内容，则演变为完整的戏剧"。此外，他还发现叙述体向代言体过渡的两种模式，一类是"说书人时而进入角色，时而跑出角色，时而作为剧中人物对话表演，时而作为说书人叙述评说，戏内戏外交叉，叙述体与代言体混杂"，而且"这类形态的过渡更进一步，对完整戏剧的形成更具意义"；一类是"叙述者没有改变装扮即直接进入戏剧代言演出"，而一般来说"说唱文学向戏剧的过渡，主要表现为叙述者身份的改变，即由故事的局外人变成局内人，服饰装扮的改变是其区别标志之一。"因此，大致可以断定，戏曲的代言体是由说唱文学的叙事体演变过来的，也即全知全能的说话人的讲述演变而来，因此形成了话本小说文本与戏曲文本的联系与差异。黄竹三：《从叙述体向代言体过渡的几种形态》，《艺术百家》1999 年第 4 期。

② (明) 冯梦龙：《喻世明言》，中华书局 2009 年版，第 392—393 页。

第二章 话本小说与戏曲叙事模式的互动

小说家不仅交代了沈炼的姓名籍贯,还介绍了人物的志气抱负,尤其突出了沈炼对诸葛亮《出师表》的喜爱,并对其中"鞠躬尽瘁,死而后已"一句尤为感叹,以此渲染沈炼的人品气度及精神境界。可是对主人公沈小霞仅作简练的描述:"却说沈襄,号小霞,是绍兴府学廪膳秀才。"这种对人物介绍详略得当的做法,与戏曲表现不尽相同。戏曲舞台演出时,每个人物上场均有一段开场白,即面对观众必须作一番自我介绍,以便于观众对剧情的认知与把握,这也体现了戏曲作为代言体的文体特征。

戏曲作品中,经常可见戏曲人物为戏曲家代言。① 虽然叙述者采用第一人称的限知视角,全知全能的权利和资格被剥夺,但是叙述者并没有完全消失,而是采取隐藏的方式,表面上与角色人物的限知视角重合,实际上角色人物往往不受限知叙事视角的限制。于是叙述者常常将自己的创作意图隐藏至角色人物的感知世界之中,表面符合人物的身份经历,实际上大多数渗透了叙述者深刻的思考与强烈的情感,"借他人之酒杯,浇自己之块垒。"② 如关汉卿《单刀会》第四折中,关羽对英雄的感慨:

(正末云)看了这大江,是一派好水呵!(唱)

【双调·新水令】大江东去浪千叠,引着这数十人驾着这小舟一叶。又不比九重龙凤阙,可正是千丈虎狼穴。大丈夫心别,我觑这单刀会似赛村社。

(云)好一派江景也呵,(唱)

【驻马听】水涌山叠,年少周郎何处也?不觉的灰飞烟灭,可怜黄盖转伤嗟。破曹的樯橹一时绝,鏖兵的江水犹然热,好教我情惨切!(带云)这也不是江水,(唱)二十年流不尽的英雄血!③

---

① 陈建森认为戏曲"代言体"结构应包含五种话语言说方式:一是剧作家"代"人物立"言";二是表演者扮演人物"现身说法","代"人物"言";三是"行当""代"剧作家"言";四是剧中人物"代"剧作家"言";五是剧作家巧借"内云""外呈答云"等形式"代"剧场观众"言"。我们认同陈建森关于代言体结构的五种话语言说方式,限于篇幅不再赘述,仅就其中常见的剧中人物为剧作家代言的方式而加以分析。陈建森:《戏曲"代言体"论》,《文学评论》2002年第4期。

② 吴伟业:《北词广证谱序》,见蔡毅《中国古典戏曲序跋汇编》,齐鲁书社1989年版,第79页。

③ 王季思:《全元戏曲》(第一卷),人民文学出版社1990年版,第68—69页。

此段唱词叙关平明知鲁肃有诈，极力劝其父关羽拒宴，可是关羽却有超凡的气魄与胆识，视入龙潭虎穴如迎神赛社，毅然过江赴宴。其间来到大江中流，对着滔滔江水，引发关羽对"二十年流不尽的英雄血"的感慨。这种插曲式的自我表白，尽管符合关羽非凡的气魄与业绩，但是也不可避免的蕴含了关汉卿对英雄的认知与思考。戏曲作品中，人物除代剧作家抒发浓郁的情感之外，还代剧作家预述剧情、分析与评论其他人物等，这里不再一一论述。

总之，话本小说与戏曲的叙事角度都是多重的复合视角，是若干个角色的限知叙事与叙述者的全知叙事的动态转换与组合。由于话本小说与戏曲艺术特质的不同，二者在整体上分别以全知叙事与限知叙事为主。当叙述者重释故事时，需分别实现叙事视角、叙事人称、叙事话语的转换。

第三节　叙事结构的渗透与转变

创作主体选择故事进行创作，并将故事处理为情节，其最后的实现形式就是叙事结构，美国的浦安迪曾指出：

> 叙事作品的结构可以藉它们的外在的"外形"而加以区别。所谓"外形"，指的是任何一个故事、一段话或者一个情节，无论"单元"大小，都有一个开始和结尾。在开始和结尾之间，由于所表达的人生经验和作者的讲述特征的不同，构成了一个并非任意的"外形"。换句话说，在某一段特定的叙事文的第一句话和最后一句话之间，存在着一种内在的形式规则和美学特征，也就是它的特定的"外形"。①

浦安迪从叙事文本的角度来把握小说的"外形"，杨义则从"动词性"的角度来阐释叙事结构："一篇叙事作品的结构，由于它以复杂的形态组合着多种叙事部分或叙事单元，因而它往往是这篇作品的最大的隐义之所在。"在文字表述的叙事单元的内外，叙事结构还蕴藏着"作者对于世界、人生以及艺术的理解"。② 杨义从中国人独特的思维方式进行深层

---

① ［美］浦安迪：《中国叙事学》，北京大学出版社1996年版，第55页。
② 杨义：《中国叙事学》，人民出版社1997年版，第47页。

次的考察，认为中国的叙事结构具有双重性：结构之技与结构之道，二者相互呼应、彼此渗透。简单说来，如果我们承认叙事文本讲述故事，那么结构考虑的主要是"怎么说"而不是"说什么"①，即着眼于对人物性格、主题思想以及题材等内容要素的安排与设计。在俄国形式主义和结构主义学者看来，故事和情节有着本质的区别：故事是原生形态的，遵循事情发生的实际顺序；情节则是故事的实现形式，是创作者人为操作的结果，对"故事"进行时序、结构等方面的重新安排。情节就是经过创作者结构化的故事，对叙事文本的结构之技与结构之道的处理都鲜明体现了创作者的主观意图。

从形式与内容的角度来说，故事一般属于内容层面，与题材相互关联；情节涉及形式、内容两个层面，不仅是形式化的内容，而且还呈现于叙述文本当中的故事。从故事的角度考察，戏曲与话本小说在叙事上存在互通性，故事题材相同；而情节在话本小说、戏曲文本中最后的实现形式是结构，因此话本小说与戏曲对情节的安排与设计有所不同。当创作者重释故事时，对叙事文本的形式要素之一的结构需实现一系列的转变。

一 线性顺叙式——话本小说与戏曲文本的叙事结构

论及中国戏曲的结构，汪曾祺用近乎散文化的语言言道：

> 西方古典戏剧的结构像山，中国戏曲的结构像水。这种滔滔不绝的结构自明代至近代一直没有改变。这样的结构更近乎是叙事诗式的，或者更直截了当地说是小说式的。中国的演义小说改编为戏曲极其方便，因为结构方法相近。②

此言精辟道出了戏曲结构顺叙流动的特征，同时也指出了戏曲与小说叙事结构的互通性。受历史可证性的叙事模式的影响，话本小说与戏曲的创作者都非常注重故事叙述的完整性，一般会按照事件的起承转合、人物的生老病死等顺向演进，叙事时间基本呈现为直线顺叙式的特征，从而也

---

① 徐岱：《小说叙事学》，商务印书馆2010年版，第200页。
② 汪曾祺：《中国戏曲和小说的血缘关系》，见《汪曾祺说戏》，山东画报出版社2006年版，第100—101页。

就自然构成了二者顺叙流动的叙事结构。

话本小说全篇只提出一个悬念，叙述一种主要的矛盾冲突，故事性强而情节单纯，一般使用线性结构，具体表现是"一部小说情节由一种矛盾冲突构成，矛盾一方的欲望和行动仅止受到矛盾另一方的阻碍，由这单一的矛盾冲突推动情节向前发展，那么情节就表现为一种线性的因果链条"[①]。实际上，这种线性结构不仅以一种矛盾冲突来构筑情节，而且在情节每一个单元中只包含一种矛盾冲突，如《醒世恒言》卷三《卖油郎独占花魁》，讲述一对地位悬殊的男女相爱、结合的爱情故事。秦重与莘瑶琴相识、相爱而结合，是矛盾的主要方面，常见的爱情题材小说中外部强权势力的干扰并不存在，主要冲突来自恋爱双方本身的地位与差距。

此篇话本小说的叙事结构共分为六个段落：故事的第一段叙述莘瑶琴的家世、修养，后逃难被拐、失身，许下从良之志；第二段着重介绍了秦重出身低微、贫贱，以及人品的老实厚道，因受旁人恶言诋毁，致使其出店挑担卖油；第三段写秦重与莘瑶琴初次相遇，秦重便对花魁娘子莘瑶琴一见倾心，得知莘瑶琴也有逃难的经历，便立下卖油、攒钱为见美人一面的决心；第四段描写卖油郎与花魁娘子一波三折的会面。地位的卑微，使卖油郎空走了一月有余，只能等待花魁娘子会客的剩余时间会面，可是花魁娘子却不以待客之道接待这位没有名位的卖油郎；第五段讲述莘瑶琴受到福州太守之子的欺凌，恰逢卖油郎搭救，两人遂定下百年谐好之誓；第六段写莘瑶琴用计自我赎身，助夫成家。对于秦重、莘瑶琴来说，行为动机基本是单一的，秦重对莘瑶琴初见就心生渴慕，费尽心机要与莘瑶琴会面，而莘瑶琴一直有从良之志，见到秦重后，就欲向秦重托付终身。相对来说，他们结合的阻力也相对单一，主要来自二者的身份差距。因此，此篇话本小说的悬念只有一个，莘瑶琴与秦重最后是否能够结合为夫妻，主人公的行为基本单一，阻力也相对单一，由单一的矛盾冲突推动情节向前发展，因而情节表现为一种线性的因果链条。

话本小说采用线性顺叙式的叙事结构，当需要叙述同一时间不同空间或不同人物的故事时，作者往往采取齐头并进的叙述方式，双线或者几线并置，用"不说""却说""话分两头"等语句进行时空的切换，即"花开两朵，各表一枝"的处理方式，使情节向前推演。如小说在介绍完莘瑶

[①] 石昌渝：《中国小说源流论》，生活·读书·新知三联书店1994年版，第36页。

琴的家世等经历后，叙述者用"话分两头"的方式将叙事时空切换至秦重的生活。

戏曲艺术的叙事时空也是一种线性的时空，每一个戏曲文本通常都有一条贯穿全剧的时间线索，而不同的空间则均匀分布在这条时间线索上，从而在线性的叙事时空中架构起一个完整的故事情节。当需要演绎同一时间内不同空间及其人物的故事时，戏曲家往往会把不同的故事场景分开演绎，让情节如流水一般向前发展，具体表现为流水式分场的体制，即采取齐头并进、轮流交替的叙述次序，在舞台上将不同的故事场景依次呈现。即使是古代戏曲中常见的双线并进结构，如南戏《张协状元》《琵琶记》以及传奇《桃花扇》《长生殿》等，叙事时间也为直线顺叙式，与话本小说线性结构所采用的"花开两朵，各表一枝"的艺术技巧基本一致。当需要转换不同的叙事空间时，戏曲家一般通过人物的上下场、曲辞叙述及一些程式化动作等方式来实现空间的自由转换。

早期南戏《张协状元》中，分别写张协与贫女、王德用两组的矛盾，已使用双线结构。这种结构对后世戏曲的叙事结构影响颇大，宋元部分南戏或元杂剧以及明清传奇都采用这种结构方式。《琵琶记》是较早使用双线并进结构的名篇，作者高明开始叙述后便因男主人公赴京赶考，使同时身处异地的蔡伯喈与赵五娘的活动形成了对比鲜明的双线并进结构，一条线以陈留郡蔡家为中心，一条线以京城牛府为中心。一边是蔡伯喈夺魁杏园春宴，一边是赵五娘请粮被抢临妆感叹；一边是蔡伯喈洞房花烛，一边是赵五娘被劫跳井；一边是赵五娘糟糠自咽，一边是蔡伯喈与牛氏饮酒消夏；……这种交错并进的叙事结构，让赵五娘与蔡伯喈身处两个反差鲜明的场景中，产生强烈的对比效果。吕天成《曲品》称为"串插甚合局段，苦乐相错，具见体裁。"[1] 明清时期，双线并进结构一直受到小说家与戏曲家的青睐，尤其在以才子佳人为题材的小说、戏曲中，一生一旦，或是一生二旦，普遍采用双线并进、相互映照的叙事结构。

总而言之，话本小说的编撰者通常只采用一种主要矛盾冲突，这个矛盾冲突构成了整个情节冲突的基础，因而其情节表现为线性的因果链条。在情节的演进中，虽多有曲折，但一般只有一条主要线索。当叙述者需要表现同时异地的场景时，采用"花开两朵，各表一枝"的艺术方法，用

---

[1] 中国戏曲研究院：《中国古典戏曲论著集成》，中国戏剧出版社1959年版，第224页。

"话分两头"等叙述语词标识来实现不同空间的自由转换。戏曲家在叙事时间上也以故事的顺叙为主,使戏曲的叙事时间随着故事的发生时间顺向推移,并在叙事空间上强调连续的流动性。当需要表现同一时间不同空间及人物的故事场景时,也采用"花开两朵,各表一枝"的处理方式,通过人物上下场、曲辞叙述以及一些程式化动作等方式来实现空间的灵活转换,从而构成传统戏曲中屡见不鲜的双线并进结构。

二 话本小说与戏曲叙事结构的转变

话本小说与戏曲分属不同的文学种类,因此创作者对叙事结构的要求也存在着差异。正如郭沫若所言:"小说着重在描写,戏剧注重在构成,它们的精神同空间艺术是一样,是构成情绪的素材的再现。"① 话本小说的编撰者为了讲述故事的需要,可以随意将叙事时间延长或拉伸,通过大量的心理描写、场面描写、细节描写等方式塑造人物形象、刻画人物性格,按照自己的主观意愿详尽叙述。而戏曲作为舞台艺术,在有限的时间内演出,不可能详尽地铺陈其事,因此叙事结构必须完整、谨严。对此,历代戏曲家多有察觉,如元人乔吉提出的乐府结构论:"作乐府亦有法,曰凤头、猪肚、豹尾六字是也。"② 明代凌濛初的《谭曲杂札》提出:"戏曲搭架,亦是要事,不妥则全传可憎矣。"③ 明人王骥德的《曲律》认为:"贵剪裁,贵锻炼——以全帙为大间架,以每折为折落,以曲白为粉垩、为丹雘。"④ 王骥德将房屋建筑比作戏剧之大间架,对清代李渔的结构论有着深刻的影响。

> 填词首重音律,而予独先结构者,以音律有书可考,其理彰明较著。……至于结构二字,则在引商刻羽之先,拈韵抽毫之始。如造物之赋形,当其精血初凝,胞胎未就,先为制定全形,使点血而具五官百骸之势。倘先无成局,而由顶及踵,逐段滋生,则人之一身,当有无数断续之痕,而血气为之中阻矣。工师之建宅亦然。基址初平,间

---

① 郭沫若:《文艺论集》,人民文学出版社1979年版,第227页。
② (元)陶宗仪:《南村辍耕录》,中华书局1959年版,第103页。
③ 中国戏曲研究院:《中国古典戏曲论著集成》,中国戏剧出版社1959年版,第258页。
④ 中国戏曲研究院:《中国古典戏曲论著集成》,中国戏剧出版社1959年版,第137页。

架未立，先筹何处建厅，何方开户，栋需何木，梁用何材，必俟成局了然，始可挥斤运斧。倘造成一架而后再筹一架，则便于前者不便于后，势必改而就之，未成先毁，犹之筑舍道旁，兼数宅之匠资，不足供一厅一堂之用矣。故作传奇者，不宜卒急拈毫；袖手于前，始能疾书于后。有奇事，方有奇文，未有命题不佳，而能出其锦心，扬为绣口者也。尝读时髦所撰，惜其惨淡经营，用心良苦，而不得被管弦、副优孟者，非审音协律之难，而结构全部规模之未善也。①

李渔将结构作为戏曲创作的第一要素，以"造物赋形"与"工师建宅"为例说明戏剧结构的重要性，并将戏剧结构视之为有生命的人体，每个部位皆不可分割。他还指出传奇义理可分三项："曲也，白也，穿插联络之关目也。"② 其中穿插联络之关目即是戏曲家对情节结构的安排与构思。由此可见，与话本小说相比，戏曲在叙事结构上有着更为严格的要求。当戏曲家重释话本小说的故事，对于叙事结构要实现叙事线索、中心道具、叙事情节等一系列的转变。

（一）单线结构与复线结构

话本小说多采用线性结构，即以一人或一事为中心，提出一个悬念，叙述一种矛盾冲突③。对于与话本小说叙事互动的戏曲作品而言，也分为两种情况而论：由于杂剧是一人主唱的音乐体制，分为旦、末本及四折一楔子的结构体制，相对适合于以一人或一事为中心、叙述一种矛盾冲突的线性结构。传奇的篇幅较长，音乐体制也为多角色皆可演唱，对于一人或一事的单线索而言，无论是反映复杂丰富的内容，还是塑造人物形象都略显单薄，因此传奇作品比较适合多线结构，即一生二旦的三线结构，或生旦各领一线的双线结构，各线索之间相互映照、交叉演进，从而使剧情跌宕有致、曲折多变。

如颇受赞赏的"十五贯"故事的改编，宋元时期有话本《错斩崔宁》，后被冯梦龙稍加修改，收入《醒世恒言》卷三十三《十五贯戏言成

---

① （清）李渔：《闲情偶寄》，山西古籍出版社2007年版，第3—4页。
② （清）李渔：《闲情偶寄》，山西古籍出版社2007年版，第12页。
③ 话本小说一般采用线性结构，即以单线结构构筑情节，但是并不代表所有作品都采用这种结构方式，如《喻世明言》卷八《吴保安弃家赎友》就采用双线结构，以吴保安弃家赎友为主线，以郭仲翔落入蛮人之手、获救报恩等一系列行为为副线，两条线索交叉进行。

巧祸》，主要讲述崔宁与刘家小娘子二姐因十五贯钱而阴差阳错被陷入狱，后屈打成招，押赴市曹，行刑示众。虽然涉及人物众多，但是此篇话本小说仅以一事为中心，叙述一种矛盾冲突，因此属于单纯的线性结构。清初，朱素臣将其改编为《十五贯》传奇，由两条线索构成，熊友蕙与侯三姑、熊友兰与苏戍娟因十五贯都受冤屈，终由况钟为之昭雪，并借此撮合两对姻缘。熊友蕙与侯三姑、熊友兰与苏戍娟这两条线索交叉演进，相辅相成。熊友蕙与侯三姑受冤之后，熊友兰为救亲弟，得到商人给予的十五贯的资助，途中偶遇苏戍娟，又引发了关于十五贯钱的第二条线索，从而顺利实现了从话本小说的单线结构至传奇的双线结构的转换。

从话本小说至传奇，其例不胜枚举。对于叙事互通的话本小说、杂剧、传奇而言，通过考察它们的叙事结构，更能清晰说明话本小说与戏曲叙事结构变异的问题。如《醒世恒言》卷一一《苏小妹三难新郎》，后代衍生戏曲作品有南山逸史《长公妹》杂剧、李玉《眉山秀》传奇，三篇作品均述秦少游与苏小妹婚姻恋爱之事，叙事结构却有所不同。① 话本小说以苏老泉之女苏小妹与秦少游的爱情发展为线索，其间虽插入王安石之子王雱事，但主要凸显苏小妹超凡的学识与才情，属于单线结构。清代南山逸史《长公妹》杂剧沿袭了话本小说的情节设计，亦叙苏小妹与秦少游互慕对方之才华，成婚之日，苏小妹拟三试秦少游，后在苏轼的启迪下，终得入房成婚。其间也叙王雱事，不过仍以秦少游与苏小妹的爱情婚姻之事为主要线索，属于单线结构。李玉《眉山秀》传奇尽管也叙秦少游与苏小妹的悲欢离合，但是添加了秦少游与文娟之事，属于一生二旦的多线结构，三条线索相互交叉发展，相互推进，一夫二妻团圆。

话本小说的篇幅短小精悍，不像历史演义小说或章回小说的情节结构那样恢宏庞大，因此不适宜采用长篇小说适用的网状结构。另一方面，由于"小说"伎艺也受到演出场地、听众文化水平等原因的限制，不太适

---

① 秦少游与苏小妹爱情题材的戏曲作品，还有车江英的《游赤壁》杂剧，为《四名家传奇摘出》组剧之一，叙北宋文学家苏轼逸事。其名虽为传奇，实为杂剧。除却体制上具备传奇的特点外，该剧内容叙秦少游、苏小妹、楚女黄义姑的事，与李玉的《眉山秀》中人物安排一致，黄义姑的角色相当于文娟。因此《游赤壁》并不是单纯的杂剧，而是属于杂剧与传奇的混合体。此剧结构松散，一生二旦的线索不明确，又不是单纯以秦少游与苏小妹的婚姻恋爱之事为线索，故不予考察。

合讲述曲折繁复的故事，而比较适合以一人或一事为中心叙述情节。话本小说在"小说"艺术的基础上发展而来，大都采用这种单线索的结构体制，即以一人或一事作为贯串全文的中心线索，提出一个悬念，叙述一种矛盾冲突。对于杂剧而言，四折一楔子的篇幅体制与一人独唱的音乐体制都限定了杂剧只能采用一人或一事为中心的单线结构，而传奇的篇幅与音乐体制相对杂剧来说更加自由，少则二三十出，多则四五十出，并且采用人人皆唱的音乐体制，便于塑造多个人物形象，因此适宜采用双线或多线结构。

（二）中心道具的使用

在话本小说与戏曲的叙事中，经常出现一些小道具，如"三言"的多篇作品中就有金钗钿、珍珠衫、鸳鸯绦、玉马坠、合色鞋、白罗衫、破镜、破毡笠、十五贯等中心道具。这类道具可以是一些实物，也可以是一些诗词或声音等，主要用来表达主题思想，推动情节发展，是叙述者经常使用的叙事技巧。戏曲作品中通常也有这类道具，并且还被强调和突出。

如《喻世明言》第一卷《蒋兴哥重会珍珠衫》，蒋兴哥有家传珍珠衫，将其赠给妻子王三巧，而王三巧在蒋外出经商之际，赠予情人陈大郎。蒋兴哥与陈大郎偶然相见，见到家传珍珠衫，得知妻子与人有私，回去就休掉王三巧，而三巧遂改嫁吴杰。陈大郎病故，珍珠衫遗留至妻子平氏手中，后平氏改嫁蒋兴哥，珍珠衫又重新回到蒋兴哥手中。此篇话本小说中，珍珠衫的添设对情节的演进并没有什么决定性的影响，但是它作为整个故事的纽带，无疑使小说的叙事结构更加严谨、统一。

戏曲作品中，中心道具的添设与使用要分开来论。相对于杂剧，中心道具在传奇的叙事结构中的作用要更加突出，主要体现在三个方面：作为男女爱情与婚姻信物的象征，如清代佚名《玉蜻蜓》传奇中的玉蜻蜓，刘方《天马媒》传奇中的玉马坠等；作为对人物命运、剧情发展的预示，如明许恒《二奇缘》传奇中的紫囊二封等；推动情节发展，如清朱素臣《十五贯》传奇中的十五贯钱，如明佚名《白罗衫》传奇中的罗衫等。正如孔尚任在《〈桃花扇〉传奇凡例》中言道："剧名《桃花扇》，则桃花扇譬则珠也，作《桃花扇》之笔譬则龙也。穿云入雾，或正或侧，而龙睛龙爪,总不离乎珠,观者当用巨眼。"① 孔尚任将《桃花扇》的叙事艺术比喻为龙,而中心道具桃花扇即为珠,用巨龙戏珠的生动比喻揭示桃花扇是全剧的戏眼所在。由此可见,中心道具在戏曲叙事结构中有非常重要的作用。

杂剧有较为固定的结构体制与音乐体制,情节相对简单,线索也较为单一,因此中心道具在整个叙事结构中显得并不重要。对于传奇而言,结构体制庞大,人物角色繁多,一般使用双线甚至多线结构,采用中心道具,戏曲家就可以灵活自如地应对传奇中复杂的叙事时空、繁多的情节线索以及多个人物角色的调动,所以中心道具成为传奇叙事结构中不可或缺的纽带,如李玉《太平钱》传奇就围绕十万贯太平钱展开情节,使剧情更加曲折生动。

总之,由于话本小说与杂剧的篇幅有限,又皆为单线结构,因此中心道具对于二者来说显得不是特别重要。如果叙述者在话本小说与杂剧中添设中心道具,无疑会使叙事结构更加绵密细致、严谨统一;如果没有中心道具作为二者的纽带,故事的发展也不会受到严重的影响。相反,传奇的篇幅体制过长,且叙事时空恢宏庞大、线索繁复杂乱、人物出场也较多,如果不采用中心道具贯穿其中,就会陷入结构松散、情节芜杂以及人物出场混乱的局面。

(三)"贵剪裁""减头绪""密针线"

话本小说的叙事结构追求情节的完整统一,来龙去脉清楚明了,创作主体对于情节的叙述一般都会有头有尾。尽管会通过压缩或延长故事发生时间的方式来对叙事时间的速度有所控制,即省略、概述、场景、停顿的叙事技巧,但很多作品为了追求情节的完整性,叙事结构并不凝练与简单。如《醒世恒言》卷三三《十五贯戏言成巧祸》,此篇小说大半部分讲述了十五贯案情的始末,结局是崔宁与陈氏被押赴市曹,一斩一剐。可是小说到此并没结束,小说家又用不少篇幅讲述刘大娘子与静山大王的情节。尽管结尾交代了崔宁与陈氏的冤屈,使整个故事有始有终,但是情节之间的衔接却不紧密,叙事结构陷入了松散与拖沓的局面。此外,前半部分十五贯案情的发展本有内在的逻辑性,可叙述者为了过于追求故事的完整统一,无故添加了后半部分静山大王自述罪行与刘氏告发其罪的情节,

---

① 蔡毅:《中国古典戏曲序跋汇编》,齐鲁书社1989年版,第1605页。

使人物行为缺乏现实的逻辑性基础，情节的真实性遭到质疑。

话本小说过于注重叙述的完整统一，造成了大量与其主旨联系不太紧密或荒诞不经的情节充斥于作品，这与戏曲对叙事结构严谨统一的要求背道而驰。另外，话本小说专门供人阅读，着重于通过大量的心理描写、细节描写等方式塑造人物形象，而戏曲作为舞台表演艺术，为了适应舞台演出的需要，迎合观众的欣赏需求，其叙事结构本身不太可能容纳太多与主旨无关的情节，因此戏曲首重叙事结构。为避免情节的冗长、拖沓，使各折或各出之间的衔接更加紧密，叙事结构必须浑然天成、严谨统一。戏曲家如欲改编话本小说，必须首先删削原作中与主旨不甚紧密以及次要的一些情节，以保证叙事结构的精严凝练，即"贵剪裁""减头绪"。

"贵剪裁"最先由王骥德在《曲律·论剧戏》中提出：

> 剧之与戏，南北故自异体。北剧仅一人唱，南戏则各唱。一人唱则意可舒展，而有才者得尽其春容之致；各人唱则格有所拘，律有所限，即有才者，不能恣肆于三尺之外也。于是：贵剪裁，贵锻炼——以全帙为大间架，以每折为折落，以曲白为粉垩、为丹雘；勿落套；勿不轻；勿太蔓，蔓则局懈，而优人多删削；勿太促，促则气迫，而节奏不畅达；毋令一人无着落，毋令一折不照应。传中紧要处，须重着精神，极力发挥使透。如《浣纱》遗了越王尝胆及夫人采葛事，红拂私奔，如姬窃符，皆本传大头脑，如何草草放过！若无紧要处，只管敷演，又多惹人厌憎：皆不审轻重之故也。①

"贵剪裁"从戏曲创作的整体出发，选择一些戏剧性最强、尤能凸显人物形象及性格的场面加以敷演，删削与创作主旨并不紧要的情节，以保证戏曲叙事结构的精炼与统一。如前文所述，话本小说《十五贯戏言成巧祸》结尾用较多文字叙述与主旨无关的情节，朱素臣在将其改编为《十五贯》传奇时，不仅将刘大娘子与静山大王这段情节删除，而且对结局进行了改换，保证了叙事结构的凝练与完整，情节逻辑也趋于连贯与统一，因此"贵剪裁"的创作手法可以使戏曲家集中笔力来尽情展示精彩的场景。

---

① 中国戏曲研究院：《中国古典戏曲论著集成》，中国戏剧出版社1959年版，第137页。

"减头绪"由李渔首次提出:"头绪繁多,传奇之大病也。……事多则关目亦多,令观场者如入山阴道中,人人应接不暇。"① 李渔从观演的角度提出戏曲创作要头绪忌繁、思路不分、文情专一,如此方能使全剧始终无二事,贯串只一人,三尺童子观演后也能了了于心,便便于口,可见"减头绪"与"贵剪裁"的观点有异曲同工之妙。为了追求情节的连贯性,李渔还提出了"密针线":

> 编戏有如缝衣,其初则以完全者剪碎,其后又以剪碎者凑成。剪碎易,凑成难。凑成之工,全在针线紧密。一节偶疏,全篇之破绽出矣。每编一折,必须前顾数折,后顾数折。顾前者欲其照映,顾后者便于埋伏。照映埋伏,不止照映一人,埋伏一事,凡是此剧中有名之人,关涉之事,与前此后此所说之话,节节俱要想到。宁使想到而不用,勿使有用而忽之。②

话本小说过于注重主要人物的描写,常常忽视一些次要的人物及情节,如《卖油郎独占花魁》中的卜乔是一个品行低劣的市井无赖,他将邻居莘瑶琴拐骗至妓院,而后拿了钱财便逃之夭夭,再也没有交代卜乔之事。戏曲作品十分重视叙事结构,强调情节发展的连贯统一,注重使用李渔所指的照应与埋伏,即王骥德所言的"毋令一人无着落,毋令一折不照应"。在李玉改编的《占花魁》传奇中,卜乔这个故事中的小人物结局有所交代。在拐卖莘瑶琴后,卜乔剃发为僧仍然贼心不死,遭到沈仰桥夫妇的谋算,将他装箱扔进江中,得到了该有的惩罚。③

话本小说与戏曲在叙事结构上还存在一些差异,如误会、巧合手法的运用。戏曲与话本小说叙事的互通中,戏曲家不仅继承原作中关于误会、巧合的情节线索,还大量添设了一些小说中没有的误会、巧合之笔法,以推动叙事结构的发展。除此之外,二者对于结局的处理亦有不同。宋元时期,话本与戏曲的结局并没有统一采用大团圆的模式,至明以后二者才

---

① (清)李渔:《闲情偶寄》,山西古籍出版社2007年版,第13页。
② (清)李渔:《闲情偶寄》,山西古籍出版社2007年版,第11页。
③ 卜乔结局分别见于《占花魁》传奇十五出《秃涎》、十七出《计贩》、十九出《溺淫》。(清)李玉:《李玉戏曲集》,上海古籍出版社2004年版。

开始广泛采用大团圆结局。受到宋元早期话本的影响,"三言""二拍"中仍有多篇且没有采用团圆结局的处理方式,如《白娘子永镇雷峰塔》《闹樊楼多情周胜仙》等作品,表现了小说家对于社会现实的无奈以及爱情逝去的感伤。在同一故事的戏曲作品中,戏曲家多顺应明清时期流行大团圆的结局处理方式,不仅有金榜题名、洞房花烛的喜庆收场,也有因果报应、惩恶扬善的圆满结局等。

综上所述,话本小说与戏曲在叙事模式上仍有诸多共通之处,二者的叙事时间都展现为直线顺叙式,叙事角度是全知叙事与限知叙事的动态结合,叙事结构呈现为线性顺叙式等。叙事模式的互通性,使话本小说与戏曲叙事的互动更加简便而快捷。由于二者在文体特征上存在不小的差异,如果创作者改编故事,必须顺利实现叙事时间、叙事角度、叙事结构等叙事模式的转变。

第三章

话本小说与戏曲叙事主题的互动

什么叫"主题"？瑞士学者弗朗西斯·约斯特指出："主题分明是指一部文学作品的创作宗旨和它的中心思想。"①"主题"的界定历史悠久，却不能满足我们对这个概念的理解。俄国形式主义学者鲍里斯·托马舍夫斯基提出主题是作品中所有文字材料综合与联合的概念，是许多由此生彼、相互联结的事件在一定程度上统一的系统，一部作品可以有，作品的每一部分也可有，通常由若干微小的相互之间发生一定关系的主题成分构成，每部作品都有一个中心主题，而这一主题是由一系列小主题组成的。每篇作品可分解为若干主题部分，最后剩下的就是不可分解的部分，即主题材料的最小分割单位——细节，而每个句子都有自己的细节②。如此烦琐细致的主题研究，遭到其他学者的质疑与批评，如巴赫金就指出：

> 不能把作品的主题统一建构成其词语和单个句子意义的组合。……借助于语言，我们可以掌握主题，但是，我们无论如何都不能将主题看作是语言的一个组成部分。
>
> 主题总是超越于语言，而且，目的取向于主题的不是单个拿来的词，也不是句子和句段，而是作为话语表达的整个表述。③

俄国形式主义的主题研究方法与巴赫金的批评，可以帮助我们纠正对主题问题的认识与研究。叙事作品中，我们常常将主题简单看作故事的题意，

---

① ［瑞士］弗朗西斯·约斯特：《比较文学导论》，湖南文艺出版社1988年版，第232页。
② ［俄］什克洛夫斯基等：《俄国形式主义文论选》，生活·读书·新知三联书店1989年版，第107—208页。
③ ［苏联］巴赫金：《文艺学中的形式方法》，中国文联出版公司1992年版，第193—194页。

分析作品的主题时也常用社会批评学的方法做一些思想性内容归纳与评析的工作。作为以语言文字为媒介的叙事虚构艺术,话本小说与戏曲作品的主题是以故事为中心,通过人物行动而得到展现。因此克林斯·克鲁斯认为:"它是某种观念,某种意义,某种对人物和事件的诠释,是体现在整个作品中对生活的深刻而又融贯统一的观点。"① 这种认识经验人人皆有,通过作品主题,反映一个民族面对生存的困惑及其相对的策略,以及在社会的意识形态冲突中个人需要坚守的生命意志与智慧。

主题叙事学的意义,不仅仅是创作者完成素材的采集与拣选,而且在于通过故事题材实现操控与征服、控制叙述者与人物之间的关系、展现叙事的个性与风格等方面,将叙事共通的话本小说与戏曲作品分别注入不同的意蕴与生命。关于话本小说与戏曲的主题,我们不再做相应的探讨,而是着重分析随着创作者个人情感的投入,实现话本小说与戏曲叙事主题的互动与变更。

第一节　叙事主题的影响与变更

话本小说与戏曲叙事的互动中,时代的审美风尚、不同的创作者、创作的动机与心态等主客观因素对戏曲家产生关键的影响,他们通过对话本小说题材的改动,易悲为喜,易离为合,改变与重构原作的主题,使戏曲作品的主题被改换、拓展、转移。一般来说,一部作品可以有一个主题,也可以有多个主题,下面结合具体个案,就主题的重构与变异做出相应的分析。

一　叙事主题的改换与质变

话本小说与戏曲的叙事中,尽管小说家与戏曲家使用同一故事题材,但创作者的心态与动机已经发生严重的偏离,使改编后作品的主题彻底发生了转换,如广泛流传的"杜十娘"故事,原系真人真事,首见于宋懋澄传记体的文言短篇小说《负情侬传》,之后冯梦龙将其编入《情史》与《警世通言·杜十娘怒沉百宝箱》。清初,夏秉衡、梅窗主人分别将此事

---

① [美]克林斯·布鲁克斯、罗伯特·潘·华伦:《小说鉴赏》,中国青年出版社1986年版,第358页。

敷演为传奇，致使其故事主题一再发生质变。

宋懋澄《负情侬传》采用不加任何评论的全知叙事方式，利用"发现"与"突转"来结构布局、安排情节。故事的前半部分叙述十娘与李生定情后，便出资自赎，随后二人相偕离京，后半部分叙述李甲负心与十娘殉情。受到故事原型的限制，宋懋澄的理解主要侧重于谴责李甲的负心，如题目之下小注言道："王仲雍《懊恨曲》曰：'常恨负情侬，郎今果行许。'作《负情侬传》。"清楚标明了他的创作意图。在杜十娘沉江后，他还进一步评论道："噫！若女郎，亦何愧为子政所称烈女哉！虽深闺之秀，其贞奚以加焉！"① 宋懋澄认为杜十娘是为贞而亡，其作品主题平庸而肤浅。

宋懋澄《负情侬传》写成后，引起了文人的广泛重视与兴趣，相继转录传抄，潘之恒、冯梦龙、宋存标、刘心学将之分别编入《亘史》《情史类略》《情种》《史外丛谈》等。潘之恒《亘史》在转录时，首将题目改换为《杜十娘》，编入卷十一《烈余》中，篇末总评言："杜十娘为厉乃尔，盖冤鬼耻为人负也。宋郎作此传，几再病而竟陨露桃，欲令我绝笔矣。虽然，宁无才鬼感激思报者乎！"② 潘之恒此言突出杜十娘的"厉"和"冤"。而冯梦龙将之辑入《情史》，篇末的总评与前人的观点大相径庭，转而对新安人多加赞扬：

> 新安人，天下有情人也！其说李郎也，口如河，其识十娘也，目如电，惜十娘早遇李生而不遇新安人也！使其遇之，虽文君之与相如，欢如是耳！虽然，女不死不侠，不痴不情，于十娘又何憾焉！③

冯梦龙不仅没有指责新安人的所作所为，而且颇多溢美之词，肯定了他的见识与才情，认为杜十娘是所遇非人才导致了殉情的悲惨命运。冯氏之后又将此事敷演为话本小说《杜十娘怒沉百宝箱》，创作时间略晚于《亘史》与《情史》。冯氏此举，不仅在文字形式上将之前的文言转换为

---

① 子政为西汉的刘向，曾著《列女传》一书。陈建根：《中国文言小说精典》，山东大学出版社1999年版，第693—697页。

② （明）宋懋澄：《九籥集》，中国社会科学出版社1984年版，第118页。

③ （明）冯梦龙：《情史》，凤凰出版社2011年版，第356页。

白话，对叙事题材进行了创造性的发挥与超越，而且使话本小说主题再次建构与深化，认为杜十娘是为情而死，突出了"情"的主题。正如他在《情史序》所言："天地若无情，不生一切物。一切物无情，不能环相生。生生而不灭，由情不灭故。四大皆幻设，惟情不虚假。……"① 他笔下的杜十娘为了追求真挚的感情，不惜投江殉情，在投江之前，冯梦龙还借杜十娘之口评论道：

> 惑于浮议，中道见弃，负妾一片真心。……命之不辰，风尘困瘁，甫得脱离，又遭弃捐。今众人各有耳目，共作证明，妾不负郎君，郎君自负妾耳！②

杜十娘本可借百宝箱复得李甲，然毕生追求的自由人格与爱情的理想已然破灭，于她而言再无生存之念，才毫不犹豫地身将赴水，充分表明她是为情而亡。小说结尾，冯氏继续评论道："不会风流莫妄谈，单单情字费人参。若将情字能参透，唤作风流也不惭。"清楚点明该篇话本小说的主题是"情"。

冯梦龙《杜十娘怒沉百宝箱》刊行前后，有郭濬《百宝箱》传奇问世，惜不传于世。清初时，"杜十娘"故事已广为人知，多次被敷演为传奇，如夏秉衡《八宝箱》、梅窗主人《百宝箱》③，两部传奇的作者虽然不同，但却拥有共同的创作倾向，对杜十娘的悲惨结局愤恨不平，相继将一出爱情悲剧打造为大团圆结局的悲喜剧。正如夏秉衡在《八宝箱自序》中所言："读《情史》至杜十娘沉江事，为之感愤者累日，思欲并为作传，以幻笔补造化之缺陷。"④ 夏氏在《八宝箱》传奇中，叙杜十娘生前原系碧箫仙史，因偶生尘念，谪落人寰，沉江后，水判官奉碧霞仙旨，将其灵魂接引至水府供养，以待尘缘满后再回仙宫。而李甲也未狂疾而终，后赴京赶考得中，再经瓜州时也溺死江中，至龙王府中与十娘成亲，以仙圆作结。梅窗主人在《百宝箱》自序中亦表示"忆十娘事，凄婉不能

---

① （明）冯梦龙：《情史》，凤凰出版社2011年版，第1页。
② （明）冯梦龙：《警世通言》，中华书局2009年版，第330页。
③ 夏秉衡《八宝箱》传奇今存清乾隆年间秋水堂原刊本，为《秋水堂传奇》之一；梅窗主人《百宝箱》传奇今存清光绪二十年石印中箱本。
④ （清）夏秉衡：《八宝箱序》，《古本戏曲丛刊》（七集），国家图书馆出版社2018年版。

释",而"吾以一朝幻想,构成幻境、书成幻笔,为之谱入传奇,使得按拍而歌之,殆所谓无情而有情者耶。"①谓杜十娘投江后遇救,被柳遇春夫妇收留。后李甲中状元,洞房之夜,十娘命仆婢鞭箠李甲,责其负心。经柳劝解,终言归于好,婚后百宝箱又由水母娘娘送还,与冯梦龙《金玉奴棒打薄情郎》结局的处理方式如出一辙。

《杜十娘怒沉百宝箱》为爱情的悲剧,杜十娘虽为社会底层的妓女,但执着于追求独立的人格,盼望真挚的爱情。当她得知李甲负心后,人格与爱情的理想瞬间破灭,毅然愤懑投江。然而,受到明清时期小说与戏曲大团圆结局的风潮,加之戏曲家本人对"杜十娘"故事的愤恨不平与怜惜同情的创作动机和心态,致使清初的夏秉衡与梅窗主人在创作时一致将故事的悲剧结局改为大团圆结局,主题发生了彻底的改换。当代,众多戏曲、电影作品复又删去大团圆的结局,恢复话本小说中悲剧结局的处理方式,如1981年周予执导电影《杜十娘》作品的主题也从鞭打负心的爱情悲剧,深化到揭露封建伦理纲常杀人的社会悲剧。

要言之,由于时代风尚与创作者本人的创作动机及其心态的影响,从传记至文言小说、话本小说、戏曲、电影,"杜十娘"故事演绎的主题一再发生改换。从宋懋澄《负情侬传》宣扬的杜十娘为贞而亡,至潘之恒《杜十娘》突出的杜十娘"厉"与"冤",至冯梦龙的《情史》中一反常态,转而肯定新安人的识见与才情,认为杜十娘是所托非人。随后在话本小说《杜十娘怒沉百宝箱》的编撰中,冯梦龙又推翻之前的观点转而强调杜十娘为情而亡的主题。清初,夏秉衡与梅窗主人相继将"杜十娘"故事演绎为传奇,受到时代风尚及戏曲家创作心态的影响,将杜十娘的悲剧结局活脱脱改换为一出团圆的悲喜剧,主题再次发生质变。当代的戏曲、电影的演绎中,对作品的主题又进行了崭新的探索,赋予了不同时期的不同社会认知与思考。

二 叙事主题的拓展与深化

话本小说与戏曲的叙事中,有些创作者对原作的主题进行了适当的扩充与拓展,致使作品主题更加深刻,具有更强的教化意义。一般来说,创作者主要通过人物形象的不断渲染来丰富戏曲的主题,他们或补充原有人

---

① 蔡毅:《中国古典戏曲序跋汇编》,齐鲁书社1989年版,第1816页。

物的性格，或添设原作中没有的人物，或将原作中的次要人物进行充实丰富，如被小说、戏剧、唱本等多种艺术样式反复阐述的"白蛇"故事，故事主题一再被后人拓展与深化，人物形象也在不断演变。

"白蛇传"故事是流行于南宋时期苏杭一带的神话故事，目前所见最早关于"白蛇"故事的文本是唐代《太平广记》与《博异志》，两篇小说都是讲述灵异题材的白蛇故事，大致记述男主人公偶遇一貌美姿艳的白衣女子，与之相好后暴亡，经访察后是巨白蛇作怪。宋代，话本作品集《清平山堂话本》卷一《西湖三塔记》也同样讲述了恐怖的白蛇故事，记奚宣赞清明节在西湖游玩，救一白姓女子卯奴，后被骗至归家，为一白衣妇人所迷。这名白衣娘子专迷男子，摄来新人就把旧人挖心取肝，宣赞两次皆被乌鸡化身的卯奴所救，后白蛇和另外两个怪物乌鸡、獭皆被奚真人抓获，一同镇压在湖中心的三个石塔之下。可见，唐宋时期的"白蛇"故事表达的主题都是白蛇妖害人之事，其中的白蛇精只是一个无情的妖孽，专用美色迷惑男性，然后杀生害命，毫无人性，揭露人们对美色的恐惧与禁忌心理。

从南宋到晚明，有关"白蛇"故事的文本记录几不可见，虽有元代郏经《西湖三塔记》杂剧，但并未流传后世，大致情节可从冯梦龙的话本小说《白娘子永镇雷峰塔》中窥知。此篇话本小说的故事情节已不同于唐宋时期，主题由妖害人渐渐拓展为妖恋人。白蛇代表着每个男人心中对于欲望与诱惑的象征与隐喻，深化爱情行为能清晰地揭示人的灵魂。白娘子充满激情与野性的爱情，让许宣这类的男子又迷恋、又恐惧，以至于故事被多次重释与解读。

话本小说《白娘子永镇雷峰塔》中，白娘子已具有"人"的感情，当她恋上许宣后，便以"人"的身份三番五次如蛇一般痴缠许宣，并未杀生害命。后白娘子为取悦许宣数次偷盗，不想却给许宣惹来官司，又主动寻其复合，直至被法海捉拿也不肯在许宣面前现形。她两次显出本相也只为吓退捉蛇道士、老色鬼，在被法海捉拿前，她还苦苦为青青求情。此篇作品中白娘子已渐脱妖气，拥有了人类的情义。对于小说主题，不同时代、不同的人都有不同的阐释，具体表现在两个方面：一方面是冯梦龙在篇末总结的世人应抗拒色诱、修身自持的观点；另一方面表现白蛇与许宣之间反复纠缠的感情。两个主题要素相互冲突、矛盾，于是在后世"白蛇传"戏曲的重释中，创作者都试图调和冯梦龙所提出的关于理与情的矛盾，使主题更加统一、丰富。然而后世戏曲作品在不断的重释与解读中，逐渐消解了白蛇的野性与戾气，向着话本小说所触及的人情化、仁义化的方向努力，使白蛇逐渐变成真、善、美的化身，由此也造成了后世戏曲皆以教化世人为主、二人感情纠葛为辅的主题。

冯梦龙编纂的话本小说流通后，白蛇故事主要以戏曲形式为载体广泛流播。与冯梦龙同时的明天启、崇祯年间，有陈六龙《雷峰记》传奇，惜已失传。至清代，戏曲家纷纷染指于白蛇故事的创作，先后有黄图珌《雷峰塔》传奇、陈嘉言父女据黄图珌本改作的《雷峰塔》传奇、方成培《雷峰塔》传奇，均对话本小说的主题进行了拓展与深化。在黄图珌本《雷峰塔》传奇中，戏曲家据话本小说改编，二者的故事情节几乎相同，仅增加了佛祖讲说白娘子与许宣的宿缘、派法海下山收妖及其西湖之主白蛇为救西湖鱼类而教训渔人等情节。[①] 他的创作动机与心态在《雷峰塔·自引》中表达得十分清楚：

> 余作《雷峰塔》传奇凡三十二出，自《慈音》至《塔圆》乃已。方脱稿，伶人即坚请以搬演之。遂有好事者，续"白娘子生子得第"一节。落戏场之窠臼，悦观听之耳目，盛行吴、越，直达燕、赵。嗟乎！戏场非状元不团圆，世之常情，偶一效而为之，我亦未能免俗。独于此剧断不可者维何？白娘，蛇妖也，生子而入衣冠之列，将置己身于何地邪？我谓观者必掩鼻而避其芜秽之气。不期一时酒社歌坛，缠头增价，实有所不可解也。[②]

由此段自引得知，黄图珌《雷峰塔》传奇与冯梦龙《白娘子永镇雷峰塔》的主题较为接近，对白蛇形象持矛盾的态度：一方面将冯梦龙白蛇人情化、仁义化的处理进一步深化，使白蛇渐褪妖异的面目。白蛇期待的爱情非图一时之欢，而是欲与许宣做一对百年偕好的夫妻。她对手下的西湖水族也是有情有义、不离不弃；另一方面，戏曲家出于维护封建正统的创作动机，对人妖结合始终持质疑否定的态度；白蛇作为异类始终无法逾

---

① 傅惜华：《白蛇传集》，上海古籍出版社1987年版。
② 黄图珌所言的好事者即为陈嘉言父女之改本，增《产子》、《祭塔》诸出。蔡毅：《中国古典戏曲序跋汇编》，齐鲁书社1989年版，第1821—1822页。

越她所在的社会等级，爱情理想最终无法打破主流文化的强势话语，变成一种奢望与幻想，最终只能被镇压在雷峰塔下。

黄本搬上舞台二十余年后，陈嘉言父女据其改编为同名传奇，并对黄本做了一系列的改动，添设了《端阳》《盗草》《水斗》《断桥》《指腹》《祭塔》等重要场次。在主题的设置上，将冯梦龙、黄图珌对白蛇人情化、仁义化的进一步深入与完善。方成培据陈氏父女作品而作《雷峰塔》传奇，在《雷峰塔·自叙》中言道："遣词命意，颇极经营，务使有裨世道，以归于雅正，较原本，曲改其十之九，宾白改十之七。"[1] 并在第一出《开宗》中，就提出 "觅配偶的白云姑多情吃苦，了宿缘的许晋贤薄幸抛家"[2]，将感情的天平彻底倾斜于白娘子一方，并将白娘子爱情的悲剧归结为佛法的因果报应与许宣的薄幸，因此法海依然无法战胜，白娘子仍要被压于雷峰塔下。

为了拓展故事的主题，在改编后的戏曲作品中，白蛇从冯氏作品中强悍而带点人情的异类成功变身为知书达理的大家闺秀，次要人物青青、许宣、法海的形象也被不断扩充与丰富，性格特征渐渐明晰。如冯氏作品中，法海仅是佛法世界的代表，后世戏曲作品中法海渐渐兼任了封建社会秩序的维护者；男主人公许宣从宋代话本中苟且偷安的市井小民，至明代冯梦龙与黄图珌的作品中变为胆小谨慎的负心人，后在方本中又渐渐转变为循规蹈矩的重情之人。至于另一主角青青，文言小说《李黄》与宋代话本《西湖三塔记》中，尽管有青服老女郎、青衣老妇的出现，但是形象极为模糊。冯氏作品中，青青也仅仅是一个无足轻重的丫鬟。直至后世的戏曲作品中，青青才逐渐有其鲜明的性格特征，继承了白蛇性格中朴素强悍的野性因子——暴戾野蛮、爽直泼辣。还有许宣姐姐、姐夫等一些小人物，原本只是串联情节，后来也渐渐浓墨重彩，成为具有独特个性的人物。

综上所述，"白蛇"故事在唐宋时期文本的主题大都是白蛇先以色诱人，后谋害性命。至冯梦龙《白娘子永镇雷峰塔》中，其主题被拓展、深化至多种阐释方式，基本表现在两个方面，一为告诫世人抗拒色诱、洁身自好，二为白蛇与许宣之间反反复复的感情纠葛。两个主题因素分别代

---

[1] 蔡毅：《中国古典戏曲序跋汇编》，齐鲁书社1989年版，第1940页。
[2] 傅惜华：《白蛇传集》，上海古籍出版社1987年版。

表着理与情，彼此之间冲突、排斥，在后世黄图珌本、方成培本《雷峰塔》戏曲的改编中，戏曲家都在试图调和冯梦龙所提出的矛盾，直至方本中才渐渐演变为以道德教化为主、爱情发展为辅的主题。

三 叙事主题的变动与转移

创作者通过对关键题材的操作与控制，使重新演绎后作品的主题发生变异，导致话本小说与戏曲的主题重新建构。然而在部分话本小说与戏曲叙事的互动中，关键情节、文心戏眼基本未变，随着不同时代审美趣味的牵引及不同戏曲家创作动机与心态的影响，话本小说与戏曲的主题发生了转移，如声名显著、蜚声曲坛的"十五贯"故事。

"十五贯"故事最早见于宋代话本集《京本通俗小说》第十五卷《错斩崔宁》，主要记述一个案件的详细过程。刘贵生活窘困，得岳丈馈赠十五贯以图生计。因刘贵酒后戏言，误使小娘子相信她已被典卖，欲投奔父母，途遇崔宁，二人一路同行，邻人误以为二人通奸谋财杀夫，被临安府尹草草处决。后因刘大娘子巧识杀夫仇人，为二人报仇雪恨。故事内容虽然曲折繁复，但是仅仅讲述了崔宁与小娘子的冤案，突出命运的无常与因果报应的不爽。

这一冤案被冯梦龙收录至《醒世恒言》第三十三卷《十五贯戏言成巧祸》，除篇名与朝代有所变更之外，其他均不做改动。然而针对冤案的关键所在，冯梦龙却有评论："这段冤枉，仔细可以推详出来。谁想问官糊涂，只图了事，不想捶楚之下，何求不得？……所以做官的切不可率意断狱，任情用刑，也要求个公平明允。道不得个死者不可复生，断者不可复续，可胜叹哉！"冯氏认为由于"问官糊涂"，又"率意断狱""任情用刑"，才酿成无法弥补的冤案。篇末冯氏清楚点出全篇的主题："善恶无分总丧躯，只因戏语酿灾危。劝君出语须诚实，口舌从来是祸基。"冯氏劝化世人出语须谨言诚实，把产生冤案的根源归结为一时"戏语"。此外，冯氏还通过一系列的误会与巧合引发的因果报应来警戒世人，因此全篇的主题在于教化与警戒世人。

明末清初，朱素臣在此基础上演绎为《十五贯》传奇（又名《双熊梦》）。相对于宋代话本，朱素臣《十五贯》传奇采用两桩冤案交叉发展的双线结构，即熊友兰与苏戌娟、熊友蕙与侯三姑的两桩冤案。其中熊有蕙被冤一事，借用汉代李敬从鼠穴中得珠珰之事，叙熊友蕙与邻居冯家童养媳侯三姑隔墙而住，老鼠衔侯之钗环至熊家，又将友蕙灭鼠的有毒炊饼衔至冯家，毒死三姑的未婚夫。案发后，县官过于执断为奸情，二人被判为死罪。熊友兰被冤一事，与《十五贯戏言成巧祸》的情节基本相同，叙熊友兰得客商资助十五贯匆匆赶去救弟，途遇被害人游葫芦的养女苏戌娟，二人同行被常州府理刑过于执判为死罪。两桩冤案后皆被况钟重审，兄弟沉冤得雪后皆得功名，分别娶侯、苏二人为妻。关于创作目的，朱素臣在第一出《开场》时就有揭示：

> 【沁园春】熊氏二难，以家贫废学，受值为佣。岂金环偶得，村郎误杀，无辜士女，屈陷樊笼。旅客晨归，闺贞晓遁，邂逅高桥片语通。十五贯冤沉狱底，兄弟宵逢。况公入梦，双熊乞命，乌子夜中。往淮阴踏勘，明探鼠穴；锡山廉访，暗获穷凶。两案重翻，四冤同白，桂杏齐攀帝眷隆；乔姐妹共联姻娅，并沐恩荣。①

朱氏传奇除部分承袭话本小说的冤案经过之外，还增加人生无常、天意难测等浓厚的命运意识、果报观念，熊友兰、熊友蕙兄弟及侯、苏四人无端受冤与解救以及况钟断案的双熊入梦的启示，皆是上天在冥冥之中操控与注定，个人凭一己之力根本无法与命运抗衡，注定只能落得被上天操控、摆弄的悲剧性命运。

传奇《十五贯》问世后，有人据之改编为《双熊梦鼓词》《十五贯弹词》《十五贯金环记木鱼书》《双熊奇冤宝卷》等。地方戏中也多有演绎，较为有名的是昆剧《十五贯》改本。② 在情节结构的设置上，昆曲《十五贯》删去了朱素臣《十五贯》传奇的"熊友蕙"一线，与冯氏话本小说的冤案经过基本类同。作品主题上，改本《十五贯》又恢复至宋代话本的阐述理念，即叙熊友兰与苏戌娟无端罹难与受冤，描述三位不同性格类型的官员况钟、过于执、周忱审案、翻案的论争过程以及人犯娄阿鼠与清官况钟之间的心理斗争。

相对来说，"十五贯"故事在宋明时期的话本小说中基本没有较大的改动，作品主题一直是劝化世人出语须谨言诚实，以及通过一系列的误会

---

① 古本戏曲丛刊编辑委员会：《古本戏曲丛刊》三集，文学古籍刊行社1957年版。
② 昆曲《十五贯》，上海昆剧团，计镇华、刘异龙、梁谷音等主演。

和巧合引发的命运无常与因果报应的警戒意义。朱素臣创作的《十五贯》传奇主题除了部分承袭话本小说的冤案经过之外,还增加了人生无常、天意难测等浓厚的命运意识与果报观念。后至昆剧《十五贯》改本中,其主题又被还原为一出地道的公案剧。

总言之,由于时代的审美风尚及创作者的动机、心态等主客观因素的影响,在话本小说与戏曲的叙事中,小说家、戏曲家通过对原作关键题材的控制与超越,导致故事的主题进一步深化、质变。此外,部分小说家、戏曲家尽管对原作的关键情节未作改动,由于时代审美趣味的迁移以及其创作者的主观动机等主客观因素的影响,作品的主题也发生转移。

第二节　主题虚拟的叙事建构

话本小说、戏曲叙事模式的虚拟性,就其故事形态而言,可以荒诞怪异,与历史大相径庭,甚至于无中生有。然而荒唐夸张的故事背后,往往又得到世人的认可与推重。就其故事的主题而言,传达大众的心声以及某类群体内心的渴望与向往,因此无法用官方认可的史实性叙事模式加以表现,也无法用常规叙事抒发特定的情感与意念,只能借助于虚拟的故事传达出底层大众复杂多样的精神生态。"唐伯虎点秋香"故事是其中颇有代表性的个案。

中国历史上,以诗词、绘画、文采等成就流芳后世者不可胜数,如柳永、苏东坡、唐寅、徐渭、纪晓岚等,这些历史名人的艺术才华与传奇人生往往引起了后人无尽的揣测与歆羡,于是自然成为通俗文艺作品的热门题材。就这些文人逸事的持久度、热门度以及民间社会的知名度来讲,首推唐伯虎的奇闻逸事。在附丽于唐伯虎的众多流传故事之中,多风流韵事,其中声名最著、流传最广者当为"点秋香"故事①。如李泽厚所言,在明代中晚期才子辈出、狂士林立的时代,出现了桑悦、祝允明、张灵以及唐寅在内的一批狂简之士,他们放旷自任、疏狂怪诞、矫奇背俗、逾越名教,鼓荡起一股追求个性自由的风潮。在这股浪漫思潮中,"唐寅以其风流解元的文艺全才,更明显地体现那个浪漫时代的心意,那种要求自由

---

① 唐寅,字伯虎,又字子畏,生于明宪宗成化六年(1470)二月初四,死于明世宗嘉靖二年(1523)十二月初二。

地表达愿望、抒发情感、描写和肯定日常世俗生活的近代呼声。其中也包括文体的革新、题材的解放。甚至使后世编造出三笑姻缘之类的唐伯虎的故事和形象"[1]。时至今日，唐伯虎的故事仍在不断传诵，家喻户晓、妇孺皆知，足见这个虚拟的故事在民族文化传统中的意义。

"点秋香"故事曾先后或同时存在着"三笑"与"一笑"两个系统[2]，主题都传达出"名士风流"的倾向。在这一叙事主题的建构与生成中，口头文学与书面文学、民间文学与文人文学的复杂交汇，使这一虚拟故事承载了我们民族的生存体验与精神困境，导致"点秋香"故事主题的内涵也越来越丰富。

一 "追欢猎艳"与"知己之爱"——文言小说《古今谭概》《情史》与拟话本小说《唐解元一笑姻缘》的主题建构

广为流播的"点秋香"故事，经过了一系列叙事过程，形成了大量的文本作品，包括笔记小说、话本小说、戏曲、曲艺、长篇小说、影视作品等流行于不同时期的多种文艺样式。明末"点秋香"故事盛行后不久，孟称舜《花前一笑》、卓人月《花舫缘》、史槃《苏台奇遘》三部杂剧相继应运而生。之后的冯梦龙对"点秋香"故事的偏爱也有过之而无不及。冯氏将此事先后编入所纂辑《古今谭概》（后易名为《古今笑》）、《情史》（一名《情史类略》，又名《情天宝鉴》）、《警世通言》中，其中话本小说《唐解元一笑姻缘》成为"点秋香"故事文本中的巅峰之作，后

---

[1] 李泽厚：《美的历程》，天津社会科学院出版社2006年版，第326页。
[2] 为行文方便，将"唐伯虎点秋香"故事简称为"点秋香"。"点秋香"故事在后世的流传中，曾先后或同时存在过"一笑"与"三笑"两个不同的情节类型。研究以话本小说、杂剧、传奇中的"点秋香"故事"一笑"系列作品为核心，而非多数人耳熟能详关于"三笑姻缘"系列弹词、小说中的"点秋香"故事"三笑"系列作品。两个故事系列之间除了本事同源外，在故事的情节结构、人物形象、主题内涵及盛行时代、载体形式、传播阶层等方面都存在着不小的差异。"一笑"系列作品流行于明末清初，产生于文人雅士之手，传播于风雅名流之间，如冯梦龙、孟称舜、卓人月、朱素臣等人，他们虽沉沦市井、失意落魄，却身负才名，在身世际遇上能与唐伯虎产生共鸣。因此，"一笑"系列作品中，这些沦落于市井的底层文人多借助唐伯虎其事表达渴望知音肯定与赏识的愿望，对唐伯虎本人寄寓更多的仰慕、同情与身世慨叹之感。而"三笑"系列作品兴盛于清中期后，流行于说书场中，其创作者大多是无名的书会才人，如吴毓昌、曹春江等人，文化程度极其有限，因此不可避免地弱化了"一笑"系列作品中所传达的文人才子的风流雅韵，而更加着重于唐伯虎追欢猎艳的历程，受到市井村社间广大民众的喜爱。

被抱瓮老人收入《今古奇观》，改名为《唐解元玩世出奇》。

《古今谭概》编选于明神宗（万历）在位的最后一年，即1620年。这部幽默小品集乃是一部愤世嫉俗之作，编者希冀用人世百态的辛辣嘲讽一抒胸中的愤懑，"谭"古"概"今，骂古以刺今，《古今谭概》将唐伯虎故事编入"佻达部"，正可以说明编者的良苦用心，他没有对唐伯虎鬻身娶婢的经历细细玩味，而是详细描写唐伯虎在追欢猎艳、载美回苏后与华学士阊门相遇时的情境，表现了唐伯虎故弄玄虚的意满志得，同时亦突出表达唐伯虎对佣书娶婢旷达不羁的态度。清康熙间朱石钟删辑冯氏《古今谭概》，李渔在《古今笑史》序末引朱石钟语："冯子犹龙之辑是编，述而非作也；予虽稍有撙节，然不敢旁赘一词，又述其所述者也，述而不作，仍古史也，试增一词为《古今笑史》，能免蛇足之讥否乎？"① 朱石钟此言，意谓《古今谭概》仅是编辑，而未作加工。《古今谭概》之后，冯梦龙又编撰《情史》一书，具体的成书年代并没确定②。从早期记录此事的《蕉窗杂录》，至冯梦龙编纂的《古今谭概》《情史》③，不难发现冯梦龙加工创作过的痕迹：

情节	《蕉窗杂录》	《古今谭概》 （引《泾林续记》）	《情史》 （引《泾林杂记》）
才子遇美	无（唐子畏被放后，于金阊见一画舫。）	茅山进香	茅山进香
亲身追求	姣好姿媚，笑而顾己。	丫环尤艳	丫环貌尤艳丽
追踪投靠	乃易微服，买小艇尾之。	唐迹之	（增加了梦神情节）微服，持包伞，奋然登岸，疾行而去。有追随者，大怒遂回。
丫环姓名	无（称为女郎）	桂华	桂华

---

① 丁锡根：《中国历代小说序跋集》，人民文学出版社1996年版，第660页。

② 关于《情史》成熟的年代，冯梦龙在序中并未明确指出，目前学界并未达成一致。因书中多次提到"《谭概》评云"，可以确定《情史》成书是在编选《古今谭概》之后。关于成书时间的各种说法详见2005年复旦大学金源熙博士学位论文《〈情史〉故事源流考述》。

③ 冯梦龙《古今谭概》所引《泾林续记》仅为编辑，而未作加工，因此《泾林续记》所引内容应接近于原文。

（续表）

情节	《蕉窗杂录》	《古今谭概》（引《泾林续记》）	《情史》（引《泾林杂记》）
主人姓名	吴兴某仕宦	无锡华学士	锡山华虹山学士
伴读代书	无	无	伴读代作，后管摄典当。
喜获佳人	婚之夕，女郎谓子畏曰："君非向金阊所见者乎？"曰："然。"	无	居数日，两情益投，唐遂吐露情实。
潜遁归苏	无	（婚后）居数日，为巫臣之逃。	乘夜载美归苏。主家衣饰细软，俱各登记，毫无所取。
身份被揭	子畏典客，被客认出，乃白主人。	阊门相认（相貌相类，手有枝指。）	阊门相认（相貌相类，手有枝指。）

冯氏在《情史》中讲述的重点是茅山进香遇美、追踪投靠、代书谋娶、潜遁归苏、阊门相认等场景，沿袭了《泾林续记》阊门相认的情境，并将祝枝山的枝指误植于唐伯虎身上，其中的无锡华学士坐实为锡山华虹山学士，造成了"点秋香"故事中重大的常识性错误①。由此可见，《情史》已基本具备"点秋香"故事的关键情节，只是对男女主人公的描写相对简单，因此三个文本仅限于文人的书面记载，再现唐伯虎追欢猎艳的过程。直至话本小说《唐解元一笑姻缘》的出现，"点秋香"故事的主题内涵才清晰凸显。

冯梦龙进行小说创作时沿袭了《泾林杂记》《蕉窗杂录》中的关键情节，最终奠定了四个关键情节：三笑定情、佣书得宠、喜获佳人、身份被揭。为了使唐伯虎的描写符合历史上真实的唐伯虎，冯梦龙还大量化用与改换历史上唐寅的诗词作品。然而，小说虚拟的叙事模式毕竟不同于可证性的历史性写作，因此冯氏创作时并未拘泥于历史，而是采取避实就虚的做法，按照自己的意趣建构了一个虚拟的名士风流故事。如小说开篇以唐寅的一首七言律诗引出唐伯虎的描写：

---

① 历史上，华鸿山其人为明嘉靖五年进士，而唐伯虎卒于嘉靖二年，二者根本没有相交的可能。编者出于故事情节的连贯及其叙述逻辑性的安排，还特别增添"其（唐伯虎）诗画特为时珍重。锡山华虹山学士，尤所推服，彼此神交有年，尚未觌面"的情节，为后来"华归，厚其装奁赠女，遂缔姻好云"的圆满结局埋下伏笔，且此段情节一直被后世同一题材作品所沿袭。

那才子姓唐，名寅，字伯虎，聪明盖地，学问包天，书画音乐，无有不通；词赋诗文，一挥而就。为人放浪不羁，有轻世傲物之志。

小说围绕"放浪不羁""轻世傲物"的唐伯虎敷演发挥，引出一笑追舟、佳人识俊的情节。新婚之夜，除继续发挥最早文本《蕉窗杂录》记载的关键情节外，还利用历史上真实的唐寅来扩充小说中唐伯虎形象的描写，如《蕉窗杂录》中唐寅对某女郎的赞美之词为"何物女子，于尘埃中识名士耶"，在此篇小说中他道："女子家能于流俗中识名士，诚红拂绿绮之流也！"此言来源于历史上唐伯虎的诗作："杨家红拂识英雄，着帽宵奔李卫公；莫道英雄今没有？谁人看在眼睛中？"①从唐伯虎的对话中，说明他对秋香的感情从由衷的赞美已升华为真诚的敬佩，将秋香与红拂女、绿绮（卓文君）相提并论，表达了唐伯虎对佳人赏识自己，同时亦引起冯氏本人以及淹蹇困顿的底层文人的共鸣与感慨。文章结尾冯氏又借华学士之口对唐伯虎鬻身娶婢行为进行了总的评价："他此举虽似情痴，然封还衣饰，一无所取，乃礼义之人，不枉名士风流也。"表达了作者对唐伯虎的肯定与赞赏。

冯氏还突破了对秋香的描写，在承袭《蕉窗杂录》"一笑追舟"的意趣上加以扩充，将其塑造为聪慧美丽、见识卓越的奇女子。同时，小说亦打破了故事以外貌表征作为才子佳人结合的基础，而是突出了佳人的"一笑"在整个故事中的地位。"一笑"行为不仅肯定了秋香的慧眼卓识，还引起了唐伯虎的卖身行动，正是由于"情痴"的唐伯虎领略了佳人一笑的深情，才会锲而不舍追求，甚至于屈身为奴。这种包含着肯定与激赏的知己之爱，比简单图解郎才女貌的爱情公式要深刻而高尚得多。我们所熟知的"三笑"系列作品中的秋香，尽管美丽脱俗、聪明伶俐，但却是肉眼凡胎，并不识真正的才子名士。华安虽为她几番冒险，她却一直顽固不化，甚至在新婚之夜还不能释怀，质疑唐伯虎的身份。因此，与早期文本中秋香以艳丽的外表吸引唐伯虎、"三笑"系列作品中秋香的肉眼凡胎与顽固不化相比，冯梦龙在此篇小说中对秋香的描写更加符合"知己之爱"的主题。

在《警世通言》刊行之前，"点秋香"故事虽经冯氏《古今谭概》的

---

① （明）唐寅：《唐伯虎全集》，中国书店1985年影印版（据大道书局1925年版影印），第21页。

摘引和《情史》的编写，但是仅仅再现唐伯虎追欢猎艳的过程。除少数文人外，没有引起广泛的注意。随着《唐伯虎一笑姻缘》的写定与刊行，冯梦龙对故事中"知己之爱"的主题设定，对唐伯虎与秋香形象的塑造，才使"点秋香"故事广泛流播而名声显赫。

二 世俗大众的狂欢——朱素臣《文星现》传奇的主题构成①

"点秋香"故事"一笑"系列作品的创作始于嘉靖后期至万历年间，在明末曾一度繁荣。清朝初年，苏州朱素臣将此事纳入《文星现》传奇中，成为"一笑"系列的最后一部重要作品，同时亦成为"点秋香"故事最早的一部传奇。尔后，"一笑"系列作品再无发展，清中期后便成为"三笑"系列兴盛繁荣的时代，直到晚清时期虫天子编《香艳丛书》收录《纪唐六如轶事》②，民国时曹绣君仿《情史类略》编《古今情海》③，才有"一笑"系列作品的出现。然而这些笔记小说多是对项元汴《蕉窗杂录》、冯梦龙《情史》等杂录笔记的复述，基本没做改动，影响也微乎其微，难敌闾里巷间广泛流传的"三笑"系列作品。

朱素臣《文星现》传奇设计两条线索，主线写唐寅投无锡华学士府，后与华府婢女秋香私遁潜归；副线写祝允明先扮卖查梨人，后扮道士，追求扬州何韵仙的恋爱故事，两条线索相互交错，略显紊乱。主线所述"点秋香"故事未受到当时流行的冯氏话本小说的影响，仅有一首题壁诗：

拟向华阳洞里游，行踪端为可人留；愿随红拂同高蹈，敢向朱家

---

① 此剧有《玉霜簃旧藏钞本》，存二十四出；《古本戏曲丛刊》五集影印法国巴黎国家图书馆藏旧钞本，即清《环翠山房十五种》抄本所收本，存二十六出。然而，《古本戏曲丛刊》本与《曲海总目提要》卷二十所述内容略显差异。《曲海总目提要》云："道士顾樵云，居玄妙观，闻祝、唐负重名，而口角尖利，欲与缔交，祝时时愚弄之。及闻韵仙爱己诗文，乃伪作卖梨糕者，以文集包裹，卖之于何。何得之大喜。祝更伪作樵云，化缘修观。何书簿若干，并予金环为信。祝得环谓可据为要约也，亦大喜。"此段情节抄本删略。另外，《曲海总目提要》亦云剧末祝、唐、文、沈四人饮宴，曰："今日可谓文星现矣。"而抄本剧末祝枝山（小）云："彼此行藏，超今越古，算来也不是痴，也不是狂，乃我辈一点文心现耳！"唐伯虎（生）云："好个文心现，只此三字，括尽我辈一生事业！"抄本以"文心现"概括四人一生事业，可见并不切题。由此可知，此剧在传抄过程中对原作文字及内容有所修改。

② （清）虫天子：《香艳丛书》，人民文学出版社1992年影印版，第5811—5814页。

③ 曹绣君：《古今情海》，上海文艺出版社1991年影印版，第14—16页。

惜下流。好事已成谁索笑？屈身未了自含羞。主人欲问真名姓，只在康宣两字头。(第二十出《私遁》)①

《文星现》传奇受到卓人月《花舫缘》杂剧的影响，如第十二出《巧缘》中唐伯虎代二位公子做《右春闺》一阕调寄《踏莎行》之事。值得关注的还有第四出《戏骗》和第十二出《巧缘》，首次出现二位公子调戏秋香的情节。据杜颖陶《玉霜簃藏曲提要》对于第四出与第十二出的记述：

> 华学士夫妇，年已半百，膝下无女，只有一个儿子，性情不甚聪慧，却颇好色，因见秋香貌美，垂涎已久，但是彩凤怎能随鸦，所以总未博得美人青睐。这天华公子又向秋香纠缠，却被秋香用了个移花接木的方法逃去。
>
> 康宣在华府中，转眼已是数月了，这天到后花园散步，正遇秋香前来采花，二人遂攀谈起来。这是他们初次通款曲，正要畅叙衷情，却被公子冲散。②

上述两段细节在"点秋香"故事"一笑"系列其他作品中均所未见。朱素臣添设这两个情节，使该剧平添了波澜和兴味，同时亦为"点秋香"故事增加了喜剧性的效果。后来的"三笑"系列作品将此段情节继续扩大发挥，如"三约牡丹亭"等，使"点秋香"故事更加迎合世俗大众的审美品位。

第十二出《巧缘》是十分重要的一场戏，为朱素臣所独创，影响了"三笑"系列作品，如《笑中缘》弹词中第二十四回《证梅》。在《文星现》传奇出现之前，唐伯虎改扮的书童与秋香在婚前并未再次相见，关键情节主要定在佳人"一笑"之中。随着《警世通言》与《今古奇观》在民间的广泛流行与传播，"点秋香"故事作品的创作者与接受者的身份逐渐下移，底层民众对"点秋香"故事渐渐接受。孟称舜与卓人月两剧中充满文

---

① 此诗与话本小说《唐解元一笑姻缘》诗句稍有不同，"第六句"屈身未了自含羞"，小说为"屈身今去尚含羞"。

② 杜颖陶：《玉霜簃藏曲提要》之《文星现》，《剧学月刊》1932年第6期。按：杜颖陶在此文之前，指出其所依据《文星现》传奇乃旧钞本，二卷，一册，未录撰人姓氏，共二十四出。行文所引依据《古本戏曲丛刊》五集本，虽为二十六出，但杜颖陶本与《古本戏曲丛刊》本第四出与第十二出内容相同。

人风情的风雅流韵，以及冯梦龙《唐解元一笑姻缘》的敷演与发挥，仍不能满足大众对"点秋香"故事的好奇心与探求欲。对于世俗大众而言，他们喜爱唐伯虎、秋香这一对才子佳人相识、相恋、结为美满姻缘的故事，可是孟称舜、卓人月以及致力于通俗文学创作的冯梦龙，并没有对二人的感情进行详细的描写，仅将故事主角定位于潇洒玩世的唐才子一人，对于女主角秋香的行为与动机并无过多描述。底层民众出于对秋香卑微身份的认同，迫切要求创作者对秋香形象的补充与丰富。另外，孟、卓、冯的作品中人物形象及其语言具有很强的文人性特征，观众的文化素养有限，民间社会强烈需要创作主体以感性的语言、俚俗的人物形象来重释故事。《文星现》传奇的应运而生，成就了世俗大众对于"名士风流"主题故事的猎奇与狂欢。

朱素臣尽管与孟、卓、冯等人一样栖居于社会底层，但是他以戏曲创作为稻粱谋，创作时有意迎合世俗大众的审美趣味。受传播方式所限，孟、卓二剧耽于案头，基本沦为士林雅玩式的文人剧；冯梦龙的小说尽管是通俗领域的创作，但是也限于熟通文墨的读者阅读欣赏。另外，受传播地域影响，孟、卓二剧基本流传于士林之间，而冯氏话本小说集《警世通言》虽广泛流传于市井坊间，但受书面文字的限制，不能广泛流通于田野乡村。因此，在底层观众的迫切需求下，朱素臣《文星现》传奇从名士风流的主题演绎转变为世俗色彩的审美趋势，不仅增加了二位公子调戏秋香的喜剧性情节，亦添设了唐伯虎与秋香的巧遇，后来这些情节都被"三笑"系列作品沿袭与补充。在封建社会礼教谨严的明清时期，才子佳人的定情缔盟在文人笔下虽受限制，但是在市井细民看来，作为书童的康宣与青衣队里的秋香却没有如此苛严的禁忌。

《文星现》传奇的情节虽然多处沿用卓人月《花舫缘》杂剧，但是叙事的虚拟性为故事的可变性、主题的丰富性提供了必要的前提。如第十二出《巧缘》，化名康宣的唐伯虎与秋香初次相见，唐并未对秋香表明真实身份，秋香有两段心理独白：

（旦）吓，原来就是康宣，怎生面善得紧。三生一面非薄幸也，落藏获齐名。……

（旦背介）看他虚文帮衬足十分，七分是喜三分恨。且住，我看你人物风流，举止闲雅，不像个下流之辈，何占自屈身如此？论只有奴身可轻，怎君身比奴又轻。

"点秋香"故事的进一步世俗化、大众化,说明文人雅士通过唐伯虎失意寄托愤懑的行为难以被底层民众所接受,因此卑微阶层的代表人物——秋香形象的丰满与补充变得异常迫切。在此段心理独白中,戏曲家将"一笑追舟"故事中佳人赏俊的关键情节演绎得更为生动贴切,讲述秋香与改换身份的唐伯虎初次相见,她并没有按照世俗的眼光来审视身为奴仆的康宣。看到眼前的书童风流俊雅,她不仅芳心暗许,还为康宣屈身于下流感到惋惜与同情。当康宣提出缔结情缘的要求后,她回复道:

聆君此言,似堪雪涕,只是你我共处卑微,身不自主,有甚婚媾可卜、媒妁可通?郎君不遗葑菲岁岁,花前一晤足矣,伉俪二字今生不必提起罢。

康宣虽并未向秋香表明他就是闻名遐迩的风流才子,但当秋香看到他人物风流、举止闲雅,已经为之动心,只是奈何两人身份卑微,无法自主婚姻而已。自项元汴《蕉窗杂录》始,创作者对一笑追舟、佳人赏俊的情节描写多定格在秋香的"一笑"上,婚前并未有所接触,直至婚后秋香才明白唐伯虎的真实身份。在"一笑"系列其他文本中,尽管也有对她傍舟一笑的场景描写,但是婚后她对改扮身份的康宣未能辨识,更谈不上欣赏喜爱了,仅仅是听从家主及其命运的安排而已。由此可见,"点秋香"故事"三笑"系列作品中,尽管秋香的描写更加丰满生动,但是不识眼前真正的唐伯虎,失去了傍舟"一笑"中秋香的聪慧与洞见。在所有"点秋香"故事文本中,此剧中的秋香算得上最为可爱,她慧眼识俊、聪明伶俐,对待突如其来的爱情充满了惊喜与无奈。傍舟"一笑"中,她欣赏风流才子的诗酒豪情、傲视群伦,然而这种赏识也限于唐伯虎身处的客观环境。《巧缘》一出中,当她与化名康宣的唐伯虎二次重逢,于唐伯虎的奴仆装扮中仍能赏识才子的俊雅风流,才是真正的慧眼独具。

与秋香不断丰富详赡的描写相比,"点秋香"故事"一笑"系列文本对于唐伯虎的描写一直无太多变化,与《明史·文苑传》的疏略记载并无出入。文本中唐伯虎、祝枝山等风流才子的形象与同时期才子佳人类作品中的才子形象相互契合,体现了明末清初时期风流才子的广泛化趋势。在第一出《开场》中,作者以互文形式概括了整个剧情:

> 京兆诗狂,解元酒癖,旗鼓相当。冒风雪、踏歌行乞,兆动红妆。金阊门外,凭窗一笑,暗逗情肠;藏名姓,屈身潭府,故将巧计求凰。祝子查梨乔卖,赚归金钗,激怒松堂;两名公,斧柯硬执,大闹维扬。出奇玩世四才子,一样行藏。文星现,一时千载,借氍毹,敷演当场。

在第二出《邀赏》中,唐伯虎上场的自报家门与卓人月《花舫缘》杂剧略同,涉及唐、祝二人关于"风流才子"的讨论:

> (生)人生天地间,不害几日相(想)思病,等不得个情种;不害风魔病,等不得个才子。是了,你我之才是同病相连。
> (小)是则是矣,据小弟想来自古奇才奇遇,往往相同。我辈浪迹虚名,没有一桩(庄)风流胜事,他日续艳编捋何事以实之?不知吾兄亦有此意否?
> (生)情之所钟(种),正在我辈。子真好色者,而适不我值,为之奈何?

此段对话是对后来唐、祝二人一系列行为动机的阐释,还可以看作当时社会对风流才子的普遍认识。戏曲家不仅借唐伯虎之口宣称"风流才子"的内涵,还借祝枝山之口点明此剧的主题即"奇才奇遇""风流胜事"。朱素臣对才子的认识不仅是对剧中四位风流才子行为动机的思考,也适用于自古以来尤其是明末清初流行的才子佳人类小说、戏曲作品中关于风流才子的演绎。

清初朱素臣《文星现》传奇外,亦有清代无名氏《三笑姻缘》传奇。[①] 剧演明唐寅易服为佣,赚取华家婢秋香,以及周文彬乔装为女,巧遇王月娥事。末出尾声云:"文星翻出新编稿,曲尽男女情调,只是三啸姻缘情意高。"[②] 可知此剧据朱素臣《文星现》传奇改编,唯将祝允明、

[①] 清代无名氏《三笑姻缘》传奇有清乾隆间梨园传抄本与清抄本,二本皆藏中国艺术研究院戏曲研究所资料室。据李修生主编《古本戏曲剧目提要》所述此剧内容,与《笑中缘》弹词颇为相近,南中昆班常演十八出,其中《试灯》《乔装》诸出为周文彬事,往往标名《天缘合》单独演出,又名《王老虎抢亲》。李修生:《古本戏曲剧目提要》,文化艺术出版社1997年版,第631页。

[②] 齐森华、陈多、叶长海:《中国曲学大辞典》,浙江教育出版社1997年版,第545页。

何韵仙一段删去，另增入周文彬事，与《笑中缘》弹词内容相合。

总之，"点秋香"故事自明嘉靖年间《蕉窗杂录》《泾林杂记》《泾林续记》杂录笔记始，引起士人的关注，后经晚明冯梦龙在《古今谭概》《情史》《雅谑》中的记述整理，这些文本记载仅限于对唐伯虎追欢猎艳的过程进行再现。直至冯梦龙在话本小说《唐解元一笑姻缘》中的精心加工，才使"知己之爱"的主题凸显，故事得以广泛流传。明末，孟称舜、卓人月与史槃前后对这一题材进行杂剧创作，清初朱素臣又将此事谱为《文星现》传奇。不同戏曲家的参与，使故事的解读呈现不同的主题，使这一故事"名士风流"的主题呈现的文化内涵越来越丰富。

就其叙事个性及风格来说，尽管"一笑"系列作品多以通俗文体进行演绎，但其文体特征并未限制外在表现形式的典雅精致，因此内容上都浸染了文人的丰韵与趣味。这些文人在儒家思想的文化语境中，受到史传文学的历史性叙事模式的影响，虽为虚拟性的故事创作，但主要根据笔记稗乘中关于唐伯虎生平轶事的记载。早期文本《蕉窗杂录》《泾林杂记》《泾林续记》的记载都是杂录笔记；在"一笑"系列作品中，冯梦龙的《唐解元一笑姻缘》中记述的方志黔落、曹凤荐才二事，皆出自阎秀卿《吴郡二科志》①；卓人月《花舫缘》杂剧述及娄东女子私通被杀之事，出自《锡山孙寄生谈》南都某指挥使女之事②；朱素臣《文星现》传奇皆事有所据，"盖吴中谈唐、祝事籍籍，真伪各半，作记者取而合演之，以供耳目之玩，故不尽核实也"③。不同文本之间的情节相互承衍，都将唐伯

---

① （明）唐寅：《唐伯虎全集》（《唐伯虎轶事》卷一），中国书店1985年影印版，第7页。
② （明）唐寅：《唐伯虎全集》（《唐伯虎轶事》卷二），中国书店1985年影印版，第6页。
③ 清代焦循《剧说》云："朱素臣《文星现》传奇中事，多有据，唱莲花落、乞酒，本《尧山堂外纪》；挟伎调文衡山，本《说圃识余》；佣书宦家，本《蕉窗杂录》。"除焦循所述之外，传奇中搬演乔装道士渴盐运使一事，见于明人张应俞《杜骗新书》十三类《诗词骗》"伪装道士骗盐使"条，"按唐伯虎、祝希哲，皆海内一时名家也，但以不得志于时，遂纵于声色。青楼酒肆中，无不闻其名。然非口若悬河，才高倚马，何以能倾动使院？此之骗，可谓骗之善矣。独计当今冠进贤而坐虎皮者，咸思削民脂以润私囊，敛众怨以肥身家，其所以骗民者何如！乃一旦反为唐、祝所骗，亦可为贪墨者一儆，但其知而不究，亦可谓有怜才之心者矣！"朱素臣运用唐伯虎此则逸事，用以揭露晚明清初盐政及其吏制的腐败现实，不失为一种发泄。《曲海总目提要》上册卷二十《文星现》条，天津古籍书店1992年影印版；中国戏曲研究院：《中国古典戏曲论著集成》，中国戏剧出版社1959年版，第128页；刘世德、陈庆浩、石昌渝：《古本小说丛刊》第三五辑，中华书局1991年版，第1275—1280页。

虎"一笑追舟"作为故事的关键情节。集体创作的特殊性尽管使这一故事的虚构生成展现出复杂的动态过程,然而在最初文本中"一笑追舟"情节已建构了"名士风流"的主题,各个作品之间的距离构成了"点秋香"故事中底层民众复杂多样的精神面貌。

第三节 主题重释的叙事演绎

在话本小说、戏曲中,历代相传的故事相对来说更加惹人注目。这类被集体认同的可重复的故事属于我们整个民族的文化遗产,反映了底层民众在古代社会强权压力下的抵抗压迫、追求精神自由的方式,我们往往把这类故事称为集体共享型故事。这类故事最大的特点是具备重述的特性,重述不是简单的复述,而是重释性的讲述。不同时代各个阶层的人们在重释家喻户晓、妇孺皆知的故事时,从个人的生存困惑、抵抗逆境的体验出发重新阐释故事的主题,然后用具象化的故事来丰富、补充整个民族的生存经验。因此,从叙事学的角度,这类集体共享型故事一再被重释,探讨同一故事不同文本主题的要义就具有重要的价值。下面以"点秋香"与"白罗衫"两个故事中的主题为例,探讨主题重释的不同叙事演绎。

一 失意文人的心声——孟称舜《花前一笑》与卓人月《花舫缘》对"点秋香"故事主题的演绎[①]

如前所述,一直被文人赏玩与百姓喜爱的"点秋香"故事,其形成是一个复杂的过程[②]。故事的基本框架最初见于《蕉窗杂录》,虽然情节简略,但已对"点秋香"故事中一笑追舟、佳人赏俊的关键情节多有描述;与之同时流行的《泾林杂记》以千余字的篇幅展开唐伯虎茅山进香遇美、追踪投靠、谋娶逃归的情节;此后的《泾林续记》讲述华学士阊门相认的细节。明末"点秋香"故事盛行后不久,三部杂剧相继应运而生,分别为孟称舜《花前一笑》、卓人月《花舫缘》、史槃《苏台奇遘》

[①] 文中所引《花前一笑》杂剧,据朱颖辉辑校《孟称舜集》,中华书局2005年版;所引《花舫缘》杂剧,据明人沈泰辑《盛明杂剧三十种》,中国书店影印武进董氏刻本。

[②] 探讨"点秋香"故事的原委及其演变过程的文章已有不少,华东师范大学马宇辉博士后工作报告《"唐伯虎点秋香"考论》对"点秋香"故事的演变过程做了深入的分析,故此处对"点秋香"故事的演变不再做出详解。

杂剧（已佚），明代祁彪佳认为孟作在先，有传世之功；卓人月实为改编孟作①。然卓人月之作又超越了孟氏之作②，史槃亦是受孟作启发③，三剧的创作几乎同步④。故事被同一时代的三个文人重释，他们在阐释故事主题时总会或多或少以个人的人生体验为背景。

  孟称舜《花前一笑》一剧虽创作于早年，但孟氏自幼受家学影响，深受儒学的熏陶，秉持传统文人的价值观念与思想方式，"品方正孤介，不肯与俗伍，不肯以私阿，力以励风俗、兴教化为己任"⑤。因此孟氏不能接受名闻遐迩的文人去追求身份卑微的婢女的细节，甚至于唐伯虎公然入府卖身为奴，令文人颜面扫地，于是有意提高了男女主角的身份

---

  ① 《花前一笑》北五折："唐子畏以佣书得沈素香，此正是才子无聊之极，故作有情痴。然非子若传之，已与吴宫花草同烟销矣。此剧结胎于〈西厢〉，得气于〈牡丹亭〉，故触目俱是俊语。"《花舫缘》北四折"此即子若传唐子畏原本，易佣书为奴，易养女为婢。调中别出佳句，欲与孟剧较胜，而丰韵正自不减；乃其叶调之严整，更过于孟；而用韵少雅，则二剧同之。"《苏台奇遘》北六折"叔考见孟子若有伯虎剧，遂奋笔为之，直欲压倒元、白耳。北调六出始此。"（明）祁彪佳：《远山堂剧品》，见中国戏曲研究院编《中国古典戏曲论著集成》，中国戏剧出版社 1959 年版，第 171、173、166 页。

  ② 《盛明杂剧》楔子中，徐翩眉批云："向见子若制唐伯虎《花前一笑》杂剧，易奴为傭书，易婢为养女，十分回护，反失英雄本色。珂月戏为改正，觉后来者居上。"（明）沈泰：《盛明杂剧三十种》，中国书店影印武进董氏刻本，总评。

  ③ 史槃《苏台奇遘》与卓剧无法考其前后次序，亦受孟剧启发。史槃《苏台奇遘》一剧，《远山堂剧品》著录此剧简名，《祁氏读书楼书目》、《鸣野山房书目》著录作《苏台集游》，今无传本，无法考察。

  ④ 据孟称舜友人马权奇为其《二胥记》传奇题词："往云子有《桃》、《花》两剧，道闺房宛娈之情，委曲深至。余友倪鸿宝称为我朝填辞第一手，至比之《国风》之遗，而老生凤儒则又訾之。云子因作《残唐再创》辞以解其嘲。"孟称舜因创作《桃花人面》（后经修改，易名为《桃源三访》）、《花前一笑》二部爱情题材剧受到乡间的道学先生呵斥，随后他便撰作《英雄成败》（后经修改，易名为《残唐再创》）一剧用以解嘲。据马权奇《郑节度残唐再创》总评："此剧作于魏监正炽之时，人俱为危之。"魏忠贤擅朝于明天启年间（1621—1627），此剧应该作于（1621—1627）年间或稍后，而孟氏《桃花人面》《花前一笑》应该作于天启年间完成的《残唐再创》之前。另据今人邓长风《明清戏曲家考略》考证卓人月生于明万历三十四年丙午（1606），卒于明崇祯九年丙子（1636），而卓剧《花舫缘》今存《盛明杂剧》本最早刊于明崇祯二年（1629），可见此剧作于 1629 年之前。因此，孟剧《花前一笑》应作于崇祯时期（1621—1627），卓剧《花舫缘》作于崇祯年间（1621—1629）。（明）孟称舜：《孟称舜集》，朱颖辉辑校，中华书局 2005 年版，第 619—625 页。

  ⑤ 朱颖辉：《孟称舜集》，中华书局 2005 年版，第 595 页。

地位。

孟剧之前，女主角名为秋香，身份为宦府青衣，为了附和历史上唐伯虎的夫人沈氏之名①，将此剧女主角之名改为沈素香，即为沈公佐的养女。尽管素香身世可怜，幼年丧父又寄人篱下，未被二位公子及寄养人家所看重，可她毕竟是一位养女，养女的身份地位虽不比亲生，但也比丫环之类婢女的地位要高。唐伯虎在该剧中也不再卖身为奴，而为佣书。卓人月友人徐野君第二出眉批中评《花舫缘》一剧："文君自媒是千古第一嫁法，伯虎自鬻是千古第一娶法。"② 可在孟氏这样固守儒家文化传统的文人看来，唐伯虎卖身为奴有辱文人的斯文，于是便将其身份改为佣书。对底层百姓而言，却很乐意欣赏风流名士为追求婢女而卖身为奴的故事，身份卑微的婢女能得到上层社会中一位大名鼎鼎的名士的关注，甚至亲力亲为，不惜辱没自己的身份地位，这样的关注与追求本身就会受到来自底层民众内心的认同与喜爱。

明代祁彪佳在评论孟氏此剧时言："唐子畏以佣书得沈素香，此正是才子无聊之极，故作有情痴。"祁氏此言可谓精辟，此剧虽着意描摹了"点秋香"故事中女子于平庸中辨识英雄之慧眼的场景，但并未脱才子佳人故事的窠臼，如第四折中丫环梅香奉二位公子之命，对沈素香讲明她与唐伯虎之婚事时，问道："那生是个佣书，一世不能发迹的，有甚好处呵？"素香唱道：

【寄生草】他是个英雄辈，受困时，赋无鱼弹铗的齐冯氏，刘荒园避难的田王氏，觅封侯投笔的穷班氏。今日个虽则是随声奔走画堂前，有日个看花踏遍章台市。（第四折）

---

① 唐伯虎早年曾娶徐氏，见于《唐伯虎全集》卷六《徐廷瑞妻吴孺人墓志铭》，"女三，长适叶晖，次适寅，次适张铭"，可见唐寅娶的是徐廷瑞的第二个女儿。唐伯虎娶沈氏见于《唐伯虎全集》卷五《与文徵明书》云："配徐继沈，生一女，许王氏国士履吉之子。"然而，在沈氏之前，唐伯虎还有一位妻子，虽未被言明，但唐伯虎在《与文徵明书》中言"夫妻反目"，已见端倪，尤侗《明史拟稿》云："尝缘故去其妻"，可见是因为继室不贤，夫妻不和，被唐伯虎休逐的缘故，所以祝允明《唐伯虎墓志铭》不予提及，这也是撰写墓志铭的惯例。（明）唐寅：《唐伯虎全集》，中国书店1985年影印版，第6页。

② （明）沈泰：《盛明杂剧三十种》，中国书店影印武进董氏刻本。

孟作中的素香与此剧之前流传的侍女"秋香"迥然不同，素香的"慧眼"只是认准了唐伯虎只是一时之受困，"今日个虽则是随声奔走画堂前，有日个看花踏遍章台市"。素香抱着"日后必然大贵"的心态与她在婚夕中的对话格格不入：

> （生）子昔顾我，不能忘情，故来此耳。（旦）妾昔见诸少年拥君，出素扇求书画，君挥翰如流，且欢乎浮白，旁若无人，睨视吾舟，妾知君非凡士也，乃一笑耳。（第四折）

这段对白与《蕉窗杂录》所记"婚夕"对话几乎完全相同，然而孟称舜对素香的人物设定并不成功，人物的言行缺乏连贯性与统一性，使妙趣横生的"点秋香"故事落入了才子佳人的俗套。唐伯虎也俨然成为孟称舜之流的失意文人的化身，在与素香顺利成婚之后，被突然归来的主人沈公佐打散。直到文徵明、祝枝山的到来，唐伯虎以仆从身份服侍待客，才被二人认出，得以夫妻团圆，其结局实与才子佳人故事中以"金榜题名"打破僵局实现夫妻团圆的模式一样，与"名士风流"的主题严重不符。只有当这些风流名士追求爱情时背礼反俗、率性而行、大胆追求幸福，才能满足市井细民的心理预期和失意文人的向往之意。

孟称舜之后，卓人月以孟氏原作为蓝本，创作了北四折杂剧《花舫缘》。卓剧诞生时，正值"点秋香"故事创作的热点，不仅有孟剧《花前一笑》、史剧《苏台奇遘》，亦有冯梦龙创作的文言小说及拟话本小说《警世通言》之《唐解元一笑姻缘》。① 卓剧以孟氏原作为蓝本，故时人与后人多将二剧予以比较。卓氏自序亦云："友人有〈唐解元〉杂剧，易奴

---

① 《警世通言》最早刊行于明天启四年（1624），而孟剧《花前一笑》作于（1621—1627年）之前，卓剧《花舫缘》作于（1621—1629年）间，史槃剧虽未存世，但据孟剧改编，也应作于同时。另外，传说明末王百谷改编《三笑缘》弹词也应在此际，《小说博览会》第一集戚饭牛《〈三笑姻缘〉旧小说考证》云："明末王百谷先生，戏改《三笑姻缘》弹词，惜世无刊本。兹中华图书集成公司得孤松阁手抄王氏原改本，纸页灰败，主人嘱予补缀成卷。"清宣统年间本《小说博览会》为阿英所藏，戚文未见，此据《弹词考证》第二章《三笑姻缘》六所引用。赵景深：《弹词考证》，周谷城主编《民国丛书》第三编，上海书店1991年版（据商务印书馆1939年版影印），第6页。

为佣书,易婢为养女,余以为反失英雄本色,戏为改正。"① 后人据此皆云此剧远超孟剧之上②。卓氏及祁彪佳等人指出的"易佣书为奴,易养女为婢",男女主人公身份的变更增加了唐伯虎屈身追求的难度,不仅加强了该剧的戏剧性效果,还使名士风流的主题更加突出。

此剧结局与孟剧相比,略有不同,云双方成亲后,唐即离开沈家,临行留下书信,沈归家见书方知情由,遂送女上门谢罪,至江上与唐、文、祝诸人会合。祝枝山对唐伯虎谑言:"想你当初从金阊舟上得个采头儿,今日又在大江舟上完聚,直恁的与舟上有缘哩。"(第四折)结局不仅说明了《花舫缘》剧名之由来,同时亦将唐伯虎的面目改换。他已经完全抛弃孟剧中失意文人的懦弱与被动,尽管仍有失意文人的愤懑抒怀、闲愁万种,但却处处洋溢着潇洒不羁、风流倜傥的才子风采。

卓剧中唱词道白化用历史上唐伯虎的诗词作品颇多,但卓人月并没有大量罗列原诗,而是化成了该剧的道具,如题画的《姑苏台》诗、下场词,以及代二位公子所作《春闺》《秋闺》二词等,使戏剧结构更为严谨紧凑。剧中,卓剧还多次化用历史上唐伯虎的名诗名句填词作曲,自浇胸中之块垒。

剧作家对女主人公申慵来的描写也更胜一筹,她身世堪怜,因生活百计萧条,被父鬻为沈家之婢,却能于尘埃中慧眼识名士,毫无嫁与名门富婿的深谋远虑,而是表现出对才色双宜的爱情的期待:

【六幺序】笑世上婚新贵,嫁富儿,据着他一段丰姿满腹才思,煞强似倚大家私,再休说拣名门一例相随,还只怕今生薄福无滋味,枉思量才色双宜,若能勾茑萝松柏相缘缀,有心待翻书赌茗,举案齐眉。(第三折)

---

① 卓氏此语后被清焦循《剧说》卷三所引。中国戏曲研究院:《中国古典戏曲论著集成》,中国戏剧出版社1959年版,第129页。

② 学界一般认为卓剧胜于孟剧,徐朔方在《晚明曲家年谱》之《孟称舜行实系年》中认为:"就唐伯虎而论,佣书和家奴区别不大;少女由丫环改为养女,身份确实不同。徐翻认为这是倒退,不无道理,但他没有看出作者的苦心:其一,养女而同佣书结合,比丫环同他结合,对门当户对的封建婚姻制度具有更大的冲击;其二,由于身份改变,使得少女的心理描写,就当时的剧作家来说,比较容易着手。"徐子方在《明杂剧研究》云祁彪佳《远山堂剧品》对《花舫缘》一剧评论公允,而对其关于《盛明杂剧》眉批与清人姚燮《今乐考证》所引徐野君翻语皆以为"后来者居上"的观点不予赞同,认为卓剧远超孟剧之上,难免有过情之论,具体原因未有详论。我们并不欲评孟剧、卓剧之优劣,仅关注两剧在渗透与改编时主题的互动研究。徐朔方:《晚明曲家年谱》,浙江古籍出版社1993年版,第541页;徐子方:《明杂剧研究》,台湾文津出版社1998年版,第382页。

与孟作一样,"婚夕"对话沿袭《蕉窗杂录》而来,然而该剧申慵来的表现却有浓厚的自夸色彩。与唐伯虎言明事实的真相后,申慵来言:"你在此半载,俺主人空做个戴乌纱的相公,反不如我这着青衣的侍女,会识人物,可不羞死了他。"卓人月还借她之口评论道:

【青哥儿】方信道尘埃,尘埃识士。对傍人怎生,怎生传示。看野鹤翩翩混鹭鸶,龙子依稀,鱼队焉知?鸿鹄真奇,燕雀空痴。有眼难欺,只笑那世间人,冷如灰昏如眯。(第三折)

卓氏笔下的女主人公更像是一个顾影自怜的失意文人的写照,言行中不时透露着讽世砭时的意味。此段细节后为朱素臣《文星现》传奇沿袭。

卓剧与孟剧中题材的采用基本相同,然而个人人生体验的不同,对"点秋香"故事中"名士风流"主题的解读也呈现出不同的含义,导致男女主人公性格及行动的差异。与孟剧相比,卓人月以特定的人生体验为背景,通对唐伯虎、申慵来行为的合理展现,使他对主题的阐释更加符合故事中"名士风流"的设定。另外,卓剧《花舫缘》在"点秋香"的故事题材上加以丰富,如两位公子形象的塑造,点评众婢等情节都成为后世"点秋香"故事中最具戏剧性的场景,一直被后世创作者沿用与发挥。

二 因果报应及善恶观的弘扬——唐宋时期的五篇传奇小说对"白罗衫"故事主题的重释

与"点秋香"故事相比,"白罗衫"故事的声名并不显著。① 可大众

---

① 刘守华在《中国民间故事类型研究》中,把"白罗衫"的故事定为960B型,即"夺妻败露型"故事的亚型。在这类故事的各种变异文本中,都有"白罗衫"(贴身汗衫)的母题,作为日后母子或祖孙相认的凭证,因此这一道具在整个故事中显得极为重要。我们从母题的角度出发,将此类故事定为"白罗衫"故事。内容为某夫妻同行,中途夫遇害,凶犯逼婚,娶死者妻。其时此夫妻已有一子,尚幼。此子长大后,偶遇祖母,祖母见其酷似己子,赠一衣衫,为其子遗物。此子穿衣衫回家,其母认得此衫(有烧痕或血污特征),说出当年真相。此子告官,将凶手正法(或直接由子手刃凶手复仇)。这个故事类型与丁乃通《中国民间故事类型索引》"白罗衫"故事定为960B1型"儿子长大后才能报仇"类似。[美]丁乃通:《中国民间故事类型索引》,中国民间文艺出版社1986年版,第313页;刘守华:《中国民间故事类型研究》,华中师范大学出版社2002年版,第685页。

对于小说《西游记》中唐僧身世之事，非常熟悉亲切。这类受害者之子向养父复仇的故事广泛存在各种形式的叙事作品之中，如戏剧舞台上至今活跃的赵氏孤儿、狸猫换太子、双枪陆文龙等，还有小说《三侠五义》中的倪继祖事等不可胜数。

故事在民间社会中广泛流传，其渊源最初是一个真实案例，后来经过人们口头讲述过程中的不断加工修饰，构成一个情节结构十分完整曲折的民间故事。① "白罗衫"故事讲述混合善恶观与因果报应学说的主题，即凶犯杀人夺妻之后，十数年平安无事，恶人占了绝对的优势。由于一个契机，受害者之子见到了风烛残年的祖母，受害者之子得知身世之谜，使20年前的冤仇终于得报，正应对了"善恶到头终有报，只争来早与来迟"这句训诫之语。然而近二十年的冤案，实施复仇并非一帆风顺，必须借助于一些偶遇或奇迹，如受害者之子远行偶遇祖母，便成为身世之谜揭开的前提。于是在"白罗衫"故事的所有叙事文本中，创作者对于偶然性情节的运用与发挥都达到了极致。否则，如此曲折复杂的复仇便难以顺利实施，善良的人只能继续忍受冤屈，而凶犯却能逍遥法外。因此，这种复杂的冤案需要一些偶然性情节的点缀，故事发生非正常的质变，才能使老百姓心中善恶报应的理想得以弘扬。

目前可见"白罗衫"故事的最早文本出现在晚唐时期，见于《太平广记》"报应类"卷一二一引皇甫氏《原化记·崔尉子》、卷一二二引《乾䐷子·陈义郎》、卷一二八引《闻奇录·李文敏》。② 同一个故事见于晚唐时期三种不同的文献记载，足见"白罗衫"故事的魅力。宋代，《卜起传——从弟害起谋其妻》与《吴季谦改秩》也对"白罗衫"故事进行了重释。③ 由于时代环境、社会心理与创作者的动机、心态等方面存在一

---

① 刘守华：《中国民间故事史》，湖北教育出版社1999年版，第396页。

② 《原化记》的作者皇甫氏，名不详，此书已失传，《太平广记》中存佚文，记事时间最晚到大和中，由此推断作者为晚唐人。《闻奇录》作者不详，《直斋书录解题》言其"不著名氏，当是唐末人"。（宋）陈振孙：《直斋书录解题》，上海古籍出版社1987年版，第319页；（唐）李昉等：《太平广记》（第三册），中华书局1961年版。

③ 北宋时期的《卜起传》，虽已无从考察故事之来源，但文末记有"上其事奏太宗，降旨法德成于楚州"，初步断定依宋代实事写成。将其基本情节与晚唐时期的三个文本比对后，不难发现它是据唐代三篇传奇改编而成，只是没有衣衫作为母题，因此实事之说纯属伪托。（宋）刘斧：《青琐高议》，上海古籍出版社1983年版，第142—143页；（宋）周密：《齐东野语》，中华书局1983年版，第140—141页。

定的差异，使"白罗衫"故事的早期阐释与表达呈现不同的主题内涵。

唐宋时期，"白罗衫"故事的四篇传奇的讲述均处于初级阶段，创作者对于题材的采集使用基本相同，结构也极其相似，故事核心均为受害者之子为父报仇。随着时代环境的变迁、社会心理的变化、审美趣味的差异等主客观因素的影响，使"白罗衫"故事文本在主题内涵、叙事风格上发生了一些差异。就四个文本而言，有六个关键情节：授官赴任、途中遇害、代官（夺财）夺妻、祖孙（母子）偶遇、母诉身世、（儿子）复仇报官。其中，真相揭露后受害者之子实施复仇不仅是"白罗衫"故事的内核，也是创作者倾尽笔力描写的关键情节。

尽管题材的使用与采集相同，然而在控制人物的行动、展现叙事的个性与风格等方面，不同的创作者赋予了一个故事主题不同的叙事学意义。就唐传奇而言，后人多将其与唐诗并举，如南宋的洪迈就指出："大率唐人多工诗，虽小说戏剧，鬼物假托，莫不宛转有思致。"[①] 洪迈此言道出了唐传奇因饱含诗情而鬼物假托、宛转巧妙的特点。唐人尊诗不让于宋人遵道统，在这种风气的影响下，"读唐人传奇，不认真体味诗风极盛时代诗对小说文体的渗透，是很难设想的。六朝志怪多方士气，宋元话本多市井气，唐人传奇与之不相同而显示卓异个性的，就是诗人气"[②]。这种诗人气融会至传奇的创作中，体现为小说家借用怪异之笔来表达难以描写的情感，作品中萦绕着创作者的灵动与才气，凝聚着诗意的想象。

就唐宋时期的四篇传奇而言，情节发展的关捩皆为受害人之子与祖母（主妪）的偶遇，并将衣衫作为证物解开身世之谜，这是复仇计划成功的关键。在《崔尉子》中，崔尉之子"常有一火前引，而不见人。随火而行二十余里，至庄门，扣开以寄宿"。李文敏之子得见主妪也是借助于怪异之笔："及渭南县东，马惊走不可制。"结果受害者之子都被引到了故里得见祖母或主妪，从而揭开了自己的身世之谜。这种相遇看似巧合，其

---

① （宋）洪迈：《容斋随笔》，岳麓书社2006年版，第149页。
② 唐传奇在叙事风格及技巧上有"诗笔"的说法，来源于宋人赵彦卫《云麓漫钞》，谓："唐之举人，先藉当世显人，以姓名达之主司，然后以所业投献，逾数日又投，谓之'温卷'，如《幽怪录》、《传奇》等皆是也。盖此等文备众体，可以见史才、诗笔、议论。"此说一出便得到普遍认可，从而成为了关于唐传奇外在形制的比较权威的说法，与杨义总结的唐传奇的叙事风格——"诗人气"有异曲同工之处。（宋）赵彦卫：《云麓漫钞》卷八，古典文学出版社1957年版，第111页；杨义：《中国古典小说史论》，中国社会科学出版社1995年版，第22页。

实代表着天意和命运的一种安排，偶然事件浸染了必然性的因素。同时，这种冥冥之中神秘力量的介入，也表现了唐人喜以鬼物假托进行传奇创作的诗人化特征，并没有因类似案例的记载而削弱神秘因素的成分，反映了整个社会嗜好志怪述异的心理。在晚唐的另一部传奇《陈义郎》中，作者尽管摒弃了唐人喜好的神秘导入形式，安排祖孙在家乡偶遇，表面上纯属人事之奇的巧合，但是很明显经过了刻意的安排与设计，与《崔尉子》《李文敏》等"祖孙偶遇"的情节也属于同一机趣。这种写法表明晚唐传奇已经开始由奇异向平实蜕变的痕迹，借助人事之奇增加真实感，并不借助神怪描写，而是以情节的曲折来吸引读者。

相对而言，北宋传奇《卜起传》因袭晚唐三篇传奇而作，不但没有"白罗衫"母题的出现，造成情节结构的缺失，而且在"祖孙偶遇"这个关键情节上，作者仅匆匆交代："德成入京，去甚久，一日，其子忽问其父"，与唐人传奇相比显得平实而拙劣。宋传奇"在题材笔墨上模仿唐传奇，而又常常形神皆失，或平实而欠幻丽之趣，或拘束而乏飞动之致，不时透出一股子腐气和呆气"①。这种蹩脚的模仿不仅仅限于"祖孙偶遇"这个场景，并且在"母诉身世""母子结局"以及受害者之子的安排与设计上，也陷入了平实化与道学化的窘境，以求实征信取代了唐人天生的灵性与才气。正如杨义所言：

> 唐传奇是以一点诗心去融合多重文化和文体因素的，一个"诗"字在其间起着消化彼此，贯通神韵的作用。宋人也写传奇，又何尝不想融合多元因素？但它们疏离了诗，过分地以学问、知识、以理念去组合各种成分，终究组而未合，行迹外露，失去不少唐人神采。②

唐代文人心态非常开明，他们试图用寻找诗的心态创作传奇，具有鲜明的主体创造意识，有足够的潇洒与自信，创作时还不时流露出对女子的关怀、同情、怜惜之情，坦率而且真挚，不像宋代理学昌盛后某些道学家那样扭捏躲闪、阴暗伪饰。在三个晚唐文本中，受害者之妻的行

---

① 李剑国：《宋代志怪传奇叙录》，南开大学出版社2000年版，第3页。
② 杨义：《中国古典小说史论》，中国社会科学出版社1995年版，第149页。

为在后世道学家的眼里似乎过于软弱。丈夫被害后，如果不是"祖孙偶遇"，儿子询问身世，她会一直听天由命安做凶犯之妻，不仅表现了唐代开放的婚恋观对于夫死再嫁持非常宽容的态度，而"自周以迄于唐，夫死再嫁纵不视为合于礼制，顾亦不视为奇耻大辱，其轻视再醮之妇，乃自宋以后始甚也"①。也从侧面反映了唐传奇作者对待受害者之妻持宽容与怜惜的态度。

在"母子结局"的安排上，唐人也表现了怜惜与道义混杂的复杂心理，他们有怜惜同情，同时也有诉说道义的责任感，不过最终还是原谅了这位饱受夫死之苦、育子之责的女子，三篇传奇结尾对她的判决均是无罪放还。《崔尉子》中对母亲的判决是"妻以不早自陈，断合从坐，其子哀请而免"。《陈义郎》中儿子手刃养父后被判无罪，"即侍母东归"，根本没有提到母亲受到罪责；《闻奇录》中儿子了解真相后，"乃白官，官乃擒都虞侯絷而诘之，所占一词不谬。乃诛之，而给其物力，令归渭南焉"。甚至没有提及母亲受到牵连或遭到惩罚。至北宋传奇《卜起传》中，创作者对于"母子结局"的处理，表面上亦步亦趋模仿唐《崔尉子》的结局，却又拘执于道德教条的约束，"仍与其子一官。母不先告，连坐，其子诉讼，乃获免焉"。看似赏罚分明，却使小说陷入不合情理的矛盾之中。

此外，四篇传奇在父亲身遭不幸时儿子年龄的设计上亦有所出入，分别为方娠（《崔尉子》）、二岁（《陈义郎》）、五岁（《李文敏》）、七岁（《卜起传》）。前三种为唐传奇的设计，按照常理推断还可以理解，可北宋传奇《卜起传》定为七岁，似乎有些不通情理。按照生活常识判断，不管是古代还是当代，七岁的孩子应记得生父的被害过程。作者如此安排，表现手法是否拙劣姑且不谈，故事的真实性与合理性却大打折扣。

唐宋时期四篇传奇之外，值得关注的"白罗衫"故事文本还有宋代笔记小说《吴季谦改秩》。它与前述四篇传奇有很多不同，在故事题材的运用上，虽以传承为主，但亦有超越的部分。事叙某郡卒江行遇害，凶手威逼死者妻。死者妻要求将自己出生数月的婴儿浮于江中，以求一生。她"以黑漆团合盛此儿，藉以文褓，且置银两片其

---

① 陈顾远：《中国婚姻史》，上海书店1992年影印版，第228页。

旁，使随流去"。十余年后，她在某寺僧房见此黑漆团合，得与亲生儿相认，遂得复仇。祖母的身份虽置换成了亲生母亲，证实血缘关系的罗衫取代了黑漆团合，但基本未脱"白罗衫"故事的题材范围。如此说明，创作者在题材的采集上不拘一格，并对故事进行创造性的发挥与加工。此外，创作者有意强调受害者之妻的复仇意识，面对寇盗进行强有力的反抗，用智谋把婴儿送走，以求顺利实施复仇计划，这些细节描写详赡丰富，人物行动过程也合情合理。其他四篇传奇中，受害者之妻在丈夫死后成为凶犯的妻子，相夫教子，并没有复仇的任何迹象，直至十几年后儿子从祖母处穿着亡夫所遗衣衫归来，她才被迫说出真相。相对而言，人物的行为对于推动事件的发展、凸显主题的要义并无实质性的作用。

　　从叙事学的角度来看，唐宋时期的小说文本处于"白罗衫"故事的初级阶段，以阐述善恶观与因果报应学说的主题为中心，为后世其他叙事作品的重释提供了基本的情节框架。由于不同时代关注重点的差异，创作者应对生存困惑及逆境时的不同策略，最终使五个文本具有了个性化的叙事技巧及风格。诚如鲁迅所言："唐人小说少教训，而宋则多教训……宋时理学盛极一时，因之把小说也多理学化了，以为小说非含有教训，便不足道。"[①] 唐传奇以"诗人化"风格进行创作，不像宋人那样多托旧事缺乏独创、斤斤计较因果劝惩，使创作变得平实化、道学化，而是在涵容神奇幻想与瑰丽诗情的时空境界中驰骋，那种审美意境的开阔深远、审美思维的自由从容是宋人无法模仿的，因此唐传奇比宋人小说增添了绮丽的笔墨和婉妙的意境。

[①] 鲁迅：《中国小说史略》，《鲁迅全集》，人民文学出版社2005年版，第329页。

第四章

话本小说与戏曲叙事人物的互动

叙事作品中，人物、情节与主题构成一个有机的统一体，而人物与情节之间关系尤为密切。现当代，尽管叙事作品中出现过无情节小说，但这些小说"与其说是消灭了人物，不如说是创造了一种新的人物，一种无性格的性格，非人化了的人"①，人物始终无法脱离情节而单独存在。

叙事学范畴内，先后存在过两种对立的人物观：功能性人物观与传统批评中的心理性人物观。前者将人物视为从属于情节或行动的"行动者"或"行动素"，情节是主要的，人物是次要的，人物的作用仅仅在于推动情节的发展；后者将作品中的人物视为具有心理可信性或心理实质的（逼真的）"人"，这种人物观不仅关注人物的心理、动机或性格，也探讨人物所属的（社会）类型、所具有的道德价值和社会意义。②虽然两种人物观的产生都具有一定的片面性，但是都表示出了对人物的关注，只是在人物性质的看法上有所不同。研究中国古代小说戏曲的学者孙楷第也提出了两种人物观：以人丽于事、以事丽于人。

> 人丽于事者，重在事之描写，于故事人物之个性不甚注意（其性情人格，虽有种种色类，要不难于同一时代同一环境中求得之），其所写一以故事之趣味为主。如宋明诸短篇小说，皆是此种。事附于人者，则于铺陈故事之外，尤专心致志为个性之描写。此在短篇中不多见，长篇名著，往往如此。③

---

① 徐岱：《小说叙事学》，商务印书馆2010年版，第154页。
② 申丹：《叙述学与小说文体学研究》，北京大学出版社2007年版，第55、65页。
③ 孙楷第：《沧州集》，中华书局2009年版，第129—130页。

第四章 话本小说与戏曲叙事人物的互动

小说作品中,确实有不少篇目不同程度上偏重于情节或人物,注重人物行动的功能性适合以情节为中心的小说,而注重人物自身特征的心理性适用于人物塑造的小说。我们不能将话本小说中某类文体的作品简单归为某种性质的人物观,需要根据具体作品具体分析。比如冯梦龙的"三言"中,根据人物与情节的关系,可以将其作品分为三种不同的类型。

第一,情节类话本小说。人物只是事件的施动者或被动者,情节是叙述者强调的重心,人物从属于情节,即孙楷第而言的"人丽于事",如《玉堂春落难逢夫》《张廷秀逃生救父》《乔太守乱点鸳鸯谱》《苏知县罗衫再合》《杨八老越国奇逢》等。

第二,人物类话本小说。创作者以表现人物性格为中心,围绕人物设置情节,即孙楷第而言的"事丽于人",如《蒋兴哥重会珍珠衫》《卖油郎独占花魁》《赵太祖千里送京娘》《钝秀才一朝交泰》《老门生三世报恩》等。①

第三,戏剧性话本小说。叙述者将人物性格特质与情节发展的过程适当融合,人物与情节之间的脱节消失,如《杜十娘怒沉百宝箱》《王安石三难苏学士》等少数篇什。②

对于戏曲而言,戏曲家重释故事时必须遵循舞台表演艺术规范,不可能像话本小说一样以情节或人物为中心进行叙述,需将人物塑造糅合于情节发展的过程之中,用以表现人物的感情心理,凸显人物的性格特征。话本小说与戏曲叙事人物的互动中,创作者的动机心态、时代的审美风尚、不同文体所具有的特殊性与差异性等因素会影响创作者对叙事人物的处理。下面以不同性质的话本小说与戏曲叙事的互动为例简单说明叙事人物的互动与演变。

首先,就"人物"类话本小说而言,故事中血肉丰满与生动立体的

---

① 严格说来,这类小说并不同于西方批评学者所言的人物小说(持"心理性"人物观的批评家所研究的19世纪小说和现代心理小说),但它们又不同于单纯的情节小说。从创作者的目的出发,情节是为人物设置,人物占主导地位,情节处于从属地位。为了与情节类话本小说相对应,我们称这类敷演故事之外而致力于人物心理描写的话本小说为人物类话本小说。

② 英国学者爱·缪尔认为,这类小说中人物不是构成情节的一个部分,情节也不仅是围绕着人物的一种大致的构思。相反,二者不可分地糅合在一起。人物既定的素质可以决定情节,而情节反转来又逐渐改变人物,因此一切都朝着一个结局进行。[英]爱·缪尔:《小说结构》,见于方土人、罗婉华译《小说美学经典三种》,上海文艺出版社1990年版,第362页。

人物已通过话本小说的流播被大众认可与接受，戏曲家一般会根据读者的接受程度对人物进行适度改编。一般来说，戏曲家对主要人物及其性格的改动不大，只在叙事情节上有所增减，以便符合戏曲演出的要求。如李玉《占花魁》传奇据《醒世恒言》卷二《卖油郎独占花魁》改编，男女主人公秦重与莘瑶琴的形象前后虽并无变化，但李玉着意凸显了人物的性格特征，将人物塑造与情节演进充分融合。

其次，戏剧性话本小说的编撰者已然将人物性格特质与情节发展的过程完美糅合，并获得了读者的肯定与赞许，因此戏曲家对其中的情节与人物无法做较大的改动，如清初夏秉衡《八宝箱》、梅窗主人《百宝箱》传奇均据《警世通言》第三十二卷《杜十娘怒沉百宝箱》改编，改编后传奇的基本情节与人物形象基本未做修改，只是主题稍有变更。

关于话本小说与戏曲的人物形象，我们不再做详细的探讨，而是着重分析在时代风尚、创作者动机以及文体制约等主客观因素的影响下，创作者通过操控情节、设计主题而实现话本小说与戏曲之间叙事人物的互动与演变。

第一节　叙事人物的互动与演变

根据叙事人物与情节的辩证关系，我们将话本小说分为情节类、人物类、戏剧类三类。其中情节类话本小说的改编能凸显叙事的主题、技巧及风格，因此戏曲家发挥的空间相对较大。这类小说的故事虽有声有色，亦为广大民众所熟知，但是创作者过于强调以情节为重心，使人物从属于情节，导致人物形象并不丰满立体，有待戏曲家进一步加工与整理。下面以凌濛初《初刻拍案惊奇》卷十二《陶家翁大雨留宾　蒋震卿片言得妇》与卷一《转运汉遇巧洞庭红　波斯胡指破鼍龙》两篇情节类话本小说演绎而成的《快活三》传奇为例，考察话本小说至戏曲叙事的互动过程中，戏曲家如何实现叙事人物的沿袭与演变。

一　叙事人物的互动——以《快活三》传奇中的陶莺儿、蒋珍为例

明末清初张大复《快活三》传奇叙书生蒋珍无意功名，随友经商。遇雨至拗陶翁家门前暂避，巧遇陶翁女莺儿逃婚出走，二人于雨夜结伴而

行,遂为夫妻。后遭兵乱夫妻失散,蒋珍出海贸易,因船于海中沉没,流落邱慈国,竟以一桶橄榄出售致富,国王亦复挈珍朝贡。归国后,官至扬州太守,跨鹤寻妻,合家团聚。剧以蒋珍无意得妇、既富且贵、快活之事凡三而得名。① 其中蒋珍得妇事见《初刻拍案惊奇》卷十二《陶家翁大雨留宾 蒋震卿片言得妇》,此剧将陶幼芳不满父母将其嫁与盲夫而私奔,改为无奈听从母亲建议去尼庵躲避,并将此篇头回曹女流落妓院事附会为陶莺儿沦落烟花等事。② 蒋珍泛海得巨富之事来源于《初刻拍案惊奇》卷一《转运汉遇巧洞庭红 波斯胡指破鼍龙》,此剧牵合为蒋珍之事,增饰邱慈国挈珍朝贡,蒋珍因此亦得贵。③ 对于男女主人公蒋珍与陶莺儿的形象,戏曲家在改编时除沿袭话本小说的处理外,还根据自己的主观动机对叙事人物做了一些改动。

话本小说中,女主人公陶幼芳为了追求自己的爱情,不满父母将其嫁与盲夫,私下与少年美貌的表亲之子王郎爱恋,并订约一同私奔,行为大胆叛逆。至张大复《快活三》传奇中,戏曲家通过对原作中部分情节的增删,对女主人公陶莺儿的叛逆形象进行了一系列的美化处理。

首先,戏曲家陶莺儿私奔行为的沿袭与改动,凸显陶莺儿谨慎自持的形象。在戏曲中,陶莺儿并不是与人私奔,而是自小许配的梅员外之子害了大麻风症,梅家意欲冲喜迎娶莺儿,可是陶母不肯将女儿嫁去,于是听从外甥李猴儿建议让莺儿暂避尼庵。当母亲提出暂避尼庵的计策后,闺中少女害羞又欲追求幸福的心态表露无遗:"闻言罢,假低头,半带欢颜半带羞。乌鸦喜鹊同声斗,凶吉难分剖。"(第五出)此后经过母亲劝解,勉强听从建议去尼庵暂避;在逃避时,误将李猴儿当作书生蒋珍在雨夜结伴同行,真相大白一直坚持让蒋珍送其归家,"(旦白)养娘,你去对他说,送了我们回去,重重相谢。……养娘,你再对他说(唱)引诱闺中女孩,若声张如何布摆"。(第七出)当蒋珍提出与其结就姻缘,养娘再三劝说,陶莺儿仍谨慎矜持,"百年事百年事,岂可草草就偕"(第七出)。后无计可施,进退两难,才与蒋珍成就夫妻。

张大复重释故事时虽保留了原作中陶莺儿私奔之事,但是改编前后私

---

① 古本戏曲丛刊编委会:《古本戏曲丛刊》三集,文学古籍刊行社1957年版。
② (明)凌濛初:《初刻拍案惊奇》,中华书局2009年版,第118—126页。
③ (明)凌濛初:《初刻拍案惊奇》,中华书局2009年版,第1—14页。

奔的性质有明显的不同。戏曲中的陶莺儿没有私下与恋人订约私奔，而是在未婚夫患病、夫家催逼、母亲劝解的情况下才同意暂避尼庵，误与蒋珍雨夜同行。当蒋珍提出有意与其成婚时，她又坚定回绝："那时无计可守，欲回颜厚，欲前又羞，养娘的话兜兜掇就了凤鸾俦。"（第二十八出）完全不同于话本小说中半推半就的性格。

其次，张大复增饰陶莺儿流落妓院，有意突出其誓死守贞的性格。与蒋珍成就姻缘后，夫妻俩于宁波定居，后遇海寇作乱夫妻分散，养娘被杀，她就萌发了寻死之志："我是孤身女子，当此乱离之际，倘遇不良之人，如何是好？我千休万休，不如死休。"（第十四出）后被蔡老妈拐骗到扬州逼勒为娼，虽"落在烟花市，被人拐骗还立志"（第二十五出）。当蔡老妈逼其接客时，她言道："奴家清白出身，岂肯献笑倚门，如要我作此勾当，（唱）情愿将身死，宁甘玉碎珠沉，岂图全瓦，你更休闲话。"（第十八出）蔡老妈千般劝解，根本动摇不了她的意志，反而加强了她立志守节的决心："听巧语如簧，听巧语如簧，我芳心似石肯此身堕入烟花？（贴白）呀，你不要恼了我的性儿吓。（唱）惹动大虫牙，那其间恐你难招架。（旦）我到此原无别事，惟将身命掩黄沙。"（第十八出）对于陶莺儿的坚持，蔡老妈以棍棒威逼，无奈她只能投水自尽："（唱）身入鸳鸯花囤，肯学名污节损，痛煞煞遭逢狠人，急煎煎飞不出迷魂阵，朝与昏受尽千般恶嘴唇，苟延残喘权时忍。（白）天吓！他若再来相逼我的时节，（唱）少不得此处江流是葬身，双亲双亲那得闻，夫君夫君何处存。"（第二十出）恰巧碰上意图不轨的公公才勉强存活，公公梅得春在得知其被拐的真相后心生惭愧，自告奋勇地为之传递家书。蔡老妈一计不成，又将她痛打一顿并逼其接客，她又起了誓死捍卫贞节之心："奴家一向在此苟延性命，指望还有骨肉团圆之日，如今是不能勾了。（唱）只落得信断爹娘，夫君隔绝。（白）你看这一池碧水倒做了我的尽头路了，我那蒋大颠的丈夫吓，做妻子的今日与你永诀了。（唱）岂教水性浑流咽，还将清白存贞节。（跳水介）"（第二十七出）后被跨鹤寻妻的丈夫所救，阖家团圆。

张大复重释故事时，不仅沿袭了话本小说陶幼芳的性格及形象的描写，还通过对其私奔情节的改动，增饰陶莺儿流落妓院，突出了女主角陶莺儿谨慎自持、坚贞守节的性格特征。此外，在《快活三》传奇中，蒋震卿的形象特征在沿袭的基础上亦有演变。按照剧名的由来，从爱情婚姻与金钱富贵两方面对蒋珍进行剖析。

其一，蒋珍无意得妇之事，凸显了蒋珍的痴情形象。话本小说中，蒋震卿"本是儒家子弟，生来心性倜傥佻达，顽耍戏浪，不拘小节"。他误将陶幼芳主仆二人当作二位同伴，天明后看是两位女子，不问情由"一把将美貌的女子劫住道：'你走那里去？快快跟了我去，倒有商量。若是不从，我同到你家去出首！'"得知陶幼芳私奔的真相后，他大喜道："此乃天缘已定，我言有验。且喜我未曾娶妻，你不要慌张！我同你家去便了。"原作中的蒋震卿虽是一名书生，却俨然市井无赖，一看到美貌女子就意图不轨、放肆威逼，书生修身自持的形象荡然无存。《快活三》传奇中，男主人公蒋珍同样是一位落魄的书生，

> 家住临安古郡，蒋痴是我名姓，姻缘月老贵忙，功名宗师不幸，椿萱一旦凋零，亲友世情莫问，年华捱过三旬，好处一些没分，痴名算到九分，家计年来干净。卑人原名蒋珍，因我一生痴兴甚高，痴名越重。为此满临安的人都叫我是蒋痴，蒋痴我闻之越好甚善，就以蒋痴为名，表字大颠，幼习经史，长成无志。我闲时打开两眼，争看那满临安的人都强似我的咏，又未必如我腹中，为此我痴兴愈高、痴名越重了。（第二出）

戏曲作品中的蒋珍乃是一个"痴兴甚高""痴名越重"的落魄书生，穷困潦倒却也潇洒快活。对于婚姻与富贵之事，一切听天由命。由于天黑一时误将陶莺儿主仆当作故友，天明得知真相后，蒋珍并没有心生歹意，而是对陶莺儿即将嫁与病危之人心生怜悯，提出与之共谐姻缘的主意："你既无婚，我又未娶，想来都是断肠人。（唱）始信姻缘天上来。"他虽有意与莺儿结就婚姻，但并没有逼迫莺儿，在莺儿严词拒绝并提出送其归家的愿望后，他站在莺儿的立场解释道："送是要送你们回去的，只是与你们算计不通。……（生）若送到家中，少不得原要嫁到梅家去，不惟大姐清名有玷。（唱）嫁一个大麻疯的新郎阿呀，其实忒歹。"（第七出）后来在养娘的掇就下，得与莺儿结就姻缘。婚后在宁波，夫妻相待甚欢，因海寇作乱而与莺儿失散，出海贸易以一桶橄榄的契机得到富贵。去扬州上任时，与故友居慕安相逢，得知关于莺儿的消息，他因船行过慢，当下决定将两船财富交予居慕安暂管，自己乘骑先行离开寻妻。正是"维扬此去三千里，不放佳人半步移"（第二十三出）。由此可见，他对莺儿一片痴情，荣华富贵根本无法与

之相提并论。

其二，蒋珍得富贵之事，突出蒋珍不慕富贵的性格特征。话本小说中，陶幼芳主仆二人误将蒋震卿当作王郎，蒋震卿误将陶幼芳二人当作同伴，从墙头得到两个被囊后，蒋震卿嘴里骂二位友人欺心，却暗想："他两个赶着了，包里东西必要均分。趁他们还在后边，我且开囊看看，总是不义之物，落得先藏起他些好的。"然后将黄金重货另包了一囊，钱布之类仍放在被囊里，足以说明蒋震卿乃是贪慕财富的势利之徒。在《快活三》传奇中演绎同样的误认情节，张大复却有意将蒋珍打造为一位不贪不义之财的正人君子。他拿到钱财后道："奇怪者乎？奇怪者乎？你看这个大包儿叫我背了先走，我只道是什么吃得的，东西背在身上硬各各不像吃得的，倒像用得的。吓，这两个贼头也不是人，吃了人家东西，又偷他的物事。（唱）真个是狼心人面口和行愆。"得知真相后，陶莺儿提出要蒋珍送其归家，并以囊中礼帛作为酬劳，可是他严词拒绝："岂不闻廉士不饮嗟来之食，这样东西我也不希罕拿了去。"（第七出）由此可见，蒋珍已被张大复改造成一位洁身自好、不贪财富的落魄文人。得知莺儿消息后，顾不得先去上任，两船财宝也轻易交与故友看管，足见蒋珍重情义、轻富贵、信天命的品格。

张大复《快活三》传奇的改编中，不仅沿袭凌濛初的两篇情节类话本小说中对于男女主人公的形象设置，还通过对情节的删节与改动，对男女主人公的形象进行了美化与提升，有意突出陶莺儿对待爱情谨慎自持、誓死守贞的性格，蒋珍有情有义、不慕富贵的书生形象。

二 叙事人物的演变

由于文体的不同，话本小说与戏曲对叙事人物有不同的要求与规定。演员扮演人物只需按照剧情的要求化妆并登台表演则可，观众无须在大脑里将文字间接转换为艺术形象，就可以直接看到剧中的人物，听到剧中人物的对白、唱词。反之，话本小说作为一种供案头阅读的文学样式，主要以书面文字为传播媒介，人物塑造只能通过文字进行描写，读者阅读后必须通过联想或想象才能将文字转换为艺术形象。因此，话本小说的编撰者可以不必计较场面的冷热进行随意描写，而戏曲家必须考虑一定的舞台效果，需将话本小说的次要人物进行渲染补充，增加人物插科打诨，调节舞台气氛，使叙事人物完成从书面至舞台的转变。

其一，对次要人物的渲染丰富。如《陶家翁大雨留宾 蒋震卿片言得妇》陶幼芳之父"为人梗直忠厚，极是好客尚义认真的人"。因为蒋震卿说话失言，一时气愤不过，所以将蒋震卿关在门内，以至于其女夜间私逃误认蒋震卿。后陶幼芳感念父母年老无靠，夫妻投亲，陶老失女复得，不仅没有嗔怪，反重教蒋震卿夫妇拜天成礼，厚赠妆奁。《快活三》传奇中，张大复继续沿袭了话本小说中陶老尚义、认真的性格，并将其发展成为一位心性执拗、耿直尚义的拗陶翁：

> 老夫姓陶，名靖，字慕名，浙江诸暨人氏，乃静节公之后。老夫因慕祖上遗意，门前也栽五株柳树，只是我平日心性执拗，又好古道行事，为此远近人起我一个浑名，叫我是拗陶翁。（第四出）

未来女婿害了大麻风症，亲家催妆要早日完婚，拗陶翁认为女儿婚事乃命运所注定，无奈夫人终日在耳边絮絮聒聒，恼了他的拗性，因此立定主意坚持要女儿嫁去，反正女儿"左右是他家的人，好也要嫁去，不好也要嫁去"（第四出）。而陶夫人却认为拗陶翁古怪天成，视女儿终身幸福于不顾，她认为娇儿应"拣一个门当户对的人家，决不嫁那大麻疯婿"（第四出）。因此，在女儿嫁与不嫁的问题上，二人产生了严重的冲突。陶翁争执不过，便以女儿读书为名，认为女子应守三从，且姻缘为前生注定，婚嫁之事无法更改，而陶母疼爱女儿，全然不顾三从四德、姻缘前定这些堂而皇之的大道理。在激烈的对峙与冲突中，拗陶翁拗性十足、脾气古怪又恪守礼教的形象更加丰满生动。

在陶母与外甥李猴儿的计划下，女儿私逃，一去音讯全无。当梅得春前来告知女儿被蔡老妈拐骗的消息后，他立即携妻觅女，匆匆赶赴扬州，一路风餐露宿，马不停蹄赶到目的地，却被邻里告知蔡老一家因拐妇人而封锁门庭，心中充满了对女儿的思念与忧伤。后父女相见，得知女儿与蒋大颠私奔成亲，他认为女儿无媒无主，私合私奔，拗性再次爆发而不愿相认："我只道你被人拐骗，指望你立志守节，原来是私奔从人，咳，气死我也。"在他看来，莺儿与蒋珍的结合"一无父母之命，二无媒妁之言，则父母国人皆贱之矣"（第二十八出）。蒋大颠与其进行了激烈争辩，拗陶翁坚持己见不予相认。后蒋珍以其"有金满载着金珠袖，有官腰佩着黄堂绶"的富贵进行利诱，拗陶翁仍不妥协。迫于无奈，蒋珍只得以官家身份进行威逼，使拗陶翁背负上治家不正的罪名，准备实施惩罚，此时拗陶翁才肯低头认下女儿、女婿。剧中,张大复对次要人物陶父耿直忠厚、尚义认真的性格继续渲染补充,使戏曲作品中陶翁的形象立体丰满,执拗固执、古道尚义的性格更加鲜明。

其二,为了舞台演出的需要而增设喜剧人物。话本小说的编撰者可以根据自己的喜好不必计较场面的冷热而随意发挥,而戏曲家必须考虑舞台场面的调剂,往往会增设喜剧性人物进行插科打诨,使观众紧张或悲伤的情绪得以舒缓。如《快活三》传奇中的梅得春即是张大复费心添设的喜剧人物,他荆妻中断,尚未续弦,且有一子。其子幼年与拗陶翁联姻,不料却害了大麻疯症。他本想以冲喜为由,让儿子与陶莺儿完婚,可是陶莺儿在婚前已经私逃,陶家出于无奈以外甥李猴儿来代替新娘,而梅得春老不正经,却喜欢上了这位男扮女装的媳妇,欲加以调戏:

> 当夜头我看个新娘子身材迟重,倒掌得家个,只是个两只脚忒拿勿出,人物也算酌中,咻!只怕我里个男儿无福勿能个受用渠,或者我老老倒有点小缘分也勿可知。(第十一出)

在儿子婚后月余的夜晚,前往媳妇房间欲加以勾引,当李猴儿发现时,他借口说是因为"情怀寂寞,独坐无聊,为爱花香信步到此"。可是李猴儿并未解其意,他只好道出实情:

> 令尊送新娘子来冲喜啰道冲勿好,我里男儿个病越发重哉,我恐防耽误子你个青春,觉道过意勿去了。(唱)你甘受虚名原无实耗,葫芦提那得凤鸾交。(第十一出)

李猴儿实为男子,又不能被其撞破身份,只得拒绝,可是梅得春不能罢休,几番争执之后,终于被他撞破李猴儿男人的身份。对于观众而言,公公调戏媳妇之事本已吸引眼球,加上媳妇由男人装扮,足令场下观众捧腹大笑。在观众为蒋珍与陶莺儿浮萍浪迹的命运担忧后,戏曲家通过梅得春上演了这样一出闹剧,使观众紧张的情绪暂时得以舒缓。此后继续演绎男女主人公因乱离散,陶莺儿流落烟花,几番寻死。而蒋珍出海贸易遭遇风浪,流落邱慈国,因一桶橄榄得到财宝。在一番曲折情节演绎之后,第二十出中,戏曲家又安排梅得春粉墨登场。他本去扬州讨账,可色性萌发,看上了流落扬州且投水未成的莺儿,于是由蔡老妈设计,让他与其假托兄妹,意欲与陶莺儿成就姻缘。当他得知陶莺儿的身世后，立即冰释前嫌，自告奋勇为其传递家书，让家人尽快前来解救。

张大复抓住梅得春为老不尊、好色的性格特征，有意放大其性格中的喜剧因子，调节舞台场面。其实，他在此剧的情节构成中并不算是一个关键性人物，戏曲家却通过这样一个颇具喜剧色彩人物的构建，让他在全剧的第十一出与第二十出粉墨登场，不仅使故事的发展张弛有度，而且有利于场面冷热均衡，足见戏曲家对于舞台效果的苦心经营。

其三，话本小说中有始无终的人物，戏曲家重释故事时需进行加工，"毋令一人无着落，毋令一折不照应"①。话本小说的编撰中，小说家可以根据情节发展的需要对人物随意处理，尤其在一些情节类话本小说中，小说家注重人物行动的功能性，使人物从属于情节，造成作品中存在不少有始无终的人物。戏曲家重释故事时，需对小说中若有若无的人物进行一系列的加工与处理，才能保证叙事结构与叙事线索的严谨与清晰。

《快活三》传奇中蒋珍的旧友汪奇峰、居慕庵，在小说中虽有所提及，但凌濛初对其姓名与结局却没有交代，仅云"乡里两个客商要过江南去贸易，就便搭了伴同行"。三人同游诸暨村，遭遇暴雨，于陶翁门前躲避，蒋震卿因失言得罪陶翁而未被邀请入室，而二客商被款留歇宿，蒋震卿与陶幼芳主仆二人雨夜结伴而走，此后再无关于二客商只言片语的描写。张大复《快活三》传奇中，二人分别叫居慕庵与汪奇峰，以贩柴为生，因往诸暨去讨账买货，故与蒋大颠一别。蒋珍因贪慕诸暨山水甚佳，于是三人同行，蒋珍雨夜将陶莺儿主仆误认为居、汪二人，去往宁波，此后三人分离。后汪奇峰于宁波经商巧遇上街寻求生理的蒋珍，并力荐蒋与其一起前往日本经商，不料途遇风浪，汪奇峰人财皆失，蒋珍富贵皆得。第二十出中，梅得春去扬州讨账时巧遇赶往京中经商的居慕庵，二人分别探得陶莺儿消息，梅前去通知陶家，而居慕庵在京中经商买卖亏损，遇上前往扬州上任的蒋珍，便将莺儿消息告知，后蒋珍跨鹤寻妻才得一家团聚。

此外，《快活三》传奇中莺儿的养娘在原作中也是一位有始无终的人物，小说中名为拾翠，是陶幼芳的服侍丫头，经常为陶幼芳与王郎传递消

---

① （明）王骥德：《曲律》，见《中国古典戏曲论著集成》，中国戏剧出版社1959年版，第137页。

息，助莺儿逃跑，之后便再无交代。《快活三》传奇中，当梅家逼婚，拗陶翁与夫人争执之时，养娘还表达了自己的见解，并助莺儿私逃。在误认蒋珍后，如极力撮合蒋珍与陶莺儿，后因海寇作乱被海寇所杀。

其四，戏曲家为了叙事的需要，还增设话本小说未曾出现的人物，如《快活三》传奇中的李猴儿。张大复为使陶莺儿私逃行为合乎封建社会的道德伦理，有意删汰与改动原作中的情节以美化女主人公的形象。莺儿私逃的意见由李猴儿向舅母提出建议，并由他带领陶莺儿主仆二人暂避尼庵，以躲梅家婚约。不料当晚他酒醉不省人事，陶莺儿误认蒋珍，私逃无信，因此他受到舅父与舅母的责怪。后梅家逼婚，李猴儿无奈只得乔装为女子，嫁去梅家。新婚月余，梅得春调戏，身份暴露，被送去官府，陶、梅两家将责任全加于其身，无脸归家流落至扬州，偶遇前来寻女的拗陶翁夫妇，遂一家团聚。

此外，戏曲家还增设一些佛道人物，他们大多以神仙、高僧、道人等身份出现。这类人物一般出现于作品的开始，预述剧情或宣扬因果报应的观念，操纵与主宰着主人公的命运、故事的结局。如《快活三》传奇第三出中添设蓬莱快活仙以及掌管爵位、财帛、姻缘的三位尊神郭子仪、石季伦、卓文君，正是由众神安排，蒋珍才意外得妇、得富且贵，快活似神仙。

在情节类话本小说与戏曲叙事的互动中，时代的审美风尚、创作者的动机及心态、主题的设计都会导致叙事人物的演变。《快活三》传奇的改编中，张大复不仅沿袭话本小说中男女主人公形象描写，对男女主人公形象进行了美化与加工，还突出陶莺儿忠贞不渝的性格特征，蒋珍重情义、轻富贵、听天命的思想品格。同时，戏曲家也不能忽视戏曲作为一门舞台艺术所具有独特的质的规定性，必须使叙事人物实现从书面至舞台的转变。在具体操作中，张大复不仅将话本小说的次要人物拗陶翁进行渲染补充，使其性格更加鲜明立体，而且增加喜剧性人物梅得春进行插科打诨，以调节舞台气氛。同时，张大复还对话本小说中有始无终的人物加以完善，使每个出场的人物有始有终，如居慕庵、汪奇峰、养娘等人，并增设原作中未曾出现的李猴儿，使戏曲的叙事结构更加完整严谨、叙事线索也趋于清楚明晰。

第二节 人物整合的叙事沿袭

凡是我们民族喜爱的人或事,总有围绕人物或故事本身触动人心的故事内核。故事中原生态的内核一旦形成,就会吸引无数人的附会、追加,导致故事逐渐丰富与完善。故事本身反映了广大民众的集体精神面貌,不同时代的创作者通过故事的重释,表现对历史的认识、生存的困惑、期许与无奈等形象化的思考。这些思考借助叙事主题、叙事人物、叙事情节呈现出来,其中叙事人物承担对底层民众精神状态全方位展示的重任。下面以李白与"白罗衫"两个故事衍生作品的人物为例,探讨叙事人物的互动与沿袭。

一 元杂剧《贬夜郎》中李白形象的整合[①]

李白所在的唐代,早已成为每一位炎黄子孙骄傲与自豪的时代,它的强盛、辉煌、文明、威力远被,翻开了中国历史上最辉煌的一页。在光辉灿烂的盛唐文化中,诗代表了盛唐气象的巅峰。在"诗的唐朝"里[②],李白堪为其中的佼佼者。李白的传奇人生,正如李泽厚在《美的历程》所言:

> 盛唐之音在诗歌上的顶峰当然应推李白,无论从内容或形式,都如此。因为这里不只是一般的青春、边塞、江山、美景,而是笑傲王侯,蔑视世俗,不满现实,指斥人生,饮酒赋诗,纵情欢乐。"天子呼来不上船,自称臣是酒中仙",以及国舅磨墨、力士脱靴的传说故事,都更深刻地反映着前述那整个一代初露头角的知识分子的情感、要求和向往:他们要求突破各种传统的约束和羁勒;他们渴望建功立业,猎取功名富贵,进入社会上层;他们抱负满怀,纵情欢乐,傲岸不驯,恣意反抗。[③]

[①] 该剧全名为《古杭新刊关目的本李太白贬夜郎》,简名为《贬夜郎》。王季思:《全元戏曲》(第二卷),人民文学出版社1990年版。

[②] 闻一多曾言:"一般人爱说唐诗,我却要讲'诗唐',诗唐者,诗的唐朝也。"闻一多:《唐诗杂论》,中华书局2009年版,第228页。

[③] 李泽厚:《美的历程》,天津社会科学院出版社2006年版,第220页。

"诗仙""酒仙""谪仙人"等语汇都是时人与后人对李白独立人格与天赋奇才的形象概括,千百年来,李白的精神深刻影响了中国文人的性格与气质,而李白亦成为傲岸不驯、恣意反抗的典型。附会于李白的传说故事也极多①,可见他还受到广大民众的喜爱与追捧。在众多史学记载与虚构叙事的重释中,尽管不同作品的关注点不同,但是不同的创作者出于对君臣遇合的集体渴望,以及对李白"行道"人生的强烈认同感,多数作品仍以"沉香亭醉赋《清平调》三章"为故事核心进行再创作②,使这一故事储存的集体记忆越来越丰富,进而使李白这个人物成为全面展示底层民众精神状态的人物。

　　经过新、旧《唐书》等史书传记的记载与坐实(见第五章第二节),"沉香亭"之事逐渐被大众认可与信服。晚唐时期,李白的生平逸事已经

---

① 在民间传说中,附会的传说故事很多,如李白出生时其母"梦长庚入怀"、少时逸事、状元及第、沉香亭醉赋《清平调》三章(高力士脱靴、贵妃捧砚等)、腰间有傲骨、海上钓鳌客、李白与郭子仪互救与死生轮回、"从璘"辩、骑驴过华阴、"流夜郎"异说、采石矶捉月而死等,多是根据其生平逸事敷演而来,既有出自野史稗闻的笔记杂录,也有出自史书传记。如《旧唐书·文苑列传》所载李白沉醉殿上,引足令高力士脱靴、月夜乘舟泛游采石江以及衣着宫锦袍之事;《新唐书·文艺列传》亦有其出生时母梦长庚星、御手调羹、沉香亭赋诗、高力士脱靴、杨贵妃阻扰李白仕途、乘舟泛游采石江以及李白与郭子仪互救之事。这些传说故事也分别见载于李阳冰、范传正、刘全白等人为李白所写的诗文集序或墓碑碣文,同时亦见于清人王琦注《李太白全集》。在戏曲艺术中,"李白醉写"之事令人向往;在通行小说中,话本小说《李太白醉草吓蛮书》广泛流行。(清)王琦:《李太白文集》,中华书局1977年版,第1474—1477页。

② 中国古代叙事作品中,以李白与唐玄宗这一对"明主"与"贤臣"的故事进行创作的作品不胜枚举,以唐玄宗礼遇李白之事进行创作的文艺作品比比皆是。就戏曲而论,元代杂剧有郑光祖《李太白醉写〈秦楼月〉》(佚)、无名氏《采石矶李太白捉月》(佚);明代杂剧有无名氏《李太白醉写定夷书》(佚)等;明代传奇有屠隆《彩毫记》(存)、戴子晋《青莲记》(残)、李岳《采石矶》(佚)、雪簑渔隐《沉香亭》(佚)、无名氏《李白宫锦袍记》(佚)、许次纾《合璧记》(残,将李白和杜甫合写一故事)等;清代杂剧也有尤侗《清平调》(存)、张韬《清平调》(存,《续四声猿》之一)、黄之隽《饮中仙》(存,《四才子》之一)、杨潮观《贺兰山谪仙赠带》(存,《吟风阁杂剧》之一)、蒋士铨《采石矶》(存);清代传奇有李玉《采石矶》(佚)。此外,还有大量笔记杂录及小说稗闻,如清代王琦《李太白文集》附录六中载有李白的传说逸事达三十三条之多,以及《警世通言》卷九《李太白醉草吓蛮书》(后被收入流播广泛的《今古奇观》)。李白的传说故事还很多,如推荐孟浩然事见朱有燉《踏雪寻梅》杂剧、成人之美事见元人乔梦符《李太白匹配金钱记》杂剧与清人薛旦《九龙池》传奇、与秦娥订情事见于元人郑光祖《李太白醉写〈秦楼月〉》杂剧、捶碎黄鹤楼事见无名氏《捶碎黄鹤楼》杂剧等。然而这些剧作多数均已佚失,目前仍存的剧本多不是以李白为主角,故不详考。

开始流行于小说稗闻、笔记杂录之间①，李白故事用戏曲的形式进行演绎，始于宋元南戏与元杂剧，宋元南戏有无名氏《李白宫锦袍记》、无名氏《沉香亭》，皆佚；元杂剧有王伯成《李太白贬夜郎》、郑光祖《李白醉写秦楼月》，后者不存。在王伯成《天宝遗事诸宫调》残曲中，还有【南吕·一枝花】《杨妃捧砚》套②。目前仅见元代王伯成《贬夜郎》杂剧，且只有元刊本，科白极简，难知其详，主要描写李白在长安的遭逢和志节。全剧虽仅有四折，但包括了多数的李白传说故事，如李白醉写《和蛮书》、赋《清平调》三章之事（包含御手调羹、贵妃捧砚、力士脱靴等），还有杨贵妃与安禄山的私情、贬谪夜郎、乘舟捉月等，几乎囊括了李白传说故事的全部，与后世李白故事系列作品的情节基本类似。③ 题材以流行的传说故事为主，实质上已经超越了史书传记的记载，对后世李白故事系列作品有着深刻的影响。

戏曲家塑造了一个理想中的李白形象，通过李白仕宦的宠辱沉浮，描摹了他的"谪仙"气质与精神境界，如李白在上场时就言道："曾梦跨白鹤上升。吾非个中人也。"还唱道：

> 【仙吕·点绛唇】鹤梦翱翔，坦然独向、蓬山上。引九曲沧浪，助我杯中况。
>
> 【混江龙】忽地眼皮开放，似一竿风外酒旗忙。不向竹溪翠影，

---

① 唐人段成式《酉阳杂俎》前集卷之十二《语资》、孟棨《本事诗》卷三《李白》、王保定《唐摭言》卷十三《敏捷》等都记录李白传说故事。宋人对李白的奇闻逸事也保持了高涨的热情，沿袭了唐代以来关于李白的记述，并有所补充，如宋代刘斧《青琐高议》后集卷之二《李太白——骑驴入华阴县内》，开始敷演"龙巾拭吐""力士抹靴""贵妃捧砚"等情节；洪迈《容斋随笔》卷第三《李太白》始见李白醉后捉月溺死的情节；《二老堂杂志》卷之五《记太平州牛诸矶》亦有关于李白捉月而死的考证；《野客丛书》卷十八"李白事说者不一"条比勘各家序志碑传对李白事的记载，考证李白被逐的原因为"疑其于醉中曾泄露禁中事机，或者云云，明皇因是竦之。"《酒史·饮酒小传》有关于"草答番书"的简短记载，后来在明代《国色天香》卷之三《快睹争先番书》《快睹争先吓蛮书》中有进一步的补充，此事后为冯梦龙《警世通言》卷九《李谪仙醉草吓蛮书》所本。上述关于李白故事的本事来源及其影响的材料均见于谭正璧编《三言两拍资料》，上海古籍出版社1980年版，第259—266页。

② 《天宝遗事诸宫调》是现存唯一的元人诸宫调作品，惜存残曲。见于《四部丛刊续编》，郭勋辑《雍熙乐府》卷十，上海书店出版社1985年版（据商务印书馆1934年版重印）。

③ 王季思：《全元戏曲》（第二卷），人民文学出版社1999年版，第503—522页。

决恋着花市清香。我舞袖拂开三岛路，醉魂飞上五云乡。甘心致仕，自愿归林，掀扬浩气，浇灌吟怀，不求名，不求利，虽不一箪食，一瓢饮，我比颜回隐迹只争个无深巷。叹人生碌碌，羡尘世苍苍。（第一折）

开场时戏曲家就将李白的身份定位为"非个中人也"，与落入采石江后在龙宫的遭逢相互对应，也为后来仕途的宠辱沉浮埋下伏笔。接下来借两首曲子，勾勒了一个卓然超群、高才奇气的才子形象，兼有藐视功名利禄的豪迈气度，终日与酒为伴。在天子朝堂，他目无一切，直到御手调羹，才醉草《吓蛮书》；贵妃捧砚、力士脱靴，才肯赋《清平调》三首。他也想独善其身、归隐山林，可是朝政的腐败与黑暗却让他有推卸不掉的责任感，因此内心是异常的苦闷与孤独，只能借豪饮酣醉来寻求精神的解脱。

在四折不算庞大的篇幅中，可以发现李白几乎每时每刻都处于醉意朦胧的状态。正如屈原《楚辞·渔父》所言："举世皆浊我独清，众人皆醉我独醒。"① 李白尽管醉酒，但对时局保持着清醒的认知与思考，对朝纲的腐朽和皇帝的昏庸也无能为力。正是因为他的这种清醒，才不容于整个腐败的环境，只能像屈原一样落得被排挤放逐的结局。第一折中，李白初次入宫，就醉眼朦胧，身子趔趄蹒跚，"御手亲调醒酒汤"，而他却在数落酒的好处：

【那吒令】这酒曾散漫却云烟浩荡，这酒曾渺小了风雷势况，这酒曾混沌了乾坤气象。想为人百岁中，得运只有十年旺，待有多少时光。

【鹊踏枝】欲要臣不颠狂，不荒唐。咫尺舞破中原，祸起萧墙。再整理乾坤纪纲，怎时节有个商量。

他虽然嘴里在说酒中之乐，但是句句针对乾坤纲纪，向皇帝暗示对朝政的担忧以及自己的理想抱负，还在癫狂荒唐的言行背后表达着最为清醒的认知：

---

① 《楚辞新注》，聂石樵注，上海古籍出版社1980年版，第166页。

【赚煞】那厮主置定乱宫心，酝酿着瞒天谎。倚仗着强爷壮娘，全不顾白玉阶头纳表章，只信着被窝儿里顿首诚惶。我绕着利名场，佯做个风狂，指点着银瓶索酒尝，尽交谗臣每数量，至尊把我屈央，休想楚三闾肯跳汨罗江。

第二折李白再次被宣召入朝。因"但行处挈榼提壶"，这一次他又喝得酩酊大醉：

【倘秀才】我直吃的芳草展花裀绣褥，直吃的明月掌银台画烛。自有春风醉后扶，怎和那儿女辈，泼无徒，做伴侣。

玄宗可能因为李白作《吓蛮书》及《清平调》的功劳，赐酒赐衣。当他带醉出朝时，预感安禄山将来必反：

忽地兴兵起士卒，大势长驱入帝都。一战功成四海枯，得手如还入宫宇。一就无毒不丈夫，玉殿珠楼尽交付。抵多少烛灭烟销帝业亏，十万里江山共宝物，和那花朵儿浑家做不得主。

第三折李白再次被宣入朝，他仍带酒而来。他本有"掀扬浩气"，欲建功立业，却无处施展过人的才华，故意佯狂"只被宿酒禁持"，被酒"耽搁得半世无成"，又自我表白"非是我一心偏好，只为你满朝皆醉"。意外发现杨贵妃与安禄山的丑事，不禁冷嘲热讽一番，"醉后添悲"，也是为江山社稷徒添忧虑。

第四折中的李白不再豪饮酣醉，受到了奸佞之人的诽谤被休官贬黜，"流落似守汨罗独醒屈原，飘零似泛浮槎没兴张骞"。朝政的黑暗腐朽，使李白的理想与抱负完全落空。梦醒后心灰意冷，最后解缆捉月，落得与屈原一样的悲剧命运。结尾龙宫设宴的处理，也掩盖不了全剧浓重的悲剧氛围。

通过对元杂剧《贬夜郎》中李白形象的解读，发现剧作者一方面有意将李白塑造成一个"举世皆浊我独清，众人皆醉我独醒"的典型形象，"终日与酒为命"，眼看朝纲败坏，纵然拥有一身浩然正气及过人的才华，也难以施展，只能借助豪饮酣醉来尘埋内心的忧虑与孤独。另一方面，戏曲家借助李白的形象，表达了元代失路士人想要建功立业的理想和信念，以及艰难时世中对于统治阶级的抗争和不满。

二　元刊本《公孙合汗衫记》中叙事人物的沿袭

"白罗衫"故事在民间社会中广泛流传，如第三章第三节所述，唐宋时期的创作者对故事的解读都沉迷于叙奇述异的表层，并未挣脱出类似案例的原始形态，而"白罗衫"这样一个蕴含着大众生存体验的故事，当然不会被历史的车轮和层出不穷的文学作品埋没与取代。再则"白罗衫"故事含有丰富的戏剧因子，至元代，它便迅速与这一时代的代表文体——元杂剧结合了。

张国宾《汗衫记》全名《大都新编关目公孙合汗衫记》①，与唐宋传奇、笔记小说所记情节相类，按照主人公携家外出、途中遇害、祖孙偶遇、真相大白、血仇得报等情节线索设计。细节之处略有不同，即死者之母将一件汗衫一分为二，一半自留，一半交给媳妇。后来遇见孙子，将此一半汗衫相赠，孙归，其母合汗衫，才说明真相。另外，戏曲家对"母子结局"的处理亦有特色，唐传奇《崔尉子》通过法律诉讼的方法报官复仇，是最为公平的处理方法，而宋传奇《卜起传》受害者之妻由于没有及时报官还受到"从坐"的责罚。至元杂剧《汗衫记》，受害者之妻李玉娥采取了清醒的复仇态度，等儿子长大后实施复仇。由于元代蒙古族开放自由的婚姻风俗，李玉娥得以在18年后与前夫重整姻缘，不仅没有受到丝毫的惩罚，而且没因失节而受到全家的猜疑与不满。因此，《汗衫记》

---

① 元代张国宾《合汗衫》杂剧有三种版本，《元刊杂剧三十种》本、明代赵琦美《脉望馆钞校古今杂剧》本、明代臧懋循《元曲选》本。我们主要考察"白罗衫"故事在元代的承传与衍变，故以元刊本为主要考查对象。由于元刊本中只有唱词，缺少宾白，为剧情的理解增加了困难。日本学者赤松纪彦认为明代赵琦美所保存的内府本抄本，"保留了到明代仍然可供上演的元杂戏的面貌"，由于赵本中存有大量宾白，剧情完整，因此我们研究亦以明赵琦美《脉望馆钞校杂剧》本为参照。元刊本全名为《大都新编关目公孙合汗衫记》，为行文方便，取用简名《汗衫记》，又称《合衫记》。［日］赤松纪彦：《关于元杂剧〈合汗衫〉不同版本的比较研究》，康保成译，《河南大学学报》（哲学社会科学版）1989年第2期；王季思：《全元戏曲》（第四卷元刊本《大都新编关目公孙汗衫记》），人民文学出版社1999年版，第251—264页。王季思：《全元戏曲》（第四卷《元曲选》本《相国寺公孙合汗衫记》），人民文学出版社1999年版，第214—249页；古本戏曲丛刊编委会：《古本戏曲丛刊》（第四集赵琦美《脉望馆钞校杂剧》本《相国寺公孙汗衫记》杂剧），商务印书馆1958年版。

也创设性地构建了"白罗衫"故事的亚型，如明末沈璟所作《合衫记》传奇，即据《汗衫记》改编而成，惜已失传，无法详考。①

《汗衫记》杂剧创作于元代前期，故事情节的控制、主题的设计、人物的塑造等方面尽管沿袭了唐宋传奇小说的设计，但各方面的描写更加忠实于元代的现实生活，与元杂剧整体的精神面貌一致。杂剧作品中，受害者之妻李玉娥孤身犯险、无力反抗，事后也不敢告到官府，这类遭受迫害的女子在元杂剧作品中比比皆是。此外，由于"白罗衫"故事中含有无赖行凶、儿子长大后报仇等情节因子，与元代的社会现实和精神需求相一致，也与元杂剧"倾吐整体性的郁闷和愤怒之情"相暗合②，因此"白罗衫"故事被改编成元杂剧具有先天的情节优势，这些优势对于世代流行故事所具备的质素而言，也是"白罗衫"故事广泛流传的缘由。

对于同一时代的其他元杂剧作品来说，这些故事情节因子同样也有精彩的演绎，如纪君祥《赵氏孤儿》杂剧中对于"儿子长大后为父报仇"故事类型的演绎与"白罗衫"故事的内核相似。元杂剧《赵氏孤儿》混杂着国家与民族大义的精神成分，"赵"氏又代表刚刚灭亡的宋代皇室姓氏，因此其精神内涵比《汗衫记》更加深刻。相对而言，杂剧《汗衫记》人物的描写集中表现了元代的人情世态。元杂剧作家入元之后，在礼崩乐坏、世风日下的社会氛围中，对社会现实痛心疾首，因此在作品中普遍传递了对"三纲五常"等传统社会秩序恢复的渴望、传统人伦精神回归的期待以及惩恶扬善的理想，同时也寄托着一定的民族意识。张国宾在《汗衫记》中也自觉地关注伦理问题，强调传统宗族观念和人伦思想的倾向，主要表现在对"外来闯入者"这个人物的否定与排斥上，正如俞大纲所分析的那样：

> 《合汗衫》，把一个陌生人引了进来，却造成一家人的妻离子散的悲

---

① 据明人吕天成《曲品》载："苦处境界，大约杂摹古传奇。此乃元剧《公孙合汗衫》事，曲极简质，先生最得意作也，第不新人耳目耳。余特为先生梓行于世。"祁彪佳《远山堂曲品》亦云："取元人《公孙合衫》剧参错而成，极意摹古，一以淡而真者，写出怨楚之况。"吕天成：《曲品》，见中国戏曲研究院编《中国古典戏曲论著集成》，中国戏剧出版社1959年版，第229页；祁彪佳：《远山堂曲品》，见中国戏曲研究院编《中国古典戏曲论著集成》，中国戏剧出版社1959年版，第126页。

② 余秋雨：《中国戏剧史》，上海教育出版社2006年版，第98—99页。

剧。……中国人极端保守，从建筑的结构就可以看出是十分防卫性的，农业社会一向十分封闭，对于外来的闯入者在恐惧之余，多半不受欢迎，认为外来的力量具有侵略性，甚至足以造成摧毁一个村子、一个宗族的导火线。元杂剧的《合汗衫》正是反映了中国人疑惧外来者的心态。①

中国古代的叙事文学作品中，我们经常可见反映"外来闯入者"而引起悲剧的小说与戏曲，如元杂剧《老生儿》中试图侵占家产的张郎是一个外来者，明代《警世通言》卷二十三《乔彦杰一妾破家》中导致乔家家破人亡的小妾是外来的闯入者。相比之下，元杂剧《汗衫记》的陈虎是一个具有血腥侵略性质的外来闯入者形象，他的闯入使张文秀一家几乎家破人亡，亲人颠沛流离17年。其实，这种闯入者在元杂剧中不乏其人，且普遍存在于社会的每个角落。了解了元代的这一特殊阶层，就不难理解从唐宋时期"白罗衫"小说中的凶犯摇身一变为泼皮无赖的原因。

张国宾对"外来闯入者"陈虎的塑造，不仅沿袭了唐宋时期"白罗衫"故事文本中人物形象的设计，还集中反映了元代的社会现实。元代，这一闯入者阶层给社会造成了难以估量的灾难，唐宋时期的文明与秩序在野蛮的少数民族及汉民族少数市井游民的操持下荡然无存，伴随而来的草原游牧民族的原始习俗给"汉人"及"南人"的伦理观与生活方式带来了前所未有的冲击，使创作者民族的自尊心受到凌辱，奉守的道义也被践踏。于是，戏曲家在剧中倾吐的爱恨便不再是个人的哀号，而是整个底层社会郁愤的共鸣。从这个意义上说，陈虎这一类人就不能简单理解为社会渣滓、泼皮无赖，而是整个底层社会对草原游牧民族入主之后的厌恶与排斥。张国宾凭借汉民族的善恶道德观否定了陈虎这个外来的闯入者，深层次地展示了元代整个底层社会对蒙古游牧民族的仇视心理。

张国宾在剧中也着意构建"白罗衫"故事另一个主要角色——陈豹的形象。唐宋传奇小说沉迷于叙奇述异的表层，人物只是事件的施动者或被动者，因此受害者之子形象较为模糊。受杂剧文体制约，《汗衫记》开始

---

① 下文所引施叔青及其老师俞大纲所说的元杂剧《合汗衫》，或依广泛流传的《元曲选》本而称为《合汗衫》，而研究依据元刊本所称《汗衫记》，《合汗衫》与《汗衫记》实系同一杂剧。因所依版本不同，故剧目的指称不同。施叔青：《西方人看中国戏剧》，人民文学出版社1988年版，第276页。

凸显陈豹智谋超凡、善良果敢的人物形象。陈豹17岁时,其母李玉娥命他去开封府应武举,并在考试时寻找张员外,带去半幅汗衫以为标记。他中武状元之后到相国寺去施斋,碰巧张员外夫妇也来赶斋,陈豹见其"衣服破碎",乃以半幅汗衫赠予,完全忘记了母亲的谏言,在情理上略有不通。然而张国宾如此费心安排,不仅使戏剧的矛盾和冲突更为激烈,而且使受害者之子的形象更加清晰。当他了解到自己的身世后,并没有立即认亲,一方面身世之事不能完全确定,另一方面还要谋划捉拿凶犯的计策。在故事主要核心情节儿子杀父的描写上,唐宋传奇中凶犯对受害者之子的抚育都是"甚于骨肉""视为己子",而受害者之子得知杀父之仇的真相后,还是毫不犹豫将辛苦养育十数年的养父推上断头台。可是受害者之子不假思索的复仇行动无法说服观众,至元杂剧《汗衫记》中,张国宾便有意凸显陈豹与继父间多年感情不好,动辄打个小死,强调与突出了陈豹的复仇动机,于是在真相揭露后陈豹手刃继父也就合情合理。

  唐传奇带有更多"诗人气",宋人在模拟唐人的同时趋于平实化、道学化,而元杂剧《汗衫记》则沾染了元人的市人气①。在人情世态、悲欢离合的情节境遇中,元杂剧以故事的真实合理与丰富细致来引人入胜,不再像唐人着迷于构建志怪述异的文风。

  张国宾此剧现存三种版本,《元刊杂剧三十种》本、《脉望馆钞校本杂剧》本、《元曲选》本。由于刊刻者的个人喜好、编选原则以及刊刻年代等主客观因素使三个版本之间有所承袭②,故事情节、人物塑造、主题

---

① 由于元代不设科举,失路的元杂剧作家多"沉郁下僚""屈在簿书",成为社会的弃儿,不像唐宋时期传奇的创作者多为进士文人,多为社会的宠儿。时势的艰难和生活的逼迫,迫使他们背离了传统文人读书、修身、治国、平天下这一条理想的生活道路,而与市民融为一体,于是在思想感情上与下层市井大众有了更多的沟通,从而更加关注市民生活与心理,故作品沾染了一些市井气息。李泽厚曾言:"它不是以单纯的猎奇或文笔的华丽来供少数贵族们思辨或阅读,而是以描述生活的真实来供广大听众消闲愉悦。"虽云宋平话与六朝志怪或唐人小说的区别,但实亦勾勒出了元杂剧与唐人小说的差异。元杂剧作品中不再有自由奇异的唐人风度,而只是仅供市井小民欣赏的世俗生活画卷。李泽厚:《美的历程》,天津社会科学院出版社2006年版,第308页。

② 元刊本主要从演出的角度考虑,为了迎合观众的好恶以及结合演出剧团本身的情况而进行编撰;明人赵琦美《脉望馆钞校本杂剧》本则保留了仍然可供上演的元杂剧的面貌;《元曲选》本由于阅读的需要,多有加工与增饰,因此改动出入的状况普遍存在,其中最大的不同在于科白的处理上,以利于人物形象的塑造与心理活动的展开,同时亦使读者容易把握剧中人物之间的复杂关系。

内涵的设计上大体一致，差异主要在于篇末赵兴孙的身份设置。元刊本述赵兴孙后当了"山大王"，赵琦美本的赵兴孙沿袭了强盗的说法，而臧懋循《元曲选》本中的赵兴孙却由绿林强盗变身为捕盗巡检。这个小小的变更看似简单，而背景却不简单。蒙古贵族入主中原后，实施民族歧视政策，地方官职多由文化素质较低的蒙古人或色目人担任，于是实权自然而然地落入胥吏的手里。这些佞吏多与官员同流合污，一起鱼肉百姓，造成了很多冤假错案，因此元杂剧中才存在大量的公案戏。元刊本《汗衫记》中就反映了这一吏治黑暗的社会现象，当善良的民众遭受冤屈时，他们宁可把匡扶正义的希望寄托在土匪强盗，也不愿求之以官，最后是身为匪首的赵兴孙与陈豹一起将凶犯陈虎捉拿。赵琦美本与元刊本较为接近，没有改变其土匪身份。然而在臧懋循《元曲选》本将其身份改换为捕盗巡检。这是由于明代统治者一面大兴文字狱，一面实行文化专制主义，将程朱理学树立为正宗学说，于是整个明代的文化中充满了帝王意志与正统观念。如此严厉的思想控制之下，赵兴孙的土匪身份就显得不是那么合理。在这种政治背景下，臧懋循将其身份作了巧妙的转换，由一个匡扶正义、知恩图报的土匪变身为捕盗巡检，这样既符合情节发展的需要，也与统治者所宣扬的正统观念一脉相承。

由于不同时代关注重点的不同，创作者对作品的叙事谋略与叙述方式也有差异。从艺术表现的角度来看，唐宋时期的创作者对故事的解读都沉迷于叙奇述异的表层，使人物从属于情节，因此主要人物的形象简单模糊。受文体的制约，元杂剧《汗衫记》的主题、人物、情节的演绎尽管以沿袭唐宋传奇小说为主，各方面并未有较为崭新的演绎，但是更加于忠实社会现实生活，叙事人物的描写更加丰满生动。

第三节　人物塑造的叙事演变

在叙事作品中，一个历史名人进入故事的流传过程中，其生平事迹就会被改动，史书传记的记载与野史稗闻、戏曲小说家虚构的叙事杂糅，导致附属于其人的故事广泛流传、真假难辨。在故事的流动过程中，人物也经历了历时性与共时性的演化，不同历史时期的创作者在赋予历史人物的基本特质外，还注入了个性化的气质与意蕴。就李白故事而言，不同时代的创作者基本展现了李白的豪放不羁、凌轹公卿、才远志宏的志节与气概，但是对李白形象的具体表现上却有不同的侧重点。大体而言，李白的形象中隐含了古代士人的理想与抱负、失意与不平。下面以李白故事衍生的作品为例，探讨李白的形象在话本小说与戏曲作品中的演变。

一 "文人化"与"世俗化"的两极——屠隆《彩毫记》传奇与冯梦龙《李谪仙醉草吓蛮书》对李白形象的解读①

经过晚唐及宋元时期的史书传记、野史稗闻、戏曲作品的记载与演绎，李白的传说轶事已经流传颇广，如"脱靴捧砚""乘醉骑驴"等事已经深入人心，一度被误认为实事。明代，李白其人其事还被大量敷演为长篇传奇②。其中以屠隆《彩毫记》传奇影响最大③，首次塑造了完整、清晰的李白形象，为李白故事的集成之作。剧中，不仅敷演李白的仕途荣辱及求仙访道的坎坷遭遇，而且着重演述李白的仕途宠辱与贬谪夜郎之事。剧情多据史传来描写与记述，辅之以前代流行的传说故事以及作者自己的虚构创造，借此阐明佛道之理。④

---

① 《彩毫记》今存明末汲古阁原刊本，收入《古本戏曲丛刊》初集。论述引用（明）毛晋：《六十种曲》（第五册），中华书局1958年版；（明）冯梦龙：《警世通言》（第九卷），中华书局2009年版。

② 明代传奇以敷演李白故事的作品有吴世美《惊鸿记》、屠隆《彩毫记》、戴子晋《青莲记》、李岳《采石矶》、雪簑渔隐《沉香亭》、无名氏《李白宫锦袍记》、许次纾《合璧记》。在同类故事的作品中，吴世美《惊鸿记》传奇主要写唐玄宗与杨贵妃、梅妃之事，似为梅妃吐气而作。虽然中间杂有李白事，如醉赋《清平调》三章、力士脱靴等情节，但其所记李白事迹仅为随意性穿插点缀，对李白事的敷演也多为传说与虚构。另外，许次纾《合璧记》中的李白亦不是其中真正的主角，而是将李白和杜甫合写一个故事。其他如戴子晋《青莲记》、李岳《采石矶》、雪簑渔隐《沉香亭》、无名氏《李白宫锦袍记》，或佚或残，已难窥全貌。传奇《惊鸿记》《合璧记》或为仿作与沿袭，相较之下，屠隆《彩毫记》则较胜一筹。

③ 明人吕天成《曲品》论及吾邱瑞《合钗记》言："即明皇、太真事，而词不足。内《游月宫》一出，全钞《彩毫记》，可笑。"论及戴子晋《青莲记》，吕天成亦言："纪太白事，简静而雅，不入妻子。其洒脱。《彩毫》虽词藻较胜，而节奏合拍，此为擅场。派从《玉玦》来。音律工密，尤可喜。"分别见于中国戏曲研究院编《中国古典戏曲论著集成》，中国戏剧出版社1959年版，第247、237页。

④ 据序志碑传、正史记载来叙述的场次有"散财结客"（第四出）、"拜官供奉"（第九出）、"长安豪饮"（第十出）、"远谪夜郎"（第三十六出）等；据传说敷演的场次有"脱靴捧砚"（第十三出）、"乘醉骑驴"（第二十出）、"泛舟采石"（第二十六出）等；作者虚构与创造的场次有"游玩月宫"（第十五出）、"救主出围"（第三十一出）等。

《彩毫记》传奇作于屠隆罢官归隐之后，共四十二出。剧中李白云："思量一生，都被这彩毫作祸。"显露了作品的文人化特征①。历史上的李白形象已模糊不清，或是化身为屠隆自己②，或已变身为作者理想中的李白。正如徐复祚在《南北词广韵选》中评论道：

> 先生才高名盛，为时所忌，登仕无几，辄以罣误被斥，踯躅吴越间，声酒自放，憔悴以死，何类青莲之遭乎？《彩毫》之作，意在斯欤？吴渤海之鲸尝语先生曰："青莲千载后，金粟是何人？"先生叹而不答，意可想矣。③

从徐复祚等人的评论中可以看出，他们无一不将屠隆其人与剧中的李白联系起来，或身世经历，或仕宦沉浮等，处处皆是作者自况之言，因此整部作品充满不平愤懑之语，有浓厚的文人化倾向。然而，此剧也并非因文人化程度过高而不能搬演，茅元仪《石民横塘集》、陈泰始《漱石山房集》两篇日记，皆有《彩毫》演出的记录④。

此剧既为作者的理想或自况，那就免不了将历史上的李白其人进行一系列的美化处理：首先，抹去李白的人生污点，即李白为永王璘延授的经历，进而彻底修正历史上李白与永王李璘的关系，改为永王设计，李白在江中乘船被劫，不从逆愿被作为人质，在家人及义士的合力营救下才得逃出（第二十五出《永王设计》、二十七出《誓死不从》）；其次，当其流放夜郎时，严厉拒绝了夜郎王夫人的招赘请求，坚守纯洁高尚的人生品格。实际上，历史上的李白曾前后两次入赘于相府，分别为许氏与宗氏，

---

① 清人李调元《雨村曲话》评《彩毫记》："其词涂金缋碧，求一真语、隽语、快语、本色语，终卷不可得。"中国戏曲研究院：《中国古典戏曲论著集成》，中国戏剧出版社1959年版，第25页。

② 明人吕天成《曲品》认为："此赤水自况也。词采秀爽，较《昙花》为简洁。"明人沈德符《顾曲杂言》亦云："屠长卿之《彩毫记》，则竟以青莲自命，第未知果惬物情否耳。"吕天成：《曲品》，见《中国古典戏曲论著集成》，中国戏剧出版社1959年版，第235页；沈德符：《顾曲杂言》，见《中国古典戏曲论著集成》，中国戏剧出版社1959年版，第208页。

③《续修四库全书》编纂委员会：《续修四库全书》（1743集部曲类），上海古籍出版社2002年版。

④ 据《中国曲学大辞典》，《彩毫记》条。另外《缀白裘》中的《吟诗》《脱靴》两出，虽题《彩毫记》，实误，此两出出自《惊鸿记》，与《彩毫记》第十三出《脱靴捧砚》完全不同。

按理说李白不会介意自己入赘的经历；再次，李白的诗作中对其纵情于酒色的生活也多有描述，屠隆在该剧第二十六出中亦有李白挟妓泛舟采石江的场景，然而此关目的设计实与李白的端人形象相互冲突。此外，《彩毫记》还广泛吸收史传杂录及传说故事中对李白的美化描写①。在演绎李白故事中最有华彩的一章"沉香亭醉赋《清平调》"（第二十出"龙巾拭吐""御手调羹""力士脱靴""贵妃捧砚"）时，屠隆为了突出李白蔑视权贵的神态与志宏才远的气概，叙述李白骑驴过华阴时还化用了"海上钓鳌客"的传说②。除李白醉写吓蛮书之事没有采入本剧外，屠隆《彩毫记》传奇几乎囊括了所有的李白故事。

剧中的李白在修道与仕宦之间徘徊，篇首他就向司马承祯倾诉一生的志愿："小生进则欲经邦济世，小建麟阁之勋；退则欲学道栖真，早证神仙之位。"（第三出《仙翁指教》）。奉旨出世时，李白亦曾表白："小生夙怀济世安民，非碌碌隐者。"可是"权奸女谒，方布列于要津；野性疏才，恐不宜于世路"（第七出《颁诏云梦》）。于是在奉旨出世与步虚修真上陷入了矛盾。李白之妻许湘娥希望李白"补衮陈言入，抽毫应制多"，还云"学成文武艺，货与帝王家"，力劝李白"报效朝廷，务竭忠荩。大勋既就，入道未迟"（第八出《别妻赴京》）。由此可见，夫妇俩并不是真正的修道求仙，只是在"齐家、治国、平天下"等行道之路不畅时借修道求仙来寻求人生的解脱。正如屠隆自己在失路时皈依宗教一样，只是为了躲避现实而寻得解脱，并非真正信奉宗教。如第三十七出《妻子哭别》中，李白在遭谗流放夜郎与妻子分别时，对一生坎坷的经历，他总结道：

> 我当日长别金銮，为《清平》一调；今日远谪夜郎，又因《东巡》一歌。思量一生，都被这管彩毫作祸。孩儿，你从此可学躬耕南

---

① 据李白"日散千金"而敷演的"散财结客"之事（第四出），"遇落魄公子、急难贫人，将数十万金，一时散尽"（第七出）；李白与郭子仪互救之事，"预识汾阳"（第十一出）、"汾阳报恩"（第四十出）李白与郭子仪互救之事，虽广泛见于裴敬《翰林学士李公墓碑》、乐史《李翰林别集序》、《新唐书》之《李白传》等史书传记，但此事并没有一定的客观性，详见本节中关于《贺兰山谪仙赠带》的本事考证。

② 茅盾《关于〈彩毫记〉及其他》，详细考证了"海上钓鳌客"的渊源。茅盾：《关于〈彩毫记〉及其他》，《读书》1980年第3期。

亩,切不可效汝父抬此三寸枯竹也。

这不仅是李白经历仕宦沉浮之后吐露的心声,也是屠隆对自己一生坎坷遭遇的认知,更是古代所有士人悲哀一生的总结。作者极力强调李白形象的两个重点:他不仅是大诗人,有经邦济世的王佐之才,而且还有仙风道骨,乃太白星精下凡。屠隆对李白形象的勾勒,表明了自己入世与出世方面的最高追求。屠隆遭受谗言被革职后,尽管诗酒轻狂、放浪形骸而淡漠于功名,但是他仍关心国计民生,无奈之下才皈依宗教寻得解脱。剧末作者还安排李白沉冤得雪,暗含着他希望朝廷能为其恢复名誉,钦取还朝,从而进身为国,实现行道的目的与理想,表达了一个失意士人无奈与渴望的精神状态。

晚明时期,冯梦龙又将李白故事演绎为话本小说《李谪仙醉草吓蛮书》,后被抱瓮老人收入《今古奇观》。小说广泛采纳了明代以前关于李白的传说故事,是历代关于李白传说故事的集萃。与屠隆苦心经营的李白形象相比,冯氏弱化了屠隆附加的文人化倾向,从表达失意文人的精神状态转向于俗世生活,使李白故事更加广泛地流传于底层的市民社会。

作者对李白从出生到死亡的传说故事广泛采纳①,着重描写李白赴京应试受辱、醉草吓蛮书、沉香亭醉赋《清平调》三首、华阴县乘醉骑驴之事。以"醉草吓蛮书"为重点情节,约占三分之一的篇幅。"醉草吓蛮书"事,最早见载于各家的序志碑传②,今《李太白全集》中已不存此

---

① 其中包括家世与出生(西梁武昭兴圣皇帝李暠九世孙、母梦长庚入怀而生)、青年时代的遨游生活(先遇迦叶司马,后遇贺知章)、赴京应试受辱(与杨国忠、高力士结下仇怨)、醉草吓蛮书(受宠于天子,得以报复前仇)、解救郭子仪、沉香亭醉赋《清平调》三首、遭谗放归(高力士进谗,天子疏远)、华阴县乘醉骑驴(警诫县令,维护社会安定)、不从永王被缚(永王欲授伪职)、子仪报恩解救、辞授拾遗(肃宗征白为左拾遗)、夜游采石江、骑鲸还位、"诗伯"再现(李白和诗重现)等。

② 刘全白《唐故翰林学士李君碣记》云:"天宝初,玄宗辟翰林待诏,因为和蕃书,并上《宣唐鸿猷》一篇。"范传正《唐左拾遗翰林学士李公新墓碑并序》云:"论当世务,草答蕃书,辩如悬河,笔不停缀。"乐史《李翰林别集序》云:"草和蕃书,思若悬河。"《酒史·饮酒小传》也有关于"草答番书"的简短记载。(清)王琦:《李太白文集》,中华书局1977年版,第1443—1480页。

文。① 历史上,李白虽确曾拟过一些诏令,但是并没有明代《国色天香》卷三《快睹争先吓番书》、冯梦龙《警世通言》卷九《李谪仙醉草吓蛮书》中描写的如此夸张与神奇。② 两篇作品中所载和蕃书的全文,应为后人伪托。

与屠隆《彩毫记》传奇一样,冯梦龙对李白的描写也存在一定的美化倾向,关于李白入永王李璘幕府之事,冯梦龙在小说中再次进行了整理与改造,永王李璘"闻白大才,强逼下山,欲授伪职,李白不从,拘留于幕府"。冯梦龙将李白塑造成拒不从命的忠义之士,使之有了本质性的转变。他还将李白受天子征召进京改为赴京应试,受辱于杨国忠、高力士,借"醉草吓蛮书"之机奚落报复二人,出尽心中怨气。此外,还将李白逝后曾被征为"左拾遗"之事,改为他生前便拒绝了"左拾遗"的征召,"白叹宦海沉迷,不得逍遥自在,辞而不受"。以此表达李白高尚的气节。辞官后,李白便开始了漫游的历程,后在采石江上骑鲸腾空而去,被"上帝奉迎星主还位"。总体上,冯梦龙的小说不仅融会了许多历代流传的传说故事,也有不少的润色加工。

作者的改动主要以"醉草吓蛮书"为中心情节,并将李白故事中的核心"脱靴捧砚"与其扭合在一起,着重描写他在长安赴试时受到杨国忠、高力士的侮辱,后来借"醉草吓蛮书"之机,仰仗唐玄宗格外破例的宠幸,使杨国忠捧砚、高力士脱靴,对二人之前种种奚落嘲讽的前仇进行强有力的报复,替自己与所有懦弱的底层文人出尽了窝囊之气。屠隆在《彩毫记》传奇中,"脱靴捧砚"乃是玄宗的旨意:"仍着高力士与他脱靴。贵妃捧砚,以助供奉吟兴。"表现了李白睥睨权贵与古代文人得志的性情与气质,同时借助李白的形象表达了古代士人凌轹公卿的志气与节操。经由冯梦龙的改动,将此事附带了一些个人恩怨的因素,主要讲述李白赴京应试,因无金银买嘱试官杨国忠、监视官高力士,仅有贺知章一封柬帖投与杨、高,误以为预先嘱托,却被批落第。杨国忠道:"这样书生,只好与我磨墨。"高力士道:"磨墨也不中,只好与我着袜脱靴。"后

---

① 《和蕃书》一作《答番书》,冯氏小说称"吓蛮书"。此条材料见于《丛书集成初编》,冯时化:《酒史》(卷上《饮酒小传》),中华书局1985年版,第21页。
② 周勋初认为范传正、刘全白等记述可靠,另据魏颢《李翰林集序》,李白确曾草拟过诏令。周勋初:《李白评传》,南京大学出版社2005年版,第107—109页。

来,番国赍书到,满朝无人能识。贺知章推荐李白,天子乃诏李白,李白却告天使道:"臣乃远方布衣,无才无识。今朝中有许多官僚,都是饱学之儒,何必问及草莽?臣不敢奉诏,恐得罪于朝贵。"其实此言是讽喻杨、高二人。贺知章向天子诉说了李白遭受杨、高二人侮辱的实情,天子无奈,赐李白官职,李白才宣读番国赍书。后留在宫中饮宴,次日宿醒未醒,天子御手调羹,赐七宝床近御榻前,命其坐锦墩草诏,李白此时提出了"乞玉音分付杨国忠与臣捧砚磨墨,高力士与臣脱靴结袜"的要求。玄宗用人之际,恐拂其意,只得准奏。李白出了这口恶气之后,"手不停挥,须臾,草就吓蛮书"。李白向番官面宣之前,"仍叫高太尉着靴,方才下殿",后才吓退番使。

经过冯梦龙的描写,李白已非屠隆《彩毫记》中那个有着高尚气节、才远志宏、不食人间烟火的"谪仙人",更像是一个生活在世俗社会中的市井细民,有着超凡的文才,有怨报怨、逞才使气,表达了底层民众朴素的思想与愿望。小说描写李白一再利用皇帝的权威与宠信刁难杨、高二人,最终吓退番使,使其写下降表,年年进贡,岁岁来朝,这样描写极度张扬了李白超凡的才华,同时也大大削弱了权豪势要的盛气。在权贵与宦官横行的明中后期,这种夸张描写带有一定的讽刺效果。而李白"挟私报复"的行为,并没有损害其傲岸不羁的个性形象,反使李白这位令人钦羡的"酒仙""诗伯"的形象更加出神入化,他有神仙的气质、天赋的文才、傲视权贵的气概、无比幸运的遭际、激情昂扬的精神状态,表现了世俗大众心目中的李白形象,表明李白及其故事接受的下移。

值得一提的还有李白"华阴县乘醉骑驴"之事,冯梦龙对此也有了新的阐释:李白被放逐归还后,便开始了漫游之路。一日行至华阴县,"听得人言华阴县知县贪财害民。李白生计,要去治他"。于是便隐去身份,对知县进行肆意的嘲讽。真相揭穿后,李白见众官苦苦哀求:"你等受国家爵禄,如何又去贪财害民?如若改过前非,方免汝罪。"众官听说,人人拱手,个个遵依,不敢再犯。此后"知县洗心涤虑,遂为良牧。此事闻于他郡,都猜道朝廷差李学士出外私行观风考政,无不化贪为廉,化残为善"。在冯梦龙笔下,李白俨然一个无所不能的文人侠客,他可以蔑视权贵,当然也可以惩治贪污腐朽的地方官,更可以维护社会清明、考察风俗政治,将世俗民众心中的李白形象刻画得淋漓尽致。

总之,屠隆《彩毫记》传奇,据李白一生的惨痛经历,以李白自况,写尽了自己与古代士人在"行道"时的艰难与悲哀,"浮云蔽日、长安难见"的境况时时出现在文中,使此剧的整体风格沉重凝滞,有一定的悲剧色彩。而冯梦龙的小说《李谪仙醉草吓蛮书》从世俗民众的角度出发,集中刻画了拥有鲜明个性、又赢得普遍尊重的理想化诗人形象。叙事过程中,冯梦龙还将李白"贬夜郎"的经历删去,态度时而啧啧赞叹,时而夸张钦羡,总体风格明亮轻快,洋溢着喜剧性的色彩。

二 "奇荣雅遇"与"双重人格"——清人尤侗《李白登科记》等四部文人剧中李白形象的演变①

由于李白的遭逢和志节容易引起古代士人的共鸣与感慨,历来以李白故事入曲者甚多。清代一度出现了以李白故事创作文人短剧的高潮,其中有尤侗《李白登科记》(一名《清平调》,《西堂乐府》之五)、张韬《李翰林醉草清平调》(《续四声猿》之四)、杨潮观《贺兰山谪仙赠带》(《吟风阁杂剧》之一)三部杂剧,传奇创作也有李玉《清平调》②、蒋士铨《采石矶》。由此可见,李白故事在清代的传播载体主要集中于文人短剧,基本取代了明代以长篇传奇为主的创作形式。这种短剧在形式上有其独特之处,比较有利于"文人发泄牢愁,抒写怀抱",因此被称为"文士剧"。③

"沉香亭醉赋《清平调》三首"之事是李白故事的核心,也是后代文人津津乐道、流行不辍的话题。正如郑振铎评论张韬《李翰林醉草清平调》杂剧所云:"盖以失意文人极写得意之事,以自宽慰者。同时尤侗西堂亦尝为此事,为《清平调》一剧,其意亦同。"④ 可见尤侗、张韬两部

---

① 尤侗《李白登科记》见郑振铎辑《西谛所刊杂剧传奇》第一种《清人杂剧初集》,《西堂乐府》之五,1931年1月长乐郑氏印行。此剧作于清康熙七年(1668),今存刊本前有尤侗康熙七年(1668)自记及梁玉立评语、杜濬题词。张韬《李翰林醉草清平调》杂剧见于郑振铎辑《西谛所刊杂剧传奇》第一种《清人杂剧初集》,《续四声猿》之四,1931年1月长乐郑氏印行。据郑振铎所作《续四声猿》跋,张韬生平事迹不甚可考,仅知其尝为乌程司训,且与名流毛际可、徐倬、韩纯玉诸人交往,生年当在顺治康熙之际,卒年不详。另据李修生主编《古本戏曲剧目提要》,《续四声猿》诸作完成于清康熙十五年(1676)至二十五年(1686)。

② 李玉《清平调》传奇,《传奇汇考标目》别本著录,《古典戏曲存目汇考》亦有此目,并疑为杂剧,已佚。

③ 曾影靖:《清人杂剧论略》,台湾学生书局1995年版,第14页。

④ 郑振铎:《西谛所刊杂剧传奇》第一种《清人杂剧初集》,《续四声猿》跋,1931年1月长乐郑氏印行。

杂剧或是为才子李白吐气，用以解嘲释怀，或是失意文人极写李白得意之事，用以自慰。两剧尽管皆表现李白的奇荣雅遇，但创作者的动机心态、叙述角度等因素决定了李白形象的不同内涵。

尤侗《李白登科记》杂剧，为一折短剧，着力铺张李白之奇荣雅遇，可谓意得志满，为才子扬眉吐气。剧叙玄宗开科取士，殿试三人，分别为李白、杜甫、孟浩然。因采前朝上官昭容故事，故命杨贵妃定其等第。李白以《清平调》三首为压卷，被定为状元，杜甫、孟浩然亦同时及第，赐宴曲江，杨国忠陪席、李龟年、贺怀智、永新、念奴等奏乐，后插宫花走马游街，路遇范阳节度使安禄山。安禄山气焰嚣张，李白以鞭击之，安负痛逃窜。

尽管历来以李白事入曲者络绎不绝，但是以李白中状元之事为题材者却仅有此剧，作意新奇而"出于常人之意外"①。尤侗一生自负高才，却时乖命蹇，蹭蹬于场屋数十年，虽然得到顺治帝的赞赏与肯定，被称为"真才子"，但是还没来得及起用，顺治就病逝了。直至康熙十七年（1678），他才以五十高龄被博学鸿词特科录取，授翰林院检讨，纂修《明史》，并得到了康熙帝的赞美，称其为"老名士"。该剧作于清康熙七年（1668），正是尤侗功名失意、仕途受挫之时，因此此时的他愤世嫉俗、满腹牢骚。

以尤侗的仕宦经历来观照整部杂剧，不难发现此剧寄托了他对功名的理想。历史上的李白、杜甫、孟浩然才高却没登第，尤其是李白拥有天赋之奇才，却才高命蹇、仕途坎坷。剧中以李白为状元，而杜甫、孟浩然同科登第，极力抒写了三人得意之奇遇，为包括自己与李白在内的古今才人吐气、释怀，以发泄其内心的郁郁不平之气。正如杜濬在《李白登科记题词》言："与其徒扮状元，何如径扮李白中状元，犹可以解嘲而释憾耶！而悔庵适先获我心，遂有此记，可谓古今之至快！"② 剧中以杨贵妃为主考官，秦国、虢国、韩国三位夫人为陪考官，其意在讽刺世间的考官③。

---

① 郑振铎：《西谛所刊杂剧传奇》第一种《清人杂剧初集》，《西堂乐府》跋，1931年1月长乐郑氏印行。

② 郑振铎：《西谛所刊杂剧传奇》第一种《清人杂剧初集》，《西堂乐府》之五《李白登科记》题词，1931年1月长乐郑氏印行。

③ 王士禛云："为吾辈伸眉吐气，第不图肥婢竟远胜冬烘试官，摩诘出公主之门，太白以妃子上第，乃知世间冬烘试官愧巾帼多矣！""假使太白当年果中状元，不过盲宰相作试官耳。设不幸出林甫、国忠之门，耻孰甚焉！"（清）尤侗：《西堂全集》（《西堂杂俎》二集卷五小简五首《答王阮亭·又》），清文富堂刻本。

杨贵妃在评阅试卷时以为:"杜甫波澜老成、孟浩然骨格清瘦,虽然名士,未必少年。风流俊逸,还让李生独步。"并称赞李白为"真才子",而高力士以"李白诗中以飞燕比娘娘似有说讪之意"为由欲加以挑拨,杨贵妃却不以为然,真正说明了"若闺阁怜才反过试官十倍"①。尤侗在剧中还设计了李白痛骂、鞭打安禄山的场面,为古今才人伸眉吐气,可谓"痛快淋漓"②,刻画了李白傲视权贵、疾恶如仇的形象。

张韬《李翰林醉草清平调》杂剧也写尽了李白前无比俦的恩宠。相对而言,尤侗杂剧作意新奇,而张韬剧作主要描写了李白"沉香亭醉赋清平调"之事,不脱历史记载之外。此剧也为一折,叙李白醉眠长安市中酒家,为唐明皇召至沉香亭作新词,帝亲为调羹,贵妃捧砚,高力士脱靴,乃赋成《清平调》三章事。

作者创作时也满腹牢骚,正如他在此剧题词中言:"猿啼三声,肠已寸断,岂更有第四声!况续以四声哉!但物不得其平则鸣,胸中无限牢骚,恐巴江巫峡间,应有'两岸猿声啼不住'耳!徐生莫道我饶舌也。"③张韬胸中的牢骚与尤侗等古代所有失意士人的仕途受挫、功名不遂相同,因此特借此剧以宣泄平生的郁愤,并以失意文人的形象尽情抒写李白的奇荣雅遇,使李白在剧中狂放、得意的尺度甚至超出了尤侗的杂剧。

剧中,李白在皇帝面前不免醉态,"衣服解散,牙笏倒持,步履踉跄,衫襟上的钮儿也不扣上",天子命力士扶白至鸳鸯七宝床上休息,御手调羹。李白正欲作词,突然想起前日受到了高力士的奚落,于是请皇帝命力士为其脱靴,换上了皇帝的吴绫云锁双鞋。皇帝还命贵妃送笺、捧砚,可是李白仍不满意,又要皇帝赐酒,边喝边写。三章作罢,皇帝命贵妃用玻璃盏给他斟酒,令高力士用御前金莲烛送其归去,写尽了李白的得意之态,几乎达到了恃宠而骄的地步。在皇帝面前,他跌倒了也不起来:

---

① (清)尤侗:《西堂全集》(《西堂杂俎》二集卷五小简五首《答王阮亭·又》),清文富堂刻本。

② 郑振铎:《西谛所刊杂剧传奇》第一种《清人杂剧初集》(《西堂乐府》之五《李白登科记》评语)1931年1月长乐郑氏印行。

③ 郑振铎《续四声猿》跋中也认为:"综观韬之四作,除《戴院长神行蓟州道》为纯粹之故事剧外,他皆鸣其不平之作。"郑振铎:《西谛所刊杂剧传奇》第一种《清人杂剧初集》,1931年1月长乐郑氏印行。

臣启陛下，臣乃酒中之仙，山野之性，形骸放浪，望陛下恕罪，念臣是酒中仙，山野□，形骸浪□，启万岁恕疏狂。

　　试问有几个皇帝会容忍与宽恕他的无礼与疏狂？这种理想只能停留在作者的笔端罢了。连郑振铎也为张韬正名："韬作则精洁严谨，无愧为纯正之文人剧。清剧作家，似当以韬与吴伟业为先河。然三百年来，韬名独晦，生既坎坷，没亦无闻，论叙清剧者，宜有以章之矣。"可见张韬生时或为仕途受挫，或为功名不遂，死后亦默默无闻。而尤侗的"行道"之路尽管异常艰难，但生前身后总算赢得了"才子"的名誉。实质上，无论他们无名还是有名，终究只是古代失意士人群体中的一员，正是他们的淹蹇失意，才给后人留下了如此宝贵的精神遗产。

　　同是创作李白其人其事的文人剧，杨潮观、蒋士铨却描述了不一样的李白形象，风格也愈加沉郁悲壮。杨潮观《贺兰山谪仙赠带》（《吟风阁杂剧》之一）讲述李白救郭子仪之事，表明李白不仅是一位才高八斗的诗人，还是一位有政治抱负、为国为民的忠义之士。① 蒋士铨《采石矶》传奇主要写李白一生的遭逢与志节，同样强调李白的双重人格，并隐以自喻。②

　　杨潮观《贺兰山谪仙赠带》为一折短剧，叙李白诗酒陶情，官拜翰林学士，倍受天子宠爱，每每凌轹公卿，于是蒙诏归田。在贺兰山李白见到违反将令处死的郭子仪，看郭气宇非凡，非等闲之辈，于是与朔方节度

---

① （清）杨潮观：《吟风阁杂剧》，上海古籍出版社1983年版。杨潮观（1710—1788），据《吟风阁杂剧》所附自序，可知其非一时之作，而是"公余遣兴为之"，具体创作时间不可考。

② （清）蒋士铨：《蒋士铨戏曲集》，中华书局1993年版。此剧作于清乾隆四十六年（1781）重九日。《采石矶》篇幅为八出，目前在关于《采石矶》是"杂剧"还是"传奇"的问题上，学界并没有统一的观点。在周妙中的点校本中，蒋士铨对杂剧、传奇运用的不统一，如其自序中称"填《采石矶》杂剧八出"，在附录《蒋士铨和他的十六种曲》一文中，却称《采石矶》为传奇。郭英德编著《明清传奇综录》也将《采石矶》收录，齐森华等主编《中国曲学大辞典》、庄一拂编著《古典戏曲存目汇考》却将《采石矶》列于"杂剧"目录之下。据郭英德《明清传奇史》言，清乾隆年间，文人传奇文学体制的杂剧化倾向渐渐明显，杂剧与传奇在篇幅长短上的原有界限趋于模糊，八至十二出的短篇传奇颇为走俏，如蒋士铨《采石矶》为八出，《采樵图》为十二出，还有唐英的剧作，如《梁上眼》《巧换缘》均为十出左右的传奇。我们认同郭英德的观点，认为杂剧、传奇的划分不能根据篇幅的长短进行判定，并根据《采石矶》全剧的艺术风格和审美趣味，暂拟定《采石矶》为传奇。郭英德：《明清传奇史》，江苏古籍出版社2001年版，第563—569页。

使饮宴饯行时，为郭说情。后郭被赦后，节度使命其陪李登贺兰山游玩，李以皇上所赠玉带转赠给郭。李白救郭子仪之事，始载于唐裴敬撰《翰林学士李公墓碑》："又尝有知鉴，客并州，识郭汾阳于行伍间，为免脱其刑责而奖重之。后汾阳以功成官爵，请赎翰林，上许之，因免诛，其报也。"① 此事在历史上却并非实事，正如清人王琦《李太白全集》在《新唐书·文艺列传》条注所言：

> 本文谓"免其刑责而奖重之"，刑责不过谓犯笞杖小罪，非谓其犯诛戮大刑。新史叙笔稍晦，后人乃谓子仪犯法将刑，以太白言于主帅，得免诛戮，殆后子仪力战而启中兴，皆属太白之力。不特小说传奇喧腾异说，而文人才士间亦入之诗笔，误矣。②

李白事史料与传说杂糅，一直被误认为实事，才子与英雄之间理应惺惺相惜，说明了人们心目中的李白不仅是一位天赋奇才的浪漫主义诗人，而且也是一位为国为民求贤怜才的忠义之士。正如他在小序中言道："《贺兰山》，思知己之难遇，而贤者忠爱之至也。汾阳伟人，太白奇士，思其事，想见其为人，慨当以慷，庶几乎登场遇之。"③ 李白虽"目空天下"，豪放不羁，但是却求贤若渴，爱才怜才。

【逍遥乐】你见我飞扬跋扈，痛饮狂歌，目空一代，怎知我惺惺惺，不是猛见胡猜。这是个架海金鳌困曝鳃，则怪那醉天公恁地安排。今日个是滕公相遇，萧相相逢，国士相哀。

剧中李白言及"救郭子仪"的三大快事，透露了他为国为民、求贤怜才的深远目的，分别为：李白"物色风尘，虚度一世，今日得见异人"；朔方节度使"恩施不杀，得留有用之才"；李白不仅揭露太平盛世下的隐患："女宠专政，武备久弛，又偏任蕃将统兵，全无节制，一日狼

---

① 李白救郭子仪之事还见于乐史《李翰林别集序》，后皆被《新唐书·文艺列传》之"李白"条所本，屠隆《彩毫记》传奇及冯梦龙的话本小说《李谪仙醉草吓蛮书》中亦写到此事。（清）王琦：《李太白文集》，中华书局1977年版，第1470页。

② （清）王琦：《李太白文集》，中华书局1977年版，第1476页。

③ （清）杨潮观：《吟风阁杂剧》，上海古籍出版社1983年版，第66页。

子野心，祸发非小，今日之忧，莫甚于此。怎奈公卿但以游宴为高，朝士多以直言为讳。"还表露自己的决心："大夫为国重臣，下官亦曾叨侍从，虽无彼相之责，岂忍坐视颠危！"杨潮观颠覆了以往李白传说故事文本中傲视权贵、才高命蹇的单一形象，突出了李白求贤怜才、为国为民，且有一定政治眼光与抱负的多重形象。

蒋士铨《采石矶》传奇同样意在显扬李白的双重人格，如他在《采石矶》传奇自序中言：

> 才高识短，竖儒耳。太白才倾人主，气凌宦官，荐郭汾阳，再造唐室，知人之功，虽姚、宋何让焉。后世诵其文者，皆以诗人目之，浅之乎丈夫矣！予表文谢两公忠义后，尚余墨汁，乃尽一日，填《采石矶》杂剧八出，以见青莲一生遭逢志节，同声而哭者，或又破涕为笑矣。①

蒋士铨心中的李白，"才倾人主，气凌宦官，荐郭汾阳，再造唐室，知人之功，虽姚、宋何让焉"。他仅将李白看作为高才奇气的诗人，还看到他凌轹公卿、气凌宦官，荐举郭子仪复兴大唐，其功劳不让姚崇、宋璟等人。在第七出《捉月》中，蒋士铨借李阳冰之口对李白的一生总结道："我想他一生豪宕，半世流离。高才奇气，足以犬击骄王，奴视阉宦。功名虽不目见，而荐举汾阳，藉成中兴大业。今日含笑清流，虽死若生矣。"通过对李白一生遭逢志节的描写，"同声而哭者，或又破涕而笑矣"。足见蒋士铨对李白其人其事有强烈的共鸣，并借以自喻，表明自己也具有李白的政治眼光与忠义之心。

《采石矶》传奇共八出，创作于清乾隆四十六年（1781）重九，一日而就，描写李白一生的遭逢与志节，故事情节基本不脱历史记载与前人所作，主要讲述李白与贺知章等人结饮中八仙（第一出《市遘》）、沉香亭赋诗（第三出《醉吟》）、晚年淹留当涂、捉月而死（第七出《捉月》），与其他敷演李白故事的文艺作品略有不同的是李白遭谗放逐的缘由。在第四出《宫妒》中，高力士向杨贵妃进谗言，不仅说李白有"许多无礼言语"，道"宦官宫妾本是卑贱之人"，而且李白与永王李璘往还

---

① （清）蒋士铨：《蒋士铨戏曲集》，中华书局1993年版。

甚密，久蓄不臣之心，在沉香亭所赋《清平调》三章中还有轻薄贵妃之意，这三条罪状最终导致了李白被逐的命运。此剧虽未将安史之乱事穿插其中，但却增添了李白两孙女事（第六出《村叟》），结尾还叙观察使范传正至江上祭奠，忽见李白、杜甫显灵，称已由上帝升授碧落左、右侍郎，共掌人间才子禄籍（第八出《祭塚》）。

卢前在《红雪楼逸稿》序中称《采石矶》传奇："作者隐以太白自寓。"① 历史上，蒋士铨本人不仅仅以文人自居，而且还苦怀经世致用之心："忆昔诵史书，耻与经生侔。苦怀经济心，学问潜操修。……"② 足见蒋士铨也有同李白一样经邦济世的政治理想，只是失意困顿的人生中，他的"行道"理想难以实现，只好借李白的遭逢和志节来抒发自己的郁郁不平之气。如第一出《市遘》，李白与贺知章初见如故，相谈甚欢。

(末扮贺知章) 闻先生昔举有道，何以不应？
(小生扮李白) 卑人风月襟怀，烟霞痼疾，但觉鱼鸟亲人，未免尘埃轩冕矣。
【皂罗袍】俯视膏粱文绣。笑沐猴加冠，鼠穴嬉游。梦中富贵等浮鸥，墦间歌舞同刍狗，不过是丝牵傀儡，功名草头。场翻角觝，鱼龙乱流。到钟鸣漏尽难寻究。

李白与贺知章初见便引为知己，面对膏粱文绣的官场，场翻角觝、鱼龙乱流，其中颇多沐猴加冠、鼠穴嬉游之辈，认识到功名富贵似浮华一梦，希望选择与孟浩然一样鱼鸟为伴、尘埃轩冕的生活，足见蒋士铨本人对官场的厌倦。结尾他还借范传正之口向显灵的李白、杜甫言道："天府用人，量材授官，历历不爽如此"，可见创作者的感慨至深与郁郁寡欢。

尤侗、张韬二剧，风格轻快明朗，集中描写了李白的奇荣雅遇，刻画了他凌轹公卿、潇洒不羁的形象，而杨潮观、蒋士铨二剧风格豪迈悲壮，主要强调李白的双重人格，异口同声地表达李白不仅是高才奇气的诗人，而且也有着超凡卓越的政治远见，是一位为国为民、求贤怜才的忠义之士。

古代士人尤其是绝大多数的底层士人，要实现"行道"的理想人生

---

① 蔡毅：《中国古典戏曲序跋汇编》，齐鲁书社1989年版，第1813页。
② （清）蒋士铨：《忠雅堂集校笺》，邵海清校，上海古籍出版社1993年版，第1759页。

往往会面临各种各样的困难，不要说与君王亲密接触实现自己的政治抱负，就连读书、求仕之路都极其艰难困苦。因此，他们经常处于愤懑不平、苦闷不堪的心理状态，需要将内心压抑的情绪加以宣泄，找到敢于蔑视权贵、狂放不羁的典型人物来排解郁愤，李白便是其中重要的典型人物之一。对底层士子而言，李白艰难与痛苦的"行道"之路与他们的遭际相似，"御手调羹、力士脱靴、贵妃捧砚"等无以复加的恩宠值得所有士人钦羡。这些传说故事表面上展现了李白卓尔不群、傲视权贵、才远志宏的豪迈精神，深层来说，只是古代士人借李白故事及其形象寄托自己的理想与抱负、宣泄胸中的郁郁不平之气罢了。故事中人物形象、叙事细节的变化或调整，体现着各个时代士人们不断思索的过程、心态及价值观方面的变化。

第五章

话本小说与戏曲叙事情节的互动

情节是叙事文艺作品内容的构成要素之一。20世纪以来，随着俄国形式主义和结构主义叙事学对情节的不断探讨，情节的内涵不断被丰富与扩充，概念也变得模糊不清。① 国内批评学界对于情节这一概念有两种比较典型的观点：一是把故事与情节等同，强调故事中事件之间的因果关系；② 二是把人物放置在中心地位，将情节与故事对立。③ 两种观点均表达了生活事件的发展过程：如果生活事件由人物承担与决定，在事件中反映出人物之间的关系，故事演变成情节，如戏剧性话本小说、戏剧等。相反，如果有些作品把事件发展过程作为描写的重点，或因事设人，对人物性格的描写则放至较为次要的地步，仅仅是故事，如情节类话本小说、民间故事等。因此，人物对于情节来说至关重要，是情节的标志。正如高尔基所言："情节是人物之间的联系、矛盾、同情、反感和一般的相互关

---

① 申丹：《叙述学与小说文体学研究》，北京大学出版社2007年版，第34—54页。
② "故事"："叙事性文学作品中不可或缺的要素，是按时间顺序排列的事件的叙述。故事与重在叙述事件因果关系的情节有所不同，但多是情节的基础。"《辞海》，上海辞书出版社2001年版。
③ "情节"：叙事性文艺作品中展示人物性格、表现人物之间、人物与环境之间的复杂的一系列生活事件和矛盾冲突的发展过程。高尔基说：情节"人物之间的联系、矛盾、同情、反感和一般的相互关系，——某种性格、典型的成长和构成的历史。"情节和人物的关系是：人物性格决定情节的发展；情节反过来影响人物性格的发展。情节包括序幕、开端、发展、高潮、结局、尾声等组成部分。"故事"：指文学作品中一系列有因果联系的生活事件。这种生活事件，往往有曲折生动的冲突，环环相扣，有头有尾的发展过程。如果这种生活事件的发生、发展和结局是由人物与人物之间或人物与环境之间的错综复杂的关系中产生的，并能影响与展示人物的性格，这就产生了具有吸引人的情节，所以又称为故事情节。郑乃臧、唐再兴：《文学理论词典》，光明日报出版社1989年版，第23页。

系,——某种性格、典型的成长和构成的历史。"①

在上一章中,根据人物与情节的关系,将话本小说分为三种类型:情节类、人物类、戏剧性。一般来说,戏曲家要重释话本小说的故事,需根据文体规范而对话本小说的情节进行艺术处理及形式上的再加工。就"人物"类话本小说而言,戏曲家对主要人物及其性格的改动不大,只在情节上稍有增删,使作品的叙事结构谨严而完整,以符合戏曲演出的要求;就戏剧性话本小说而言,编撰者已将人物的性格特质与情节发展的过程完美糅合,戏曲家通常对小说中的情节与人物无法做较大的改动;情节类话本小说中,编撰者把事件的发展过程作为描写的重点,或因事设人,对人物性格的描写则放到了较为次要的地步,因此戏曲家对小说的情节与人物都需要做大刀阔斧的改动。

下面结合具体个案,着重考察在时代风尚、创作主体、审美情趣以及文体制约等主客观因素的影响下,创作者为了丰富主题、改变人物行为功能、强化矛盾冲突而实现话本小说与戏曲叙事情节的互动与变异。

第一节 叙事情节的依托与变异

对于人物类与戏剧性的话本小说而言,戏曲家对这两类小说的情节操作的空间通常不大,为了更加清楚地探究叙事情节在话本小说与戏曲的影响与变动,考察从情节类话本小说至戏曲的互动过程,下面以《警世通言》第二十五卷《桂员外途穷忏悔》演绎而成的《人兽关》传奇为例,分析从情节类话本小说至戏曲,戏曲家李玉对叙事情节的依托与变异。② 通常来说,这种改动主要有增加、删减两种方式。

一 增加情节

拟话本小说《桂员外途穷忏悔》叙桂迁为富不仁、忘施济之恩,其妻罚堕轮回转为施家犬事,后经李玉改编为《人兽关》传奇,以桂薪妻子变犬而名,故事全据话本小说,惊心怵目,足以警世之负义忘恩者,情

---

① [苏联]高尔基:《论文学》,人民文学出版社1978年版,第335页。
② (明)冯梦龙:《警世通言》,中华书局2009年版;(清)李玉:《李玉戏曲集》,上海古籍出版社2004年版。

节稍有异同。对于重新演绎后的传奇而言,增加情节意味着在原作情节结构的基础上添加原本没有的个别细节。

首先,为丰富戏曲的主题而增加情节。《桂员外途穷忏悔》和《人兽关》主题略同,都是作者有感于社会风气日益恶化,世人负恩忘义,以劝善惩恶为创作目的。相对来说,《桂员外途穷忏悔》主要讲述施桂两家的恩怨,只在篇末进行劝诫评论,诱发读者进行思考,教化意味相对薄弱,而李玉为使劝善惩恶、因缘果报的主题得到突出,淡化原作中所具有生活的真实性,通过神灵的添设与剧中人物的警语宣讲因缘果报,将施家施恩与桂家负恩形成鲜明的对照,因此故事的教化色彩更加浓重。

原作中,桂迁挖出窖金之前虽有白鼠牵引,但对整个故事中因缘果报的主题并无太大的影响,而在《人兽关》传奇中,神灵是作为一种决定性的力量而出现的,它操纵着情节的走向,主宰着人物的命运与故事的结局。也可以说,整个故事的因缘果报是由如来佛祖示意、观音菩萨策划以及土地、藏神、睡魔、阎罗等具体实施的一个计划。在第一出《慈引》中,李玉以观音说法代替副末开场,

> 奉我佛如来法旨,只为世人贫贱二观,炎凉异势,负德背恩,忘却本来面目,兽心人面,不顾生死轮回。今有一段姻缘,在姑苏地方,借此一场果报,唤醒世人痴梦,须索走一遭也呵!

观音降临姑苏的目的主要是通过生死轮回与因缘果报震慑世人,达到劝善惩恶的目的,基本表达了整部传奇教化世人的主题。在第九出《获藏》中,藏神"奉菩萨法旨,着俺付与桂薪暂时掌管,试他心肠善恶,作一果报因缘"。后带二鬼卒化作黄蛇与白鼠牵引桂薪一家寻得藏金一万两。随后在第二十六出《冥警》中,睡魔又"将桂薪引入恶梦。今桂薪罪贯满盈,不免引彼梦入冥境,显一果报便了"。桂薪梦入阴曹地府后,由阎罗王与死后任苏州府都土地的施济对其百般责骂与控诉,亲身经历妻儿在人兽的轮回,以唤醒观众。

> (桂薪)我只道恶人做得的,原来阴司记得这样明白。我负了施家,妻子俱已为犬,尤滑稽负了我,自然亦有果报。……
> 【北清江引】人生背德干天讨,一梦知分晓。世上纵糊涂,业镜

难颠倒,愿一切负心的都省悟早。

通过各级神灵一系列的策划与实施,不仅轻松诱使桂薪负心昧下恩人万两白银,更使世俗大众通过桂家遭受人兽轮回的惩罚而认识到神道与天理的存在,达到警世告人的意图。其实桂薪一家负恩导致人兽轮回之事,只是李玉用来劝化世人的个案,孰知桂家只是芸芸大众的一个缩影。一家人饱尝贫穷落魄之苦,是否能够活下去都是个问题,当无意间掘藏万两白银时,当然会见钱眼开,这时对于衣食堪忧的他们而言,生存的欲望必然会压倒报恩的誓言,毕竟衣食无忧才是最理想的生活主题。可是这种生活理想违背了冥冥之中天理的规则,而天理作为整个社会尊崇的行为准则,一旦触犯就必须遭到惩罚。相较于冯梦龙在原作中直接与间接的评论、总结,李玉创作后的《人兽关》传奇除了运用神灵的力量震慑世人以外,还多次运用警语以劝化世人。李玉借剧中人物之口都来批判负心负恩之人,如菩萨、藏神、阎罗、施济、施还、俞德等人,甚至于桂薪一家都成了李玉的代言人。直至篇末第三十出《人圆》李玉才道出自己的创作主旨:"关分人兽事偏新,描出须眉宛似真;笔底锋芒严斧钺,当场愧杀负心人。"

李玉对人物的行为功能也进行改变,不仅凸显了教化的主题,还加强戏剧的矛盾冲突。剧中有意追述桂家所受的苦难,使施家施恩与桂家负恩形成鲜明的反差。冯梦龙在原作中对其鬻妻典子的窘况并未详述,而在李玉传奇中,将桂家走投无路的窘况在第三出《鬻妻》、第四出《慨赠》中详细展开。桂薪因拖欠官府钱粮,无钱偿还而被监三日,变卖家产,售妻鬻女,无奈向亲戚借债,空手而还,好友多婉言谢绝,受其惠者也避而不见。后桂薪走投无路,欲投虎丘剑池寻死,适为好善乐施的施济所救,并赠予房屋财物,定下儿女姻缘。桂薪亲朋好友的态度,使得施济周贫恤寡的行为显得弥足珍贵,也与后来桂薪的负恩形成鲜明的对比。

对于桂家的负恩行为,李玉也通过一系列细节的添加,使两家矛盾更加突出。话本小说中,冯梦龙对施家与桂家的恩怨娓娓道来,从桂薪获藏至施家败落约有五年之久,而桂薪虽存异心却并没离开,两家的矛盾不甚突出。施还母子也并不是走投无路时才前往会稽桂家求助,而桂迁态度的虽有冷遇,但还算宽厚,不仅给予施还母子归家的盘缠,桂迁长子桂高对施还还以礼相待。然而在李玉《人兽关》传奇中,施家突遭灾祸,粮船

第五章 话本小说与戏曲叙事情节的互动

遭陷,施济而患怔忡之症,更兼官讼连绵、火盗荐至,施家转眼败落,施济被皮太医医死后,桂薪便趁施家遭难之际,举家迁往尤氏故乡龙游享福。第十七出《旅寄》、第十八出《牝诋》、第十九出《窘谒》中,李玉有意突出了施还母子山穷水尽后,知桂薪家富前往求助,初次求见桂薪拒之,二次虽见桂薪推托出门,施还还遭桂子毒打。总之,施家越加不幸,桂家则更加狠毒,才能鲜明突出桂家负心的罪恶。

其次,为舞台演出的需要而增加情节。话本小说的编撰者随主观情感的投入而详细描写,对于因简略造成的缺失情节,读者也能通过生活的认知进行填补与缝合。可是戏曲作为一门舞台艺术进行演出,必须在有限的时空内演绎出完整清楚的情节,以免使场下观众不知所云。因此,改编时,戏曲家需将话本小说中极其简略的情节,随个人的主观动机与艺术技巧进行增补。

原作中,桂迁一出场即"坐在剑池边,望着池水,呜咽不止"。后经过施济盘问,桂迁才道出始末。而冯梦龙对桂迁鬻妻典子的窘况并未详述,只用了一段简短的文字进行描述:"宦家索债,如狼似虎,利上盘利,将田房家私尽数估计,一妻二子,亦为其所有。尚然未足,要逼某扳害亲戚赔补。某情极,夜间逃出,思量无路,欲投涧水中自尽,是以悲泣耳。"李玉将桂家走投无路的窘况在第三出《鬻妻》、第四出《慨赠》中详细道出,使桂家与施家两条叙事线索近乎平行。

另外,话本小说的编撰者可以根据自己的喜好不必计较场面的冷热而随意描写,而戏曲家必须考虑一定的舞台效果,因此戏曲家往往会增加场次插科打诨,使观众暂时获得片刻的轻松,舞台场面冷热均衡。如《人兽关》传奇中添设的第十三出《医闹》、第二十三出《痴拟》,即为李玉巧妙设计并足以令在场观众捧腹大笑的两出戏。《医闹》一出写施济命在旦夕,其子施还四处问卜求医并无灵效,请来皮子秋,却是"嘴多油,本事丘,医书没一丢。大老乡绅常挂口,病人遇我即时休;催命鬼,皮子秋"。桂薪也推荐了一位草头郎中:"貌掬搜,背似钩,行医惯草头。积祖割猪生意陋,一旦骑驴入九流;谁不识,郁望楼。"骗子皮子秋与草头郎中郁望楼都看不起对方的医术,互相攻击,惹出了一出啼笑皆非的闹剧。后因皮子休胡乱开药,导致施济一服即亡,郁望楼也乘机逃跑。

《痴拟》一出叙桂薪因广有钱财,想无官不贵,于是与妻弟尤滑稽一起携三千两银子往京师营谋,欲寻一个好衙门。因事已办成,等待打点赴任，于是桂薪便在尤滑稽的撺掇下开始模拟做官的场面。

【北耍孩儿】（净）乌纱定做轻胎亮，束带光银不用镶。天蓝印绶须飘荡，簇新圆领盘金补，时样京靴底似霜。（付净）打扮就真官样，自古道花须叶衬，佛要金装。……

【三煞】（净）见尊官体貌庄，会同僚情意将。深恭浅喏频稽颡，献茶抹椅多仪数，官话通文各配腔。（付净）习官体非草莽，真个是威仪济济，相貌堂堂。……

【二煞】（净）待衙门弊要防，立堂规法要彰。宽严并用无偏向。（向丑低唱介）赚些阿堵来偿本，觅个相知去过赃。（付净拍手介）妙！妙！今仕路糊涂账，做什么居官清正，受尽了林下凄凉！……

【一煞】（净）受皇恩封父娘，赠宜人是敝房。老兄公舅人都让，见官见府称乡宦，公子公孙绍世芳。（付净）还要讲公事寻白镪，快把那桂衔告示，贴遍了解库仓场。

这几首曲子描述桂薪先把做官的行头如圆领、纱帽、皂靴准备妥当，不仅亲身试穿，而且进行了官体与圣堂问事规矩的演习，甚至预料三年考满之后挈带全家风光的场面。通过两场闹剧的添设，李玉不仅讽刺了江湖骗子与庸医草菅人命、骗人钱财的丑陋面目以及官场的肮脏丑态、官吏的腐败贪婪，还使故事的发展张弛有度，场面冷热均衡，取得了较好的舞台效果。

再次，为完善次要人物而增加情节。话本小说可以根据情节发展的需要随意处理人物，特别在一些情节类话本小说中，小说家注重人物行动的功能性，使人物从属于情节，造成作品中存在不少有始无终的人物，或者人物形象并不完整、人物性格也较为模糊。戏曲的改编中，这些在话本小说中若有若无或面目全非的人物就需要戏曲家进一步的加工与处理，进而才能使叙事结构精严完整、叙事线索清楚明晰。

原作中，桂迁之女桂琼枝只是从属于情节的若有若无的人物，性格并不突出，仅在结尾云其"性格温柔，能得支氏欢喜，一妻一妾甚说得着"（支氏即为施还之妻、支德之女）。而传奇中，李玉不仅增加了她的戏份，还突出了她善良感恩、出淤泥而不染的性格特征。桂家遭难，得施济慨赠金钱、房屋与生活用品，父母为感恩将其女贞奴送与施济为妾，后施济将贞奴配与其子施还为妻。施家败落,施还母子至桂家求助,桂薪拒之,桂子将施还毒打,尤氏悔亲赖债,并令店主将施还母子轰返,第二十出《惠姑》贞奴便对店主说明实情,暗中赠银,表示绝不退亲:

  (小旦)妈妈,方才母亲的言语,句句都是瞒心昧己的。我家受施家大恩,杀身难报;奴家许配施郎,千金不易。父母将施郎凌逼,奴家如剜寸心。又念婆婆在店中,无人通候,今日妈妈此来,极是好的了。……金钗一副,烦妈妈送与婆婆。白金十两,送与官人,为读书之费,教他用心攻书,自有相见之日。奴家生是施家人,死时施家鬼,父母纵有他意,奴家断不改节的。

  李玉不仅为桂贞奴的出场增加情节,也为施还岳父俞德增加戏份。在原作中,有关这个人物的篇幅甚少,仅在开头交代他与施济同馆读书,后施家落难,支德施以援手,将其女嫁于施还。改编后,李玉不仅有意增加了俞德(小说中为支德)这一人物的戏份,曾先后出现于第六出《闺箴》、第十五出《旋旌》、第二十二出《拯溺》、第二十四出《复业》、第二十九出《谊存》、第三十出《人圆》中,而且俞德父女的行踪俨然成为此剧叙事结构中一条重要的线索,与主线桂薪负恩于施家一线交叉演进,使俞德的感恩图报与桂薪的负心负恩形成鲜明的对比。

  《人兽关》传奇的重释过程中,李玉通过增加情节使施家施恩与桂家负恩形成鲜明的反差,从而强化矛盾冲突,突出教化世人的主题。同时,为了改编后的传奇作品符合舞台演出的要求,戏曲家不仅将桂家遭难的情节完全展开,桂家与施家两条叙事线索近乎平行,而且还巧妙设计了两出戏调剂舞台气氛。此外,为了使《人兽关》传奇的叙事结构与叙事线索更加严谨而清晰,他还为完善次要人物俞德以及桂贞奴而增加情节。

二 删减情节

  删减情节意味着同一故事在重释过程中,戏曲家将话本小说中不符合戏曲文体规范及舞台搬演的情节进行删减处理。相对来说,从话本小说至戏曲的重释中,增加情节的方式较为普遍,而大幅删减情节的情况并不多,主要集中于两篇或两篇以上的话本小说演绎而成的传奇中,或据一篇话本小说改编而成的杂剧中。

第一种情况见李玉《眉山秀》传奇,其据《警世通言》卷三《王安石三难苏学士》、卷四《拗相公饮恨半山堂》以及《醒世恒言》卷十一《苏小妹三难新郎》改编而成,传奇的情节结构以王安石与苏家斗争、秦观与苏小妹、娟娘的婚姻这两条线索组成。如此冗长的情节,戏曲家必然要大刀阔斧删汰一些次要的情节,如《拗相公饮恨半山堂》中,描写王安石变法失败后赶往江宁途中七次受辱的经历,如果李玉将七次受辱的经历在戏曲中有所体现,无疑会使叙事情节冗长拖沓,于是他大胆删削,将七次受辱缩减为二次,其他五次一笔带过,使叙事结构更加谨严。第二种情况如清初张韬《李翰林醉草清平调》杂剧,其据《警世通言》卷九《李谪仙醉草吓蛮书》改编而成,受杂剧篇幅的限制,张韬仅选取原作中"李白醉草《清平调》"这一场面加以敷演,删减了原作中的其他情节,使叙事线索更加清晰。

　　戏曲家将情节类话本小说改编为传奇,不仅需要对小说的人物做一系列的加工处理,在叙事情节上还必须实现从"故事"至"情节"的转变。在具体的操作中,改动的幅度还要视原作内容而定,如果话本小说的故事内容已然洋洋大观,足以构成连台大戏,那么戏曲家改编时就不会增加过多的情节,如据《苏知县罗衫再合》改编而成《白罗衫》传奇;如果话本小说的故事内容不甚繁复,那么需要增加的情节较多,而大幅删减的场景较少,如李玉据《桂员外途穷忏悔》改编《人兽关》传奇中,他从创作的整体出发,或删除与主旨不太紧密的情节,或缩减情节以便于舞台演出,或删去话本小说中过多的头绪,以保证戏曲的叙事结构精炼与统一,即李渔提出的"贵剪裁"与"减头绪"①。

　　首先,删除与主旨不太紧密的情节。一般来说,话本小说的编撰者按照主人公的生命流程进行叙述,不必作纪年式的叙述,而是选取主人公生平中一件完整的故事。如冯梦龙在讲述施家施恩与桂家负恩这一主要事件之前,首先对施济的出生、品性、交游进行了简单的介绍,还对次要人物

---

① 王骥德在《曲律》卷三《论剧戏第三十》中提出"贵剪裁":"贵剪裁,贵锻炼——以全帙为大间架,以每折为折落,以曲白为粉垩、为丹雘,勿落套,勿不经,勿太蔓,蔓则局懈,而优人多删削。"李渔在《闲情偶寄·词曲部·结构第一》中提出"减头绪":"头绪繁多,传奇之大病也。……事多则关目亦多,令观场者如入山阴道中,人人应接不暇。"二者的意思相近。中国戏曲研究院:《中国古典戏曲论著集成》,中国戏剧出版社1959年版,第137页;(清)李渔:《闲情偶寄》,山西古籍出版社2007年版,第13页。

支德的家世、游学以及施鉴之父藏金、施济葬父、施济年逾四十得子之事也有简略讲述,基本勾勒了施济的前半生。施济前半生的交游、品性尽管对其施恩于桂家有着关键的影响,但是与故事的主旨并无紧密的联系。因此,《人兽关》传奇中,李玉大胆剪裁,删去了这一无关紧要的情节,围绕故事的主题充分敷演与发挥。

此外,话本小说的编撰者一般随着自己的喜好叙述故事,难免存在不少与主旨无关的情节,而戏曲必须具备谨严的叙事结构、清晰的叙事线索。如冯梦龙在话本小说中对施家与桂家的恩怨娓娓道来,故事发生的时间长达五六年之久。施济向桂家慨赠银两、房屋及生活所需之后,作者还饶有兴趣地讲述了施家与桂家的儿女婚姻之事。施济之妻严氏与桂薪之妻孙大嫂初见,相谈甚欢,犹如姐妹。谈话中严氏得知孙大嫂身怀有孕,而施还也未满周岁,便向孙大嫂许诺,如其生女便结为亲家,后孙氏果生女,全家欢喜。因桂家挖掘藏银,存有异心,施家再谈亲事,桂家便借故推托。若将此事在戏曲中继续展开,难免会显得繁琐而冗余,于是李玉在戏曲中将叙事时间的节奏加快,并删去了此段与主题并无太大关联的情节,第八出《献女》中将其改编为桂氏夫妇因深感施济施恩,无以为报,欲献女儿为施济侍妾,但施济坚辞不受,反而与桂薪定下儿女亲家。

其次,为了舞台演出的效果而缩减情节。话本小说的阅读中,读者的阅读时间是不加限制的,可以随时停下来细细品味思考,还能重复阅读。而戏曲的叙事时间是现在进行时,随着叙事情节的演进,观众不可能再回到原来的叙事时空,戏曲家在创作中需要"贵剪裁""减头绪",删汰或缩减过多的枝蔓与头绪,使矛盾冲突更加尖锐、激烈。如《桂员外途穷忏悔》牛公子霸占施家田产一事,冯梦龙对此事颇有兴趣的详述:施还母子往桂家求助不成,回家后施还之母因劳碌与怄气而亡,施还无奈将祖房卖于李平章门下牛万户之子,而牛公子倚势欺人,专门查访孤儿寡妇便宜田产图半价收买。施还急于出售而落入圈套,施还岳父支翁欲寻牛公子说理,可牛公子并不接见。后施还听从支翁权宜之言搬家,却无意间在祖父房内发现藏宝账簿。施还掘出藏金后欲赎房产,而牛公子不许赎回,二人便将此事诉讼于官府,奈知府正直无私,重判牛公子。牛公子恼羞成怒,欲托李平章压制知府,孰知李平章事败,牛万户被斩首,而牛公子在逃亡时也被方国珍所杀。李玉在传奇第十六出《豪逐》中简单敷演,不仅删汰了原作中关于诉讼、掘金的细节,还将此事安置于施还母子向龙游桂家求助之前，使此事变成了施桂两家矛盾激化的导火索。

话本小说与戏曲叙事的互动中，戏曲家不仅要缩减情节及激化矛盾冲突，还要使故事情节适宜于舞台的演出。如话本小说中，桂迁因托尤滑稽入粟买官，尤骗桂而自买亲军指挥使，桂迁欲持刀杀尤，后不觉入梦，梦见自己变成犬样，遭施济夫妇责骂，又见其妻、二子、其女琼枝都已化犬，全家相携舐粪、长儿被烹的情节，此类场景，在戏曲舞台上不仅不利于演员的表演，而且亦难登大雅之堂，李玉便进行一系列的删略与改编。第二十六出《冥警》，尽管其中也写桂薪入梦，但梦的内容却有所不同，即睡魔引桂薪梦入冥境，受到阎罗天子以及死后任苏州都土地的施济对其负恩的斥骂，也达到同样的舞台效果。

再次，删减、合并一些次要人物及其情节。话本小说中，编撰者的重心一般讲述精彩纷呈、曲折繁复的故事，较为注重人物行动的功能性，使人物从属于情节，不仅忽略了人物性格的描写，对其中一些次要人物的交代也有始无终。如小说中桂薪本有两子桂高、桂乔以及两个媳妇，后桂家败落，两子皆亡。冯梦龙虽有提及桂薪二子及二媳，但是四人对故事的发展均无实质性作用，还忽略对二媳结局的交代。此外，小说的后半部分中，冯梦龙不仅提及尤滑稽，并述尤滑稽为桂薪近邻，桂薪意欲买官，尤滑稽从中斡旋，并骗桂而自买亲军指挥使，后受贿枉法死于狱中；小说还涉及桂薪的旧相识李梅轩，讲述桂薪欲送其女为施还侧室，托李翁通信，施还再三推托，后经李翁作伐，施还纳桂女为妾。总之，话本小说中，李梅轩不仅是无头无尾的人物，尤滑稽在文中也缺少埋伏照应，人物出场显得突兀勉强。

李玉在改编《人兽关》传奇时，为了使叙事结构更加谨严完整，删去桂薪次子及二媳，将长子彬彬有礼、谦逊文明的性格改为蛮不讲理、暴虐成性，施还二次登门求助，遭其毒打，进一步激化了施家与桂家的矛盾。在尤滑稽一线的处理上，李玉注重"密针线"①，并使用照应、埋伏之笔，将桂薪之妻孙氏改为尤氏，尤滑稽为尤氏亲弟，桂薪之内弟。第十出《僵雪》埋伏尤滑稽一线，他曾为龙游县吏，因贪钱粮而被问罪，后

---

① 李渔在《闲情偶寄·词曲部·结构第一》中提出"密针线"："编戏有如缝衣，其初则以完全者剪碎，其后又以剪碎者凑成。剪碎易，凑成难，凑成之工，全在针线紧密。一节偶疏，全篇之破绽出矣。每编一折，必须前顾数折，后顾数折。顾前者欲其照映，顾后者便于埋伏，不止照映一人，埋伏一事，凡是此剧中有名之人，关涉之事，与前此后彼所说之话，节节俱要想到。"（清）李渔：《闲情偶寄》，山西古籍出版社2007年版，第11页。

蒙恩开释，流落在苏州，于雪天偶遇姐夫桂薪，后得桂家收留，参与并策划离开施家，为后来第二十三出《痴拟》、第二十五出《幻骗》中的情节相照应。此外，李玉将李梅轩删去，用俞德代其撮合桂薪之女桂贞奴与施还成婚，从而保证了叙事结构的精炼与完整。

从话本《桂员外途穷忏悔》至《人兽关》传奇的改编，李玉删减一些次要人物及情节，不管是为了统一全剧的主旨，还是便于舞台演出，主要目的都是将叙述重心集中于主要事件及其人物，使施家与桂家之间的矛盾进一步尖锐化，进而在激烈的矛盾冲突中刻画主要人物的性格、塑造主要人物的形象，进而提高全剧的戏剧效果及艺术感染力。

明末世风日下，李玉作为一个有强烈社会责任感的封建文人，企图以戏曲作为强有力的武器劝化世人、恢复封建伦理纲常，因此李玉通过增加或缩减情节而将施家与桂家的矛盾冲突进一步白热化，突出伦理教化的主题。同时，作为一名戏曲家，也必须遵守戏曲的舞台要求。重释故事时，利用增加或缩减情节的方式调剂了舞台气氛，保证叙事结构与叙事线索的严谨、清晰。李玉改编《人兽关》传奇后，冯梦龙又重新改订了李玉的《人兽关》传奇，收录在《墨憨斋订定传奇》中。由于冯梦龙着重于艺术技巧的修订与完善，对李玉《人兽关》传奇的情节结构并未作改动，说明他基本肯定了李玉对于其《桂员外途穷忏悔》叙事情节的操控与经营。①

第二节　情节追加的叙事整合

话本小说与戏曲之间叙事的互动，使同一故事衍生出多种文本，故事的最早文本或是史传记载，或是民间传说，或是真实案例，随后衍生出同一故事的文言小说、元杂剧、话本小说、明清传奇等叙事文学作

---

① 冯梦龙在《墨憨斋定本传奇》之《人兽关》总评曰："戏本之用开场表白，此定体也。原本径扮大士一折，虽曰新奇眩俗，然邻于乱矣，况云大士故赐藏金于负心之人，使之现报以儆世俗，尤为悖理。今移大士折于赠金设誓之后，为冥中证誓张本，线索始为贯串，且戒世人莫轻赌咒大有关系。上卷尤属平演，至下卷劝恶、拒客、证誓、证梦、犬报诸折，令人发竖魂摇，前辈名家，未或臻此。牛公子改为戎公子，以牛姓时有，故避之。又添义赎施房一折，不惟情节关系难省，亦见公子势头不可使尽。负心变犬，事出小说，原名桂迁，此改桂薪，作者或有指也。……"（明）冯梦龙：《墨憨斋定本传奇》（下册），中国戏剧出版社1960年版。

品。尽管故事一再被改编，但是人们一再创作绝非缺乏原创精神，而是故事中深层次地反映了集体性的审美价值。这个原生态的故事内核经历了历时性、共时性的演化，经由不同时代的人们不断以追加的方式丰富故事的新内容，使最初简单粗糙的故事最后整合成蔚为大观的故事系列。下面以李白故事、"白罗衫"故事衍生的文本为例，考察叙事情节的追加与整合。

一 《松窗杂录》与新、旧《唐书》对李白故事的追加

关于李白故事的流传，齐召南《李太白集辑注序》有云："太白本末，惟诸序、记、志、范、裴二碑及《旧唐》、《新唐》二书可证本诗，世远事湮，疑谬杂出，宁得觅焉。"[①] 基本勾勒了李白生平资料的流传状况，以及后人对其生平逸事极其热衷的态度。对李白生平的记述，在他生前已有不少的诗文吟唱、记述，如杜甫赠李白诗有十五首、任华《杂言寄李白》、独孤及《送李白之曹南序》等[②]，其中杜甫《寄李十二白二十韵》一首长诗基本是对李白一生经历的简要描述，尽管诗的内容也有涉及李白在宦海的荣辱沉浮等，但是这些吟诵与记述都相对简单，并没有对李白的生平做任何复杂的探究。

李阳冰《草堂集序》、魏颢《李翰林集序》、乐史《李翰林别集序》、李华《故翰林学士李君墓志》（并序）、刘全白《唐故翰林学士李君碣记》、范传正《唐左拾遗翰林学士李公新墓碑》（并序）、裴敬《翰林学士李公墓碑》等序志碑传对李白生平记述相对详细，关于李白在长安仕宦沉浮等方面也有描述，如唐玄宗的降辇步迎、御手调羹、七宝床赐食、草答番书、赏识郭子仪等。[③] 对于李白的遭谗放逐，各家表述亦有不同：李阳冰谓："天子知其不可留，乃赐金归之"；魏颢云：（李白制出师诰，唐玄宗许之中书舍人）"以张垍谗逐，游海岱间"；刘全白云李白被"同列者所谤，诏令归山"。范传正云李白"上疏请还旧山，玄宗甚爱其才，或虑

---

① （清）王琦：《李太白文集》，中华书局1977年版，第1682页。

② （清）王琦：《李太白文集》，中华书局1977年版。其中下册卷之三十二、三十三的附录二与附录三的诗文基本都叙述了李白的生平逸事。

③ （清）王琦：《李太白文集》，中华书局1977年版，第1443—1480页。

乘醉出入省中，不能不言温室树，恐掇后患，惜而逐之"①。其中虽有李白与唐玄宗的记述，但大多并没涉及高力士、杨贵妃，更未将李白的遭谗放逐与高力士、杨贵妃的诽谤排斥加以联系。

这些序志碑传中，范传正的碑中始有高力士的记述，述及唐玄宗急召李白作序，而李白并不在宴，"时公已被酒于翰苑中，仍命高将军扶以登舟，优宠如是"。范氏碑中对唐玄宗于李白之恩宠也多有描述："以宝床方丈赐食于前，御手和羹，德音褒美，褐衣恩遇，前无比俦。遂直翰林，专掌密命，将处司言之任，多陪侍从之游。"高力士身份特殊，唐玄宗有时也不直呼其名，称为将军，太子称其为兄，诸王、公主尊称为翁，外戚诸家呼为爹。范氏碑中不称其名，亦称高将军，不仅是尊重高力士本人，还借此表明唐玄宗对李白的优宠。其中记述，不仅未将李白的放逐与高力士联系起来，也尚未将李白的放还归咎于高力士脱靴受辱后的诽谤。

将李白的放还归咎于高力士与杨贵妃的谗言诽谤之事，首次出现在宋人乐史的记述中："上尝三欲命李白官，卒为宫中（高力士、杨贵妃）所捍而止。"乐史详细记述了李白作沉香亭醉赋《清平调》三章，而高力士以脱靴为耻进谗于贵妃，致使李白无法仕进而被放逐的情节。作为李白故事的核心，"此一事盖得之唐人所著《松窗录》"②。韦叡《松窗录》原书已佚③，唐人李濬编《松窗杂录》也有此段情节④，特录如下：

　　开元中，禁中初重木芍药，即今牡丹也。开元、天宝花呼木芍药，《本记》云：禁中为牡丹花。得四本红紫浅红通白者，上因移植于兴庆池东沉香亭前。会花方繁开，上乘月夜召太真妃以步辇从。诏特选梨园弟子中尤

---

① 李白受到唐玄宗的赏识，玄宗欲委以重任，然因李白嗜酒成性，恐其醉后言及朝廷之事，泄露朝中机密要事引起后患，故才将李白放逐。恐李白言温室树，即是害怕李白酣醉后泄露朝政要事。《汉书》卷八十一《匡张孔马传》言孔光事，"兄弟妻子燕语，终不及朝省政事。或问光：'温室省中树皆何木也？'（晋灼曰：长乐宫有温室殿）光嘿不应，更答以它语，其不泄如是"。（汉）班固：《汉书》（第十册），（唐）颜师古注，中华书局1962年版，第3354页。
② （清）王琦：《李太白文集》，中华书局1977年版，第1457页。
③ 《太平广记》卷二百零四"李龟年"条收录全文。李昉等：《太平广记》（第五册），中华书局1961年版，第1549—1550页。
④ 《太平广记》卷二百零四"李龟年"条与唐人李濬编《松窗杂录》内容相似，只有字句略有不同。

者,得乐十六部。李龟年以歌擅一时之名,手捧檀板,押众乐前,欲歌之。上曰:"赏名花,对妃子,焉用旧乐词为?"遂命龟年持金花笺,宣赐翰林学士李白,进《清平调词》三章。白欣承诏旨,犹苦宿醒未解,因援笔赋之。"云想衣裳花想容,春风晓拂露华浓。若非群玉山头见,会向瑶台月下逢。""一枝红艳露凝香,云雨巫山枉断肠。借问汉宫谁得似,可怜飞燕倚新妆。""名花倾国两相欢,长得君王带笑看。解释春风无限恨,沉香亭北倚兰干。"龟年遽以词进。上命梨园弟子约略调抚丝竹,遂促龟年以歌。太真妃持颇黎七宝盏,酌西凉州蒲萄酒,笑领意甚厚。上因调玉笛以倚曲,每曲遍将换,则迟其声以媚之。太真饮罢,饰绣巾重拜上意。龟年常话于五王,独忆以歌得自胜者无出于此,抑亦一时之极致耳。上自是顾李翰林尤异于他学士。会高力士终以脱乌皮六缝为深耻。异日太真妃重吟前词,力士戏曰:"始谓妃子怨李白深入骨髓,何拳拳如是?"太真妃因惊曰:"何翰林学士能辱人如斯?"力士曰:"以飞燕指妃子,是贱之甚矣。"太真颇深然之。上欲命李白官,卒为宫中所捍而止。①

此段情节的记载表面看来真实可信,如天宝四年(745)八月,杨氏才被册为贵妃,这里称呼为太真妃。细细推究,发现其中的情节与史实严重不符,有几点值得关注:其一,太白入翰林在天宝初年,并不是开元中期。开元中期的说法是叙述木芍药的由来,并不是李白醉赋《清平调》三首诗的历史背景;其二,高力士在杨太真面前进谗言,杨称李白为翰林学士。其实,历史上的李白并没做翰林学士,而是以诗文为特长随时陪侍皇帝的翰林待诏,亦称翰林供奉。时人或后人往往称李白为翰林学士,仅是假借其名的尊称而已,实际上李白并未任翰林学士之职;② 其三,此时

---

① (唐)李濬:《松窗杂录》(及其他四种),见《丛书集成初编》,中华书局1991年版,第2页。
② 据(元)马端临《文献通考》卷五十四《职官考八》,"学士院考"条云:"开元以来,犹未有学士之称,或曰翰林待诏,或曰翰林供奉,如李白犹称供奉,自张垍为学士。""翰林学士考"条云:"唐元宗开元二十六年所置,初以中书务繁,乃选文学之士号翰林供奉,与集贤学士分掌制诰书命。至是改供奉为学士,别建学士院,专掌内命。"其中唐元宗即唐玄宗。可见李白入翰林只是"假其名而无所职",他主要以诗文之特长随侍皇帝左右,并不是供奉翰林的学士,因此可称李白的官职为翰林供奉,或称翰林待诏。时人及后人对其名称经常混称,如序志碑传的名称中都有"翰林学士"的字眼。文中列此种解释,仅做参考。马端临:《文献通考》(卷五十四《职官考八》),新兴书局1965年版。

的唐玄宗并不是昏聩无能的皇帝,他不仅才华卓越,而且艺伎超群、精通乐理。如果李白真要借《清平调》三首诗讽刺杨太真,他不会"遂促龟年以歌",而此时的李白受到恩宠,欲一心效忠皇帝,并无讽刺之由;其四,据近年来出土的《大唐故开府仪同三司兼内侍监上柱国齐国公赠扬州大都督高公(力士)墓志铭并序》所记:

> 公左右明主,垂五十年。布四海之宏纲,承九重之密旨。造膝之议,削藁之书,不可得而知也。其宽厚之量,艺业之尤,宣抚之才,施舍之迹,存于长者之论,良有古人之风。①

尽管墓志铭不免阿谀溢美之词,但是高力士去世时已经过唐玄宗、唐肃宗两朝,至唐代宗时期才立,因此其墓志铭有一定的客观真实性。② 历史上的高力士帮助唐玄宗平定韦氏、太平公主之乱,忠心耿耿,为人宽厚,有古人的高风亮节,并非《松窗杂录》所载的高力士为一己之私怨进谗诽谤的奸佞小人。因此,《松窗杂录》所述"高力士脱靴"的情节没有一定的历史可证性,而李白的放逐也就与高力士的进谗、贵妃的阻挠之间并无必然的联系。通过此事,表现了后世文人与民众对李白的喜爱,对宦官却持极其厌恶之感。如汉代司马迁在受到宫刑之后,愤慨言道:"行莫丑于辱先,而诟莫大于宫刑。"而"事关于宦竖,莫不伤气",他还列举了不少历史上人们厌恶宦官的事例。③ 由于历史上宦官得宠造成政乱的不在少数,因此人们对宦官普遍持厌恶的态度,于是后人在李白故事中对高力士进行了一系列的丑化,与历史上的高力士其人是不相符合的。

《松窗杂录》所述情节已经涉及唐玄宗、杨贵妃、高力士、李白、李龟年五个主要人物,以"李白醉赋《清平调》三首"为故事的核心,展现了李白敏捷过人的才华及玄宗对李白前无比侪的优宠,满足了后代士人对于君臣遇合的幻想。因此,"李白醉赋《清平调》三首"顺其自然成为李白故事系列作品的核心,并成为创作者用心铺陈与抒愤宣泄的重要场

---

① 吴纲:《全唐文补遗》(第七辑),三秦出版社2000年版。
② 高力士墓志铭由唐朝尚书驾部员外郎、知制诰潘炎奉敕撰文,潘炎与高力士基本处于同一朝代,而且是在高力士失去权力时所写,因此碑文具备一定的客观性、可信性。
③ 袁行霈:《中国文学作品选注》(第一卷),中华书局2007年版,第340—347页。

景,为后世作品所沿袭,如宋人乐史《李翰林别集序》《杨太真外传》所述之事,皆出于此。另外,后世笔记杂录、戏曲小说中有关李白仕宦沉浮的情节,也来源于《松窗杂录》的记载。然而,《松窗杂录》尽管已具备李白故事的核心情节,但是它并没有完整地表达李白的身世遭逢与精神志节,且充斥着太多创造性的伪纂。如《右记庙廊二十二则》就记载道:"太白事迹,自新、旧二史外,其杂书所载半出于好事者伪纂,乃爱古嗜奇之士多乐引之,非以其人可思慕故耶?"① 由此可见,新、旧《唐书》的李白本传,才相对客观、系统地表达出李白的生平事迹。

《旧唐书·文苑传》自从10世纪后期成书后就备受批评②,其中《旧唐书·李白传》以正史形式记载李白的生平传记,也有多处与史实严重不符,如传中记载与目前可知李白晚年的活动情况并不相符:《旧唐书》云"永王任江淮兵马都督、扬州节度大使,白在宣州谒见,遂辟从事。"可是李白是在庐山应永王召而入幕,并非在"宣州谒见";永王李璘时为江陵大都督,也从未任扬州节度大使等职③。《旧唐书》记述李白放逐的原因是"白既嗜酒,日与饮徒醉于酒肆。……尝沉醉殿上,引足令高力士脱靴,由是斥去"④。强调李白贬黜的原因是因为醉酒失态。因此,学界普遍认为《旧唐书》中保留了对李白全面"生活"的最早记录,而《新唐书》对李白生平的叙述才是他生活的"基本材料"⑤。《新唐书》对李白醉赋《清平调》三首之事的讲述更加详细充分:

> 白常侍帝,醉,使高力士脱靴。力士素贵,耻之,摘其诗以激杨贵妃。帝欲官白,妃辄沮止。白自知不为亲近所容,益骜放不自修,

---

① (清)王琦:《李太白文集》,中华书局1977年版,第1679页。

② 曾巩在《李白诗集后序》中言道:"范传正为白墓志,称白'偶乘扁舟,一日千里,或遇胜景,终年不移',则见于白之自叙者,盖亦其略也。《旧史》称白山东人,为翰林待诏,又称永王璘节度扬州,白在宣城谒见,遂辟为从事。而《新书》又称白流夜郎,还浔阳,坐事下狱,宋若思释之者,皆不合于白之自叙。盖史误也。"(宋)曾巩:《曾巩集》(上册),中华书局1984年版,第194页。

③ 傅璇琮:《唐才子传校笺》(卷二《李白》),中华书局1987年版,第390—391页。

④ (清)王琦:《李太白文集》,中华书局1977年版,第1475页。

⑤ [美]倪豪士:《对〈旧唐书·李白传〉的解读》,《传记与小说:唐代文学比较论集》,中华书局2007年版,第254页。

与知章、李适之、汝阳王琎、崔宗之、苏晋、张旭、焦遂为酒中八仙人，恳求还山。帝赐金放还。①

这段内容所记李白醉后让高力士脱靴，高力士以此为耻，向杨贵妃进谗，阻止李白的升迁之路，并未指明所摘之诗的内容。后《唐才子传·李白》对此事做了进一步的丰富与补充，"尝大醉上前，草诏，使高力士脱靴，力士耻之，摘其《清平调》中飞燕事，以激怒贵妃，帝每欲与官，妃辄沮之"②。指明高力士所摘之诗为《清平调》三首，以赵飞燕暗指杨贵妃③。

经过新、旧《唐书》等史书传记的记载与坐实，"力士脱靴"的情节才逐渐被大众肯定与认可。有了"力士脱靴"情节的敷演，才有"贵妃捧砚""龙巾拭吐"等一系列情节的发挥与创设，后代士人有意将李白的恩宠极度放大与夸张，使李白成了文艺作品中受到皇帝恩宠最多的士人。就故事的真实程度而言，尽管唐玄宗礼遇李白有一定的客观性，但是大多都是后代士人的敷演发挥。

二 话本小说《苏知县罗衫再合》对"白罗衫"故事的整合④

唐宋时期五篇传奇小说对"白罗衫"故事自娱自乐式的记载，基本确立了"白罗衫"故事的情节框架，即母亲抚育幼子及幼子长大后为父报仇。此后演绎的元杂剧《汗衫记》，尽管在故事内容与艺术表现上都有新的质变，但是对"白罗衫"故事的解读与阐释仍相对简单质朴。直至明末，通俗大家冯梦龙将"白罗衫"故事加工与整理为话本小说《苏知县罗衫再合》。冯梦龙在前代流传故事的基础上进行叙事情节的整合，主要着重于叙事的委婉曲折、描摹人情物态的生动周详以及细节的丰富真实，情节结构也洋洋大观，删去了受害者之妻被强盗霸占十八年的事实，并通过徐用、朱婆的帮助逃脱了强盗的魔掌。同时，冯梦龙还有意强化了

---

① （清）王琦：《李太白文集》，中华书局1977年版，第1476页。
② 傅璇琮：《唐才子传校笺》，中华书局1987年版，第387页。
③ 郁贤皓注释云《新唐书》与《唐才子传》中关于李白醉赋《清平调》之事本于唐人李濬编《松窗杂录》中的记述。傅璇琮：《唐才子传校笺》，中华书局1987年版，第388页。
④ （明）冯梦龙：《警世通言》，中华书局2009年版。

母亲的复仇意识，对于受害者之子为父复仇的关键情节也进行了扩充与发挥，使话本小说《苏知县罗衫再合》成为整个"白罗衫"故事的集成与总结。

据孙楷第考证，《苏知县罗衫再合》据唐传奇《原化记·崔尉子》敷演。① 实质上，此篇小说是对于前代"白罗衫"故事所有文本的整合与建构。尽管它采用了《原化记·崔尉子》故事的骨架，但是一些细节也有敷演其他"白罗衫"故事文本的痕迹。如"祖孙相遇"的场景源于唐传奇《陈义郎》，增加徐用、苏雨二人角色的灵感源于唐传奇《陈义郎》以及元杂剧《汗衫记》。作者虽云故事发生在"国朝永乐年间"，但实为伪托之词，篇末云"至今闾里中传说苏知县报冤唱本"，或据唐人传奇与唱本改编而成。

《苏知县罗衫再合》融合了公案、传奇题材之所长，延续了"白罗衫"故事的情节骨架，不仅具有公案小说的性质，还掺杂了发迹变泰、世态人情以及伦理道德等内涵。故事场景蔚为大观，共有：苏云赴任、舟中遇盗、徐能逼婚、郑氏脱险、尼庵产子、凶贼育婴、苏云获救、苏雨寻兄、祖孙偶遇、郑氏告状、智擒凶贼、苏云鸣冤、罗衫再合。人生的悲欢离合、酸甜苦辣应有尽有，人物之间的关系也错综复杂，基本阐释了父（生父与养父）子、兄弟、夫妻即"三常"之间的伦理道德观。此外，冯梦龙还添设强盗弟弟这一人物，在行凶时他多次劝说凶犯，先让受害者"全尸"并抛入江河，后被人救起，为全家团圆埋下伏笔。他又放郑氏逃到尼庵，生下遗腹子，郑氏用罗衫包裹婴儿，托尼姑放在十字路口，恰巧被凶手拾去，抚养长大。此子长大，赴试途中偶遇祖母，祖母见其酷似己子，赠罗衫一件，而郑氏一直在尼庵修行，后去告状，正告在亲生儿子手中。结果真相大白、恩仇得报，全家团圆。正如何满子评论道，该篇小说"以其故事的叙述形式为古代民间所喜闻乐见，而本篇以及叙次的委曲详

---

① 孙楷第《小说旁证》在"苏知县罗衫再合"条言道："唯易崔为苏云。云云沉水不死，其妇郑义不从舟人，逃去为尼。在庵生子，长第进士，始否终泰，为稍异耳。《太平广记》卷一百二十二《陈义郎》条引温庭筠《乾䐺子》，又卷一百二十八《李文敏》条引《闻其录》，皆与《原化记》所载大略相似而细节不同，非平话所本。清人又本平话为《白罗衫》传奇。"孙楷第：《小说旁证》，人民文学出版社 2000 年版，第 113 页。

赡则在同类短篇小说中带有集大成的性质"①。

话本小说的读者对象是广大市民，因此冯梦龙在加工整理时着重于表现情节的曲折、合理和细节的丰富、真实，使"白罗衫"故事更加贴合市井百姓的理解和想象。而话本小说由"说话"伎艺之一"小说"演变而来，在故事内容与艺术表现上都不同于其他类型的小说，正如李泽厚所言：

> 由于它们由说唱演化而来，为了满足听众的要求，重视情节的曲折和细节的丰富，成为这一文学在艺术上的重要发展。具有曲折的情节吸引力量和具有如临其境如见其人的细节真实性，构成说唱者及其作品成败的关键。从而如何构思、选择、安排情节，使之具有戏剧性，在人意中又出人意外；如何概括地模拟描写事物，听来逼真而又不嫌繁琐；不是去追求人物性格的典型性而是追求情节的合理、述说的逼真，不是去刻画事物而是去重视故事，在人情世态、悲欢离合的场合境遇中，显出故事的合理和真实来引人入胜，便成为目标所在。也正是这些奠定了中国小说的民族风格和艺术特点。②

李泽厚的分析对象是在"说话"伎艺基础上形成的白话小说，亦与情节类话本小说的艺术特征极其吻合。《苏知县罗衫再合》是情节类话本小说的上乘之作，加上故事本身具有的平民化色彩，对故事情节曲折与合理的追求程度要远远超过人物类与戏剧性的话本小说，甚至于历史演义小说或章回小说。而情节类话本小说中，情节才是创作者强调的重心，人物只是事件的施动者或被动者。从属于情节，导致人物形象的塑造简单呆板。如受害者之妻郑氏这个人物，她的性格前后反差较大，故事开始时她为了能为前夫延续香火，忍辱负重、苟且偷生，与凶贼、命运作坚强抗争的形象清晰动人。时隔十九年后，叙述焦点对准了她的儿子，她就变成了创作者手中多余的一枚棋子，毫无作为。这是由于小说家受传统审美趣味的制约与影响，加上情节类话本小说人物从属于情节的特点，都较为关注

---

① 何满子、李时人：《中国古代短篇小说杰作评注》（下），安徽文艺出版社1988年版，第192页。

② 李泽厚：《美的历程》，天津社会科学院出版社2006年版，第312页。

情节的构成，而忽略了故事细节及人物性格发展的逻辑性。

古代社会中市井百姓的审美趣味并不像当代观众的那么复杂多变，公式化、单一化的情节结构与脸谱化、类型化的人物能满足当时读者的审美需要，话本小说中，这些简单化、类型化的人物及其行动在读者看来就不会觉得虚假单薄。如事隔十九年后，苏云和郑氏各自去告状鸣冤的情节，冯梦龙在叙述时，尽管也补充了苏云与郑氏无法告状的缘由，郑氏是由于惧怕再落贼人之手，一直等到容貌改变才出去打听孩儿消息，而苏云则是由于陶公苦劝安命，趁陶公清明出去扫墓之时，他才有机会出来寻访妻儿下落。虽然这些理由的补充在今天看来有些牵强，但是传统社会的读者凭着对生活的感知却能认同作者的安排，即落魄后不得已才屈从命运的无可奈何。冯梦龙如此费心安排，策划苏云夫妇十九年来认天安命不去告状寻亲，无非是为了使十九年后的他们同时鸣冤至儿子面前，造成意料中又在意料之外的紧张激烈的情节冲突。

由于创作者过于追求奇巧的情节，不仅使人物性格的发展缺乏一定的逻辑性，而且个别细节的合理性也值得商榷。如郑氏乃区区一个女流之辈，不识文字，惧怕再落贼人之手无法告状的道理可以讲通。可是苏云作为故事的关键人物，两榜进士，即使遭到盗贼劫掠，财物官诰失落，流落在三家村教学十九年，没有告状，更没有与家人通信，间接导致弟弟病死他乡，这个情节的缺陷始终都是无法讲通的。同时，作为整个复仇行动的关键人物之一，郑氏的行动也严重缺乏一定的逻辑性。在"白罗衫"故事的建构过程中，叙述者对她的关注都集中在贞节观的阐释上。尽管古代寡妇的再婚一直是普遍存在的社会现象，却呈越来越少的发展趋势，直至明清时期，提倡寡妇守节，反对妇女改嫁的贞节观念才进一步普及全社会。① 因此，在唐、宋、元三代文本的记述中，女主人公都没有受到法律或道德舆论的惩罚，更没有实施什么复仇行动。至明末的话本小说中，冯梦龙却一反前人的处理方式，千方百计地为她保全贞操，安排强盗身边的朱婆帮她逃跑。作为即将分娩的孕妇，受害者之妻竟突然间有了异常敏捷的脚力，一口气跑了六十余里的路程，更何况明代妇女有裹小脚的风俗，于是故事的合理性与真实性程度不得不让人质疑。另外，对于劝嫁的朱婆来说，她本是强盗徐能身边的人，在徐能逼郑氏成婚时却一再质问郑氏没

---

① 常建华：《婚姻内外的古代女性》，中华书局2006年版，第116页。

有当即随夫同亡，当郑氏说出分娩在即想给丈夫留下一丝血脉后，她也莫名其妙地帮助郑氏逃跑，又为避免泄露郑氏的消息投井而死，人物行为也缺乏一定的逻辑性。

"白罗衫"故事的内核是受害者之子实施复仇，这是最能吸引读者眼球的精彩场景，创作者本应绞尽脑汁加以渲染，可是唐宋时期"白罗衫"故事初级阶段的阐述中，没有进行深入的挖掘与加工，多是寥寥数语或一语概之的描写。元杂剧《汗衫记》中，张国宾便开始有意追加对复仇情节的描述。至《苏知县罗衫再合》中，冯梦龙继续对复仇行动进行补充与发挥，使这个关键场景几乎占据了小说的一半篇幅，于是受害者之子徐继祖（后改名为苏泰）自然而然便成为故事的主要人物。在真相揭露的过程中，当他拿到生母郑氏的状子时，"不看犹可，看毕时，唬得徐御史面如土色"，然后"屏去从人，私向周兵备请教"，说："这妇人所告，正是老父，学生欲待不准他状，又恐在别衙门告理。"反映了他少年老成、做事历练的性格特征。他并没有听从周兵备"一顿板子"将郑氏"敲死"以绝后患的意见，而是"一夜不睡"进行思考筹划，一边秘密地让奶公前来以便问个清楚，另一边安顿郑氏。在威逼利诱奶公说出真相后，不慌不忙地实施复仇计划。当他得知落水未死的生父苏云向操江林御史告状，为避免打草惊蛇，他有心阻止林御史听事官去山东王尚书家要徐能、徐用等人，进而一举将贼人团伙一网打尽。从身世秘密的揭开到复仇计划的实施，徐继祖心机颇深、机智干练的形象跃然纸上，正是他主动积极的擒贼态度和善于计谋的为官之道，才使整个案情真相大白、受害者沉冤得雪。

在得知养父即为杀父仇人的时候，冯梦龙也颠覆了前人文本中过于简单、理性的处理方式，即受害者之子得知真相后毫不犹豫地杀掉养父，对于人物之间与人物内心的戏剧性冲突有了更多的渲染，非常重视情节的曲折与细节的丰富。如徐继祖在接到郑氏的状子后，"一夜不睡"，思虑再三，面见郑氏后，又"委决不下"，后来得知身世的真相才定策捉拿凶犯，可是见到养父后，"又有局蹐之意。想着养育教训之恩，恩怨也要分明，今日且尽个礼数"。接着教请"太爷二爷到衙，铺毡拜见"。直到苏云认出贼人团伙，他才决绝果断下令捉拿养父。在复仇计划的实施中，他的内心有过激烈的斗争与冲突，毕竟是对他视如亲生、疼爱有加的养父，要向他报仇雪恨，总是会有或多或少的犹豫与痛苦。血脉嫡亲最终战胜了二十年的养育之恩。尽管这是古代宗法社会最终的判决，但是创作者也增添了世俗民众的真实生活体验。

徐继祖后改名为苏泰,名字取否极泰来之义,直接揭示了话本小说的主题内涵,即作者对宗族意识的显扬及封建善恶道德观的肯定,一家人在经历了生死离别之后,终于能够认祖归宗、全家团圆。可是在否极泰来的背后,始终有一股恍惚的悲凉之感贯穿于团圆的喜庆之中,他们一家喜乐团圆,却有人家"家家女哭儿啼,人离财散",而且苏泰对哺育自己的乳母因碍于生母的面子都不能收留。即使表面上一家人相聚团圆,也难保日后嫡亲的一家会其乐融融。结尾又叙苏泰娶王尚书孙女,迅速起建御史府第等,热闹繁华的背后反映了世态的炎凉,在富贵显达时,总是有不少人趋之若鹜、锦上添花;在落魄遇难时,世人置若罔闻、冷淡如冰,这是作者对于世态人情的切身感受与深刻思考。

冯梦龙通过对"白罗衫"故事的追加与整合,使话本小说《苏知县罗衫再合》成为"白罗衫"故事的集大成者。小说弥补了前人阐释故事的缺陷,更加着重于情节的曲折合理以及细节的丰富真实,且冯氏还有意构建情节并塑造人物形象,强化受害者之妻的复仇意识,对受害者之子实施复仇计划的关键情节进行了扩充与发挥,使人物的性格逼真立体、生动真实。

第三节 情节演变的叙事变异

在一个故事或故事系统的流传过程中,人们都有权参与编造故事,或将自己的主体意识注入至故事,或将喜爱的故事元素进行糅合嫁接,故事或故事系统的流传就面临较多的变化。如前所论,经由冯梦龙的整合与丰富,"白罗衫"故事逐渐从文人叙异述奇的书面文字中解脱出来,向市井阶层中广泛流播。由于话本小说《苏知县罗衫再合》情节结构蔚为壮观,场景描写与人物对话较多,时间、空间的跨度也很大,与明清传奇的结构相似,因此据之改编为传奇的成功率就大大提高。加之该篇话本小说的情节结构、人物塑造等方面极富有民间性和戏剧性,非常适合改编为唱本和戏曲。此后随着"白罗衫"故事的成熟与定型,好事者纷纷据事创设或发挥,使此事演化为多个变种,如"唐僧身世"事、"芙蓉屏"事等,并有多个文本进行演绎与重释。

一 "白罗衫"故事的重释与演变——明无名氏《白罗衫》传奇①

《白罗衫》传奇据《苏知县罗衫再合》而改编,姓名事迹等皆相符合,只有郑氏为王尚书家乳娘,苏云羁留山寨,高谊资助苏母与徐用出家为僧等情节系作者所添,其余皆与冯氏小说的情节结构大致相同。受创作者的审美情趣、文体制约等主客观因素的影响,二者在叙事情节上亦有一定的差异。

话本小说《苏知县罗衫再合》着重于描摹母子复仇的计划与实施,在人物悲欢离合、发迹变泰的背后体现冯梦龙关于世故三昧、人情世态的思考,表达世事沉浮的命运拨弄感,因此虽有喜剧性结尾,但却包含了悲剧性的沉重。而在《白罗衫》传奇中,创作者以弘扬忠孝节义为能事,描述君臣、父子、夫妻、兄弟、朋友"五常"关系,苏云遭难,被土匪救起,首领刘权要他归顺,他毫不犹豫予以拒绝:"下官受朝廷大恩,尚无尺寸之报,岂肯反正从邪?"(第八折)并借剧中人高谊之口说出:"年兄为国受祸,也就是个忠,令弟为兄捐躯,也就是个义。"(第二十四折)对苏云的夫人郑氏,戏曲家亦删去了受害者之妻被霸占多年且失去"贞节"的事实。强盗徐能逼婚,苏夫人"立志坚贞,抵死不从"。最后一折中,描写了事隔十八年后,苏云夫妇同时向徐继祖(苏云夫妇之子)鸣冤告状,徐继祖虽怀疑自己的身世,但受到戏曲舞台演出的制约与局限,无法敷演委曲详赡的情节,只能删去了复仇的过程与结果:

(小生)吓,十八年来,枉叫强贼为父,可恨可恼。奶公此去,

---

① 《白罗衫》传奇,一名《罗衫记》,现存清内府本,题《白罗衫》;清中叶抄本,题《白罗衫》;旧抄本,《古本戏曲丛刊三集》据之影印,题《罗衫记》。文中所引据《古本戏曲丛刊三集》本。另据《曲海总目提要》卷十六云:"《白罗衫》,系明时人所作,未知谁手。演苏云事,本之小说,曰《苏知县罗衫再合》,姓名事迹皆符。"而孙楷第《戏曲小说书录解题》云:"疑此本所据非《通言》小说,即苏知县唱本也。"此剧所本或并不仅限于某一个文本,而据前代流传"白罗衫"故事的所有文本改编而成,惜《苏知县》唱本已佚,无法详加考证。董康:《曲海总目提要》(卷十六),天津古籍书店影印1992年版;孙楷第:《戏曲小说书录解题》,人民文学出版社1990年版,第310页;古本戏曲丛刊编委会:《古本戏曲丛刊》(第三集),文学古籍刊行社影印本1957年版。

取罗衫到来，与井边婆子罗衫相对，若花样颜色不同，还有一可疑。若花样颜色一般，不消说苏公是我父亲，苏夫人是我母亲，那井边婆子就是我婆婆了。咳，堪恨强徒认我儿，这场冤事少人知。（第二十八折）

实质上，这种开放式的结局其实只有一种复仇的解决方式。从话本小说至戏曲的改编，受文体的制约，戏曲家不仅对《苏知县罗衫再合》中郑氏告状、苏云鸣冤等一系列的复仇过程描写粗略，而且对于祖孙偶遇、智擒凶贼、罗衫再合等重要的场景也没有呈现。这是由于话本小说过于注重叙事的完整性，而造成与本身联系不太紧密的情节大量充斥于其中，这种状况与戏曲对叙事结构谨严统一的要求背道而驰。此外，话本小说专门供人阅读，着重于情节的曲折合理以及人物形象的塑造，小说家可以通过大量的细节描写展现母子的复仇过程，而戏曲舞台演出时间有限，并受到观众欣赏需求的影响，不可能容纳过于繁复的情节，因此传奇《白罗衫》对于复仇过程的展现没有小说描写委曲详赡、生动周详。

传奇《白罗衫》还弥补了小说中关于情节逻辑的一些漏洞，使叙事结构更加凝练、完整，情节发展也趋于连贯、统一。由于话本小说过于强调情节的曲折与丰赡，使两榜进士苏云被遭劫掠后，流落在三家村教学十九年，不仅使情节的破绽显而易见，而且不易于人物形象的塑造。《白罗衫》传奇中，戏曲家需将人物性格特质与情节发展的过程适当融合，于是将苏云命运更改为他被徐能之辈推入河中后，为刘权巡哨的船捞救，拘滞于山中不得脱身，多次试图潜逃，结果都以失败为告终。这个小小的改动不仅弥补了情节的疏漏，而且使受害者苏云的形象变得鲜活、立体。传奇中，还叙苏云在选授兰溪知县后，陷入了与《琵琶记》的主人公蔡伯喈一样尽忠与尽孝的矛盾之中，"君恩未报心常耿，亲母难离念益深"（第一折），之后在母亲、年兄高谊的再三劝导下，携妻赴任，被盗贼劫掠后，拘禁不容下山，试图逃跑失败，几欲寻死又因君亲之恩未报，在山中拘滞十数年，后刘权被张军师误杀，他才脱离虎口。

受戏曲叙事的影响，人物与情节之间的脱节消失，除苏云之外，苏云之母张氏也被"白罗衫"故事的创作者忽略与遗忘，直至传奇创作中，戏曲家才对她也频频着墨，形象才渐趋清晰。她"幼适苏门，不幸中道分鸾，家业渐替"，历经二十年的辛苦独自把两个孩子拉扯长大直至成名，

当苏云陷入尽忠与尽孝的矛盾时,她晓之以大义,劝苏云为国效力。在临别前夕,还嘱托苏云为官之道:

> 你此去须学孔奋之贞洁,当效陈球之清高,勿令长醉,有违傅氏之谱,毋得贻鲊,致为陶母之忧。必期获上,乃能治民,须先教化而后刑罚。(第五折)

她对儿子清廉爱民、积极进取的深深期盼,随着苏云夫妇的兰溪上任化为乌有,儿子、儿媳一去三年杳无音讯,她派苏雨前去寻访:"若得兄嫂相逢,说我老景康宁,叮咛。""他见你必然别哽,切勿露年来贫病,须传与,叫他留心民瘼,好自佐朝廷。"身为母亲,一切都为儿子着想,隐瞒自己的贫穷与疾病,希望儿子能够造福于百姓与社稷,慈与严的母亲形象展现得非常充分,令人印象深刻。

二 "白罗衫"故事的演化与变异——杨景贤《西游记》杂剧、《西游记》小说第九回《陈光蕊赴任逢灾,江流僧复仇报本》等[①]

明清时期"白罗衫"故事一度繁荣,主要发展为三个系列:一是冯梦龙《警世通言》第十一卷《苏知县罗衫再合》,无名氏据此改编为《白罗衫》传奇。刘方也有《罗衫合》传奇,今无传本。周继鲁《合衫记》传奇亦或写此事,惜亦不传[②];二是元代张国宾《相国寺公孙合汗衫》杂剧,明代沈璟据之敷演为《合衫记》传奇[③];三是明代《西游记》小说第

[①] 现存最早的《西游记》小说的版本是明代万历年间的金陵世德堂本,共一百回,并没有附录此篇小说。清代初年,黄周星与书商汪象旭合作,对百回本的《西游记》小说作了一番润饰修改,推出了《西游记道书》,成为《西游记》小说各个版本中文字最好、最臻成熟的本子。(明)吴承恩:《西游记》(第九回),中华书局 2005 年版;隋树森:《元曲选外编》(第三册杨景贤《西游记》杂剧),中华书局 1959 年版。

[②] 祁彪佳《远山堂曲品》云周继鲁《合衫记》:"作此专以供之场上,故走笔成曲,不暇修词。其事绝与《芙蓉屏》相肖,但此罗衫会合处,关目稍繁耳。"据此推断,此剧应写苏知县罗衫再合故事。中国戏曲研究院:《中国古典戏曲论著集成》,中国戏剧出版社 1959 年版,第 69 页。

[③] 祁彪佳《远山堂曲品》云沈璟《合衫记》"取元人《公孙合衫》剧参错而成,极意摹古,一以淡而真者,写出怨楚之况"。惜已不传。中国戏曲研究院:《中国古典戏曲论著集成》,中国戏剧出版社 1959 年版,第 126 页。

九回"陈光蕊赴任逢灾,江流僧复仇报本",元末明初杨景贤《西游记》杂剧第一本亦述同一故事,二者均据南宋笔记小说《吴季谦改秩》故事敷演而成。实际上,"白罗衫"故事三个系列之间有着千丝万缕的联系,它们相互影响、彼此渗透,可以说是对"白罗衫"故事的多重演绎与解读。

元末明初杨景贤所撰《西游记》杂剧的第一本讲述了唐僧的身世,属于对"白罗衫"故事亚型的演绎。《西游记》一本四出,由殷氏主唱,共分四出,分别为:之官逢盗、逼母弃儿、江流认亲、擒贼雪仇。就创作年代而言,《西游记》杂剧的创作早于《西游记》小说第九回《陈光蕊赴任逢灾,江流僧复仇报本》,二者所述情节大致相同①。小说与杂剧对于殷氏形象的构建基本契合,唯一与小说不同之处是殷氏的结局。《西游记》杂剧创作于元末明初,剧中对受害者之妻贞节的要求并不严格,殷氏与强盗生活十八年,并没有受到任何社会道德的审判,全家团圆。

《西游记》杂剧与元杂剧《相国寺公孙汗衫记》叙事个性及其风格也颇为一致,如《西游记》杂剧中,殷小姐怀疑强盗梢公认为"这人敢不中",而下人王安却三次曾称"眼里识人",从而招致了祸害。在保留了元刊本风貌的赵琦美本《相国寺公孙汗衫记》中,张文秀怀疑凶贼陈虎,其子却六次声称"我眼里偏识这等好人",结果将强盗引来,造成了妻离子散、家破人亡的悲剧。

清代初年,《西游记》小说第九回《陈光蕊赴任逢灾,江流僧复仇报本》中关于唐僧出身故事的记述,以沿袭南宋笔记小说《吴季谦改秩》的情节为基础,并受到"白罗衫"故事文本的辐射及影响,改编再创作而成。在此篇小说出现前,有关唐僧身世的故事还多次被改编为戏曲,除杨景贤《西游记》杂剧第一本外,还有宋代戏文《陈光蕊江流和尚》②、

---

① 明代《西游记》小说与明初杨景贤《西游记》杂剧也有多处不同:一是,陈光蕊登第后才娶殷氏;二是,授官赴任后还与母亲张氏同住,后因张氏有病留在万花店,陈光蕊遇难后而不得迎接,张氏生活十分困苦;三是,收养玄奘的和尚名为迁安,不叫丹霞。这些小说中的细节多与戏文相合。明代《西游记》记有唐僧身世故事的有朱鼎臣本、汪象旭本,其中朱本中收养玄奘之僧名为迁安,而至今最为通行的汪本则改为法明。孙楷第:《日本东京所见中国小说书目提要》,人民文学出版社1958年版,第72—84页。

② 据钱南扬《宋元戏文辑佚》,戏文尚存残曲三十八支,内容讲述唐僧身世事,并未涉及取经过程。见钱南扬辑录《宋元戏文辑佚》"陈光蕊江流和尚"条,古典文学出版社1956年版。

金院木《唐三藏》①、元代吴昌龄《唐三藏西天取经》杂剧等②。《西游记》小说的演绎是前代"唐僧身世"故事的集成之作，属于"白罗衫"故事的亚型或分支③。小说叙唐代贞观年间，海州陈光蕊中状元后被殷丞相招婿。授江州州主，携妻赴任，途中，船夫刘洪、李彪打死陈光蕊，刘洪霸占陈妻殷氏并冒名赴任。殷氏生遗腹子，写血书并取贴身汗衫包裹，置江中浮去。此子后被金山寺长老救起，即后来的玄奘和尚。十八年后，光蕊之子玄奘以血书汗衫为证，寻见生母殷氏。殷氏嘱其赴京寻外祖父殷丞相诉冤报仇，殷丞相率兵攻打江州，斩杀刘洪、李彪。后陈光蕊还阳，殷小姐自尽，玄奘入洪福寺修行，于是引出去西天取经的故事。

《西游记》小说第九回《陈光蕊赴任逢灾，江流僧复仇报本》与拟话本小说《苏知县罗衫再合》不仅在情节结构上颇为相似，采用贴身汗衫包裹婴儿，为家人相认埋下伏笔，而且艺术表现上也趋于一致，着重描写故事关键人物的受害者之妻，以及强调受害者之子实施复仇计划的关键情节。相对于丈夫陈光蕊心安理得地接受龙王的安排，殷氏的复仇意识强烈得多。在丈夫落水之后，她也将身赴水，却被强盗所阻，只得权时应承，顺了凶贼。她虽"痛恨刘贼，恨不得食肉寝皮，只因身怀有孕，未知男女，万不得已，权且勉强相从"。遗腹子生后因有南极仙翁托梦，说丈夫未死，日后报仇，团圆有日，才坚定继续生活的信念。为保护孩子免受杀害，将孩子漂流江中，十八年后，儿子寻来，她又精心策划了一个复仇计划，才得以歼灭仇人。在完成复仇后，她由于失身于贼人，最终自尽，而

---

① 元代陶宗仪《南村辍耕录》卷二十五"院本名目"中的"和尚家门"著录四种曲名，其中最后一种即为"唐三藏"，内容应讲述唐僧身世及西天取经事。（元）陶宗仪：《南村辍耕录》，中华书局1959年版，第313页。

② 元代吴昌龄《唐三藏西天取经》杂剧于清代嘉庆以后佚失，在《北词广正谱》《九宫大成南北词宫谱》《缀白裘》《纳书楹曲谱》《万壑清音》等书中存有多支残曲，今有赵景深《元人杂剧钩沉》辑佚。据钟嗣成《录鬼簿》，此剧题目正名为"老回回东楼叫佛，唐三藏西天取经"，所叙与杨景贤《西游记》杂剧重叠较多。赵景深：《元人杂剧钩沉》（附录"唐三藏西天取经"条），中华书局上海编辑所1959年版；（元）钟嗣成、（明）贾仲明：《录鬼簿新校注》，马廉校注，文学古籍刊行社1957年版，第69页。

③ 除上述列举关于"唐僧身世"的戏曲文本之外，还有《曲海总目提要》著录的明代无名氏《慈悲愿》传奇、清代张照《昇平宝筏》十本以及清代内务府朱丝栏写本，然而其情节多以玄奘西天取经为主。隋树森：《元曲选外编》（第三册杨景贤《西游记》杂剧），中华书局1959年版。

丈夫却安然随理朝政。总之，无论是元代前的受害者之妻，抑或是话本小说《苏知县罗衫再合》中的郑氏，殷氏的负累要远远超过她们，可她的命运却最为不幸，她不仅没像郑氏那样得到旁人帮助而逃脱强盗的魔掌，而且还与元代之前"白罗衫"故事文本中的王氏、郭氏等一样被强盗霸占。她们最终的结局却有着天壤之别，王氏、郭氏等受害者之妻虽以被霸占为耻，但没有被视之为"失节"，更没有受到法律与道德舆论的惩罚，而殷氏在凶贼擒住之后，两次试图自缢或赴水欲死，并言道"吾闻'妇人从一而终'。痛夫已被贼人所杀，岂可靦颜从贼？止因遗腹在身，只得忍耻偷生。今幸儿已长大，又见老父提兵报仇，为女儿者，有何面目相见！惟有一死以报丈夫耳！"后来"从容自尽"。

　　值得关注的还有"芙蓉屏"故事，作为"白罗衫"故事的变种，尽管两个故事在情节结构上不大相同，但是故事类型非常相似。主要讲述崔英携家赴任，遭舟子谋害落水，妻王氏潜逃为尼，因芙蓉屏而破镜重圆的故事，情节曲折繁复，与"白罗衫"故事因罗衫而全家团圆相似，都是江河之上被人谋害的故事类型。除此之外，"谢小娥"故事与"白罗衫"故事也密切相关，只是"谢小娥"故事核心不是受害者之子长大后实施复仇，与"芙蓉屏"故事中女子亲身复仇的故事内核一致。实质上，两个故事都是公案型，又兼有传奇型、伦理型的性质。"芙蓉屏"故事中夫妻团圆的契机是挂在屏上的一幅芙蓉图，因此李昌祺新作文言小说称为《芙蓉屏记》，以"芙蓉屏"进行命名，与"白罗衫"故事的衍生文本以罗衫进行命名相似。晚明时期，凌濛初《拍案惊奇》第二十七卷《顾阿秀喜舍檀那物　崔俊臣巧会芙蓉屏》即通过文言小说《芙蓉屏记》改编，还有无名氏《芙蓉屏》与张其礼《合屏记》敷演同一故事，然两部传奇已不存世。

　　凌濛初的情节类话本小说《顾阿秀喜舍檀那物　崔俊臣巧会芙蓉屏》与冯梦龙《苏知县罗衫再合》的情节结构与叙述方式大致略同，都注重揭示案情的复杂曲折，过于关注情节的丰富、合理，人物从属于情节。如强盗顾阿秀性格的发展就缺乏一定的逻辑性，他本是个杀人越货、抢劫掳掠的船夫而已，理应看重打劫过来的金银细软，而他却对一幅芙蓉图情有独钟，保存达一年之久。这幅画本为当时人所画，并不是待价而沽的古董宝物，而他煞有介事把这幅画当作礼物施舍给尼庵。由此可见，创作者过于追求偶然奇巧的情节，不仅人物性格的发展缺乏一定的逻辑性，故事的合理性也值得商榷。凌濛初如此安排,与冯梦龙为保全郑氏的贞节而逃跑六十余里的设计极为相似,可谓异事同趣。

千百年来,"白罗衫"故事像磁石一样深深牵绊与吸引着风雅文人、普通民众等社会各阶层民众的思考。故事本身蕴含了浓厚的宗族意识与鲜明的善恶道德观,与中国古代的社会生活及价值观念有着不解的联系,展现了古代社会民众面对生存困境的冷静思考以及应对策略,并反映出他们在价值观念、意识形态的冲突中所体现的坚强意志及其智慧。然而,善与恶的矛盾始终居于故事的表层,血缘、道义等方面的冲突则隐入故事的深层,如此一来,每个文本都被纳入具有劝诫性质的奖善惩恶的叙事模式中,结尾都是善有善报、恶有恶报。创作者往往不会去做这样的假设,孩子没有被凶犯抱养,祖孙没有偶遇,十八年后苏云夫妇告状没有到亲生儿子面前,故事又会是怎样的结局?因此,"白罗衫"这个集体共享型故事只是在表层展开了冲突,缺乏应有的深度,随着《西游记》小说及戏曲的广泛流播,"白罗衫"故事逐渐淡出人们的视野。

结　　语

中国古代小说自古就有纪实的传统，要求记事准确、真实、可靠，反对任何的虚幻杜撰，对其羽翼正史的观点几成共识。这种历史记述的叙事传统对于小说的创作、批评极其不利，人们不仅无法认识到小说的性质与特征，而且小说与戏曲叙事的互通缺乏理论的环境。直至宋代，白话小说的出现、繁荣才推动中国叙事模式由历史性至虚构性的转变，使话本小说与戏曲叙事的渗透与共通成为创作的可能，日益发展成为一种主要的创作及批评方式。

中国戏曲的成熟远远晚于小说，宋代白话小说虚构性的叙事模式（"说话"艺术之中"讲史""小说"等伎艺的底本上形成的话本小说、历史演义小说或章回小说，统称白话小说），对于戏曲非历史化的虚构叙事模式有一定的影响。据南宋时期的吴自牧《梦粱录》、耐得翁《都城纪胜》记载话本、杂剧、影戏、傀儡等叙事作品的本质已非有缺陷官方的历史形式，而是逼真虚构的文学创作，说明南宋杂剧已大多接受了话本小说非历史化写作的叙事模式，朝传奇故事的表演方向发展。后世戏曲家在创作时，也秉持前人的叙事理念，极少有戏曲家从现实生活的素材中提炼情节，多据事敷演。明清时期，小说、戏曲虚构性的叙事模式已被小说家、批评家广泛接受。然而，宋元明清时话本小说与戏曲叙事互动的频繁，不能真正说明历史性叙事模式在小说、戏曲创作领域内的消亡。明清时期仍有许多批评家仍固守着历史真实性来规范小说、杂剧等文体，但是小说、戏曲文体的本质已决定了虚构性叙事模式的创作方式及批评观念。

宋金时期，在"小说"伎艺基础上演变而成的话本小说与戏曲的融合与交流，以早期话本对戏曲的单向影响为主，二者不仅在叙事题材上有频繁的互动，而且在形式体制上也相互渗透。元代以降，戏曲的结构体制逐渐成熟完善，话本小说与戏曲的交流与融会多以叙事的互动为主。对于话本小说与戏曲的互动过程，我们不可能按步骤简单地勾勒，即同一故事在历时性的演变过程中，先从宋元话本至戏曲，再从戏曲至明清话本小说，最后从明清话本小说至戏曲。这些文本之间的继承关系不可能那么清晰可辨，一般都是纵横交错的状态。因为一个流行故事在传承过程中，谁都有权利参与编造文本。正是话本小说与戏曲虚拟性的创作形式，为故事的可变性提供了必要的前提。一般人们的重释并不是简单的重复，重释的每一阶段对于故事都有进一步的充实与完善，对原型固有的情节因子有所增减，并添加这一时代的社会背景、审美意趣及创作者个人的动机、心态等主客观因素，使故事在每个阶段的重释与演绎都呈现出螺旋上升的趋势。同时，对于参与者本身来说，每一次重释都无异于一种艺术的再创造，正如孙楷第所云：

> 要其得力处在于选择话题，借一事而构设意象；往往本事在原书中不过数十百字，记叙琐闻，了无意趣，在小说则清谈娓娓，文逾数千，抒情写景，如在耳目；化于神奇臭腐，易阴惨为阳舒，其功力实亦等于造作。自非才思富赡，洞达人情，鲜能语此，不得与稗贩者比也。①

孙楷第对本事至话本小说改编过程的描述，对于话本小说与戏曲叙事互动上的认识极为重要。经创作者重释后，作品一方面向原有的故事灌注崭新的思想内涵，使之随着时代与大众审美趣味的变化而转变；另一方面在情节结构上可以扬长避短，精益求精，不断提高原作的美学品位。

通过考察话本小说与戏曲的这种循环改编与互相影响的关系，可以发现二者叙事的互动不仅左右着白话短篇小说与戏曲发展的盛衰荣枯，而且对二者之间关系也有决定性的影响。宋元时期，话本小说多以改编史传杂记、前人记载及其唐传奇为主；至明清时期，以"三言""二拍"为代表的话本小说的创作走向巅峰，其中"三言"共120篇白话短篇小说，多据文言小说、宋元早期话本与戏曲的改编为主，产生了诸多优秀的作品。稍后的"二拍"，以独立创作为主，间有改编，如凌濛初称《拍案惊奇》

---

① 孙楷第：《沧州集》，中华书局2009年版，第130页。

的题材来源"取古今杂碎事可新听睹、佐谈谐者，演而畅之"①。其文学成就逊于"三言"。清代话本小说继续繁荣兴盛，虽产生三十余部话本小说集，可是能够传世的作品却寥寥无几，如陆人龙的《型世言》，几乎皆为独创之作，其中敷演的故事虽仍有所依托，但非改编，其成就也远逊于"三言""二拍"，导致它在国内失传近四百年之久。

关于话本小说的凭空消失，学者多有探讨，如鲁迅认为清代话本小说的训喻色彩渐趋浓厚②，而孟瑶则认为晚明话本小说的成就已至巅峰，而后继者无可努力③。赵毅衡也提出了一种新颖的见解，即话本小说在文类上过于从属于中国传统小说的"改编模式"④，即话本小说叙事互动行为的停止，随之而来独创之风的兴盛决定性导致了话本小说的衰败。尽管此种观点有待考察，但是亦有其道理。小说家根据自己的喜好进行选材，不一定能够选用广大民众喜闻乐见的故事，而读者的阅读程式仍是一些流传故事的改编与重释，于是造成了创作者与接受者之间难以调和的审美错位。对于独立创作的小说家群体而言，身份地位已由宋元时期着重商业利益而取悦市民阶层的职业艺人，转变为由正统文学转向小说编写的中下层文人，这些沉郁下僚、落魄潦倒、自我放逐的文人要跟从主流文化的价值观念与审美标准，创作时不仅总以道德说教者的面目出现，经常进行传统道德伦理的自辩，还借小说来实现自我价值，于是不可避免地违背市民阶层的审美风尚、道德价值，使话本小说呈现出文人化、训诫化、案头化的

---

① 丁锡根：《中国历代小说序跋集》，人民文学出版社1996年版，第785页。

② 鲁迅认为："宋市人小说虽亦间参训喻，然主意则在述市井间事，用以娱心；及明人拟作末流，乃告诫连篇，喧而夺主，且艳称荣遇，回护士人，故形式仅存而精神与宋迥异矣。"鲁迅：《中国小说史略》，《鲁迅全集》，人民文学出版社2005年版，第209页。

③ 孟瑶指出："文字工具的进步，与人物描写的工致，是绝对有利于小说发展的，可考虑的是那'短篇'的容量已不足以收纳它们，所以，后日（至清代）许多作家利用前人的财富如现实的题材、有趣的故事，再加以丰富与扩大，更予以缜密条贯的组织与结构，用最灵动活泼的文字，勾勒出人生中各种世态的形形色色，在我国小说史上写出了多少名垂不朽的伟大文学作品。我们了解了宋元明清白话短篇小说的趋势，后日伟大作品之产生，几乎也是可以预期的。所以这之后，已不再有人努力从事于白话短篇小说的写作，一因前人成就已至巅峰，无可努力；一因前人所遗留的财富太多，足以用它去打开一个更壮伟的场面——从事于长篇小说的著述。"孟瑶：《中国小说史》（第3册），传记文学杂志社1980年版，第303—304页。

④ 赵毅衡：《苦恼的叙述者——中国小说的叙述形式与中国文化》，北京十月文艺出版社1994年版，第7页。

倾向，内容也逐渐流于呆板。

"三言"的成功编撰，就是因为这部话本小说集几乎全是对早期话本、唱本、戏曲与史传杂记的改编，因此，以独创为主的话本小说集在明清时期由于书坊不再重印而大多佚失，直至 20 世纪 30 年代，《二刻拍案惊奇》《豆棚闲话》等部分话本小说集才逐渐被学者发现而重印。清中叶，李渔创作的《无声戏》《十二楼》，虽然难以企及"三言""二拍"的成就与高度，但是他按照戏曲的写作思路与技巧来编撰创作，使话本小说的结构别致而紧凑、故事新奇而曲折，有多篇直接被改编为戏曲。从这个意义上来说，李渔的创作不失为一种进步。

对戏曲而言，宋金时期，杂剧与"说话"伎艺之一"小说"同属于瓦舍众伎中两个重要的门类，二者互相融合、彼此改编。这种叙事性极强的"小说"伎艺，使戏曲由表演短小的生活场景逐渐发展成为能够敷演完整的人生故事，由滑稽调笑的小戏过渡至具有完整故事情节的正剧，直至成熟形态的南曲戏文与元代北杂剧的兴起，继续秉持宋金时期初级形态据事敷演的叙事模式与创作理念，因此南戏、元杂剧中有多篇作品改编自早期的话本。明清时期，戏曲创作在故事题材上仍然强调事有所本、持之有据的创作方式，使话本小说与戏曲的互动更加频繁。尽管这一时期的杂剧、传奇在本事题材上多取用充满市井色彩的话本小说，但是戏曲家并不脱文人旧习，以传统诗文的思维模式与艺术表现进行创作，抒发失意之情、故国之思、兴亡之叹等，彰显自己深厚的文学造诣与学识功底。另外，明清时期的戏曲创作也将话本小说的说教模式发扬光大，形成了有益风化的道德教化剧。于是，在诗文化与道德化两种倾向的夹裹下，明清时期的戏曲创作渐渐服务于主流文化规定伦理教化的目的，将娱乐大众的创作动机抛之脑后，总体上呈现出不可扭转的颓势。清中叶，戏曲创作的风化观甚嚣尘上，逐渐导致文人戏曲的创作变成纯粹的案头之作，尽管这一时期也出现了一些佳作，如李玉的"一、人、永、占"及孔尚任《桃花扇》、洪昇《长生殿》等之类的杰作，但是这些作品多为虚构性据事敷演的叙事模式为主。清中叶后，地方戏逐渐兴起，流传的剧目多是对小说、戏曲的改编之作，较少有独创性的作品。直至近现代，戏曲家创作对于小说的依赖逐渐减少，而取材小说的传统仍然没有消失，如越剧《孔乙己》、川剧《死水微澜》以及京剧《智取威虎山》《骆驼祥子》等均取材于小说。

随着文人的参与，话本小说的审美情趣渐渐由质朴粗糙向风雅精致转变，创作理念也由改编过渡至文人独创，创作逐渐呈现出日薄西山、气息奄奄的景象。随着话本小说的进一步文人化、案头化，逐渐造成话本小说与戏曲两种文体之间较强的依附性与捆绑式的双双衰退，二者之间曾经共同缔造的辉煌一去不复返，至清中叶，都戏剧性的沦为衰退的写照，曾经密切的关系也渐渐背离与疏远。

　　综上所述，中国古代小说与戏曲之间的关系，至宋代勾栏瓦舍中"说话"伎艺的兴盛才开始兴起。这是由于早期戏剧因缺乏叙事性内容而处于质朴粗陋的状态，而唐前古小说秉承史传文学的创作传统与叙事模式，以记实为要，不属于叙事文学作品。唐代传奇小说兴起，小说家才摒弃历史、实录的创作原则，驰骋想象、凭虚构象，追求一定的叙事艺术技巧。然而，文人传奇乃上层文人的游戏之笔，传播范围的深广度毕竟有限，因此唐传奇对戏曲的影响间接、复杂。唐时盛行以故事敷演说唱的"说话"伎艺，至宋代发展得云蒸霞蔚、如火如荼。"说话"伎艺、杂剧等各种表演伎艺在勾栏瓦舍中同生共长，在叙事内容、叙事技巧、叙事模式等方面彼此影响、相互渗透，尤其是"说话"伎艺之一"小说"对戏曲的影响至深。随着清中叶话本小说创作的呆板与僵化，戏曲创作对话本小说的改编也渐渐消歇。

附录

"三言""二拍"戏曲叙录

一、参照董康校订《曲海总目提要》、北婴编著《曲海总目提要补编》、谭正璧编《三言两拍资料》、庄一拂编著《古典戏曲存目汇考》、郭英德编著《明清传奇综录》、傅惜华编著《明代杂剧全目》《明代传奇全目》《清代杂剧全目》等前人著述。

二、据戏曲（以下所指戏曲包括杂剧和传奇两种体裁）的序跋判定。

三、据戏曲家的生卒年判定。

四、据戏曲的刊刻年代判定，以话本小说刊刻之后为准。

五、确定为改编之作，主要视作品人物、情节的相同或相似，对直接来源、间接来源与类似来源皆予叙录，对来源存疑的戏曲作品标明。

六、吕天成《曲品》、徐渭《南词叙录》的成书皆在"三言""二拍"刊刻之前，故凡二书著录者，不做考察。

七、"三言""二拍"作为两部话本小说集，各篇均包括入话与正话两部分，主要以正话影响的戏曲作品为主，入话不予考察。

《喻世明言》（即《古今小说》，天许斋原刊本）

卷一　蒋兴哥重会珍珠衫

本事出宋懋澄《九籥集》，亦见《情史》。

明柳氏著《珍珠衫》传奇，《远山堂曲品》著录，谓："易蒋兴哥为王士英。《讹奸》一节，皆六婆为之，而巧儿卒以贞终。然末段收煞，殊少精神。"佚。

明闲闲子著《远帆楼》传奇，《远山堂曲品》著录，谓："此即《珍珠衫传》，惟会合稍异。其中俊句不乏，惜安顿无法，盖系作者尚未梦见音律，漫然握管耳。"佚。

明叶宪祖著《会香衫》杂剧，《远山堂剧品》《读书楼书目》均著录。《远山堂剧品》云："北二剧共八折，叶宪祖。此即《蒋兴哥重会珍珠衫》传也。上剧止奸尼赚衫一节事耳，未尽者以次剧之。元人原有此体，如《西厢》之分为五剧是也。桐柏迩来之词，信手拈出，俱证无碍维摩矣。"佚。

清袁于令著《珍珠衫》传奇，《今乐考证》《新传奇品》《曲录》等著录。《剑啸阁传奇》之第四种。吴梅《顾曲麈谈》第四章《谈曲》云："籀庵《西楼》之外，有《金锁记》、《玉符记》、《珍珠衫》、《肃霜裘》四种。余仅有《金锁》、《珍珠衫》两种，文字亦无出色。《珍珠衫》且淫亵不堪，如《歆动》一折，全摹李玄玉《劝妆》之调，而鄙俚淫荡，最足败坏风化。"① 残。《明清传奇钩沉》辑录两支佚曲，《纳书楹曲谱》订有《歆动》《诘衫》两出。

卷二　陈御史巧勘金钗钿

本事出《双槐岁钞》，亦见《龙图公案》《情史》等。

明佚名著《卧龙桥》传奇，《曲海总目提要补编》著录，云："不知何人作。以蜀人王羿之妻陈氏令婢持金赠羿于卧龙桥，婢为龚九一所杀，羿遭诬陷，御史康彦雪其冤，后得登第成婚，故名。事与《钗钏记》相类。剧中不叙明年代，不知何朝，但据宁颜自述，由御史巡按河南，迁成都知府，则是明朝南京御史也。南京科道官，往往迁知府。当时有云：'南京科道凶如虎，升来升去升知府。'以此推之，知是明朝事也。"按：明月榭主人著《钗钏记》，吕天成《曲品》录之，故不录。佚。

卷五　穷马周遭际卖䭔媪

本事出《大唐新语》《定命录》，亦见《情史》。

明茅维著《醉新丰》杂剧，《远山堂剧品》《重订曲海总目》著录，误为邹兑金作。一名《新丰记》。计四折一楔子。《远山堂剧品》列为朱有燉作，谓："词意条畅，一洗油枪陋习。但马周穷困之状，描写未尽，转觉乏慷慨之概。"今存清顺治刊《杂剧新编三十四种》本，1958年中国戏剧出版社出版《杂剧三集》据以影印。

清叶承宗著《穷马周旅邸奇缘》杂剧，《清代杂剧全目》《古典戏曲存目汇考》著录。叶承宗所著《泺函》卷十《杂剧乐府》记录此剧名称，

---

① 吴梅：《中国戏曲概论》，中国人民大学出版社2004年版，第115页。

为《稷门后四啸》之第三种，佚。

清杨潮观著《新丰店马周独酌》杂剧，《吟风阁杂剧》《今乐考证》《曲海目》《曲目表》等著录。《吟风阁杂剧》三十二种之一，简名《新丰店》。计一折。今存清乾隆甲申刊本、嘉庆重刊本等，另有1963年中华书局上海编辑所胡士莹校注本。

卷七　羊角哀舍命全交

本事出《后汉书·申屠刚传》李贤注、《文选·广绝交论》注及《六朝事迹编类》《关中流寓志》等。

明佚名著《金兰谊》传奇，《今乐考证》《曲考》《曲海目》《曲录》《西谛善本戏曲目录》等著录。剧分上下卷，上卷十六出，下卷十二出。《曲海总目提要》亦有此本，云："不知何人所作，演羊角哀与左伯桃交谊事。本传志而杂以小说家言，不足尽信。《易》云：'二人同心，其利断金。同心之言，其臭如兰。'世以友谊之笃者曰金兰，故题此剧为《金兰谊》也。……按传记，二人乃楚平王时人，剧以为与蒙恬同时，非是。其妻妾等姓名事迹，俱系造出。"今存吴晓玲藏旧抄本，《古本戏曲丛刊》五集据吴藏抄本影印。

清袁于令著《战荆轲》传奇，《今乐考证》著录。清焦循《剧说》云："箨庵制四折杂剧，如《战荆轲》之类。"据此庄一拂《古典戏曲存目汇考》疑为杂剧。佚。

清薛旦著《战荆轲》传奇，《今乐考证》《新传奇品》《曲考》《曲海目》《曲录》均有著录。佚。

清叶承宗著《羊角哀死报知心友》杂剧，《清代杂剧全目》《古典戏曲存目汇考》著录。叶承宗所著《泺函》卷十《杂剧乐府》记录此剧名称，为《稷门后四啸》之第三种，佚。

卷十　腾大尹鬼断家私

本事出于《龙图公案》第八《扯画轴》。按：与明《皇明诸司廉明奇判公案》卷下"争战"之三内容相同。

清李玉著《长生像》传奇，《今乐考证》《新传奇品》《曲考》《重订曲海总目》《曲录》等皆著录。《曲海总目提要》亦存此本，卷二十七云："俾官中有《腾大尹诡断家私》一事，作者点缀成编。其要紧关目，在倪太守《行乐图》。其图画一坐像，乌纱白发，丰采如生，怀中抱婴儿，一手指地下，故谓之《长生像》也。……作者易腾尹为包拯，以龙图名重，用以耸动人耳目云。"佚。

卷十一　赵伯昇茶肆遇仁宗

本事出《中朝故事》《北梦琐言》《唐阙史》等。

明佚名著《衣珠记》传奇，《今乐考证》《传奇品》《曲考》《曲海目》等著录。《远山堂曲品》著录《珠衲记》一本，云赵旭初遇仁宗事。《曲海总目提要》亦有此本，卷十三云："《珠衲记》，一名《衣珠》。未知何人所作，曾经汤显祖批改。"按：庄一拂《古本戏曲剧目提要》认为"汤显祖批改说"不足为信。今存清初抄本，杜璟藏。《古本戏曲丛刊》三集据清钞本影印。存本凡二十七出，下有阙页。

卷十二　众名姬春风吊柳七

本事出《避暑录话》《渑水燕谈录》《绿窗新话》《醉翁谈录》等。

明王元寿著《领春风》传奇，《远山堂曲品》著录，谓："为柳耆卿写照，风流不减当年。可与周禹锡之《宫花》争道而驰。"佚。

明邹式金著《风流冢》杂剧，《今乐考证》《远山堂剧品》《重订曲海总目》等著录。计四折。《远山堂剧品》著录邹式金《春风吊柳七》南一折，云："予常谱韵事，以'吊柳七'为第一。得此数语，婉转令人魂消欲死。"《春风吊柳七》当为此剧。《重订曲海总目》列入清代杂剧，并题邹仲情《风流冢》，皆误。《清代杂剧全目》《古典戏曲存目汇考》亦误列入清代杂剧，傅惜华还将《风流冢》与《春风吊柳七》误题为两剧。今存《杂剧新编三十四种》本，《清人杂剧二集》本据以影印。

卷十四　陈希夷四辞朝命

本事出《河南邵氏闻见前录》《玉壶清话》《东轩笔录》《渑水燕谈录》及《青琐高议》等。

明佚名著《恩荣记》传奇，《远山堂曲品》《祁氏读书楼目录》《鸣野山房书目》著录。《远山堂曲品》将此剧列入"具品"，云："陈希夷对镜掀髯曰：'非帝则仙。'及其道成，不啻蘧芦视帝王矣；而作者加以人间富贵，何浅之乎窥希夷哉！"佚。

卷十五　史弘肇龙虎君臣会

本事出于《五代史》《玉壶清话》《龙川别志》《画墁录》等。

明叶宪祖著《巧配阖越娘》杂剧，《远山堂剧品》《读书楼书目》著录。《远山堂剧品》将此剧列入"雅品"，谓："南北二剧共八折。郭、史为五代间霸主能臣，槲园主人传以新声，满纸是英雄侠烈之概。八折分二剧，如《会香衫》式，而此更杂以南曲一折。"佚。

卷十七　单符郎全州佳偶

本事出宋王明清《摭青杂说》，亦见《情史》。

清崔应阶著《烟花债》杂剧，《今乐考证》《曲海目》《曲录》著录，皆列入传奇，实为杂剧。计四折。《古典戏曲丛目汇考》云："剧以春娘虽落风尘，仍守旧约，有良人风度。得完其贞，以酬单符郎之义，故曰《烟花债》。"今存乾隆《研露楼二种曲》刊本。

卷十八　杨八老越国奇逢

本事出《古今谭概》，亦见《情史》。

明陈显祖著《合珠记》传奇，《远山堂曲品》《古典戏曲存目汇考》著录。《远山堂曲品》谓："杨大中事，有《宝簪记》，吾以琐杂故斥之。此君能用实不能用虚，能用多不能用寡，第谓之稍胜《宝簪》可也。"按：《远山堂曲品》所述《宝簪记》，实为明金怀玉所著，一名《宝钗记》，题材与本篇相似，然其创作在《古今小说》刊刻之前，故不录。佚。

明阮大铖著《双金榜》传奇，《今乐考证》《新传奇品》《曲考》《曲海目》《曲录》著录。又名《勘蝴蝶双金榜》《双金榜记》。凡二卷四十六出。《曲海总目提要》云："剧中皇甫敦、敦二子詹孝标、皇甫孝绪，及蓝廷璋、汲嗣源、莫饮飞等，俱系凭空撰出。推其大旨，总因崇祯初年，大铖列名逆案，弃不复用，借传奇以寓意，谓己无辜受屈，欲求洗雪之意。盗珠、通海两重罪案，是大关目。……中间情节变幻，而曲白皆极紧凑，与《燕子笺》《春灯谜》同一机杼。当时盛行于世，颇有名士风流。然初入逆案，已为清议所摈，而晚年出山，大肆猖獗，众称马、阮，诋其奸邪。虽有文笔，殆无足取。盗珠事，亦有影射。"此剧现存明末刊本、民国董康诵芬室《重订石巢四种》本、《古本戏曲丛刊》二集据明末刊本影印本。

卷二十一　临安里钱婆留发迹

本事出《新五代史》《西湖游览志余》等。

清张彝宣著《金刚凤》传奇，《今乐考证》《新传奇品》《曲考》《曲海目》《曲录》著录。凡二卷三十出。《曲海总目提要》云："记五代吴越王钱镠事，以稗史中金刚女与镠相遇之说，而缘饰之。金刚者，言此女名铁金刚也。凤者，言王妃名李凤娘也。与正史全不合，说甚荒唐。"此剧有旧钞本，藏于上海图书馆，《古本戏曲丛刊》三集据以影印。

卷二十二　木绵庵郑虎臣报冤

本事出宋《齐东野语》《三朝野史》《山房随笔》《西湖游览志余》等。

明朱九经著《崖山烈》传奇，《传奇汇考标目》《曲录》著录。凡二卷三十出。剧插贾似道被贬，郑虎臣杀于木棉庵之事，虚假参半。现存清康熙二年抄本，《古本戏曲丛刊》二集据以影印；近人番禹许之衡饮流斋抄校本；近人海盐朱希祖抄藏本。

明清佚名著《醉西湖》传奇，《今乐考证》《曲考》《曲海目》《曲录》《传奇汇考标目》等著录。《曲海总目提要》亦有此本，卷三十三云："不知何人所作。所演时可比、吴云衣事，与《双侠赚》《小天台》俱有相仿佛处，又各不相合。用贾似道醉游西湖以为名，可比游园突遇云衣，即湖畔也。"蒋瑞藻《小说考证》续编卷三云："《醉西湖》，不知谁作。衍南宋贾似道轶事，与《双侠赚》《小天台》相似。而事迹皆虚实参半，不可尽信。此剧言廖莹中死于乱军，非是。似道败，莹中惧祸及己，且不忍负其恩，仰药自尽耳。莹中有文名，精赏鉴。事非其人，身名俱败，闻者伤之。剧谓秋壑夺人妻女等事，皆莹中导之，尤为失实过当。虽然，既自居于下流，斯天下之恶皆归。古今蒙冤如莹中者，盖不乏人矣，可不慎乎？"①剧中所演当正此事。佚。

明清佚名著《双鸳配》，《曲海总目提要》有此本，卷三十六《双鸳珮》云："演冯珏、陆韬与霍素娥、青霞姊妹，以双鸳珮相订，故以为名。其事无所出，借贾似道、廖莹中以作点缀。"佚。

明清佚名著《小天台》，《古典戏曲存目汇考》著录。《曲海总目提要》有此本，卷三十三云："未知何人所作。演冯珏、陆韬遇霍氏二女事，与《双鸳珮》相同，而情节曲白，往往互异。园名《小天台》，故名。"佚。

清裘琏著《女昆仑》传奇，《今乐考证》《古典戏曲存目汇考》著录。凡二卷四十折。《古典戏曲存目汇考》卷十一云："海宁陈鳣《新坡士风》云：'《女昆仑》传奇，一名《画图缘》，指长安镇进士梅文正事。梅有婢女寿春，能救主母难，故曰《女昆仑》。即此本。与汾上淮庵之《画图

---

① 蒋瑞藻：《小说考证》，上海古籍出版社1984年版，第520页。

缘》演张灵、崔莹以图作合事不同。'"剧叙叶李与贾似道、郑虎臣之事。现存旧钞本，北京图书馆藏。《古本戏曲丛刊》五集据以影印。

卷二十七　金玉奴棒打薄情郎

本事见《国色天香》《西湖游览志余》，亦见《情史》。

明范文若著《鸳鸯棒》传奇，《今乐考证》《曲考》《曲海目》《曲录》《南词新谱》等著录。凡三十二出。演薛季衡、钱媚珠事，惟剧中人名不同，但关目布置较之小说，更为曲折。郑元勋序云："香令先生遗书以《梦花酣》《鸳鸯棒》二剧属予序。一为至情者，一为不及情者。……览薛季衡、钱媚珠事，使人恨男子不如妇人，达官不如乞儿，文人不如武弁，其重有感也夫。"此剧现存崇祯间博山堂原刻本、清初《玉夏斋传奇十种》本，《古本戏曲丛刊》二集据明崇祯间博山堂原刻本影印。

清叶承宗著《金玉奴棒打薄情郎》杂剧，《清代杂剧全目》《古典戏曲存目汇考》著录。叶氏《泺函》第十卷《杂剧乐府》目录《四啸》中有此剧名，为《稷门四啸》之第三种。佚。

卷二十九　月明和尚度柳翠

本事出《古今诗话》《西湖游览志》。

明李磐隐著《度柳翠》杂剧，《远山堂剧品》《读书楼书目》著录。计四折。《远山堂剧品》谓北（曲）四折，并云："柳翠事，已经三演。此剧芳华不及王实甫，俊爽不及徐文长，然较王剧稍核，较徐剧稍备，而字句亦极琢鍊之工。"按：柳翠事，元代王实甫有《度柳翠》杂剧、李寿卿有《月明和尚度柳翠》杂剧、明徐渭《玉禅师翠乡一梦》杂剧，因上述三剧在三言二拍刊刻之前，故不录。佚。

清吴士科著《红莲案》传奇，《传奇汇考标目》别本、《曲录》等著录。《曲海总目提要》亦有此本，卷二十三云："近时临川吴士科撰。明嘉隆间，山阴徐渭作《四声猿》，内有《玉禅师翠乡一梦》，用宋月明和尚度柳翠事。士科之意，以红莲无结果着落，则玉通之恨，未能尽销。借徐渭杀红莲结局，以了前案。故曰《红莲案》也。玉通、徐渭，相隔数百年。士科以渭曾演此事，故扭合于渭，又以渭才高未遇，借此以舒郁吐奇，作后人谈柄耳。"按：明朱京藩《风流院》传奇，而以汤显祖为风流院主，柳梦梅、杜丽娘皆为院仙，盖以小青有挑灯闲看《牡丹亭》之句，故用汤显祖入剧。徐渭入剧亦是同一意趣。佚。

卷三十　明悟禅师赶五戒

本事出宋《春渚纪闻》《扪虱新话》等，亦即清平山堂所刊《五戒禅师私红莲记》，又有《绣谷春容》及《燕居笔记》皆题作《东坡佛印二世相会传》。

清张世漳著《玉麟记》传奇，《今乐考证》《曲考》《曲海目》《曲录》等著录。《重订曲海总目》云："与明人叶桐柏作不同。"《今乐考证》云："与明人叶六桐作同目。"按：明叶宪祖《玉麟记》传奇、明佚名《麟凤记》传奇与本篇同一题材，皆传苏子瞻事，然上述两剧被吕天成《曲品》收录，略之。佚。

清李玉著《眉山秀》传奇，插录《明悟禅师赶五戒》之事。《曲海总目提要》卷三十二云："东坡梦中示现为五戒前身，妓琴操为清一，妾朝云为红莲，以结前生公案。（按：子由、佛印尝梦五戒和尚来访，及明，而东坡至，此前生五戒之说也。五祖戒和尚者，五祖道场黄梅山之戒和尚也。小说以为受戒之五戒，于是有《明悟禅师赶五戒》之说，以为道人清一，拾得一女红莲，五戒为之破戒，因而托生苏氏；明悟，其师兄，因转身为谢瑞卿；因坡偕与同瞻御驾，为神宗所见，不得已而为僧，名曰佛印；其后时时点化东坡，故曰'赶五戒'也。）"参见《警世通言》卷三《王安石三难苏学士》叙录。

卷三十一　闹阴司司马貌断狱

本事出元人《三国志平话》。

清嵇永仁著《愤司马梦里骂阎罗》杂剧，《今乐考证》《曲海目》《曲录》《重订曲海总目》等著录。《续离骚四种》之四，计一折。《曲海总目提要》亦存此本，卷二十二云："嵇永仁撰。标曰《愤司马梦里骂阎罗》。大略云：西川人司马貌，穷途落魄，醉后愤骂阎罗，被摄至阴府，欲治其谤讪之罪。貌直吐胸中所不平，牢骚激烈。阎罗王悚然动听，留貌决大案数件，送还人间。小说家有《闹阴司司马貌断狱》一卷，此剧所本，即其事也。"今存清康熙间抱犊山房原刻《嵇留山殉难遗稿》本、清雍正间刻本、清光绪年间苏州《雁来红》丛报周刊所载本、旧抄本，《清人杂剧初集》据清雍正年间刊本影印。

清徐石麒著《大转轮》杂剧，《今乐考证》《曲海目》《曲考》《曲录》《大梅山庄书目》《八千卷楼书目》皆见著录。计四折。演司马貌断阴司狱事。版本有：清顺治年间南湖享书堂原刻《坦庵词曲六种》本，第二种标名为《坦庵大转轮》；清姚燮编《今乐府选》稿本所收本第三十二册，标名为《大转轮》；《清人杂剧二集》本，据顺治年间原刻本影印；

吴梅编《古今名剧选》，原收此剧，然未刊行。

清范希哲著《补天记》传奇，《今乐考证》《传奇汇考标目》《曲考》《重订曲海总目》《曲录》皆有著录。《今乐考证》注："《补天记》，即《小江东》。"凡二卷三十六出。《曲海总目提要》亦存此本，卷四十二云："一名《补天记》，刊本云小斋主人作，不著姓名。……据云：……按小说中，有言曹操、刘备、孙权、是韩信、彭越、黥布转世者，总属荒唐。剧复暗取其说。"按：小斋主人或为范希哲。庄一拂《古典戏曲存目汇考》将小斋主人《小江东》《补天记》传奇与清范希哲著《补天记》传奇分别著录。今存北京大学藏清康熙刊本，《古本戏曲丛刊》五集据以影印。

卷三十三　张古老种瓜娶文女

本事出《搜神记》《续幽怪录》诸书。

清李玉著《太平钱》传奇，《今乐考证》《新传奇品》《曲考》《曲海目》《曲录》等著录。凡二卷二十七出。《曲海总目提要》亦存此本，卷十八云："《太平钱》，明时旧本，不知谁作。事出《太平广记》，谓张老以太平钱聘韦氏，故名。（本传但言五百缗，剧实之以太平钱。）……盖两种情节，皆艳异新奇，动人观听，又皆韦姓，纽合甚易，阅者亦忘其各别也。张老曰张果老，邯郸吕翁曰洞宾，剧中往往如此。"今存北京图书馆旧钞本，《古本戏曲丛刊》三集据以影印。

清南山逸史著《翠钿缘》杂剧，《今乐考证》《重订曲海目》著录，作《翠钿记》。计五折。演月下老人指点韦固婚姻事。今存清初《杂剧新编三十四种》本。

卷四十　沈小霞相会出师表

本事出《明史·沈鍊传》，亦见《情史》。

明史槃著《忠孝记》传奇，《远山堂曲品》著录，云："传沈公青霞者，叔考难兄有《壁香记》，初以宫商相舛，乃尽更之，沈公浩气丹忠，恍忽如见。故叔考作此，亦遂有冠冕雍容之度矣。"按：青霞名鍊，绍兴人。上疏劾严嵩父子，嵩激上怒，谪佃保安州。窜鍊于白莲教中，事下兵部，潜毙之狱中。佚。

明清佚名著《犀轴记》传奇，《远山堂曲品》《古典戏曲存目汇考》著录。《远山堂曲品》云："是记成于逆珰乱政时，借一沈青霞以愧世之不为青霞者。"佚。

明清佚名著《出师表》传奇,《曲录》《西谛善本戏曲目录》《传奇汇考标目》皆有著录。凡三十八出。《曲海总目提要》亦存此本,卷四十一云:"此记明嘉靖中沈鍊子沈襄事也。楚人江进之尝作沈小霞传,小霞即襄字。而《今古奇观》小说,有《沈小霞重会出师表》。出师表事,江传未及。其妾姓,及年家何人,中道何地,传亦未详,须参小说看之,乃为完备。"此剧第二十五出以下残缺,但从第一出《开宗》中可大致了解此后的情节:"事久天心辨佞忠,沉冤洗,重逢汉表,生死荷恩隆。"该剧有清抄本,今藏于北京图书馆。

《警世通言》(明金陵兼善堂刊本)

卷二　庄子休鼓盆成大道

本事出《庄子》之《齐物论》《至乐》等篇。

明陈一球著《蝴蝶梦》传奇,《古典戏曲存目汇考》《浙江省文献展览会总目》著录。凡三十二出。演庄周事。今存光绪十七年(1891)抄本,原藏梅泠生之劲风阁,现归温州图书馆。永嘉乡著会、永嘉黄氏敬乡楼均据此本移录,亦藏温州市图书馆。

明谢弘仪著《蝴蝶梦》传奇,《远山堂曲品》著录。《今乐考证》《曲考》《曲海目》《曲录》并见著录,俱列入无名氏。凡二卷四十出,一名《蟠桃宴》。①《远山堂曲品》云:"瘵云功成而不居,在世出世,特为漆园吏写照。舌底自有青莲,不袭词家浅沈,文章之府,将军且横槊人矣。"按:谢弘仪一名国,字简之,号瘵云。《〈蝴蝶梦〉凡例》云:"《古今小说》载:庄子妻田氏,竟赍愧以殁。今易田为韩,丑之也。"昆剧常演《叹骷》《搧坟》《归家》《毁扇》《脱壳》《访师》《吊奠》《说亲》《回话》《做亲》《劈棺》诸出。现存明崇祯间柱笏斋刻本,《古本戏曲丛刊》三集据以影印。

明清佚名著《蟠桃宴》传奇,《曲海总目提要补编》著录,一名《蝴蝶梦》,卷六五云:"不知何人所作。演庄周事,以周梦蝶开场,而终之

---

①　周贻白指出:"此书(谢瘵云《蝴蝶梦》)别名《蟠桃宴》,《曲海总目提要拾遗》面五八写有本事,但未著明撰人,实即一书。"周贻白:《周贻白戏剧论文选》,湖南人民出版社1982年版,第285页。

以赴王母蟠桃之宴，故名'蝴蝶梦'，又曰'蟠桃宴'。大段以《南华经》中事迹及寓言处渲染成章，而掺入小说《鼓盆思大道》一段。其以登仙结局者，则庄子南华真人之号本道家所称，以周为登仙籍，而王母实掌群仙，故归宿于西池赴宴也。有单举小说一段作剧者，亦曰《蝴蝶梦》，系弋腔，与此记南曲各异，又谓之《搧坟记》，此已另见。"佚。

明清佚名著《蝴蝶梦》传奇，《今乐考证》《曲考》《曲海目》《曲录》等著录。凡十二出。《曲海总目提要》亦有此本，卷三十云："此近时人据小说《庄子休鼓盆思大道》而作。又有元人《蝴蝶梦》，则记包拯事。"此剧以遇老子于函谷关，相随而去作结。《今乐考证》《重订曲海总目》《曲海总目提要》《古典戏曲存目汇考》皆题为无名氏之作。此剧一说为清初严铸撰，蒋瑞藻《花朝生笔记》云："庄子《至乐篇》自言其妻死，箕踞鼓盆而歌。清初严铸衍其事为传奇，取《齐物论》篇庄周梦为胡蝶语，名《胡蝶梦》。"① 一说为石庞所作。今存有清抄本，另有道光二十八年（1848）处德堂抄本，仅存八出。

明李逢时《色痴》杂剧，《传奇汇考标目》著录。《今乐考证》《重订曲海总目》亦著录，列入无名氏。《四大痴》杂剧之第二种，凡九出。《曲海总目提要》亦存此本，卷十一云："《四大痴》，近时人李逢时撰。以酒、色、财、气分作四剧，每剧五六出，犹元人之杂剧也。酒曰酒憨。色曰搧坟，事本《蝴蝶梦》。……色用庄子事，其关目有搧坟、毁扇、病诀、晤俊、露衷、决嫁、劈棺等，与《蝴蝶梦》无异。"按："露哀"一出误记，应为"露衷"。此剧现存明崇祯间山水邻刻《四大痴》传奇本，《奢摩他室曲丛》据以影印②。

明清佚名著《南华记》传奇，《远山堂曲品》《古典戏曲存目汇考》并见著录。《远山堂曲品》云："记漆园吏不及《玉蝶》，则其鄙陋更可知矣。"按：《玉蝶记》为谢惠撰，参见谢惠《玉蝶记》叙录。戴子龙亦有《玉蝶记》，乃演裴得道之事。佚。

明谢惠著《玉蝶记》传奇，《远山堂曲品》《古典戏曲存目汇考》并见著录。《远山堂曲品》云："如此钝根，乃以作曲，正似酒肉伧父学王、

---

① 蒋瑞藻：《小说考证》，上海古籍出版社1984年版，第457页。
② 《缀白裘》亦收有《蝴蝶梦》九折，即《四大痴》本，但较《四大痴》多一折《叹骷》，而略去尾折《阴妒》，其余大体皆同。

谢衣冠耳。漆园吏《叹骷髅》数折，虽袭之云莱道人者，终不能掩其他曲之陋。"按：云来道人即王应遴，号云来，别署云来居士，参见王应遴《衍庄新调》杂剧叙录。佚。

明治城老人著《衍庄》杂剧，《远山堂剧品》《读书楼目录》著录。《远山堂剧品》谓北（曲）一折，并云："长叹数调，于生死关头，几于勘透矣。而脱离之道安在，当问之云来道人。"按：云来道人即王应遴，号云来，别署云来居士，参见王应遴《衍庄新调》杂剧叙录。《古典戏曲存目汇考》误题冶城老人。佚。

明王应遴著《衍庄新调》杂剧，《今乐考证》著录。《远山堂剧品》《读书楼书目》《重订曲海总目》《曲录》等亦有著录，皆著录此剧别名《逍遥游》。计一折。《远山堂剧品》谓南北（曲）一折，并云："于尺幅中解脱生死，超离名利，此先生觉世热肠，竟可夺《南华》之席。"此剧今存天启间原刊本（附《王应遴》杂集内）、《盛明杂剧》本。

明清佚名著《鼓盆歌》杂剧，《远山堂剧品》《读书楼书目》并见著录。《远山堂剧品》谓南北（曲）四折，并云："虽未见超异，而语中转折，全部费力，是时时拈音律者，第限于才耳。剧中既多北词，不宜杂以南曲；且以《北醉春风》在《小上楼》后，亦非是。"佚。

卷三　王安石三难苏学士

本事出宋人《中朝故事》《西塘集耆旧续闻》等。

明张大谌著《三难苏学士》杂剧，《远山堂剧品》《读书楼书目》《古典戏曲存目汇考》著录。《远山堂剧品》谓南（曲）四折，又云："他人记长公，皆以其嘻笑敏捷，以故反之，然不至庸拙如作者。"佚。

清李玉著《眉山秀》传奇，《今乐考证》《新传奇品》《曲考》《曲海目》《曲录》等著录。凡二卷二十八出。《曲海总目提要》亦存此本，卷三十二云："不知何人作，所载秦少游、苏小妹事，多本小说家《苏小妹三难新郎》一卷事迹。'闭门推出窗前月，投石冲开水底天。'对句警拔，世俗流传，以为嘉话。然非事实也。东坡、佛印等皆点缀生情，真伪参半。"按：此剧系多则故事扭合而成，即《京本通俗小说》卷十四《拗相公》《警世通言》卷四《拗相公饮恨半山堂》《醒世恒言》卷十一《苏小妹三难新郎》《喻世明言》卷三十《明悟禅师赶五戒》、宋洪迈笔记小说《夷坚志》"长沙义妓"条与本篇等。《纳书楹曲谱》订有此剧《婚试》《诏赋》《游湖》三出。今存有长乐郑氏藏清顺治刊本，《古本戏曲丛刊》

三集据以影印，前有钱谦益《题词》，后有郑振铎跋。另有清初刻本。

卷四　拗相公饮恨半山堂

本事出《河南邵氏闻见录》《效颦集》等。

清李玉著《眉山秀》传奇，插录本篇情节。《曲海总目提要》亦存此本，卷三十二云："是时介甫罢归，侨寓钟山半山堂。尝骑驴独行，见老媪呼猪曰'王安石'，不胜惭愤。……"参见《警世通言》卷三《王安石三难苏学士》叙录。

卷六　俞仲举题诗遇上皇

本事出《武林旧事》卷第三《西湖游幸》《西湖游览志余》。

清徐石麒著《买花钱》杂剧，《今乐考证》《曲考》《曲海目》《曲录》《大梅山庄书目》《八千卷楼书目》等著录。计四折。清焦循《剧说》卷五曰："吾乡徐又陵号坦庵，填词人马东篱、乔梦符之室，所作有《大转轮》、《买花钱》、《拈花笑》、《浮西施》、《胭脂虎》、《珊瑚鞭》、《九奇逢》。《词评》云：'宋高宗在德寿宫，游聚景园，偶步入一酒肆，见素屏有俞国宝书《风入松》一词，嗟赏之。诵至'明日重携残酒，来寻陌上花钿'，曰：'未免酸气！'改'明日重扶残醉'。仍即日予释褐。'坦庵《买花钱》杂剧本此。"该剧今存清顺治年间南湖享书堂原刻《坦庵词曲六种》本，第一种标名坦庵《买花钱》；清姚燮编《今乐府选》稿本所收本，第三十二册，标名《买花钱》；《清人杂剧二集》本，据顺治年间原刻本影印；吴梅《古今名剧选》，原收此剧，然未见刊行。

卷九　李谪仙醉草吓蛮书

本事出《本事诗》，亦见《国色天香》等。

元明时期阙名著《采石矶李白捉月》，《传奇汇考标目》别本无名氏中有此剧，正名题目无考。庄一拂《古典戏曲存目汇考》疑为杂剧。佚。

明清时期李岳著《采石矶》传奇，《传奇汇考标目》别本著录，注云："李白事。"清蒋士铨有同一题材《采石矶》杂剧一本。佚。

清尤侗著《清平调》杂剧，《今乐考证》《曲海目》《曲录》等著录。《今乐考证》云："一名《李白登科记》。"《西堂乐府》五种之第五种。计一折。《传奇汇考》亦存此本，卷四云："长洲尤侗撰。侗拔贡出身，才名甚著而未登甲第，不胜健羡，故作此记以自喻。"[①] 今存清康熙年间

[①] 佚名：《传奇汇考》，书目文献出版社1994年影印版（据1914年古今书室刊本），第312页。

聚秀堂原刊本《西堂乐府》本、清姚燮编《今乐府选》稿本所收本、傅惜华藏清精抄本、《清人杂剧初集》本，据清康熙年间原刊本《西堂乐府》本影印。

清张韬著《清平调》杂剧，《清代杂剧全目》《古典戏曲存目汇考》著录。全名《李翰林醉草清平调》，为《续四声猿》之四。计一折。《古典戏曲存目汇考》卷八云："此剧续明徐渭《四声猿》，其自序有无限牢骚性。徐渭之四作，各不相涉，韬之续作亦然。……一写李白醉草《清平调》事，尤侗亦有《清平调》一剧，皆以失意文人，极写得意之事。"此剧有清康熙间刻《大云楼集》附录《续四声猿》本，《清人杂剧初集》据以影印。

清李玉著《清平调》传奇，《传奇汇考标目》别本著录。《古典戏曲存目汇考》亦有此目，并疑为杂剧。佚。

清黄兆森著《饮中仙》杂剧，《今乐考证》《曲海目》《曲录》皆有著录。即为《四才子》剧之一。《曲海目》《曲录》别作正名《张旭观公孙大娘舞剑》，重出阙名《饮中八仙》。按：张旭与李白、贺知章、李適之、汝阳王璡、崔宗之、苏晋、焦遂为酒中八仙。作者自言观公孙大娘舞剑器得其神云，其中插入李白事。今存清康熙五十五年（1716）自刻博古堂印本、清康熙五十五年自刻本（有吴梅跋）、清《今乐府选》本。

清杨潮观著《贺兰山谪仙赠带》杂剧，《今乐考证》《曲海目》《曲目表》著录《吟风阁杂剧》总名。《吟风阁杂剧》共收短剧三十二种，此剧为其中之一，每剧一折。此剧简名《贺兰山》。作者自撰小序言其主旨云："《贺兰山》，思知己之难遇，而贤者忠爱之至也。汾阳伟人，太白奇士，思其事，想见其为人，慨当以慷，庶几登场遇之。"① 今存清乾隆甲申原刻本、清乾隆甲午重刊本、清嘉庆庚辰重刊本、胡士莹校注本。

清蒋士铨著《采石矶》杂剧，《今乐考证》著录。计八出。作者隐以李白自寓，结尾有云："天府用人，量材授官，历历不爽如此。"② 今存清嘉庆刊《清容外集》本、中华书局《红雪楼逸稿》排印本。

卷十　钱舍人题诗燕子楼

本事出唐《白氏长庆集》序及宋王恽《燕子楼传》，亦见《独醒杂

---

① （清）杨潮观：《吟风阁杂剧》，上海古籍出版社1983年版，第66页。
② （清）蒋士铨：《蒋士铨戏曲集》，中华书局1993年版，第182页。

志》《类说》等。

明竹林逸士著《燕子楼》传奇，《远山堂曲品》《传奇汇考标目》《曲录》等著录。《曲目》亦有此目，列入无名氏。《远山堂曲品》云："燕子楼，竹林逸士。关盼盼不从张本立死，盖不欲张公有重色之名耳。……即所传皆合欢，而殉节之意自在。白公不能知盼盼，作者顾知之矣。"佚。

清叶奕苞著《燕子楼》杂剧，《今乐考证》《曲海目》《曲录》等著录。《重订曲海总目》署群玉山樵撰。现存清乾隆《锄经堂乐府》刊本。

清陈烺著《燕子楼》传奇，《曲录》著录。凡二卷十六出。《古典戏曲存目汇考》卷十二云："演关盼盼事。本白氏诗序而润色之。"现存《玉狮堂十种曲》刊本。

卷十一　苏知县罗衫再合

本事见唐人《原化记》"崔尉子"事，亦见《太平广记》"陈义郎""李文敏"等。

明清佚名著《白罗衫》传奇，《今乐考证》《曲考》《曲海目》《曲录》等著录。一名《罗衫记》。凡二卷二十八出。《曲海总目提要》亦存此本，卷十六云："《白罗衫》，系明时人所作，未知谁手。演苏云事，本之小说，曰《苏知县罗衫再合》，姓名事迹皆符。（剧中以苏夫人产子之后，收生缊引入王尚书家，为其女之乳母。其后徐继祖游尚书园，苏夫人突出告状，此节稍异。徐用为僧，亦系添出，余并相同。又《太平广记》中《崔尉子》事，绝相似。）"按：孙楷第《戏曲小说书目解题》云："考冯梦龙《警世通言》有《苏知县罗衫再合》小说一首，所记与此本全合，其结尾云：'至今京师盛行《苏知县报冤》唱本。'疑此本所据非《通言》小说，即苏知县唱本也。"① 此剧今尚演有《井遇》《游园》《看状》《详梦》《报冤》诸出。今存清内府抄本，通县王氏鸣晦庐旧藏；清钞本，怀宁曹氏旧藏；传抄本，郑振铎藏；《古本戏曲丛刊》三集据传抄本影印。

明周继鲁著《合衫记》传奇，《远山堂曲品》著录，并云："作此专以供之场上，故走笔成曲，不暇修词。其事绝与《芙蓉屏》相肯肖，但此罗衫会合处，关目稍繁耳。"按：《远山堂曲品》所述《芙蓉屏》杂剧

---

① 孙楷第：《戏曲小说书录解题》，人民文学出版社1990年版，第310页。

为叶宪祖作，详见《初刻拍案惊奇》卷二十七《顾阿秀喜舍檀那物 崔俊臣巧会芙蓉屏》篇叙录叶宪祖《芙蓉屏》杂剧。另沈璟亦有同名传奇《合衫记》，乃演公孙合汗衫，同名异事。佚。

明刘方著《罗衫合》传奇，《今乐考证》《新传奇品》《曲海目》《曲录》等著录。写郑氏被迫以罗衫包子弃之，后因罗衫作证而母子会合，故名。佚。

卷十二　范鳅儿双镜重圆

本事出宋人《摭青杂说》，亦见《情史》。

明穆成章著《双镜记》传奇，《远山堂曲品》著录，并云："《双镜》，穆成章。范鳅儿原有《双镜再合》之传，不谓岳侯八日洞庭之捷，亦为范作姻缘帐也。此记简净得法。或以为下笔不能用一句学问，不知词坛中即有学问，无所用之。"按：《双镜再合》之传即指本篇。佚。

卷十七　钝秀才一朝交泰

明陈情表著《钝秀才》杂剧，《远山堂剧品》《读书楼书目》著录。《远山堂剧品》谓南北（曲）八折，并云："圣鉴不得志于时，借钝秀才舒自己胸臆。天才豪放，不一语入人牙慧，当是临川后身，不得复绳以韵律。"佚。

明佚名著《玉瑗缘》传奇，《曲海总目提要》著录，卷十六云："《玉瑗缘》，明末人所作，未知姓名。记鲜于同事。《今古奇观》小说有《老门生三世报恩》，及《钝秀才一朝交泰》二段，剧采鲜于同以作正文，又借钝秀才为余波，以相映带。与《三报恩》同一事实，而变幻情节，与彼互异。其曰《玉瑗缘》者，言同妻孔氏有祖传玉瑗，同会试时，妻为送行，赠以玉瑗，同生子托人寄孔氏，以玉瑗为证据也。"据此可知《玉瑗缘》系本篇与《警世通言》卷十八《老门生三世报恩》扭合而成。佚。

卷十八　老门生三世报恩

明佚名著《玉瑗缘》传奇，参见《警世通言》卷十七《钝秀才一朝交泰》叙录。

清查继佐著《三报恩》传奇，《今乐考证》著录。《曲海总目提要》卷二十《非非想》条下注："海宁人查继佐撰。继佐字伊璜，崇祯癸酉举人，才名甚著，以孝廉终。所著有《非非想》及《三报恩》流传于世。"疑亦演《老门生三世报恩》事。佚。

明毕魏著《三报恩》传奇，《今乐考证》《新传奇品》《曲考》《曲海目》《曲录》等著录。凡二卷三十六出。《今乐考证》著录《三报恩》一本，署第二狂撰，即毕本。此剧作者，冯梦龙云为万后氏所作，《曲海总目提要》卷十六云："《三报恩》，冯梦龙序云：'余向作《老门生》小说，政谓少不足矜，而老未可慢，为目前短算者开一眼孔。滑稽馆万后氏取而演之为《三报恩》传奇，加以陈名易负恩事，与鲜于老少相形。万后氏年甫弱冠，有此奇才异识，将来岂可量哉！'按左传'毕万之后必大'，此云万后氏，疑毕姓者所作。而落场诗云：'谁将稗史谱宫商，少小书生第二狂。点化红垆经妙手，墨憨端不让周郎！'梦龙有墨憨斋曲本，则此又系梦龙所改定，盖同时商酌而成者。"按：《今乐考证》《新传奇品》题毕万侯撰。毕魏，字万后，一名万侯。今存有明崇祯刊本，《古本戏曲丛刊》二集据以影印。

卷二十一　赵太祖千里送京娘

本事见《飞龙传》《残唐五代史演义》《北宋志传》等。

清李玉著《风云会》传奇，《今乐考证》《新传奇品》《曲考》《曲海目》《曲录》等著录。凡二卷二十六出。《曲海总目提要》亦存此本，卷二十七云："《风云会》，演赵太祖及郑恩事。小说有《赵大郎千里送京娘》，又有残唐五代北宋等演义，中间多赵公子与郑恩结义始末，流传甚久。元人彭伯城有《京娘怨》，罗贯中有《龙虎风云会》，此又合两种为一，而变换成编也。"剧多系附会虚构，以赵匡胤及郑恩为大关键，恩从太祖，如云之从龙，风之从虎，故名。存清乾隆昇平署抄本，《古本戏曲丛刊》五集据以影印。不分卷，为避清世宗胤禛，称赵匡胤为赵匡允。十六出、十八出有残缺。

卷二十二　宋小官团圆破毡笠

本事出明刘仲递《鸿书》《耳谈》，亦见《情史》。

明杨景夏著《认毡笠》传奇，《今乐考证》著录。《曲录》亦著录，列入无名氏。并见《南词新谱》。郑振铎《插图本中国文学史》云："杨景夏，名弘，别号脉望子，青浦人，有《认毡笠》一本，当系本于《宋金郎团圆破毡笠》（见《警世通言》及《今古奇观》）。"①《南词新谱》选曲三支，佚。京剧有《宋金郎》，亦名《破粘笠》。

清张彝宣著《读书声》传奇，《今乐考证》《新传奇品》《曲考》《曲

---

① 郑振铎：《插图本中国文学史》，人民文学出版社1957年版，第1005页。

海目》《曲录》等著录。凡二卷二十五出。演宋儒、戴润儿事。今存程氏玉霜簃藏旧抄本,《古本戏曲丛刊》三集据以影印。该本第一出、第二出残缺。

卷二十四　玉堂春落难逢夫（原注：与旧刻《王公子奋志记》不同）

本事见《情史》,亦见明李春芳《全像海刚峰居官公案传》。

明清佚名著《完贞记》传奇,《远山堂曲品》著录,并云:"记王顺卿全仿原传。说白极肖口吻,亦是词场所难。较《玉镯》稍胜之。"按:《玉镯记》,为明李玉田撰。因被吕天成《曲品》收录,故不赘述。

清魏熙元著《玉堂春》传奇,《今乐考证》著录,题无名氏。佚。

明清佚名著《金钏记》传奇,《古典戏曲存目汇考》著录。冯梦龙《情史》卷二《玉堂春》云:"生非妓,终将落魄天涯;妓非生,终将含冤地狱。彼此相成,率为夫妇。好事者撰为《金钏记》。生为王瑚,妓为陈林春,商为周镗,奸夫莫有良。其转折稍异。"佚。

明清佚名著《金钏记》传奇,《远山堂曲品》著录,并云:"金时之狎刘小桃,似《玉镯》所载王顺卿事。守律之词,粗见亹亹,但不堪纵观耳。"佚。《群音类选》《缀白裘合选》均存有散出。

清佚名著《破镜圆》传奇,未见著录。胡士莹《话本小说概论》第十四章云:"雍乾间人作的《破镜圆》传奇,亦演玉堂春事。"佚。

卷二十五　桂员外途穷忏悔

本事出明邵景詹《觅灯因话》。

清李玉著《人兽关》传奇,《今乐考证》《新传奇品》《曲考》《曲海目》《曲录》等著录。凡二卷三十出。《曲海总目提要》亦存此本,卷十九云:"人兽关,李元玉撰,以桂薪妻子变犬而名。小说云:……记中全据此说,醒心怵目,足警世之负义忘恩者。桂迁改名桂薪,施母尚在,稍异同耳。按今苏州阊门内,施家宗族颇多,有读书者,亦有开绸缎行者,皆云是施济子孙。云:济初富后,以作粮长赔累家贫,以故桂氏悔亲。今小说中桂有负李平章债语。平章,元时官名,明太祖初尚有之,其后改官制,则无此名矣。粮长运粮,亦明太祖制度。由此推之,是明初人也。苏人皆云:桂是龙游人,小说则云会稽人,未知孰的。"事本小说,述桂迁为富不仁,忘施济之恩,其妻子罚堕轮回,转生为施家犬事。此剧今存尚演者,有《前设》《演官》《幻骗》《恶梦》等出。今存大兴傅氏藏明崇祯刊本,《古本戏曲丛刊》三集据以影印。另有清初刻本,分上、下两卷，有目次，出名与图均同崇祯刻本，当为翻刻崇祯本者。又有清乾隆五十九年（1794）重刻宝研斋藏本，当是冯梦龙改定本。

卷二十六　唐解元一笑姻缘

本事出明《泾林杂记》，亦见《情史》等。

明卓人月著《唐伯虎千金花舫缘》杂剧，《远山堂剧品》著录，并题简名为《花舫缘》。《今乐考证》误列孟称舜目，《重订曲海总目》亦著录此剧简名于孟称舜目，然注曰："一刻作明卓珂月所著。"《曲海总目提要》亦著录简名误题孟称舜所作，惟《曲录》题此剧为卓作，复于孟称舜目重出此剧简名。计四出一楔子。据孟称舜《花前一笑》改编。明徐翙眉批云："向见子若制唐伯虎《花前一笑》杂剧，易奴为佣书，易婢为养女，十分回护，反失英雄本色。珂月戏为改正，觉后来者居上。"按：子若即孟称舜。孟称舜《花前一笑》杂剧制于二十五岁之前，在本篇刊刻之前，故不录。剧中改华学士为沈八座，改桂华为申慵，叙事亦有改窜，似与叶宪祖《四艳记》中《碧莲绣符》杂剧相类。此剧存《盛明杂剧三十种》本。

明史槃著《苏台奇遘》杂剧，《远山堂剧品》著录。《读书楼书目》亦有著录，"奇遘"二字别作"集游"。《远山堂剧品》谓北（曲）六折，并云："叔考见孟子若有伯虎剧，遂奋笔为之，直欲压倒元、白耳。北调六出始此。"佚。

清朱素臣著《文星现》传奇，《今乐考证》《新传奇品》《曲考》《曲海目》《曲录》《传奇汇考标目》等著录。凡二卷二十六出。《曲海总目提要》亦存此本，卷二十云："文星现，苏州朱素臣撰，记祝允明、唐寅及沈周、文徵明事，或得之杂记，或得之传闻。吴人推重数子，以为上应文星，故曰文星现也。"《文星现》杂取前人记载及民间传说，又将祝允明等人事迹牵扯其间，虚构成篇。今存环翠山房旧抄本，《古本戏曲丛刊》五集据以影印。此剧现存钞本中的某些情节与《曲海总目提要》所述内容略有差异，如《提要》中唐寅等人自谓上应天上文星，以此扣住《文星现》题目，而抄本之末却以"文心现"三字为概括。因而疑此剧在传抄过程中对原作文字有所更动。

清无名氏著《三笑姻缘》传奇，《今乐考证》《曲考》《曲海目》等著录。清乾隆年间梨园传抄本，凡二卷三十四出；清抄本，凡四十二出。演明唐寅易服为佣，赚取华家婢秋香，以及周文彬乔装为女，巧遇王月娥事。末出尾声云："文星翻出新编稿，曲尽男女情调，只是三啸姻缘情意高。"① 乃据朱素臣《文星现》改编，惟将祝允明、何韵仙一段删去，另增入周文彬事，与《笑中缘》弹词内容相合。南中昆班常演十八出，其中《试灯》《乔装》诸出为周文彬事，往往标名《天缘合》单独演出，又名《王老虎抢亲》。《三笑姻缘》传奇有清乾隆间梨园传抄本、清抄本，二本皆藏中国艺术研究院戏曲研究所资料室。

清沈起凤著《才人福》传奇，《今乐考证》著录。凡二卷三十二出。演明姑苏张幼于（即张献翼）事，配以祝允明、唐寅，而虚构其婚姻。今存沈氏《红心词客四种曲》为石韫玉状元于清乾隆时期古香林原刻本；民国时吴梅据原刻本及抄本影印，收入《奢摩他室曲丛》，定名为《沈氏四种》。

清查继佐著《非非想》传奇，《曲海总目提要》著录。今佚。清王续古亦著《非非想》传奇，《今乐考证》《新传奇品》《曲考》《曲海目》《曲录》等著录。凡二卷三十三出，题材与查继佐《非非想》传奇题材相同，以余千里、余重为关目。现存有抄本，《古本戏曲丛刊》三集据以影印。查、王二人所作《非非想》传奇，皆演张幼于事，与本篇关系不大。

卷二十八　白娘子永镇雷峰塔

本事出唐人小说《博异志》，亦见《西湖游览志》等。

明陈六龙著《雷峰记》传奇，《远山堂曲品》著录，并云："相传雷峰塔之建，镇白娘子妖也，以为小剧，则可；若全本，则呼应全无，何以使观者着急？且其词亦欲效鞶华赡，而竦处尚多。"佚。

清黄图珌著《雷峰塔》传奇，《今乐考证》《曲考》《曲海目》《曲录》著录，俱列入无名氏。《今乐考证》注："此本有岫云词逸改本。"按：岫云词逸即方成培。凡二卷三十二出，演白娘子事。黄图珌《观演〈雷峰塔〉传奇·自引》云："余作《雷峰塔》传奇凡三十二出，自《慈音》至《塔圆》乃已。方脱稿，伶人即坚请以搬演之。遂有好事者，续'白娘子生子得第'一节。落戏场之窠臼，悦观听之耳目，盛行吴、越，直达燕、赵。"② 按：黄氏谓好事者陈嘉言父女之改本，增《产子》《祭

---

① 齐森华、陈多、叶长海主编：《中国曲学大辞典》，浙江教育出版社1997年版，第545页。

② 蔡毅：《中国古典戏曲序跋汇编》，齐鲁书社1989年版，第1821—1822页。

塔》诸出，详见本篇陈嘉言父女《雷峰塔》叙录。今存清乾隆三年看山阁刊本。

清陈嘉言父女改作《雷峰塔》传奇，《古典戏曲存目汇考》著录，卷十二云："所谓淮商祝嘏之剧。乃陈氏父女所改之黄图珌本。"凡三十八出。旧抄本，或称"梨园旧本"，传为乾隆年间昆腔老徐班名丑陈嘉言父女合编之演出本。今存多种旧抄本，有涵芬楼所藏怀宁曹氏抄本《雄黄阵》（仅《求草》《雄黄》《救宣》三出）；天津图书馆所藏"复道人度曲本"；川剧旧本；秦腔旧本；昆曲《水斗·断桥》旧本等。

清方成培改作《雷峰塔》传奇，《今乐考证》著录，题无名氏，注："此本有岫云词逸改本。"当即陈本，参见陈六龙《雷峰记》叙录。凡四卷三十四出。方氏《雷峰塔·自叙》云："余于观察徐环谷先生家屡经寓目，惜其按节氍毹之上，非不洋洋盈耳，而在知音繙阅，不免攒眉，辞鄙调讹（伪），未暇更仆数也，因重（蚕）为更定。遣词命意，颇极经营，务使有裨世道，以归于雅正，较原本，曲改其十之九，宾白改十之七。《求草》、《炼塔》、《祭塔》等折，皆点窜络篇，仅存其目。中间芟去八出。《夜话》及首尾两折，与集唐下场诗，悉余所增入者。"[1] 据乾隆南巡时淮商迎驾所演陈嘉言父女《雷峰塔》旧本改编。今存清乾隆三十七年壬辰（1772）水竹居刊本，近人傅惜华辑有《白蛇传集》。

卷二十九　宿香亭张浩遇莺莺

本事见《青琐高议》《绿窗新话》。

明顾苓著《宿香亭》传奇，《传奇汇考标目》别本著录，并注："演张浩事。"佚。

卷三十　金明池吴清逢爱爱

本事出《夷坚甲志》《绿窗新话》。

明范文若著《金明池》传奇，《今乐考证》《传奇汇考标目》《曲录》著录。《南词新谱》注："范香令，未刻稿。"录存残曲。演吴清于金明池逢酒家女爱爱。爱爱因相思而卒，鬼魂与吴清会合，终乃借尸还魂，得成为眷属。佚。

明叶宪祖著《死生缘》杂剧，《远山堂剧品》《读书楼书目》著录。《远山堂剧品》谓北（曲）四折，并云："此即小说中《金明池吴清逢爱

---

[1] 蔡毅：《中国古典戏曲序跋汇编》，齐鲁书社1989年版，第1940页。

爱》也。头绪甚繁，约之于一剧而不觉其促，乃其情语婉转，言尽而态有余。"佚。

卷三十二　杜十娘怒沉百宝箱

本事出宋懋澄《九籥别集·负情侬传》，亦见《枣林杂俎》《情史》等。

明郭濬著《百宝箱》传奇，《传奇汇考标目》著录，题为无名氏。《北平图书馆戏曲音乐展览会目录》亦著录，误题为明许彦深撰。明卓珂月《百宝箱传奇》引云："必可以生青楼之色，唾白面之郎者，其杜十娘乎？此事不知谁所睹记，而潘景升录之于《亘史》，宋秋士采之于《情种》，今郭彦深复演之为《百宝箱》传奇，盖皆伤之甚也。"① 按：郭濬，字彦深。佚。

清梅窗主人著《百宝箱》传奇，《古典戏曲存目汇考》著录，误题为黄图珌作。凡二卷三十二出。演杜十娘事。《古典戏曲存目汇考》卷十一云："惟此本设为十娘投江遇救，经柳遇春之撮合，复配李甲，以补小说家所传之不足。"今存嘉庆刊本，首附梅窗主人自序、其侄文辉序。

清夏秉衡著《八宝箱》传奇，《今乐考证》著录。《曲考》《曲海目》《曲录》并见著录，皆列为无名氏。凡二卷三十八出。演杜十娘怒沉百宝箱故事。今存清乾隆秋水堂刊本。

卷三十六　皂角林大王假形

清朱素臣、朱佐朝合著《四奇观》传奇，《今乐考证》《曲考》《曲海目》《曲录》等著录。《曲海总目提要》亦存此本，卷二十五云："苏州朱素臣、朱良卿等四人合撰。演包拯断酒色财气四案，因名《四奇观》。……盖俗传拯能断阴阳事，故小说妆点云云也。……按《龙图公案》中，并无此四段事，系作者扭合。"按：四案中气案之事与本篇类同。现存旧抄本，程砚秋藏。

卷四十　旌阳宫铁树镇妖

本事出《太平广记·许真君传》，亦见《历代仙史》等。

清张彝宣著《獭镜缘》传奇，《今乐考证》《新传奇品》《曲考》《曲海目》《曲录》等著录。《曲海总目提要》亦存此本，卷二十九云："近时人所作，借许真君杀蜃精事，而附会成编也。"佚。《南词定律》《九宫大

---

① 蔡毅：《中国古典戏曲序跋汇编》，齐鲁书社1989年版，第1309页。

成谱》各有存曲一支。

醒世恒言 (叶敬池刊本、叶敬溪刊本两本皆为原本,叶敬溪本刊刻尤精)

卷一　两县令竟义婚孤女

本事出宋魏泰《东轩笔录》及张师正《括异志》等。

明佚名著《百寿图》传奇,《古典戏曲存目汇考》著录。《曲海总目提要》亦存此本,卷三十五云:"一名《柏寿图》,不知何人作。所演赵璋女月香,本之《今古奇观·两县令竟义婚孤女》事。而改前令石璧为赵璋,又改后令钟离义为寇准。然据《厚德录》,则钟离君本失其名,'义'字乃小说添出。其前令及前令之女,亦失书其姓。石璧与月香,亦小说所添出也。"佚。

明觉非子著《增寿记》传奇,《远山堂曲品》著录。《今乐考证》列入无名氏作品。《远山堂曲品》云:"《增寿》,觉非子。记载陆君九渊有妹桂华,指腹结姻于许文德。……钟离好义,获增禄寿,因名之为《增寿记》。是记体格大类《香囊》,而头绪过烦,阅者不易解,故为缕述之如此。"佚。

卷三　卖油郎独占花魁

本事出本篇,然颇多不同,亦见《情史》。

清李玉著《占花魁》传奇,《今乐考证》《新传奇品》《曲考》《曲海目》《曲录》等著录。凡二十八出。《曲海总目提要》亦存此本,卷十九云:"《占花魁》,明万历间人撰,不著姓名,署曰一笠庵,或曰李元玉所作也。以王美娘称花魁娘子,而秦种得之,故名《占花魁》。(秦种姓名本未的,寓意'情种'耳。)"吴梅《顾曲麈谈》第四章云:"其《占花魁》一剧,为玄玉得意之作。《劝妆》北词,更是神来之笔。……其《醉归》南曲一套,用车遮险韵,而能游刃有余,亦才大不可及也。"今存有大兴傅氏藏明末崇祯刻本,《古本戏曲丛刊》三集据以影印,另有清初刻本,吴梅曾批订并跋。又有乾隆十二年(1734)重刻宝研斋藏本。

卷四　灌园叟晚逢仙女

本篇入话为崔元微事,本事出唐人《博异志·崔玄微》及《西阳杂俎》。

清堵廷棻著《卫花符》杂剧,《今乐考证》《曲考》《曲录》著录。

计二出。《曲海总目提要》亦存此本，卷二十云："无锡褚廷菜作，记崔元微立幡卫花事。"该剧有《杂剧新编》本，又称《杂剧三集》本。1941年诵芬室据原刻本翻刻，1958年中国戏剧出版社据翻刻本影印。

卷七　钱秀才错占凤凰俦

本事出《情史》。

明王元寿著《鸾书错》传奇，《远山堂曲品》著录，并云："向有《钱秀才错配凤鸾俦》一传，奇姻已出人意外。今之错中更错者，则伯彭之巧思耳。"按：伯彭即王元寿。佚。

明沈自晋著《望湖亭》传奇，《今乐考证》《新传奇品》《曲考》《曲海目》《曲录》等著录。《新传奇品》《传奇汇考标目》《重订曲海总目》题沈宁庵撰，误。凡二卷三十六出。《曲海总目提要》亦存此本，卷五云："《望湖亭》，苏人沈伯明作也。万历初，吴江富人颜生，闻洞庭西山高翁女美，遣媒请婚。……（事载《情史》）剧因迎亲之船未至，颜俊伫立望湖亭以俟之，故标曰《望湖亭》也。"此剧系万历间为作者之故乡吴中奇事。剧中《照镜》一出，今犹有演者。此剧今存玉夏斋刊本，明末刊本。《古本戏曲丛刊》二集本据明末刊本影印。

卷八　乔太守乱点鸳鸯谱

本事出宋人《醉翁谈录》丙集卷一《因兄姊得成夫妇》及《情史》卷二《昆山民》，亦见《瑕弋篇》《古今谭概》等。

明佚名著《同心记》杂剧，《远山堂剧品》著录，并云："南北（曲）五折。嫂奸姑事，《四异》《双串》已极其致。此剧粗具情节，曲、白无一可取。"按：沈璟《四异记》传奇题材与之相同，然沈璟卒年在本篇刊刻之前，故不录。佚。

明卜世臣著《双串记》传奇，《古典戏曲存目汇考》著录。《远山堂曲品》云："大荒此记，操纵合法，韵度俱胜。叔考少加损益，便有史叔语气矣。"按：史槃字叔考。史氏之作，当为重订本。此剧当为卜世臣原作。佚。

明史槃著《双串记》传奇，《远山堂曲品》著录。详见本篇之明卜世臣《双串记》传奇叙录。此剧实系重订卜世臣《双串记》传奇。佚。

卷九　陈多寿生死夫妻

本事见明许浩《复斋日记》上，亦见《情史》。

明佚名著《义贞缘》传奇，《曲海总目提要》著录，卷二十九云：

"《义贞缘》,此亦近时人笔,据《醒世恒言》而作。虽非出正史,然义夫节妇,终成佳偶,故名《义贞缘》,可以垂训,非无因也。《情史》载其事,可见实有其人。"佚。

明范文若著《生死夫妻》传奇,《今乐考证》著录。谭正璧著《三言两拍资料》卷下云:"按明末清初曲家范文若亦有杂剧《生死夫妻》,当即采用《醒世恒言》故事,因范所作其他传奇、杂剧,如《鸳鸯棒》、《勘皮靴》、《雌雄旦》、《金明池》、《闹樊楼》、《金凤钗》……等,其故事皆取诸'三言',则此自当不止仅属疑似已也。"按:范氏《生死夫妻》当为传奇,而非杂剧,误。佚。现仅《南词新谱》内录存残曲。

卷十　刘小官雌雄兄弟

本事出明徐应秋《玉芝堂谈荟》,亦见《情史》等。

明王元寿著《题燕记》传奇,《远山堂曲品》著录,并云:"刘方、刘奇事,自叶桐柏作剧之后,已再见于黄履之之《双燕记》矣。此记插入妓女夜来,而二刘颠连之状,层叠点缀,令观者转入而转见其巧。"按:叶宪祖所著相同题材《三义成姻》杂剧,现存明万历间刊本。因其创作在本篇刊刻之前,故不录。佚。

明黄中正著《双燕记》传奇,《远山堂曲品》著录,并云:"刘尔正以探叔失水,投刘珍为子;方一娘亦以流离相托,遂以结姻。局段无奇,且乏逸趣。闽人少知音者,填词不甚失律,仅见之黄君耳。"佚。

明范文若著《雌雄旦》传奇,《今乐考证》《传奇汇考标目》《曲录》著录。《南词新谱》注:"未刻稿。"佚。仅存《南词新谱》内录存残曲。

明清佚名著《彩燕诗》传奇,《曲海总目提要》著录,卷三十云:"《彩燕诗》,近时人作,不知姓名。演刘奇事,本明初小说家,载在《情史》诸书。其女名刘方,示不没本姓,盖姓方也。作者改为周芳姿,籍贯诗句俱改。又添出张夜来,《燕诗》既系另撰,谓以《彩燕诗》订婚,散而复合,则尤未免诬贞女矣。"佚。

卷十一　苏小妹三难新郎

本事出《东坡问答录》《霞外捃屑》等。

清李玉著《眉山秀》传奇,《今乐考证》《新传奇品》《曲考》《曲海目》《曲录》等著录。凡二卷二十八出。《曲海总目提要》亦存此本,卷三十二云:"不知何人作,所载秦少游、苏小妹事,多本小说家《苏小妹三难新郎》一卷事迹。'闭门推出窗前月,投石冲开水底天。'对句警拔,世俗流传，以为嘉话，然非事实也。东坡、佛印等，皆点缀生情，真伪参半。……剧本眉山实事，及流俗相传小说等攒簇成编，以悦耳目。"郑振铎《跋》云："此本题《一笠庵新编第七种传奇》，惜其他各种，未能一一发现也。书凡二卷，二十八出，述苏氏父子兄妹事。以《今古奇观》之《苏小妹三难新郎》一话本为依据。明清之际，传奇作家每喜取材于'话本'，此亦其一种。惟所述情节较复杂，范围亦较广耳。首有顺治甲午某氏序，序末署名已被铲去，但有'题于拂水山房'语，当即钱谦益。此书，余得之来青阁。中华书局曾有复印本，易名《女才子》。"① 此剧《纳书楹曲谱》订有《婚试》《诏赋》《游湖》三出。今存有长乐郑氏藏清顺治刊本，《古本戏曲丛刊》三集据以影印，前有钱谦益《题词》，后有郑振铎跋。另有清初刻本。

清南山逸史著《长公妹》杂剧，《今乐考证》《曲考》《曲录》《重订曲海总目》著录。记苏小妹事。正名作"苏小妹香阁中巧续绣球诗，秦少游合卺时再填龙虎榜"。今存《杂剧新编三十四种》本。

清车江英著《游赤壁》杂剧，《清代杂剧全目》《古典戏曲存目汇考》著录。《四名家传奇摘出》组剧之一，计《考婿》《归院》《送别》《赤壁》《后晤》五折。严敦易认为《蓝美雪》《柳州烟》《醉翁亭》《游赤壁》四剧"实是传奇，并非杂剧。就每一种传奇中，选出若干出，另行刊付的本子，与戏曲选本的性质仿佛。也许还是不曾写完的传奇，便先拣几个断片来发表了。所谓'摘出'者，当即表示'摘出的几出'之意，甚为明显。……它本质上之为传奇，恐无可致疑。最大的一层观察点，便是内容各出题材之不符和罅漏，毫无贯串，处处关目零落不全，这是很确实的凭证"②。今存清雍正间原刻《四名家填词摘出》本，《清人杂剧二集》据以影印。

卷十三　勘皮靴单证二郎神

本事出《挥尘录馀话》《夷坚志》等。《宝文堂书目》有《勘靴儿》，当即是本篇，疑亦即《醉翁谈录》的《圣手二郎》。

明范文若著《勘皮靴》传奇，《今乐考证》《曲考》《曲海目》等著录。佚。《南词新谱》录有残曲，为未刻稿本。

---

① 蔡毅：《中国古典戏曲序跋汇编》，齐鲁书社1989年版，第1471页。
② 严敦易：《元明清戏曲论集》，中州书画社1982年版，第199页。

卷十四　闹樊楼多情周胜仙

本事出《说郛》及《夷坚志》，亦见《情史》《龙图公案》等。

明范文若著《闹樊楼》传奇，《古典戏曲存目汇考》著录。见于《南词新谱·凡例续纪》。佚。

卷十五　赫大卿遗恨鸳鸯绦

本事出《泾林杂记》，亦见《情史》。

明清佚名著《玉蜻蜓》传奇，《今乐考证》《传奇汇考标目》《曲录》著录。《曲海总目提要》亦存此本，卷四十四云："《玉蜻蜓》，苏州人撰，演申时行事也。时行状元宰相，谢政以后，优游林下，富贵寿考，一时独擅，子孙科甲蝉联，为吴门望族。然起家颇微，有云其母实某庵尼者，轻薄之士，遂作剧以实之。言其父与尼通，而生时行，父死于庵中，其母守节抚之，遂至鼎贵，大率不根之谈也。小说有《赫大卿遗恨鸳鸯绦》事，言大卿误入尼庵，为群尼所昵，委顿而毙。其所佩带曰鸳鸯绦，为匠氏所拾，以视其妻。妻往验而得实，鸣于官，正尼之罪。此剧采其说而附会之。"按：撰剧者或系清初人。今存缀玉轩抄本，《古本戏曲丛刊》五集影缀中吴晓铃藏抄本。同时有弹词《玉蜻蜓》，又名《芙蓉洞》。程砚秋有此剧藏本，即名《芙蓉洞》。

卷十七　张孝基陈留认舅

本事出《厚德录》，亦见《群书类编故事》。

明佚名著《锦蒲团》传奇，《今乐考证》《传奇汇考标目》《曲录》著录。凡二卷二十五出。《曲海总目提要》有此本，卷三十九云："一名《金不换》，系近时人作。本之张孝基事，而又据所撰小说情节，更易姓名，牵引明胡宗宪征倭，以军功贵显结束。蒲团愧责，复得锦簇花攒，故曰《锦蒲团》。谚云：'败子回头金不换'，故曰《金不换》也。"尾声有"笙庵笔底闻狮吼"句，此剧或为朱素臣同时作品。《古典戏曲存目汇考》据此疑为朱素臣作。今存北京图书馆藏旧抄本，《古本戏曲丛刊》三集据以影印。

清吴士科著《金不换》传奇，《传奇丛考标目》别本、《古典戏曲存目汇考》著录。《小说考证续编》卷五引《闲居杂缀》云："《厚德录》：'张孝基，许昌人也，娶同里富人女。……'小说家因之曲折摹写，淋漓尽致。世所传《金不换》院本，则又本小说而敷衍增饰者也。"① 佚。

卷十九　白玉娘忍苦成夫

本事出元陶宗仪《辍耕录》，亦见明蒋一葵《尧山堂外纪》及《情史》。

明董应翰著传奇《易鞋记》，《今乐考证》《曲录》等著录，列入无名氏。《远山堂曲品》云："大意与涅川之《分鞋》不远，但音调既疏，构词转多俗语。"按：沈鲸字涅川，其著《易鞋记》传奇因被《曲品》著录，故不予录。明陆采亦有《分鞋记》，情节相仿，因陆采卒于本篇刊刻之前，故亦不录。佚。

卷二十　张廷秀逃生救父

明薛旦著《喜联登》传奇，《今乐考证》《曲考》《曲海目》《曲录》著录，俱列入无名氏。一名《八义双杯记》，凡三十六出。《远山堂曲品》著录无名氏《双杯记》，当即此剧，并云："张廷秀累遭困辱，易邵姓显达。相传为浙中一大绅，然实无此事也。近日词场，好传世间诧异之事，自非具高识者不能，不若此等直传苦境，词白稳贴，犹得与《荆》、《刘》相上下。"《曲海总目提要》亦存此本，卷四十云："《双杯记》，不知何人所作。大略据《醒世恒言·张廷秀逃生救父》一节，剧中小有异同。因兄弟联登，故又名《喜联登》。……（分杯事，小说所无。剧名取此，乃添出为关目者。）"按：明佚名著《双杯记》传奇现存明万历广庆堂刊本，在本篇刊刻之前，故不录，亦疑《曲海总目提要》所言当误。今存明广庆堂刊本，《古本戏曲丛刊》二集据以影印。

清佚名著《玉杯记》传奇，《古典戏曲存目汇考》著录，亦见《北平图书馆戏曲展览会目录》。凡二十四出。演张琏、张珏兄弟事。今存清乾隆昇平署抄本。

卷二十一　吕洞宾飞剑斩黄龙

本事出《鹤林玉露》《群书类编故事》等。

明清佚名著《万仙录》传奇，《古典戏曲存目汇考》著录。《曲海总目提要》亦存此本，卷三十一云："《万仙录》，不知何人所作。演吕祖洞宾事。洞宾登真，众仙俱会，故曰《万仙录》也。中引黄龙禅师一段，本之《指月录》，而小说尤详悉。其他书所杂引洞宾事甚多，与此记无涉

---

① 蒋瑞藻：《小说考证》，上海古籍出版社1984年版，第625—626页。

者不采。"佚。

卷二十二　张淑儿巧智脱杨生

明许恒著《二奇缘》传奇，《传奇汇考标目》《曲录》著录，列入无名氏。《今乐考证》误入清人传奇，注曰："恒字南言，吴人。有改其所撰，易名《千里驹》者。"按：清张澜著《千里驹》传奇，详见本篇叙录。凡二卷三十八出。演正德间杨维聪、费懋中事。标目为："张淑女智仁兼备，杨维聪文武皆能；编《醒世》墨憨龙子，撰传奇笔末歌生。"此剧现存明崇祯十六年（1643）刻本，《古本戏曲丛刊》三集据以影印。

明路迪著《鸳鸯绦》传奇，《今乐考证》《传奇汇考标目》《曲录》著录，列入无名氏。凡二卷三十八出。此剧并见《禁书总目》，署明海来道人撰。剧中《虏蠢》诸出，有叙满洲攻明事，乾隆间列为禁书。据卷首有崇祯八年序，则此时清兵正侵扰辽东，亦作者感慨时事发之。清乾隆时，此剧虽遭禁毁，幸有传本保留。今存明崇祯刻本，民国武进陶氏《涉园影印传奇》石印本，《古本戏曲丛刊》二集据崇祯本影印。

明范文若著《千里驹》传奇，《传奇汇考标目》别本著录。按：清张澜有同名传奇《千里驹》，详见本篇叙录。佚。

清张澜著《千里驹》传奇，《今乐考证》《曲考》《曲海目》《曲录》著录。《今乐考证》注曰："即《二奇缘》改本。"按：明许恒《二奇缘》传奇，详见本篇叙录。《曲海总目提要》亦存此本，卷三十九云："近时人作。关目颇新，未免头绪繁多，亦太奇幻。言扬州刘廷鹤，吏部尚书刘俊子也。（正德时尚书无此人，系空中造出。）……（此事本小说，但小说以为杨廷和事，姓名稍异。）"剧中大段与明路迪《鸳鸯绦》相同。今存旧钞本，北京图书馆藏。

卷二十五　独孤生归途闹梦

本事出《三梦记》《河东记》《纂异记》等。

明叶宪祖著《龙华梦》杂剧，《远山堂剧品》著录，《读书楼书目》亦载简名。《远山堂剧品》谓南北（曲）四折，并云："白娟娟之梦，至独孤生于龙华寺目击之；及独孤归，而娟娟之梦未已也。异哉！《南柯》、《邯郸》之外，又辟一境界矣。"佚。

卷二十八　吴衙内邻舟赴约

本事出《情史》《名媛诗归》。

明史槃著《吐绒记》传奇，《今乐考证》《传奇品》《曲考》《曲海目》《曲录》等著录，皆列入无名氏。《远山堂曲品》亦著录，标为《唾红》。《今乐考证》标为《吐绒》，列为史叔考之作，并注："即《唾红》，《曲考》入无名氏。信州郑仲夔《冷赏》云：'曾见《唾红记》，为"郁金丸"事，极曲中奇幻。《唾红》取名未善，余改为《唾绒》。'"据此可证《吐绒记》即《唾红记》，又名《唾绒记》。《重订曲海总目》《曲考》《曲目表》《曲录》著录作《吐绒记》，皆误列入明无名氏之作。庄一拂《古典戏曲存目汇考》著录《吐红记》，明清阙名目复出一本《吐绒记》，并疑《吐绒记》为《吐红记》之改编本。凡二卷三十出。因爱情纠葛自卢小姐隔船吐绒线头引起，故名。今存清抄曹氏藏本，封面有"春山咸丰乙卯重订"八字题字。《古本戏曲丛刊》三集据以影印，卷首总目误题："明无名氏撰"。

明王翃著《红情言》传奇，《今乐考证》《曲考》《曲海目》《曲录》著录。凡二卷四十八出。王氏自序曰："会稽史氏作《唾红》传奇，情事兼美，盛为演者传习。甲戌春日，偶得之于友人斋头，然词甚潦草，不堪寓目，余窃叹其不工。友人曰：'无伤，第因其事而易之以词，则两善矣。'余然其言。退而比协宫商，措词声韵，拾其情而变幻之，间出己意，以吐其未尽之奇。抽思三月而始告成。余不忍去其原传，因题之曰《红情言》云。"①按史氏为史槃，《唾红》一作《吐绒》，详见本篇叙录。今存清初刊本，《古本戏曲丛刊》三集据以影印。

卷三十一　郑节使立功神臂弓

本事出《歙州图经》《曲洧旧闻》等。

清张彝宣著《井中天》传奇，《今乐考证》《新传奇品》《曲考》《曲海目》《曲录》著录。《今乐考证》署种香生，重出一本。《曲海总目提要》亦有此本，卷二十八云："《井中天》，作者姓名不可考。通本演《平妖传》，而借郑信神臂弓一节，改作李遂事。以遂得弓于井，卜吉又逐永儿入井，有两番关目，故曰《井中天》也。……（此本《醒世恒言》所载郑信事。……）"佚。《九宫大成谱》存曲一支。

明阮大铖著《井中盟》传奇，《古典戏曲存目汇考》著录。《剧说》云："阮所著传奇，有《牟尼合》、《忠孝环》、《桃花笑》、《井中盟》、《狮子赚》、《燕子笺》、《春灯谜》、《双金榜》。"庄一拂《古典戏曲存目

---

① 蔡毅：《中国古典戏曲序跋汇编》，齐鲁书社1989年版，第1441页。

汇考》卷十未知《井中盟》是否即本篇所载郑信事。佚。

卷三十二 黄秀才徼灵玉马坠

本事出《北窗志异》《情史》等。

明王元寿著《玉马坠》传奇，《远山堂曲品》著录。《远山堂曲品》云："《玉马坠》原有传记，乃若黄损以追寻素玉，转展困苦，正堪为痴情者解嘲。然非我辈有情，不能道此。"佚。

明刘方著《天马媒》传奇，《今乐考证》《新传奇品》《曲考》《曲海目》《曲录》等著录。凡二卷三十五出。《曲海总目提要》亦存此本，卷十九云："《天马媒》，苏州人刘普充所撰。演黄损与裴玉娥事，与《玉马珮》互有异同。其以玉马为关目，则皆相仿也。"按：路术淳著《玉马珮》传奇，详见本篇叙录。郑振铎著《插图本中国文学史》云："叙黄损借'玉马坠'之力，得和妓女薛琼琼团圆事。《醒世恒言》有《黄秀才徼灵玉马坠》一篇，当即晋充此剧所本。"[1] 按：刘方字晋充，长洲人，有《罗衫合》《天马媒》《小桃源》三本。今存有原刊本，《古本戏曲丛刊》三集据以影印，及暖红室刊本。

清路术淳著《玉马珮》传奇，《古典戏曲存目汇考》著录。凡四十四出。《曲海总目提要》亦存此本，卷二十五云："《玉马珮》，汶水人路术淳撰。全据《北窗志异》。黄损妻裴玉娥，因玉马珮自脱于吕用之之难，大段相同。其增饰者，薛琼琼本不为损妻，此云赐嫁双封，与本传异也。"今存清康熙间展谑斋刊本，题《玉马佩银筝记》二卷，只残存上卷二十二出，北京图书馆藏。

明清佚名著《玉马缘》传奇，《曲录》《南词定律》等著录。佚。《明清传奇钩沉》辑有佚曲一支。

卷三十三 十五贯戏言成巧祸（原注：宋本作《错斩崔宁》）

本事出《京本通俗小说》之《错斩崔宁》。

清朱素臣著《十五贯》传奇，《今乐考证》《新传奇品》《曲考》《曲海目》《曲录》著录。《曲录》题无名氏作，重出《双熊梦》一本。凡二卷二十六出。《曲海总目提要》著录《双熊梦》一本，卷四十六云："一名《十五贯》，闻系近时人撰，或云亦尤侗笔也。记中熊友兰、友蕙皆获重罪，苏州守况钟祷于神，梦双熊诉冤，因为研审，而出其罪，故曰《双

---

[1] 郑振铎：《插图本中国文学史》，人民文学出版社1957年版，第1006页。

熊梦》。友兰、友蕙皆因十五贯钞,无端罹罪,故又曰《十五贯》。其情节甚紧凑,唱演最动人,然大抵皆凿空也。友兰事,则小说中有《错斩崔宁》一段,……相传宋时即有此小说,则或当有其事也。此记姓名各异,且云友兰得生,与女配合,则又将情事改换生色矣。友蕙因邻女失环及钞,含冤受屈,后于鼠穴中踪迹得之,乃释罪成婚,则借用李敬事。问官况钟,谳出两事之冤。按钟事迹颇多,亦无及此者,乃借以点缀。如每本雪冤,必演包龙图之意。谢承《后汉书》:……剧中本此两事,串合为一。"

按:《曲海总目提要》云或为尤侗作,误。又叙熊友兰事,实出之本篇,亦即《京本通俗小说》之《错斩崔宁》。友蕙事借用《后汉书》李敬鼠穴中得系珠珰珥事。剧串合为一,借况钟以谳出两事之冤。

《十五贯》问世后,有人据以改编为《双熊梦鼓词》《十五贯弹词》《十五贯金环记木鱼书》《双熊奇冤宝卷》等,多个剧种都有改编本。

今存有清抄本,《古本戏曲丛刊》三集据以影印。另外,《缀白裘》中收入此剧《见都》《访鼠》《测字》《判斩》《踏勘》《拜香》等六出。另有张燕瑾、弥松颐《十五贯》校注本。

卷三十五　徐老仆义愤成家

本事出田汝成《阿寄传》。此为当时实事,故《明史》《浙江通志》《严州府志》并据之立传。

明清佚名著《万倍利》传奇,《曲录》《曲考》《曲海目》等著录。凡二卷二十五出。《曲海总目提要》有此本,卷三十一云:"《万倍利》,此据田汝成《阿寄传》而作也。《浙江通志》《严州府志》,亦载其事。……剧中又据小说儿孙弃骸骨、奴仆奔丧事,点缀前半截。云哲父没于外,长子次子皆不顾,哲庶出而幼,阿寄抵哲父处,扶其柩归云云。此《奇观》及汝成《传》所无,乃组合而成,并非实事。"现存怀宁曹氏藏旧抄本。

卷三十七　杜子春三入长安

本事出唐李复言《续玄怪录》,裴铏《传奇》与《酉阳杂俎》中亦有相似故事。

清岳端著《扬州梦》传奇,《曲录》著录。凡二卷二十四出。《曲海总目提要》亦存此本,卷四十云:"《扬州梦》,近时人新撰。与《太平广记》所载杜子春事,及《醒世恒言》中《杜子春三入长安》皆合。杜子春，长安人，为扬州巨商，后遇老君得道，故采杜牧之'十年一觉扬州梦'为名也。此载杜子春事；又一《扬州梦》乃元人杂剧，所载则杜牧之事也。"此剧有康熙间刊本，北京图书馆另藏有清抄本。

清胡介祉著《广陵仙》传奇，《曲录》著录。《曲海总目提要》亦存此本，卷二十三云："据《杜子春三入长安》事，增饰成编。子春侨居广陵，获成仙果，故曰《广陵仙》也。与《扬州梦》记各别。事本《太平广记》，后人演为小说。此两记又从小说中翻换而成，不尽合于本传也。"佚。《明清传奇钩沉》辑存佚曲四支。

清雪川樵者著《锦上花》传奇，《今乐考证》《曲录》《传奇汇考标目》著录。《曲海总目提要》有此本，卷四十云："抄本云：雪川樵者编，西泠钓徒校，不著姓名，盖湖州人所作，杭州人所校也。事无可考。其关目以屈志隆访仙，得宝藏。既富，复建军功。一门皆贵，又得饵丹上升，譬如锦上添花。故谓之锦上花也。……剧中屈志隆贫困，遇仙，得宝藏。暗用杜子春事。"佚。

卷三十九　汪大尹火焚宝莲寺

本事出《新镌国朝名公神断详刑公案》及《智囊补》。

明清佚名著《描金凤》传奇，《今乐考证》《曲考》《曲海目》《曲录》著录。清人有弹词《描金凤》，把汪大尹属之安徽朝奉汪宣。疑与本篇题材相同。佚。

卷四十　马当神风送滕王阁

本事出《唐摭言》，亦见《岁时广记》等。

明周皑著《滕王阁》传奇，《古典戏曲存目汇考》著录。凡二卷三十四出。《曲海总目提要》有此本，卷四十五云："《滕王阁》，明季有郑瑜撰《滕王阁》杂剧，此敷作全剧也，不知何人所作。内演王勃、骆宾王事，半属牵引。剧内以王勃省父，舟至马当山，之南昌，程七百里，遇神，以顺风送勃，一夜即抵昌，诣阎都督，作《滕王阁》序，故以是名。"此剧有清乾隆荫槐堂刊本，北京图书馆藏。

清曹锡黼著《滕王阁》杂剧，《古典戏曲存目汇考》著录。仿徐渭《四声猿》例，作《四色石》，一曰《雀罗庭》；二曰《曲水宴》；三曰《滕王阁》；四曰《同谷歌》。本剧为《四色石》之三。郑振铎《四色石·滕王阁》跋云："《宴滕王》，写王勃省父，路过南昌，值都督大宴宾客于滕王阁，勃以写作《滕王阁序》惊一座事。此事盛传于世，'时来风送滕王阁'一语，已成为民间习语。冯梦龙所辑之《醒世恒言》中，亦载有《马当神风送滕王阁》平话一篇。但锡韠此剧，则全就史实而谱，并未涉及神怪。"[①] 此剧有清乾隆颐情阁原刊本，《清人杂剧初集》本据以影印。

清郑瑜著《滕王阁》杂剧，《今乐考证》《曲考》《曲录》《曲目表》著录。南北曲二折。第一折北调，第二折南调。叙王勃滕王阁作赋事。此剧有《杂剧新编三十四种》本，北京图书馆藏。此书于1941年由诵芬室翻刻，后于1958年由中国戏剧出版社据翻刻本影印。

足本拍案惊奇（明尚友堂原刊本）

卷一　转运汉遇巧洞庭红　波斯胡指破鼍龙

本事出祝允明《九朝野记》，亦见《泾林续记》等。

清张彝宣著《快活三》传奇，《今乐考证》《新传奇品》《曲考》《曲海目》《曲录》等著录。《传奇汇考标目》列入朱佐朝，并注："一云：'张大复作。'"凡二卷二十八出。《曲海总目提要》有此本，卷二十八云："未知何人所作。所演蒋霆得妇事，见祝允明文，载在《纪录汇编》，因附会云霆作扬州太守，以票会银十万，其后与妇俱仙。……小说有《蒋震青片言得妇》一段，即此事也。剧又牵及《转运汉贩洞庭红，波斯胡买鼍龙壳》一事，盖小说本另一人。……剧以此作霆事。既富且贵，又作神仙，故曰《快活三》也。"此剧有旧抄本，《古本戏曲丛刊》三集据以影印。

卷二　刘东山夸技顺城门　十八兄奇踪村酒肆

入话叙唐时举子遇女大力士事。本事出《四朝闻见录》《鹤林玉露》《三朝北盟会编》等。

清张彝宣采录入《金刚凤》传奇，参见《喻世明言》卷二一《临安里钱婆留发迹》篇叙录。

卷三　程元玉店肆代偿钱　十一娘云冈纵谭侠

入话叙聂隐娘事。本事出裴铏《传奇》，亦见《海内十洲记》《仙传拾遗》等。

---

① 蔡毅：《中国古典戏曲序跋汇编》，齐鲁书社1989年版，第1010页。

清尤侗著《黑白卫》杂剧，《今乐考证》《曲海目》《曲录》著录。《西堂乐府》五种之第四种，计四折。《曲海总目提要》亦存此本，卷二十云："尤侗作，演剑仙聂隐娘事。隐娘剪纸为黑白卫，置囊中，故用是名。"此剧今存《西堂曲腋六种》旧钞本，《西堂全集》本，《清人杂剧初集》本。

清裘琏著《女昆仑》传奇，《今乐考证》著录。此剧插录聂隐娘一事，亦杂取《喻世明言》卷二二《木绵庵郑虎臣报冤》部分情节，参见《喻世明言》卷二二篇叙录。今存抄本，《古本戏曲丛刊》五集据以影印。

卷五　感神媒张德容遇虎　凑吉日裴越客乘龙

本事出唐人《集异记》，并详载《虎荟》。

明顾景星著《虎媒记》传奇，《今乐考证》《曲录》《曲考》等著录。《曲录》卷五云："《虎媒记》一本（见《曲考》），国朝顾景星撰。景星字赤方，号黄公，蕲春人。"然《剧说》云嘉兴卜大荒作，顾景星为之序，不知孰是。佚。

卷六　酒下酒赵尼媪迷花　机中机贾秀才报怨

明末傅一臣著《截舌公招》杂剧，《明代杂剧全目》《古典戏曲存目汇考》著录。《苏门啸》杂剧之一，计六折。此剧今存明崇祯敲月斋刻《苏门啸》卷四所收本。

卷八　乌将军一饭必酬　陈大郎三人重会

本事出《菽园杂记》及《狯园》，亦见《情史》等。

清佚名著《玉蜻蜓》传奇，《今乐考证》《传奇汇考标目》《曲录》著录。此剧采本篇及《醒世恒言》卷一五《赫大卿遗恨鸳鸯绦》改编而成。凡二卷三十四折。《曲海总目提要》卷四十四云："《玉蜻蜓》，苏州人撰，演申时行事也。……又小说有陈大郎者，吴江人，尝至苏州，见一人髭髯满面，欲观其铺缀何状，乃市酒肴与饮食，而其人以为知己，心甚衔感。后大郎舟中遇盗，则盗魁乃其人也，厚赠金帛，护舟还家。今剧内亦点入。……"此剧有缀玉轩抄本，《古本戏曲丛刊》五集影缀中吴晓铃藏抄本。

卷九　宣徽院仕女秋千会　清安寺夫妇笑啼缘

本事出《剪灯余话·秋千会记》，亦见《情史》。

清谢宗锡有《玉楼春》传奇，《曲录》著录。《传奇汇考标目》别本作《玉壶春》。《曲海总目提要》亦有此本，卷二十二云："绍兴人谢宗锡撰。唐九经作叙。小说有《玉楼春》与此异。此演元拜住事，本之《秋千会记》，而纽合他处情节，又增改添换。谓住遇字、王二女于杏园楼下，后皆得合。其楼榜曰玉楼春，故以为名。剧中拜住、阔阔出、索罗诸人姓名，皆见《元史》，然真伪参半。"佚。

卷十一　恶船家计赚假尸银　狠仆人误投真命状

本事出宋人洪迈《夷坚志补》。

明清佚名著《赚青衫》传奇，《传奇汇考标目》《曲录》著录。《曲海总目提要》亦有此本，卷四十云："《赚青衫》，不知何人作。言舟人赚王生所赠吕医青衫，讹诈人命，故曰《赚青衫》。本之小说，而改换事迹。其关目紧簇，颇中情理，可为谳狱之助。"佚。

卷十二　陶家翁大雨留宾　蒋震卿片言得妇

本事出明祝允明《九朝野记》。

清张彝宣著《快活三》传奇，详见《拍案惊奇》卷一《转运汉遇巧洞庭红　波斯胡指破鼍龙》叙录。

卷十九　李公佐巧解梦中言　谢小娥智擒船上盗

本事出《新唐书·列女传》、李公佐《谢小娥传》，亦见李复言《续玄怪录》有《尼妙寂》一则，亦即此事，而文字略有不同，妙寂姓叶非姓谢。

明王夫之著《龙舟会》杂剧，《曲录》著录。计四折一楔子，演谢小娥杀贼报冤事。阿英《弹词小说评考·杂剧三题》云："《龙舟会》杂剧，王夫之作。夫之字而农，号船山，湖南衡阳人。明亡入山不仕，著作极多。他在文学方面，是承继着竟陵一派的。《龙舟会》是国亡后的著作，取材于李公佐《谢小娥传》，以发泄其遗民的悲思，是不能作为一般的曲本看的。"[①] 此剧曾由清逸居士（爱新觉罗·溥绪）撰有《谢小娥》京剧本，四大名旦之一尚小云专工此戏。今存有清代同治四年（1865）湘乡曾氏金陵刻本，标名《龙舟会》，署题"衡阳王夫之撰"；又有同治年间湘乡曾氏刻《王船山遗书》所收本，标名、署题同单行本；《清人杂剧二集》本据此影印。

卷二十　李克让竟达空函　刘元普双生贵子

本事出《太平广记》引《阴德传》。

---

① 阿英：《弹词小说评考》，周谷城《民国丛书》，上海书店（据商务印书馆1925年版影印）1991年版，第175页。

明王元寿著《空缄记》传奇，《远山堂曲品》著录。《远山堂曲品》云："刘元普之仗义，奇矣；李伯承一不识面之交，以空缄托妻子，奇更出元普上。此记贯串如无缝天衣，词曲中忠、孝、节、侠，种种具足。此与《紫绶》，皆伯彭有关世道文字也。"佚。

明清佚名著《尺素书》传奇，《传奇汇考标目》《曲录》著录。《曲海总目提要》亦有此本，卷四十三云："《尺素书》，一名《空柬记》，小说中《刘元普双生贵子》，即其事也。虽无确证，事当有之，足以劝世励俗，裨助风教，盖佳话也。"佚。

明清佚名著《通仙枕》传奇，《今乐考证》著录。凡二卷二十六出。《曲海总目提要》亦有此本，卷三十四云："一名《双恩义》，不知何人作。所演刘弘敬事，弘敬义嫁兰荪，载《太平广记》。（《广记》方兰荪，小说作裴兰荪。）其抚李逊之子，见于小说，并合裴女事，标曰《李克让竟达空函 刘元普双生贵子》，乐府家因作《尺素书》剧，此则又幻出《通仙枕》一节，以作标题，其曰《双恩义》者，则以裴、李两家俱感其恩义而言也。"今存清南府抄本，存六出；清南府抄本，存八出；清乾隆三十八年（1773）知止堂抄本，存下卷十四至二十六出。

卷二十三 大姐魂游完宿愿 小妹病起续前缘

本事出《离魂记》《剪灯新话·金凤钗记》，亦见《情史》。

明范文若著《金凤钗》杂剧，《古典戏曲存目汇考》著录，亦见于《南词新谱·凡例续纪》。《远山堂曲品》著录同名传奇一本，列入无名氏，并云："记魏鹏事，无《姻缘》、《分钗》拒婚之苦，乃其词理荒谬，则不及二记远矣。"按：《姻缘记》为冯之可作，《分钗记》为谢天祐作，又张景岩亦有《分钗记》传奇。疑即是此本。按：此剧与《一种情》传奇题材同。《一种情》传奇，《今乐考证》以为沈自晋作，《传奇品》《曲录》以为沈璟作，《剧说》以为吴炳作，《曲海总目提要》以为李渔作，《传奇汇考标目》以为李玉作，《古本戏曲丛刊》初集本即确定为沈璟作。今从沈璟作，故不录。佚。

明傅一臣著《人鬼夫妻》杂剧，《今乐考证》《重订曲海总目》《曲录》著录，俱入清人杂剧，题西泠野史与无枝甫合作，皆误。存本总题曰《苏门啸》，为卷九所收本。卷首署曰："檇李雁道人仙上评阅，西泠野史、无枝甫填词。"计《病诀》《哭灵》《幽媾》《吕归》《要亲》《姨续》《荐亡》六折。今存明崇祯敲月斋刊本。

卷二十七　顾阿秀喜舍檀那物　崔俊臣巧会芙蓉屏

本事出明《剪灯余话·芙蓉屏记》，亦见《情史》。

明张其礼著《合屏记》传奇，《远山堂曲品》著录，云："《芙蓉屏》之记崔俊臣也，简而隽，此少逊也。惟此关目更自委婉。"佚。

明叶宪祖著《芙蓉屏》杂剧，《远山堂剧品》《读书楼目录》著录。《远山堂剧品》谓南（曲）四折，并云："今已有谱为全记者矣，乃榴园以四折尽之，不觉情景之局促，则由其婉转融畅，词意具足耳。"剧演崔英、王氏夫妇重合事。佚。

清王环著《芙蓉屏》传奇，《古典戏曲存目汇考》著录。《两浙輶轩续录》亦载王环著有《芙蓉屏》。佚。

卷二十九　通闺闼坚心灯火　闹图圄捷报旗铃

本事出《情史·张幼谦》。

明王元寿著《石榴花》传奇，《远山堂曲品》《曲录》著录。一名《景园记》，凡二卷三十六出。《曲海总目提要》有此本，卷十八云："《石榴花》，系明时人所作，未知谁笔。演张幼谦、罗惜惜事，本据《情史》，而加以点缀。以石榴花下相约，故名《石榴花》。其姻缘巧合，故又名《巧联缘》也。"按：《古本戏曲丛刊》第三集有《景园记》，其作者亦为王元寿，内容亦叙罗惜惜事，当即此剧。《明代传奇全目》以为"此剧今无传本"，而不另收《景园记》。此剧今存长乐郑氏藏抄本，《古本戏曲丛刊》三集据以影印。

清黄振著《石榴记》传奇，《今乐考证》著录，《曲考》《曲海目》《曲录》亦著录，俱列入无名氏。凡四卷三十二出。据自序谓此记耿耿于心者三十年，及晚年才成，后顾茨山增入《神感》一折。今存乾隆柴湾村舍刊本。

卷三十四　闻人生野战翠浮庵　静观尼昼锦黄沙弄

明末磊道人、瘿先生合著《撮盒圆》传奇，《今乐考证》著录。赵景深《拍案惊奇的来源》卷三十四云："明末《撮盒圆》传奇演之，作者的假名是磊道人和瘿先生。本事见《曲海总目提要》卷十五。闻人生作闻人渊，情节迥异，且极复杂。除了男主人公名姓相同，及同在尼庵得妻以外，几乎没有一点是相同的。"① 详见《二刻拍案惊奇》卷三《权学士权认远乡姑　白孺人白嫁亲生女》著录。

---

① 赵景深：《小说闲话》，北新书局1937年版，第232页。

卷三十五　诉穷汉暂掌别人钱　看财奴刁买冤家主

本事出《搜神记》。

明王元寿著《灵宝符》传奇，《远山堂曲品》著录，云："予向阅元人《看钱奴》、《来生债》二剧，喟然异之曰：'是可以砭钱虏矣！'乃撮为传，寄示伯彭，不一月而新声遂尔绕梁，北词之雄，南词之婉，兼极其致。"佚。

清薛旦著《状元旗》传奇，《今乐考证》《新传奇品》《曲考》《曲海目》《曲录》等著录。《曲海总目提要》亦有此本，卷二十七云："所载贾打墙事，本之小说。赵巩却奔，借用王华事。为学士时赐宴赋诗，润笔簪花，则借用王珪事。中间说白有打马吊云云，打马吊起于明末，知是近时人所作也。"佚。《明清传奇钩沉》辑有佚曲一支。

清刘百章著《状元旗》传奇，《传奇汇考标目》别本刘氏名下有此目。《古典戏曲存目汇考》亦有此剧，云疑演王华事。佚。

卷三十六　东廊僧怠招魔　黑衣盗奸生杀

本事出唐人《集异记》，亦见《涑水纪闻》与《龙图公案》等。

明佚名著《醒世魔》传奇，《古典戏曲存目汇考》著录。《曲海总目提要》有此本，卷十五云："《醒世魔》，明季人作。演弓德、董芳、花氏等，各以前世因，互相报复，后得观音菩萨指点成道。意在唤醒世魔，劝人为善，故曰《醒世魔》也。"今存旧抄本，见《北京图书馆善本书目乙编续目》，存十六出。

卷三十八　占家财狠婿妒侄　延亲脉孝女藏儿

本事出自本篇，然情节与元武汉臣《散家财天赐老生儿》杂剧相似。

明邹玉卿著《双螭璧》传奇，《曲录》著录。《今乐考证》《曲考》《曲海目》亦著录，然皆列入无名氏。凡二卷三十一出。《曲海总目提要》有此本，卷十四云："《双螭璧》，不知谁作。其事迹大段本之稗官，而改换姓名，添饰关目，以'双螭璧'为枢纽，盖稗官所无也。"今存清康熙三十一年（1692）抄本，《古本戏曲丛刊》三集据以影印。

二刻拍案惊奇

（明尚友堂原刊本凡三十九卷三十九篇，附《宋公明闹元宵杂剧》）

卷三　权学士权认远乡姑　白孺人白嫁亲生女

本事出明末叶宪祖《四艳》之《秋艳》本《丹桂钿合》杂剧。

明末磊道人、癯先生合著《撮合圆》传奇，《今乐考证》著录。《曲海总目提要》有此本，卷十五云："明末人所作。自序云：'磊道人、癯先生合编。'未详其姓氏。演闻人渊于庙市买得金钿盒半面，盖中藏甘氏婚书，有女紫鸳，幼时许侄留哥为妻，以金钿盒各执一扇为据。渊后于扬州福清庵遇紫鸳，遂冒认留哥，合钿成婚。故名《撮合圆》也。明人杂剧有《丹桂钿合》，亦相仿。"按：叶宪祖著《四艳记》之《秋艳》本《丹桂钿合》杂剧，吕天成《曲品》收录，故不录。残存。《复庄今乐府选》"明院本"中收有此剧十三折，有第七折《觅寓》、第八折《订友》、第九折《月窥》、第十折《认姑》、第十一折《湖泊》、第十四折《闯闱》、第十五折《烈志》、第十七折《假冠》、第十八折《巧遘》、第二十四折《舟冥》、第二十五折《续膠》、第二十六折《鱼服》、第二十七折《洩名》。

明张楚叔著《金钿合》传奇，《祁氏读书楼目录》《鸣野山房书目》著录，未题撰人名氏。《曲录》《传奇汇考标目》亦著录，然误列于清无名氏传奇目内。《明代传奇全目》著录，列入《昆曲繁盛时期传奇家作品》下王元寿，误。凡二卷三十二出。此剧现存明崇祯间《白雪楼五种曲》所收本，《古本戏曲丛刊》二集据以影印。

明傅一臣著《钿合奇缘》杂剧，《重订曲海总目》《今乐考证》《曲录》均著录此剧，剧名"奇姻"二字，别作"奇缘"，俱误入清人杂剧，题西泠野史与无枝甫合作。此剧为《苏门啸》卷十二所收本，卷首署曰："槜李雁道人仙上评阅，西泠野史、无枝甫填词。"计《买盒》《得耗》《冒姑》《遗丸》《闯房》《倩媒》《尅擢》七折。今存明崇祯十五年（1642）敲月斋刊本。

卷五　襄敏公元宵失子　十三郎五岁朝天

本事出《桯史》及《夷坚志补》，亦见《情史》。

明清佚名著《紫金鱼》传奇，《今乐考证》《曲考》《曲海目》《曲录》并见著录。《曲海总目提要》有此本，卷三十五云："《紫金鱼》，未知谁作。中引定兴王木清泰，唐时本无其人，乃屠隆《昙花记》中造出名字。屠隆，万历间人，作此者当更在其后也。李、郭为婚，盖意揣当然，而非事实。元宵看灯，郭女失去，鱼朝恩抱入宫中，张良娣育为公主，则借用宋时王寀事也。"佚。

卷六　李将军错认舅　刘氏女诡从夫

本事出《剪灯新话·翠翠传》，亦见《情史》。

清袁声著《领头书》传奇,《曲录》著录。《曲海总目提要》有此本,卷二十三云:"《领头书》,近时济南袁声作。谓金定与刘翠翠缝诗领头,夫妇卒能复合,故名。事载瞿佑《剪灯新话》。此剧自序云:'亲至道场山,士人犹能指金翠葬处;及过淮阴,父老传闻,其说较详。'则真有此事无疑。但前半皆实迹,后半回生应试归里荣封,则系作者添出,欲作团圆归结,不得不然也。"佚。

卷八　沈将仕三千买笑钱　王朝议一夜迷魂阵

本事出《夷坚志补》。

明傅一臣著《买笑局金》杂剧,《明代杂剧全目》《古典戏曲存目汇考》著录。《苏门啸》卷一所收本,卷首署曰:"槜李雁道人仙上评阅,西泠野史、无枝甫填词。"计《下钩》《设计》《吞饵》《露局》四折。今存明崇祯敲月斋刊本。

卷九　莽儿郎惊散新莺燕　龙香女认合玉蟾蜍

本事出明末叶宪祖《四艳记》之《冬院》本《素梅玉蟾》杂剧。

明傅一臣著《蟾蜍佳偶》杂剧,《今乐考证》《重订曲海总目》《曲录》均有著录,并误入清人杂剧,题西泠野史与无枝甫合作。此剧为《苏门啸》卷十一所收本。卷首署曰:"槜李雁道人仙上评阅,西泠野史、无枝甫填词。"计《赚耗》《定约》《惊会》《两分》《嗟聘》《义折》《合卺》七折。今存明崇祯敲月斋刊本。

卷十一　满少卿饥附饱飏　焦文姬生雠死报

本事出《夷坚志补》,亦见《情史》。

明傅一臣著《死生冤报》杂剧,《明代杂剧全目》《古典戏曲存目汇考》著录。《苏门啸》卷十所收本,卷首署曰:"槜李雁道人仙上评阅,西泠野史、无枝甫填词。"卷首目录,别题剧名:"死生仇报"。计《旅泣》《赠衣》《诘配》《送试》《重婚》《恨瞑》《捉拿》《冥报》八折。《旅泣》阙残一页。今存明崇祯敲月斋刊本。

卷十四　赵县君乔送黄柑　吴宣教干偿白镪

本事出《夷坚志补》,亦见《情史》。

明傅一臣著《卖情扎囤》杂剧,《明代杂剧全目》《古典戏曲存目汇考》著录。《苏门啸》卷二所收本,卷首署曰:"槜李雁道人仙上评阅,西泠野史、无枝甫填词。"庄一拂《古典戏曲存目汇考》误作《卖情扎囤》。计《窥帘》《投柑》《阻约》《市货》《侦耗》《送珠》《拿奸》七折。今存明崇祯敲月斋刊本。

卷二十二　痴公子狠使噪脾钱　贤丈人巧赚回头婿

本事出明邵景詹《觅灯因话·姚公子传》。

明傅一臣著《贤翁激婿》杂剧，《明代杂剧全目》《古典戏曲存目汇考》著录。《苏门啸》卷七所收本，卷首署曰："携李雁道人仙上评阅，西泠野史、无枝甫填词。"计《游猎》《比顽》《寄书》《给女》《素逋》《乞殴》《激试》《重圆》八折。《给女》《素逋》缺失，《寄书》《乞殴》二折部分缺失。今存明崇祯敲月斋刊本。

明佚名著《锦蒲团》传奇，《今乐考证》《传奇汇考标目》《曲录》著录。《曲海总目提要》有此本，卷三十九云："《厚德录》：'……'（小说因此曲折摹写，淋漓尽致，此剧皆本之。小说名过迁，此名姚英，小说系郎舅，此作翁婿，小说无查女为妾一节，其互异也。）"详见《醒世恒言》卷十七《张孝基陈留认舅》叙录。

清吴士科著《金不换》传奇，《传奇丛考标目》别本、《古典戏曲存目汇考》著录。详见《醒世恒言》卷十七《张孝基陈留认舅》叙录。

卷二十三　大姐魂游完宿愿　小姨病起续前缘

按此篇与《初刻拍案惊奇》卷二十三重复，资料已见前，不重录。

卷二十七　伪汉裔夺妾山中　假将军还姝江上

本事出明王同轨《耳谈》。

明傅一臣著《智赚还珠》杂剧，《明代杂剧全目》《古典戏曲存目汇考》著录。《苏门啸》卷五所收本，卷首署曰："携李雁道人仙上评阅，西泠野史、无枝甫填词。"计《失妾》《矢节》《得信》《遣婢》《抚盗》《还珠》六折。今存明崇祯敲月斋刊本。

明末磊道人、瘿先生合著《撮盒圆》传奇，兼采本篇部分情节，《曲海总目提要》卷十五云："时文长同妾回风游君山，被洞庭大盗赵海劫回风去，拘禁凌逼。……海惧，即送回风还之。"详见《二刻拍案惊奇》卷三《权学士权认远乡姑　白孺人白嫁亲生女》叙录。

卷二十八　程朝奉单遇无头妇　王通判双雪不明冤

本事出明冯梦龙《智囊补》。

明傅一臣著《没头疑案》杂剧，《明代杂剧全目》《古典戏曲存目汇考》著录。《苏门啸》卷三所收本，卷首署曰："携李雁道人仙上评阅，西泠野史、无枝甫填词。"计《赂夫》《阻期》《摧红》《鸣官》《拿僧》

《双断》六折。今存明崇祯敲月斋刊本。

卷三　瘗遗骸王玉英配夫　偿聘金韩秀才赎子

本事出《枣林杂俎》《情史》，亦见《列朝诗集小传》等。

清谢宗锡著《玉楼春》传奇，兼采本篇部分情节，《曲海总目提要》卷二十二云："按：《耳谭》：福清韩庆云授徒长乐之蓝田石尤岭，见岭下遗骸，具畚锸埋之。……十八年后，韩往见之。剧内王玉英借其姓名耳。"详见《拍案惊奇》卷九《宣徽院仕女秋千会，清安寺夫妇笑啼缘》叙录。

卷三十一　行孝子到底不简尸　殉节妇留待双出殡

本事出《明书》《明史》及《耳谈》，亦见《情史》。

清夏纶著有《杏花村》传奇，《今乐考证》《曲考》《曲海目》《曲录》《重订曲海总目》均著录。系《新曲六种》之一，亦系《惺斋五种》之一。凡二卷三十二出。《剧说》卷三云："《寄园寄所寄》载《耳谈》云：'……'夏惺斋本此为《杏花村》传奇，而以汪大受出生之罪为收场，亦传奇家之恒事也。乃于妇之节，转未克彰。予欲依此本事写之，而以其子作团圆收场，当更生雄快耳。"今存清乾隆世光堂刊本。

卷三十二　张福娘一心守贞　朱天锡万里符名

本事出《夷坚志》。

明傅一臣著《义妾存孤》杂剧，《今乐考证》《重订曲海总目》《曲录》均有著录，并误入清人杂剧，题西泠野史与无枝甫合作。此剧为《苏门啸》卷八所收本。卷首署曰："槜李雁道人仙上评阅，西泠野史、无枝甫填词。"计《赴蜀》《正匹》《泣别》《悼亡》《课子》《会合》六折。第六折略有阙文。今存明崇祯敲月斋刊本。

卷三十五　错调情贾母詈女　误告状孙郎得妻

本事出《情史·吴松孙生》。

明傅一臣著《错调合璧》杂剧，《明代杂剧全目》《古典戏曲存目汇考》著录。《苏门啸》卷三所收本，卷首署曰："槜李雁道人仙上评阅，西泠野史、无枝甫填词。"计《窥绣》《调母》《巧谐》《差拘》《断偶》五折。今存明崇祯敲月斋刊本。

清张大复著《读书声》传奇，其第六、七出，兼采本篇情节，详见《警世通言》卷二二《宋小官团圆破毡笠》叙录。

参 考 文 献

一 古籍类

（汉）班固：《汉书》，（唐）颜师古注，中华书局1962年版。
（清）虫天子：《香艳丛书》，人民文学出版社1992年影印版。
（明）冯梦龙：《古今谭概》，栾保群校，中华书局2007年版。
（明）冯梦龙：《警世通言》，中华书局2009年版。
（明）冯梦龙：《墨憨斋定本传奇》，中国戏剧出版社1960年版。
（明）冯梦龙：《情史》，岳麓书社2003年版。
（明）冯梦龙：《醒世恒言》，中华书局2009年版。
（明）冯梦龙：《喻世明言》，中华书局2009年版。
（明）冯时化：《酒史》，《丛书集成初编》，中华书局1985年版。
傅璇琮：《唐才子传校笺》，中华书局1987年版。
古本戏曲丛刊编委会：《古本戏曲丛刊》（初集），商务印书馆1954年版。
古本戏曲丛刊编委会：《古本戏曲丛刊》（二集），商务印书馆1955年版。
古本戏曲丛刊编委会：《古本戏曲丛刊》（九集），中华书局1964年版。
古本戏曲丛刊编委会：《古本戏曲丛刊》（三集），北京文学古籍刊行社1957年版。
古本戏曲丛刊编委会：《古本戏曲丛刊》（四集），商务印书馆1958年版。
古本戏曲丛刊编委会：《古本戏曲丛刊》（五集），上海古籍出版社1986年版。
《古本小说丛刊》编委会：《古本小说丛刊》，中华书局1991年版。

（明）郭勋：《雍熙乐府》，《四部丛刊续编》，上海书店出版社（据商务印书馆 1934 年版重印）1985 年版。

何宁：《淮南子集释》，中华书局 1998 年版。

（明）洪楩：《清平山堂话本》，王一工标校，上海古籍出版社 1992 年版。

洪治纲：《刘师培经典文存》，上海大学出版社 2004 年版。

（明）胡应麟：《少室山房笔丛》，上海书店出版社 2009 年版。

（元）胡祗遹：《胡祗遹集》，魏崇武、周思成校点，吉林文史出版社 2008 年版。

（清）蒋士铨：《蒋士铨戏曲集》，周妙中点校，中华书局 1993 年版。

（清）蒋士铨：《忠雅堂集校笺》，邵海清校，上海古籍出版社 1993 年版。

（唐）李昉等：《太平广记》，中华书局 1961 年版。

（唐）李濬：《松窗杂录（及其他四种）》，《丛书集成初编》，中华书局 1991 年版。

（明）李开先：《李开先全集》，卜键笺校，文化艺术出版社 2004 年版。

（清）李渔：《李渔全集》，浙江古籍出版社 1992 年版。

（清）李渔：《十二楼》，人民文学出版社 1986 年版。

（清）李渔：《闲情偶寄》，张明芳校注，山西古籍出版社 2007 年版。

（清）李玉：《李玉戏曲集》，陈古虞、陈多、马圣贵点校，上海古籍出版社 2004 年版。

（明）凌濛初：《初刻拍案惊奇》，中华书局 2009 年版。

（明）凌濛初：《二刻拍案惊奇》，中华书局 2009 年版。

（明）凌濛初：《拍案惊奇》，人民文学出版社 1991 年版。

（清）刘廷玑：《在园杂志》，张守谦点校，中华书局 2005 年版。

（南北朝）刘勰：《文心雕龙注释》，周振甫注，人民文学出版社 1981 年版。

（元）马端临：《文献通考》，新兴书局 1965 年版。

（明）孟称舜：《孟称舜集》，朱颖辉辑校，中华书局 2005 年版。

聂石樵：《楚辞新注》，上海古籍出版社 1980 年版。

钱南扬：《永乐大典戏文三种校注》，中华书局 1979 年版。

（明）沈泰：《盛明杂剧三十种》，中国书店影印武进董氏刻本。

《史记选》，人民文学出版社 1957 年版。

《四库全书存目丛书》编撰委员会：《四库全书存目丛书》，齐鲁书社 1995 年版。

（宋）陈振孙：《直斋书录解题》，徐小蛮、顾美华点校，上海古籍出版社 1987 年版。

（宋）《〈东京梦华录〉（外八种）》，古典文学出版社 1956 年版。

（宋）《〈都城纪胜〉（外八种）》，上海古籍出版社 1993 年版。

（宋）洪迈：《容斋随笔》，夏祖尧、周洪武点校，岳麓书社 2006 年版。

（宋）《京本通俗小说》，上海古籍出版社 1988 年版。

（宋）刘斧：《青琐高议》，上海古籍出版社 1983 年版。

（宋）罗烨：《醉翁谈录》，古典文学出版社 1957 年版。

（明）宋懋澄：《九籥集》，王利器校录，中国社会科学出版社 1984 年版。

（宋）孟元老：《东京梦华录笺注》，伊永文笺注，中华书局 2006 年版。

（宋）曾巩：《曾巩集》，陈杏珍、晁继周点校，中华书局 1984 年版。

（宋）赵彦卫：《云麓漫钞》，古典文学出版社 1957 年版。

（宋）周密：《齐东野语》，张茂鹏点校，中华书局 1983 年版。

隋树森：《元曲选外编》，中华书局 1959 年版。

（明）谈孺木：《枣林杂俎》，《笔记小说大观》，江苏广陵古籍刻印社（据上海进步书局印行版影印）1983 年版。

（元）陶宗仪：《南村辍耕录》，中华书局 1959 年版。

王季思：《全元戏曲》（三至九卷），人民文学出版社 1999 年版。

王季思：《全元戏曲》（一至二卷），人民文学出版社 1990 年版。

（清）王琦：《李太白文集》，中华书局 1977 年版。

（唐）魏徵等：《隋书》，中华书局 1973 年版。

（明）吴承恩：《西游记》，黄永年、黄寿成点校，中华书局 2005 年版。

吴纲：《全唐文补遗》，三秦出版社 2000 年版。

（明）谢肇淛：《五杂俎》，中华书局 1959 年版。

（明）熊龙峰：《熊龙峰四种小说》，王古鲁校注，古典文学出版社1958年版。

《续修四库全书》编纂委员会：《续修四库全书》，上海古籍出版社2002年版。

（清）杨潮观：《吟风阁杂剧》，胡士莹校注，上海古籍出版社1983年版。

（明）唐寅：《唐伯虎全集》，北京市中国书店（据大道书局1925年版影印）1985年版。

（清）尤侗：《西堂全集》，清文富堂刻本。

张友鹤：《唐宋传奇选》，人民文学出版社1997年版。

（汉）郑玄，（唐）孔颖达：《礼记正义》，上海古籍出版社2008年版。

郑振铎：《西谛所刊杂剧传奇》，长乐郑氏印行1931年版。

中国社会科学院文学研究所：《古本戏曲丛刊》（七集），国家图书馆出版社2018年版。

中国戏曲研究院编：《中国古典戏曲论著集成》，中国戏剧出版社1959年版。

（元）钟嗣成、（明）贾仲明：《录鬼簿新校注》，马廉校注，文学古籍刊行社1957年版。

（明）周元暐：《泾林续记》（及其他一种），《丛书集成初编》，中华书局1985年版。

朱东润：《陆游选集》，上海古籍出版社1962年版。

二　论著类

阿英：《阿英说小说》，上海古籍出版社2000年版。

阿英：《弹词小说评考》，周谷城主编《民国丛书》第三编，上海书店1991年版（据商务印书馆1925年版影印）。

［苏］巴赫金：《文艺学中的形式方法》，邓勇、陈松岩译，中国文联出版公司1992年版。

蔡毅：《中国古典戏曲序跋汇编》，齐鲁书社1989年版。

曹绣君：《古今情海》，上海文艺出版社1991年影印版。

常建华：《婚姻内外的古代女性》，中华书局2006年版。

陈顾远：《中国婚姻史》，上海书店1992年版。
陈建森：《戏曲与娱乐》，上海人民出版社2003年版。
陈平原：《小说史：理论和实践》，北京大学出版社1993年版。
陈平原：《中国小说模式的转变》，北京大学出版社2003年版。
陈世雄：《戏剧思维》，福建教育出版社1996年版。
程国赋：《三言二拍传播研究》，中国社会科学出版社2006年版。
程瞻庐：《唐祝文周四杰传》，郭群一校订，三秦出版社1998年版。
［美］丁乃通：《中国民间故事类型索引》，中国民间文艺出版社1986年版。
丁锡根：《中国历代小说序跋集》，人民文学出版社1996年版。
董康：《曲海总目提要》，天津市古籍书店1992年影印版。
董上德：《古代戏曲小说叙事研究》，广东教育出版社2007年版。
段启明：《中国古代小说戏曲述评辑略》，华文出版社2002年版。
傅惜华：《白蛇传集》，上海古籍出版社1987年版。
傅惜华：《明代传奇全目》，人民文学出版社1959年版。
傅惜华：《清代杂剧全目》，人民文学出版社1981年版。
傅惜华：《明代杂剧全目》，作家出版社1958年版。
傅惜华：《元代杂剧全目》，作家出版社1957年版。
［苏联］高尔基：《论文学》，孟昌等译，人民文学出版社1978年版。
顾学颉：《元明杂剧》，上海古籍出版社1979年版。
郭英德：《明清传奇史》，江苏古籍出版社2001年版。
郭英德：《明清传奇综录》，河北教育出版社1997年版。
郭沫若：《文艺论集》，人民文学出版社1979年版。
何满子、李时人：《中国古代短篇小说杰作评注》，安徽文艺出版社1988年版。
胡士厚、邓绍基：《中国古代戏曲家评传》，中州古籍出版社1992年版。
胡士莹：《话本小说概论》，中华书局1980年版。
胡士莹：《宛春杂著》，人民文学出版社1981年版。
胡适：《胡适古典文学研究论集》，上海古籍出版社1988年版。
［美］华莱士·马丁：《当代叙事学》，北京大学出版社2006年版。
黄大宏：《唐代小说重写研究》，重庆出版社2004年版。

黄霖、韩同文：《中国历代小说论著选》，江西人民出版社 1990 年版。

蒋瑞藻：《小说考证》，上海古籍出版社 1984 年版。

[美] 杰拉德·普林斯：《叙事学：叙事的形式与功能》，中国人民大学出版社 2013 年版。

景李虎：《宋金杂剧概论》，广东高等教育出版社 1996 年版。

[美] 克林斯·布鲁克斯、罗伯特·潘·华伦编：《小说鉴赏》，主万等译，中国青年出版社 1986 年版。

李剑国：《宋代志怪传奇叙录》，南开大学出版社 2000 年版。

李剑国：《唐五代志怪传奇叙录》，南开大学出版社 1993 年版。

李修生：《古本戏曲剧目提要》，文化艺术出版社 1997 年版。

李玉莲：《中国古代白话小说戏曲关系论》，山西教育出版社 2005 年版。

李泽厚：《美的历程》，天津社会科学院出版社 2006 年版。

廖奔、刘彦君：《中国戏曲发展史》，山西教育出版社 2003 年版。

刘守华：《中国民间故事类型研究》，华中师范大学出版社 2002 年版。

刘守华：《中国民间故事史》，湖北教育出版社 1998 年版。

卢前：《卢前曲学四种》，中华书局 2006 年版。

[美] 鲁晓鹏：《从史实性到虚构性：中国叙事诗学》，北京大学出版社 2012 年版。

鲁迅：《鲁迅全集》，人民文学出版社 2005 年版。

鲁迅：《中国小说史略》，上海古籍出版社 1998 年版。

吕同六：《20 世纪世界小说理论经典》，华夏出版社 1995 年版。

罗纲：《叙事学导论》，云南人民出版社 1994 年版。

孟瑶：《中国小说史》，传记文学出版社 1980 年版。

[美] 倪豪士：《传记与小说：唐代文学比较论集》，中华书局 2007 年版。

[挪威] 雅各布·卢特：《小说与电影中的叙事》，北京大学出版社 2011 年版。

[英] 珀西·卢伯克等：《小说美学经典三种》，方土人、罗婉华译，上海文艺出版社 1990 年版。

[美] 浦安迪：《中国叙事学》，北京大学出版社 1996 年版。

齐森华、陈多、叶长海：《中国曲学大辞典》，浙江教育出版社 1997 年版。

钱静方：《小说丛考》，古典文学出版社 1957 年版。

钱南扬：《宋元戏文辑佚》，古典文学出版社 1956 年版。

[法] 热拉尔·热奈特：《叙事话语·新叙事话语》，王文融译，中国社会科学出版社 1990 年版。

[瑞士] 弗朗西斯·约斯特：《比较文学导论》，廖鸿钧等译，湖南人民出版社 1988 年版。

上海图书馆编：《中国丛书综录》，中华书局 1959—1962 年版。

邵曾祺：《元明北杂剧总目考略》，中州古籍出版社 1985 年版。

申丹：《叙述学与小说文体学研究》，北京大学出版社 2007 年版。

施叔青：《西方人看中国戏剧》，人民文学出版社 1988 年版。

[俄] 什克洛夫斯基等：《俄国形式主义文论选》，方珊等译，生活·读书·新知三联书店 1989 年版。

石昌渝：《中国小说源流论》，生活·读书·新知三联书店 1994 年版。

宋莉华：《明清时期的小说传播》，中国社会科学出版社 2004 年版。

孙楷第：《沧州后集》，中华书局 2009 年版。

孙楷第：《沧州集》，中华书局 2009 年版。

孙楷第：《论中国短篇白话小说》，棠棣出版社 1953 年版。

孙楷第：《日本东京所见中国小说书目提要》，人民文学出版社 1958 年版。

孙楷第：《戏曲小说书录解题》，人民文学出版社 1990 年版。

孙楷第：《小说旁证》，人民文学出版社 2000 年版。

[美] 孙乃修：《〈左传〉与传统小说论集》，北京大学出版社 1989 年版。

谭正璧：《话本与古剧》，上海古籍出版社 1985 年版。

谭正璧：《三言两拍资料》，上海古籍出版社 1980 年版。

[美] W. C. 布斯：《小说修辞学》，华明等译，北京大学出版社 1987 年版。

汪曾祺：《汪曾祺说戏》，山东画报出版社 2006 年版。

王国维、蔡元培：《红楼梦评论·石头记索隐》，上海古籍出版社2005年版。

王国维：《宋元戏曲史疏证》，马美信疏证，复旦大学出版社2004年版。

王国维：《王国维戏曲论文集》，中国戏剧出版社1957年版。

王平：《中国古代小说叙事研究》，河北人民出版社2001年版。

王秋桂：《中国文学论著译丛》，台湾学生书局1985年版。

王日根：《明清小说中的社会史》，中国财政经济出版社2000年版。

王森然遗稿、《中国剧目辞典》扩编委员会扩编：《中国剧目辞典》，河北教育出版社1997年版。

王昕：《话本小说的历史与叙事》，中华书局2002年版。

唐文标：《中国古代戏剧史》，中国戏剧出版社1985年版。

闻一多：《唐诗杂论》，中华书局2009年版。

吴梅：《中国戏曲概论》，冯统一点校，中国人民大学出版社2004年版。

徐大军：《话本与戏曲关系研究》，新文丰出版公司2004年版。

徐大军：《元杂剧与小说关系研究》，河南人民出版社2006年版。

徐岱：《小说叙事学》，商务印书馆2010年版。

徐朔方：《晚明曲家年谱》，浙江古籍出版社1993年版。

徐朔方：《小说考信编》，上海古籍出版社1997年版。

徐文凯：《有韵说部无声戏：清代戏曲小说相互改编研究》，中国传媒大学出版社2010年版。

徐振贵：《中国古代戏剧统论》，山东教育出版社1997年版。

徐子方：《明杂剧研究》，台湾文津出版社1998年版。

许并生：《中国古代小说戏曲关系论》，文化艺术出版社2002年版。

严敦易：《元明清戏曲论集》，中州书画社1982年版。

杨义：《中国古典小说史论》，中国社会科学出版社1995年版。

杨义：《中国叙事学》，人民出版社1997年版。

幺书仪：《元人杂剧和元代社会》，北京大学出版社1997年版。

叶德钧：《戏曲小说丛考》，中华书局1979年版。

[以色列]里蒙—凯南：《叙事虚构作品》，姚锦清等译，生活·读书·新知三联书店1989年版。

佚名:《传奇汇考》,书目文献出版社1994年版(据1914年古今书室刊本影印)。

北婴:《曲海总目提要补编》,人民文学出版社1959年版。

[法]于贝斯菲尔德:《戏剧符号学》,宫宝荣译,中国戏剧出版社2004年版。

余秋雨:《中国戏剧史》,上海教育出版社2006年版。

袁行霈:《国学研究》,北京大学出版社1994年版。

袁行霈:《中国文学作品选注》,中华书局2007年版。

曾影靖、黄兆汉校订:《清人杂剧论略》,台湾学生书局1995年版。

张寅德:《叙述学研究》,中国社会科学出版社1989年版。

赵景深:《弹词考证》,周谷城主编《民国丛书》第三编,上海书店1991年版(据商务印书馆1939年版影印)。

赵景深:《元人杂剧钩沉》,中华书局1959年版。

赵景深:《小说闲话》,北新书局1937年版。

赵景深:《中国小说丛考》,齐鲁书社1980年版。

赵毅衡:《苦恼的叙述者——中国小说的叙述形式与中国文化》,北京十月文艺出版社1994年版。

郑乃臧、唐再兴:《文学理论词典》,光明日报出版社1989年版。

郑振铎:《插图本中国文学史》,人民文学出版社1957年版。

郑振铎:《郑振铎文集》,人民文学出版社1988年版。

周勋初:《李白评传》,南京大学出版社2005年版。

周贻白:《中国戏曲发展史纲要》,上海古籍出版社1979年版。

周贻白:《周贻白戏剧论文选》,湖南人民出版社1982年版。

庄一拂:《古典戏曲存目汇考》,上海古籍出版社1982年版。

三 论文类

陈建森:《戏曲"代言体"论》,《文学评论》2002年第4期。

程国赋:《〈太平广记〉阅读札记二则》,《贵州社会科学》1993年第2期。

[日]赤松纪彦:《关于元杂剧〈合汗衫〉不同版本的比较研究》,康保成译,《河南大学学报》(哲学社会科学版)1989年第2期。

杜颖陶:《〈玉霜簃藏曲提要〉之〈文星现〉》,《剧学月刊》1932年第 6 期。

段美华：《白娘子嬗变的历史价值》，《海南大学学报》1992 年第 1 期。

丰家骅：《杜十娘故事的来源和衍化》，《宁波大学学报》1990 年第 1 期。

郭英德：《稗官为传奇蓝本——论李渔小说戏曲的叙事技巧》，《文学遗产》1996 年第 5 期。

郭英德：《叙事性：古代小说与戏曲的双向渗透》，《文学遗产》1995 年第 4 期。

黄竹三：《从叙述体向代言体过渡的几种形态》，《艺术百家》1999 年第 4 期。

金源熙：《〈情史〉故事源流考述》，博士学位论文，复旦大学，2005 年。

李雯：《二十世纪"三言二拍"传播研究》，硕士学位论文，山东大学，2006 年。

吕兆康：《白蛇传和戏曲》，《文汇报》1979 年 2 月 18 日。

马宇辉：《"唐伯虎点秋香"考论》，博士后工作报告，华东师范大学，2005 年。

茅盾：《关于〈彩毫记〉及其他》，《读书》1980 年第 3 期。

宁宗一：《戏曲与小说的血缘关系杂谈（二则）》，《戏曲艺术》1996 年第 4 期。

沈新林：《同花而异果——中国古代小说、戏曲创作手法比较》，《艺术百家》2001 年第 2 期。

沈新林：《同体而异构——中国古代小说、戏曲体制之比较研究》，《艺术百家》2000 年第 3 期。

宋若云：《宋元话本与杂剧的文体共性探因》，《求是学刊》1999 年第 5 期。

谭帆：《稗戏相异论——古典小说戏曲"叙事性"与"通俗性"辨析》，《文学遗产》2006 年第 4 期。

吴小如：《谈谈话本小说的几个问题》，《北京日报》1993 年 12 月 29 日。

吴晓铃：《〈古今小说〉各篇的来源和影响》，《河北师院学报》1991

年第 1 期。

叶春林:《〈三言二拍〉嬗变作品研究》,硕士学位论文,广西大学,2007 年。

袁卓:《〈十五贯〉与〈错斩崔宁〉》,《艺术百家》2006 年第 4 期。

赵炎秋:《叙事情境中的人称、视角、表述及三者关系》,《文学评论》2002 年第 6 期。

邹越、陈东有:《论中国古典戏曲艺术对古典小说的渗透与影响》,《南昌大学学报》(社会科学版)2005 年第 1 期。

后　记

　　2007年，我懵懂幸运地进入厦门大学学习，转瞬之间，经历了人生第三个十年。从青春荡漾到历经磨炼，这十年的故事于我而言格外精彩，诞育了孩子，经历了病痛，这些人生的点点滴滴使我幸福，使我骄傲，更使我坚强。人生短短几十年，这个十年光阴没有虚度，它见证了我的成长和蜕变，是终点，亦是起点。未来的路艰辛坎坷，我还会认真迎接我的第四个十年、第五个十年……

　　何其幸运及福气，能受教于廖奔老师和郑尚宪老师门下。廖奔老师潇洒俊逸、自信开阔，他人在北京，虽未能时常面授提点，但我们通过一封封电邮传递着学习、生活中的点点滴滴，距离不仅未使我们的师生之谊疏远，反而愈加亲厚。论文构思写作时，我经常请教于廖老师，有时一天竟来往几封信件交流探讨，他戏称我为Email博士。郑尚宪老师谦逊低调、严谨慎重，我和师弟张俊卿一直奉其为导师，他对我们也格外关照，与其门下弟子等同视之，指导与见证了我们的成长。这两年，我的身体渐渐好转，工作之余，从结构、观点等方面将博士学位论文几番修改，最终呈现为目前的状态，仍有许多不足，我将会在以后的研究中慢慢修正。廖师对我说，身体未愈，相夫教子，还要坚持教学科研，不要和别人拼。郑师也说，人生路长，你还年轻，慢慢来。未来的人生之路，我会继续牢记两位恩师的教诲，踏实走好每一步。

　　毕业后至今，博士学位论文终于有了出版的机会，衷心感谢曾经帮助、关心过我的师长前辈。感谢厦门大学的周宁老师、陈世雄老师，感谢先进同学郑甸、庄清华、朱江勇、骆婧、周云龙、周夏奏，感谢同门师姐徐蔚、师弟张俊卿，感谢温州大学的俞为民教授，感谢杭州市艺术创作与研究中心的王良成副研究员，感谢浙江传媒学院刘水云教授、王挺教授、杨向荣教授、张邦卫教授、葛娟教授等诸多先生同人的支持与指正。在此向你们致以深深的谢意！感谢家人的爱与鼓励，父母、弟弟及先生在学习生活中对我的照顾与付出。感谢我亲爱的宝贝，因身体原因，我虽未能像正常的母亲一般抚育他，时刻陪伴与照顾，但是他以自己的方式给予我很多勇气和力量。感谢所有促成此书的人！

毕业后，我逐渐转移了研究兴趣，将眼光投向南戏、近代戏剧与传媒的关系、当代戏剧等，未来还会关注外国戏剧，尽量使自己的戏剧视野更加广阔而深入。又到了下一个十年的起点，带着感恩与爱，我将再度出发！

吕　茹

2017 年元旦于杭州